I0612002

24917

LE VENTRE

DE PARIS

*8 V 2
/34*

OUVRAGES DU MÊME AUTEUR

LES ROUGON-MACQUART

ROMANS ET NOUVELLES

CRITIQUE ARTISTIQUE ET LITTÉRAIRE

PARIS. — IMP. SIMON RAÇON ET COMP., RUE D'ERFURTH, 1

LES ROUGON-MACQUART

HISTOIRE NATURELLE ET SOCIALE D'UNE FAMILLE SOUS LE SECOND EMPIRE

III

LE VENTRE

DE PARIS

PAR

EMILE ZOLA

PARIS

CHARPENTIER ET Cie, LIBRAIRES-ÉDITEURS

28, QUAI DU LOUVRE, 28

1873

LE

VENTRE DE PARIS

Au milieu du grand silence, et dans le désert de l'avenue, les voitures de maraîchers montaient vers Paris, avec les cahots rhythmés de leurs roues, dont les échos battaient les façades des maisons, endormies aux deux bords, derrière les lignes confuses des ormes. Un tombereau de choux et un tombereau de pois, au pont de Neuilly, s'étaient joints aux huit voitures de navets et de carottes qui descendaient de Nanterre ; et les chevaux allaient tout seuls, la tête basse, de leur allure continue et paresseuse, que la montée ralentissait encore. En haut, sur la charge des légumes, allongés à plat ventre, couverts de leur limousine à petites raies noires et grises, les charretiers sommeillaient, les guides aux poignets. Un bec de gaz, au sortir d'une nappe d'ombre, éclairait les clous d'un soulier, la manche bleue d'une blouse, le bout d'une casquette, entrevus dans cette floraison énorme des bouquets rouges des carottes, des bouquets blancs des navets, des verdures débordantes des pois et des choux. Et, sur la route, sur les routes voisines, en avant et

1

en arrière, des ronflements lointains de charrois annonçaient
des convois pareils, tout un arrivage traversant les ténèbres
et le gros sommeil de deux heures du matin, berçant la
ville noire du bruit de cette nourriture qui passait.

Balthazar, le cheval de madame François, une bête trop
grasse, tenait la tête de la file. Il marchait, dormant à demi,
dodelinant des oreilles, lorsque, à la hauteur de la rue de
Longchamp, un sursaut de peur le planta net sur ses quatre
pieds. Les autres bêtes vinrent donner de la tête contre le
cul des voitures, et la file s'arrêta, avec la secousse des fer-
railles, au milieu des jurements des charretiers réveillés.
Madame François, adossée à une planchette contre ses légumes, regardait, ne voyait rien, dans la maigre lueur
jetée à gauche par la petite lanterne carrée, qui n'éclairait
guère qu'un des flancs luisants de Balthazar.

— Eh! la mère, avançons! cria un des hommes, qui
s'était mis à genoux sur ses navets... C'est quelque cochon
d'ivrogne.

Elle s'était penchée, elle avait aperçu, à droite, presque
sous les pieds du cheval, une masse noire qui barrait la
route.

— On n'écrase pas le monde, dit-elle, en sautant à terre.

C'était un homme vautré tout de son long, les bras éten-
dus, tombé la face dans la poussière. Il paraissait d'une longueur extraordinaire, maigre comme une branche sèche; le
miracle était que Balthazar ne l'eût pas cassé en deux d'un
coup de sabot. Madame François le crut mort; elle s'ac-
croupit devant lui, lui prit une main, et vit qu'elle était
chaude.

— Eh! l'homme! dit-elle doucement.

Mais les charretiers s'impatientaient. Celui qui était age-
nouillé dans ses légumes reprit de sa voix enrouée :

— Fouettez donc, la mère!... Il en a plein son sac, le
sacré porc! Poussez-moi ça dans le ruisseau!

Cependant, l'homme avait ouvert les yeux. Il regardait madame François d'un air effaré, sans bouger. Elle pensa qu'il devait être ivre, en effet.

— Il ne faut pas rester là, vous allez vous faire écraser, lui dit-elle... Où alliez-vous?

— Je ne sais pas..., répondit-il d'une voix très-basse.

Puis, avec effort, et le regard inquiet :

— J'allais à Paris, je suis tombé, je ne sais pas...

Elle le voyait mieux, et il était lamentable, avec son pantalon noir, sa redingote noire, tout effiloqués, montrant les sécheresses des os. Sa casquette, de gros drap noir, rabattue peureusement sur les sourcils, découvrait deux grands yeux bruns, d'une singulière douceur, dans un visage dur et tourmenté. Madame François pensa qu'il était vraiment trop maigre pour avoir bu.

— Et où alliez-vous, dans Paris? demanda-t-elle de nouveau.

Il ne répondit pas tout de suite ; cet interrogatoire le gênait. Il parut se consulter ; puis, en hésitant :

— Par là, du côté des Halles.

Il s'était mis debout, avec des peines infinies, et il faisait mine de vouloir continuer son chemin. La maraîchère le vit qui s'appuyait en chancelant sur le brancard de la voiture.

— Vous êtes las?

— Oui, bien las, murmura-t-il.

Alors elle prit une voix brusque et comme mécontente. Elle le poussa, en disant :

— Allons, vite, montez dans ma voiture! Vous nous faites perdre un temps, là !... Je vais aux Halles, je vous déballerai avec mes légumes.

Et, comme il refusait, elle le hissa presque, de ses gros bras, le jeta sur les carottes et les navets, tout à fait fâchée, criant :

— A la fin, voulez-vous nous ficher la paix! Vous m'em-

bêtez, mon brave... Puisque je vous dis que je vais aux
Halles ! Dormez, je vous réveillerai.

Elle remonta, s'adossa contre la planchette, assise de
biais, tenant les guides de Balthazar, qui se remit en marche,
se rendormant, dodelinant des oreilles. Les autres voitures
suivirent, la file reprit son allure lente dans le noir, battant
de nouveau du cahot des roues les façades endormies. Les
charrétiers recommencèrent leur somme sous leurs limousines. Celui qui avait interpellé la maraîchère s'allongea, en
grondant :

— Ah! malheur ! s'il fallait ramasser les ivrognes !...
Vous avez de la constance, vous, la mère !

Les voitures roulaient, les chevaux allaient tout seuls, la
tête basse. L'homme que madame François venait de re-
cueillir, couché sur le ventre, avait ses longues jambes perdues dans le tas des navets qui emplissaient le cul de la voiture; sa face s'enfonçait au beau milieu des carottes, dont
les bottes montaient et s'épanouissaient ; et, les bras élargis,
exténué, embrassant la charge énorme des légumes, de peur
d'être jeté à terre par un cahot, il regardait, devant lui,
les deux lignes interminables des becs de gaz qui se rappro-
chaient et se confondaient, tout là-haut, dans un pullulement
d'autres lumières. A l'horizon, une grande fumée blanche
flottait, mettait Paris dormant dans la buée lumineuse de
toutes ces flammes.

— Je suis de Nanterre, je me nomme madame François,
dit la maraîchère, au bout d'un instant. Depuis que j'ai
perdu mon pauvre homme, je vais tous les matins aux Halles.
C'est dur, allez !... Et vous ?

— Je me nomme Florent, je viens de loin..., répondit
l'inconnu avec embarras. Je vous demande excuse; je suis
si fatigué, que cela m'est pénible de parler.

Il ne voulait pas causer. Alors, elle se tut, lâchant un peu
les guides sur l'échine de Balthazar, qui suivait son chemin

en bête connaissant chaque pavé. Florent, les yeux sur
l'immense lueur de Paris, songeait à cette histoire qu'il
cachait. Échappé de Cayenne, où les journées de décembre
l'avaient jeté, rôdant depuis deux ans dans la Guyane hollandaise, avec l'envie folle du retour et la peur de la police
impériale, il avait enfin devant lui la chère grande ville,
tant regrettée, tant désirée. Il s'y cacherait, il y vivrait de
sa vie paisible d'autrefois. La police n'en saurait rien. D'ailleurs, il serait mort, là-bas. Et il se rappelait son arrivée au
Havre, lorsqu'il ne trouva plus que quinze francs dans le
coin de son mouchoir. Jusqu'à Rouen, il put prendre la
voiture. De Rouen, comme il lui restait à peine trente sous,
il repartit à pied. Mais, à Vernon, il acheta ses deux derniers
sous de pain. Puis, il ne savait plus. Il croyait avoir dormi
plusieurs heures dans un fossé. Il avait dû montrer à un
gendarme les papiers dont il s'était pourvu. Tout cela dan-
sait dans sa tête. Il était venu de Vernon sans manger, avec
des rages et des désespoirs brusques qui le poussaient à
mâcher les feuilles des haies qu'il longeait; et il continuait
à marcher, pris de crampes et de souleurs, le ventre plié,
la vue troublée, les pieds comme tirés, sans qu'il en eût conscience, par cette image de Paris, au loin, très-loin, derrière
l'horizon, qui l'appelait, qui l'attendait. Quand il arriva à
Courbevoie, la nuit était très-sombre. Paris, pareil à un pan
de ciel étoilé tombé sur un coin de la terre noire, lui appa-
rut sévère et comme fâché de son retour. Alors, il eut une
faiblesse, il descendit la côte, les jambes cassées. En traversant le pont de Neuilly, il s'appuyait au parapet, il se penchait sur la Seine roulant des flots d'encre, entre les masses
épaissies des rives; un fanal rouge, sur l'eau, le suivait d'un
œil saignant. Maintenant, il lui fallait monter, atteindre
Paris, tout en haut. L'avenue lui paraissait démesurée. Les
centaines de lieues qu'il venait de faire n'étaient rien; ce
bout de route le désespérait, jamais il n'arriverait à ce som-

1.

met, couronné de ces lumières. L'avenue plate s'étendait, avec ses lignes de grands arbres et de maisons basses, ses larges trottoirs grisâtres, tachés de l'ombre des branches, les trous sombres des rues transversales, tout son silence et toutes ses ténèbres; et les becs de gaz, droits, espacés régulièrement, mettaient seuls la vie de leurs courtes flammes jaunes, dans ce désert de mort. Florent n'avançait plus, l'avenue s'allongeait toujours, reculait Paris au fond de la nuit. Il lui sembla que les becs de gaz, avec leur œil unique, couraient à droite et à gauche, en emportant la route; il trébucha, dans ce tournoiement; il s'affaissa comme une masse sur les pavés.

A présent, il roulait doucement sur cette couche de verdure, qu'il trouvait d'une mollesse de plume. Il avait levé un peu le menton, pour voir la buée lumineuse qui grandissait, au-dessus des toits noirs devinés à l'horizon. Il arrivait, il était porté, il n'avait qu'à s'abandonner aux secousses ralenties de la voiture; et cette approche sans fatigue ne le laissait plus souffrir que de la faim. La faim s'était réveillée, intolérable, atroce. Ses membres dormaient; il ne sentait en lui que son estomac, tordu, tenaillé comme par un fer rouge. L'odeur fraîche des légumes dans lesquels il était enfoncé, cette senteur pénétrante des carottes, le troublait jusqu'à l'évanouissement. Il appuyait de toutes ses forces sa poitrine contre ce lit profond de nourriture, pour se serrer l'estomac, pour l'empêcher de crier. Et, derrière, les neuf autres tombereaux, avec leurs montagnes de choux, leurs montagnes de pois, leurs entassements d'artichauts, de salades, de céleris, de poireaux, semblaient rouler lentement sur lui et vouloir l'ensevelir, dans l'agonie de sa faim, sous un éboulement de mangeaille. Il y eut un arrêt, un bruit de grosses voix; c'était la barrière, les douaniers sondaient les voitures. Puis, Florent entra dans Paris, évanoui, les dents serrées, sur les carottes.

— Eh ! l'homme, là-haut ! cria brusquement madame François.

Et, comme il ne bougeait pas, elle monta, le secoua. Alors, Florent se mit sur son séant. Il avait dormi, il ne sentait plus sa faim; il était tout hébété. La maraîchère le fit descendre, en lui disant :

— Vous allez m'aider à décharger, hein ?

Il l'aida. Un gros homme, avec une canne et un chapeau de feutre, qui portait une plaque sur le revers gauche de son paletot, se fâchait, tapait du bout de sa canne sur le trottoir.

— Allons donc, allons donc, plus vite que ça ! Faites avancer la voiture... Combien avez-vous de mètres ? Quatre, n'est-ce pas?

Il délivra un bulletin à madame François, qui sortit des gros sous d'un petit sac de toile. Et il alla se fâcher et taper de sa canne un peu plus loin. La maraîchère avait pris Balthazar par la bride, le poussant, acculant la voiture, les roues contre le trottoir. Puis, la planche de derrière enlevée, après avoir marqué ses quatre mètres sur le trottoir avec des bouchons de paille, elle pria Florent de lui passer les légumes, bottes par bottes. Elle les rangea méthodiquement sur le carreau, parant la marchandise, disposant les fanes de façon à encadrer les tas d'un filet de verdure, dressant avec une singulière promptitude tout un étalage, qui ressemblait, dans l'ombre, à une tapisserie aux couleurs symétriques. Quand Florent lui eut donné une énorme brassée de persil, qu'il trouva au fond, elle lui demanda encore un service.

— Vous seriez bien gentil de garder ma marchandise, pendant que je vais remiser la voiture... C'est à deux pas, rue Montorgueil, au Compas d'or.

Il lui assura qu'elle pouvait être tranquille. Le mouvevement ne lui valait rien ; il sentait sa faim se réveiller, de-

puis qu'il se remuait. Il s'assit contre un tas de choux, à
côté de la marchandise de madame François, en se disant
qu'il était bien là, qu'il ne bougerait plus, qu'il attendrait.
Sa tête lui paraissait toute vide, et il ne s'expliquait pas nettement où il se trouvait. Dès les premiers jours de septembre, les matinées sont toutes noires. Des lanternes, autour de
lui, filaient doucement, s'arrêtaient dans les ténèbres. Il
était au bord d'une large rue, qu'il ne reconnaissait pas.
Elle s'enfonçait en pleine nuit, très-loin. Lui, ne distinguait
guère que la marchandise qu'il gardait. Au delà, confusément, le long du carreau, des amoncellements vagues mou-
tonnaient. Au milieu de la chaussée, de grands profils grisâtres de tombereaux barraient la rue ; et, d'un bout à l'autre,
un souffle qui passait faisait deviner une file de bêtes attelées qu'on ne voyait point. Des appels, le bruit d'une pièce
de bois ou d'une chaîne de fer tombant sur le pavé, l'éboul-
lement sourd d'une charretée de légumes, le dernier ébranlement d'une voiture buttant contre la bordure d'un trottoir, mettaient dans l'air encore endormi le murmure doux
de quelque retentissant et formidable réveil, dont on sentait
l'approche, au fond de toute cette ombre frémissante. Florent, en tournant la tête, aperçut, de l'autre côté de ses
choux, un homme qui ronflait, roulé comme un paquet dans
une limousine, la tête sur des paniers de prunes. Plus près,
à gauche, il reconnut un enfant d'une dizaine d'années, as-
soupi avec un sourire d'ange, dans le creux de deux montagnes de chicorées. Et, au ras du trottoir, il n'y avait encore
de bien éveillé que les lanternes dansant au bout de bras
invisibles, enjambant d'un saut le sommeil qui traînait là,
gens et légumes en tas, attendant le jour. Mais ce qui le surprenait, c'était, aux deux bords de la rue, de gigantesques
pavillons, dont les toits superposés lui semblaient grandir,
s'étendre, se perdre, au fond d'un poudroiement de lueurs.
Il rêvait, l'esprit affaibli, à une suite de palais, énormes et

réguliers, d'une légèreté de cristal, allumant sur leurs façades les mille raies de flamme de persiennes continues et sans fin. Entre les arêtes fines des piliers, ces minces barres jaunes mettaient des échelles de lumière, qui montaient jusqu'à la ligne sombre des premiers toits, qui gravissaient l'entassement des toits supérieurs, posant dans leur carrure les grandes carcasses à jour de salles immenses, où traînaient, sous le jaunissement du gaz, un pêle-mêle de formes grises, effacées et dormantes. Il tourna la tête, fâché d'ignorer où il était, inquiété par cette vision colossale et fragile ; et, comme il levait les yeux, il aperçut le cadran lumineux de Saint-Eustache, avec la masse grise de l'église. Cela l'étonna profondément. Il était à la pointe Saint-Eustache.

Cependant, madame François était revenue. Elle discutait violemment avec un homme qui portait un sac sur l'épaule, et qui voulait lui payer ses carottes un sou la botte.

— Tenez, vous n'êtes pas raisonnable, Lacaille..... Vous les revendez quatre et cinq sous aux Parisiens, ne dites pas non... A deux sous, si vous voulez.

Et, comme l'homme s'en allait :

— Les gens croient que ça pousse tout seul, vraiment... Il peut en chercher, des carottes à un sou, cet ivrogne de Lacaille... Vous verrez qu'il reviendra.

Elle s'adressait à Florent. Puis, s'asseyant près de lui :

— Dites donc, s'il y a longtemps que vous êtes absent de Paris, vous ne connaissez peut-être pas les nouvelles Halles ? Voici cinq ans au plus que c'est bâti... Là, tenez, le pavillon qui est à côté de nous, c'est le pavillon aux fruits et aux fleurs ; plus loin, la marée, la volaille, et, derrière, les gros légumes, le beurre, le fromage... Il y a six pavillons, de ce côté-là ; puis, de l'autre côté, en face, il y en a encore quatre : la viande, la triperie, la Vallée... C'est très-grand, mais il y fait rudement froid, l'hiver. On dit qu'on bâtira encore deux pavillons, en démolissant les maisons, autour de la Halle au blé. Est-ce que vous connaissiez tout ça?

— Non, répondit Florent. J'étais à l'étranger... Et cette grande rue, celle qui est devant nous, comment la nomme-t-on ?

— C'est une rue nouvelle, la rue du Pont-Neuf, qui part de la Seine et qui arrive jusqu'ici, à la rue Montmartre et à la rue Montorgueil... S'il avait fait jour, vous vous seriez tout de suite reconnu.

Elle se leva, en voyant une femme penchée sur ses navets.

— C'est vous, mère Chantemesse? dit-elle amicalement.

Florent regardait le bas de la rue Montorgueil. C'était là qu'une bande de sergents de ville l'avait pris, dans la nuit du 4 décembre. Il suivait le boulevard Montmartre, vers deux heures, marchant doucement au milieu de la foule, souriant de tous ces soldats que l'Élysée promenait sur le pavé pour se faire prendre au sérieux, lorsque les soldats avaient balayé les trottoirs, à bout portant, pendant un quart d'heure. Lui, poussé, jeté à terre, tomba au coin de la rue Vivienne; et il ne savait plus, la foule affolée passait sur son corps, avec l'horreur affreuse des coups de feu. Quand il n'entendit plus rien, il voulut se relever. Il avait sur lui une jeune femme, en chapeau rose, dont le châle glissait, découvrant une guimpe plissée à petits plis. Au-dessus de la gorge, dans la guimpe, deux balles étaient entrées; et, lorsqu'il repoussa doucement la jeune femme, pour dégager ses jambes, deux filets de sang coulèrent des trous sur ses mains. Alors, il se releva d'un bond, il s'en alla, fou, sans chapeau, les mains humides. Jusqu'au soir, il rôda, la tête perdue, voyant toujours la jeune femme, en travers sur ses jambes, avec sa face toute pâle, ses grands yeux bleus ouverts, ses lèvres souffrantes, son étonnement d'être morte, là, si vite. Il était timide; à trente ans, il n'osait regarder en face les visages de femme, et il avait

celui-là, pour la vie, dans sa mémoire et dans son cœur.
C'était comme une femme à lui qu'il aurait perdue. Le soir,
sans savoir comment, encore dans l'ébranlement des scènes
horribles de l'après-midi, il se trouva rue Montorgueil, chez
un marchand de vin, où des hommes buvaient en parlant
de faire des barricades. Il les accompagna, les aida à arracher quelques pavés, s'assit sur la barricade, las de sa
course dans les rues, se disant qu'il se battrait, lorsque les
soldats allaient venir. Il n'avait pas même un couteau sur
lui; il était toujours nu-tête. Vers onze heures, il s'as-
soupit; il voyait les deux trous de la guimpe blanche à
petits plis, qui le regardaient comme deux yeux rouges de
larmes et de sang. Lorsqu'il se réveilla, il était tenu par
quatre sergents de ville qui le bourraient de coups de
poings. Les hommes de la barricade avaient pris la fuite.
Mais les sergents de ville devinrent furieux et faillirent
l'étrangler, quand ils s'aperçurent qu'il avait du sang aux
mains. C'était le sang de la jeune femme.

Florent, plein de ces souvenirs, levait les yeux sur le
cadran lumineux de Saint-Eustache, sans même voir les
aiguilles. Il était près de quatre heures. Les Halles dormaient toujours. Madame François causait avec la mère
Chantemesse, debout, discutant le prix de la botte de navets.
Et Florent se rappelait qu'on avait manqué le fusiller là,
contre le mur de Saint-Eustache. Un peloton de gendarmes venait d'y casser la tête à cinq malheureux, pris à une barricade
de la rue Grenéta. Les cinq cadavres traînaient sur le trottoir, à un endroit où il croyait apercevoir aujourd'hui des
tas de radis roses. Lui, échappa aux fusils, parce que les
sergents de ville n'avaient que des épées. On le conduisit à
un poste voisin, en laissant au chef du poste cette ligne
écrite au crayon sur un chiffon de papier : « Pris les mains
couvertes de sang. Très-dangereux. » Jusqu'au matin, il fut
traîné de poste en poste. Le chiffon de papier l'accompa-

gnait. On lui avait mis les menottes, on le gardait comme
un fou furieux. Au poste de la rue de la Lingerie, des soldats ivres voulurent le fusiller; ils avaient déjà allumé le
falot, quand l'ordre vint de conduire les prisonniers au
Dépôt de la préfecture de police. Le surlendemain, il était
dans une casemate du fort de Bicêtre. C'était depuis ce jour
qu'il souffrait de la faim; il avait eu faim dans la casemate,
et la faim ne l'avait plus quitté. Ils se trouvaient une cen-
taine parqués au fond de cette cave, sans air, dévorant les
quelques bouchées de pain qu'on leur jetait, ainsi qu'à des
bêtes enfermées. Lorsqu'il parut devant un juge d'instruction, sans témoins d'aucune sorte, sans défenseur, il fut
accusé de faire partie d'une société secrète; et, comme il
jurait que ce n'était pas vrai, le juge tira de son dossier le
chiffon de papier : « Pris les mains couvertes de sang. Très-
dangereux. » Cela suffit. On le condamna à la déportation.
Au bout de six semaines, en janvier, un geôlier le réveilla,
une nuit, l'enferma dans une cour, avec quatre cents et
quelques autres prisonniers. Une heure plus tard, ce premier convoi partait pour les pontons et l'exil, les menottes
aux poignets, entre deux files de gendarmes, fusils chargés.
Ils traversèrent le pont d'Austerlitz, suivirent la ligne des
boulevards, arrivèrent à la gare du Havre. C'était une nuit
heureuse de carnaval; les fenêtres des restaurants du boulevard luisaient; à la hauteur de la rue Vivienne, à l'endroit où
il voyait toujours la morte inconnue dont il emportait l'image,
Florent aperçut, au fond d'une grande calèche, des femmes
masquées, les épaules nues, la voix rieuse, se fâchant de ne
pouvoir passer, faisant les dégoûtées devant « ces forçats qui
n'en finissaient plus. » De Paris au Havre, les prisonniers
n'eurent pas une bouchée de pain, pas un verre d'eau; on
avait oublié de leur distribuer des rations avant le départ.
Ils ne mangèrent que trente-six heures plus tard, quand on
les eut entassés dans la cale de la frégate *le Canada*.

Non, la faim ne l'avait plus quitté. Il fouillait ses
souvenirs, ne se rappelait pas une heure de plénitude. Il
était devenu sec, l'estomac rétréci, la peau collée aux os. Et
il retrouvait Paris, gras, superbe, débordant de nourriture,
au fond des ténèbres ; il y rentrait, sur un lit de légumes ;
il y roulait, dans un inconnu de mangeailles, qu'il sentait
pulluler autour de lui et qui l'inquiétait. La nuit heureuse
de carnaval avait donc continué pendant sept ans. Il revoyait
les fenêtres luisantes des boulevards, les femmes rieuses, la
ville gourmande qu'il avait laissée par cette lointaine nuit
de janvier ; et il lui semblait que tout cela avait grandi,
s'était épanoui dans cette énormité des Halles, dont il commençait à entendre le souffle colossal, épais encore de l'indigestion de la veille.

La mère Chantemesse s'était décidée à acheter douze
bottes de navets. Elle les tenait dans son tablier, sur son
ventre, ce qui arrondissait encore sa large taille ; et elle restait là, causant toujours, de sa voix traînante. Quand elle
fut partie, madame François vint se rasseoir à côté de Florent, en disant :

— Cette pauvre mère Chantemesse, elle a au moins
soixante-douze ans. J'étais gamine, qu'elle achetait déjà ses
navets à mon père. Et pas un parent avec ça, rien qu'une
coureuse qu'elle a ramassée je ne sais où, et qui la fait
damner... Eh bien, elle vivote, elle vend au petit tas, elle
se fait encore ses quarante sous par jour... Moi, je ne pourrais pas rester dans ce diable de Paris, toute la journée, sur
un trottoir. Si l'on y avait quelques parents, au moins !

Et, comme Florent ne causait guère :

— Vous avez de la famille à Paris, n'est-ce pas ? demanda t-elle.

Il parut ne pas entendre. Sa méfiance revenait. Il avait la
tête pleine d'histoires de police, d'agents guettant à chaque
coin de rue, de femmes vendant les secrets qu'elles arra-

2

chaient aux pauvres diables. Elle était tout près de lui, elle lui semblait pourtant bien honnête, avec sa grande figure calme, serrée au front par un foulard noir et jaune. Elle pouvait avoir trente-cinq ans, un peu forte, belle de sa vie en plein air et de sa virilité adoucie par des yeux noirs d'une tendresse charitable. Elle était certainement très-curieuse, mais d'une curiosité qui devait être toute bonne.

Elle reprit, sans s'offenser du silence de Florent :

— Moi, j'ai eu un neveu à Paris. Il a mal tourné, il s'est engagé... Enfin, c'est heureux quand on sait où descendre. Vos parents, peut-être, vont être bien surpris de vous voir. Et c'est une joie quand on revient, n'est-ce pas?

Tout en parlant, elle ne le quittait pas des yeux, apitoyée sans doute par son extrême maigreur, sentant que c'était un « monsieur, » sous sa lamentable défroque noire, n'osant lui mettre une pièce blanche dans la main.

Enfin, timidement :

— Si, en attendant, murmura-t-elle, vous aviez besoin de quelque chose...

Mais il refusa avec une fierté inquiète ; il dit qu'il avait tout ce qu'il lui fallait, qu'il savait où aller. Elle parut heureuse, elle répéta plusieurs fois, comme pour se rassurer elle-même sur son sort :

— Ah ! bien, alors, vous n'avez qu'à attendre le jour.

Une grosse cloche, au-dessus de la tête de Florent, au coin du pavillon des fruits, se mit à sonner. Les coups, lents et réguliers, semblaient éveiller de proche en proche le sommeil traînant sur le carreau. Les voitures arrivaient toujours ; les cris des charretiers, les coups de fouet, les écrasements du pavé sous le fer des roues et le sabot des bêtes, grandissaient ; et les voitures n'avançaient plus que par secousses, prenant la file, s'étendant au delà des regards, dans des profondeurs grises, d'où montait un brouhaha confus. Tout le long de la rue du Pont-Neuf, on dé-

chargeait, les tombereaux acculés aux ruisseaux, les chevaux
immobiles et serrés, rangés comme dans une foire. Florent
s'intéressa à une énorme voiture de boueux, pleine de
choux superbes, qu'on avait eu grand'peine à faire reculer
jusqu'au trottoir ; la charge dépassait un grand diable de
bec de gaz planté à côté, éclairant en plein l'entassement
des larges feuilles, qui se rabattaient comme des pans de
velours gros vert, découpé et gaufré. Une petite paysanne
de seize ans, en casaquin et en bonnet de toile bleue, montée
dans le tombereau, ayant des choux jusqu'aux épaules, les
prenait un à un, les lançait à quelqu'un que l'ombre cachait, en bas. La petite, par moments, perdue, noyée, glissait, disparaissait sous un éboulement ; puis, son nez rose
reparaissait au milieu des verdures épaisses ; elle riait, et
les choux se remettaient à voler, à passer entre le bec de
gaz et Florent. Il les comptait machinalement. Quand le
tombereau fut vide, cela l'ennuya.

Sur le carreau, les tas déchargés s'étendaient maintenant
jusqu'à la chaussée. Entre chaque tas, les maraîchers mé-
nageaient un étroit sentier pour que le monde pût circuler.
Tout le large trottoir, couvert d'un bout à l'autre, s'allongeait, avec les bosses sombres des légumes. On ne voyait
encore, dans la clarté brusque et tournante des lanternes,
que l'épanouissement charnu d'un paquet d'artichauts, les
verts délicats des salades, le corail rose des carottes, l'ivoire
mat des navets ; et ces éclairs de couleurs intenses filaient
le long des tas, avec les lanternes. Le trottoir s'était peuplé ;
une foule s'éveillait, allait entre les marchandises, s'arrêtant, causant, appelant. Une voix forte, au loin, criait :
« Eh ! la chicorée ! » On venait d'ouvrir les grilles du pavillon aux gros légumes ; les revendeuses de ce pavillon, en
bonnets blancs, avec un fichu noué sur leur caraco noir, et
les jupes relevées par des épingles pour ne pas se salir, faisaient leur provision du jour, chargeaient de leurs achats

les grandes hottes des porteurs posées à terre. Du pavillon
à la chaussée, le va-et-vient des hottes s'animait, au milieu
des têtes cognées, des mots gras, du tapage des voix s'en-
rouant à discuter un quart d'heure pour un sou. Et Florent
s'étonnait du calme des maraîchères, avec leurs madras et
leur teint hâlé, dans ce chipotage bavard des Halles.

Derrière lui, sur le carreau de la rue Rambuteau, on vendait les fruits. Des rangées de bourriches, de paniers bas,
s'alignaient, couverts de toile ou de paille ; et une odeur de
mirabelles trop mûres traînait. Une voix douce et lente,
qu'il entendait depuis longtemps, lui fit tourner la tête. Il
vit une adorable petite femme brune, assise par terre, qui
marchandait.

— Dis donc, Marcel, vends-tu pour cent sous, dis ?

L'homme, enfoui dans une limousine, ne répondait pas,
et la jeune femme, au bout de cinq grandes minutes, reprenait :

— Dis, Marcel, cent sous ce panier-là, et quatre francs
l'autre, ça fait-il neuf francs qu'il faut te donner ?

Un nouveau silence se fit :

— Alors qu'est-ce qu'il faut te donner ?

— Eh! dix francs, tu le sais bien, je te l'ai dit... Et ton
Jules, qu'est-ce que tu en fais, la Sarriette ?

La jeune femme se mit à rire, en tirant une grosse poignée de monnaie.

— Ah bien ! reprit-elle, Jules dort sa grasse matinée...
Il prétend que les hommes, ce n'est pas fait pour travailler.

Elle paya, elle emporta les deux paniers dans le pavillon
aux fruits qu'on venait d'ouvrir. Les Halles gardaient leur
légèreté noire, avec les mille raies de flamme des persiennes ;
sous les grandes rues couvertes, du monde passait, tandis
que les pavillons, au loin, restaient déserts, au milieu du
grouillement grandissant de leurs trottoirs. A la pointe Saint-
Eustache, les boulangers et les marchands de vins ôtaient

leurs volets ; les boutiques rouges, avec leurs becs de gaz
allumés, trouaient les ténèbres, le long des maisons grises.
Florent regardait une boulangerie, rue Montorgueil, à gauche,
toute pleine et toute dorée de la dernière cuisson, et il croyait
sentir la bonne odeur du pain chaud. Il était quatre heures
et demie.

Cependant, madame François s'était débarrassée de sa
marchandise. Il lui restait quelques bottes de carottes, quand
Lacaille reparut, avec son sac.

— Eh bien, ça va-t-il à un sou ? dit-il.

— J'étais bien sûre de vous revoir, vous, répondit tranquillement la maraîchère. Voyons, prenez mon reste. Il y a
dix-sept bottes.

— Ça fait dix-sept sous.

— Non, trente-quatre.

Ils tombèrent d'accord à vingt-cinq. Madame François
était pressée de s'en aller. Lorsque Lacaille se fut éloigné,
avec ses carottes dans son sac :

— Voyez-vous, il me guettait, dit-elle à Florent. Ce vieux-
là *râle* sur tout le marché ; il attend quelquefois le dernier
coup de cloche, pour acheter quatre sous de marchandise...
O ces Parisiens ! ça se chamaille pour deux liards, et ça
va boire le fond de sa bourse chez le marchand de vin.

Quand madame François parlait de Paris, elle était pleine
d'ironie et de dédain ; elle le traitait en ville très-éloignée,
tout à fait ridicule et méprisable, dans laquelle elle ne consentait à mettre les pieds que la nuit.

— A présent, je puis m'en aller, reprit-elle en s'asseyant
de nouveau près de Florent, sur les légumes d'une voisine.

Florent baissait la tête, il venait de commettre un vol.
Quand Lacaille s'en était allé, il avait aperçu une carotte par
terre. Il l'avait ramassée, il la tenait serrée dans sa main
droite. Derrière lui, des paquets de céleris, des tas de persil
mettaient des odeurs irritantes qui le prenaient à la gorge.

2.

— Je vais m'en aller, répéta madame François.

Elle s'intéressait à cet inconnu, elle le sentait souffrir, sur ce trottoir, dont il n'avait pas remué. Elle lui fit de nouvelles offres de service; mais il refusa encore, avec une fierté plus âpre. Il se leva même, se tint debout, pour prouver qu'il était gaillard. Et, comme elle tournait la tête, il mit la carotte dans sa bouche. Mais il dut la garder un instant, malgré l'envie terrible qu'il avait de serrer les dents; elle le regardait de nouveau en face, elle l'interrogeait, avec sa curiosité de brave femme. Lui, pour ne pas parler, répondait par des signes de tête. Puis, doucement, lentement, il mangea la carotte.

La maraîchère allait décidément partir, lorsqu'une voix forte dit tout à côté d'elle :

— Bonjour, madame François.

C'était un garçon maigre, avec de gros os, une grosse tête, barbu, le nez très-fin, les yeux minces et clairs. Il portait un chapeau de feutre noir, roussi, déformé, et se boutonnait au fond d'un immense paletot, jadis marron tendre, que les pluies avaient déteint en larges traînées verdâtres. Un peu courbé, agité d'un frisson d'inquiétude nerveuse qui devait lui être habituel, il restait planté dans ses gros souliers lacés; et son pantalon trop court montrait ses bas bleus.

— Bonjour, monsieur Claude, répondit gaiement la maraîchère. Vous savez, je vous ai attendu, lundi; et comme vous n'êtes pas venu, j'ai garé votre toile; je l'ai accrochée à un clou, dans ma chambre.

— Vous êtes trop bonne, madame François, j'irai terminer mon étude, un de ces jours... Lundi, je n'ai pas pu... Est-ce que votre grand prunier a encore toutes ses feuilles ?

— Certainement.

— C'est que, voyez-vous, je le mettrai dans un coin du tableau. Il fera bien, à gauche du poulailler. J'ai réfléchi à ça toute la semaine... Hein ! les beaux légumes, ce matin.

Je suis descendu de bonne heure, me doutant qu'il y aurait un lever de soleil superbe sur ces gredins de choux.

Il montrait du geste toute la longueur du carreau. La maraîchère reprit :

— Eh bien, je m'en vais. Adieu ; à bientôt, monsieur Claude !

Et comme elle partait, présentant Florent au jeune peintre :

— Tenez, voilà monsieur qui revient de loin, paraît-il. Il ne se reconnaît plus dans votre gueux de Paris. Vous pourriez peut-être lui donner un bon renseignement.

Elle s'en alla enfin, heureuse de laisser les deux hommes ensemble. Claude regardait Florent avec intérêt ; cette longue figure, mince et flottante, lui semblait originale. La présentation de madame François suffisait ; et, avec la familiarité d'un flâneur habitué à toutes les rencontres de hasard, il lui dit tranquillement :

— Je vous accompagne. Où allez-vous?

Florent resta gêné. Il se livrait moins vite ; mais, depuis son arrivée, il avait une question sur les lèvres. Il se risqua, il demanda, avec la peur d'une réponse fâcheuse :

— Est-ce que la rue Pirouette existe toujours?

— Mais oui, dit le peintre. Un coin bien curieux du vieux Paris, cette rue-là ! Elle tourne comme une danseuse, et les maisons y ont des ventres de femme grosse... J'en ai fait une eau-forte pas trop mauvaise. Quand vous viendrez chez moi, je vous la montrerai... C'est là que vous allez?

Florent, soulagé, ragaillardi par la nouvelle que la rue Pirouette existait, jura que non, assura qu'il n'avait nulle part à aller. Toute sa méfiance se réveillait devant l'insistance de Claude.

— Ça ne fait rien, dit celui-ci, allons tout de même rue Pirouette. La nuit, elle est d'une couleur!... Venez donc, c'est à deux pas.

Il dut le suivre. Ils marchaient côte à côte, comme deux camarades, enjambant les paniers et les légumes. Sur le carreau de la rue Rambuteau, il y avait des tas gigantesques de choux-fleurs, rangés en pile comme des boulets, avec une régularité surprenante. Les chairs blanches et tendres des choux s'épanouissaient, pareilles à d'énormes roses, au milieu des grosses feuilles vertes, et les tas ressemblaient à des bouquets de mariée, alignés dans des jardinières colossales. Claude s'était arrêté, en poussant de petits cris d'admiration.

Puis, en face, rue Pirouette, il montra, expliqua chaque maison. Un seul bec de gaz brûlait dans un coin. Les maisons, tassées, renflées, avançaient leurs auvents comme « des ventres de femme grosse, » selon l'expression du peintre, penchaient leurs pignons en arrière, s'appuyaient aux épaules les unes des autres. Trois ou quatre, au contraire, au fond de trous d'ombre, semblaient près de tomber sur le nez. Le bec de gaz en éclairait une, très-blanche, badigeonnée à neuf, avec sa taille de vieille femme cassée et avachie, toute poudrée à blanc, peinturlurée comme une jeunesse. Puis la file bossuée des autres s'en allait, s'enfonçant en plein noir, lézardée, verdie par les écoulements des pluies, dans une débandade de couleurs et d'attitudes telle, que Claude en riait d'aise. Florent s'était arrêté au coin de la rue de Mondétour, en face de l'avant-dernière maison, à gauche. Les trois étages dormaient, avec leurs deux fenêtres sans persiennes, leurs petits rideaux blancs bien tirés derrière les vitres ; en haut, sur les rideaux de l'étroite fenêtre du pignon, une lumière allait et venait. Mais la boutique, sous l'auvent, paraissait lui causer une émotion extraordinaire. Elle s'ouvrait. C'était un marchand d'herbes cuites ; au fond, des bassines luisaient ; sur la table d'étalage, des pâtés d'épinards et de chicorée, dans des terrines, s'arrondissaient, se terminaient en pointe, coupés, derrière, par de petites pelles, dont on ne voyait que le manche de métal blanc. Cette vue clouait Florent de surprise ; il devait ne pas reconnaître la boutique ; il lut le nom du marchand, *Godebœuf*, sur une enseigne rouge, et resta consterné. Les bras ballants, il examinait les pâtés d'épinards, de l'air désespéré d'un homme auquel il arrive quelque malheur suprême.

Cependant, la fenêtre du pignon s'était ouverte, une petite vieille se penchait, regardait le ciel, puis les Halles, au loin.

— Tiens ! mademoiselle Saget est matinale, dit Claude qui avait levé la tête.

Et il ajouta, en se tournant vers son compagnon :

— J'ai eu une tante, dans cette maison-là. C'est une boîte à cancans... Ah ! voilà les Méhudin qui se remuent ; il y a de la lumière au second.

Florent allait le questionner, mais il le trouva inquiétant, dans son grand paletot déteint ; il le suivit, sans mot dire, tandis que l'autre lui parlait des Méhudin. C'étaient des poissonnières ; l'aînée était superbe ; la petite, qui vendait du poisson d'eau douce, ressemblait à une vierge de Murillo, toute blonde au milieu de ses carpes et de ses anguilles. Et il en vint à dire, en se fâchant, que Murillo peignait comme un polisson. Puis, brusquement, s'arrêtant au milieu de la rue :

— Voyons, où allez-vous, à la fin !

— Je ne vais nulle part, à présent, dit Florent accablé. Allons où vous voudrez.

Comme il sortait de la rue Pirouette, une voix appela Claude, du fond de la boutique d'un marchand de vin, qui faisait le coin. Claude entra, traînant Florent à sa suite. Il n'y avait qu'un côté des volets enlevé. Le gaz brûlait dans l'air encore endormi de la salle ; un torchon oublié, les cartes de la veille, traînaient sur les tables, et le courant d'air de la porte grande ouverte mettait sa pointe fraîche au milieu de l'odeur chaude et renfermée du vin. Le patron,

M. Lebigre, un bel homme, servait, en gilet à manches, son collier de barbe tout chiffonné, sa grosse figure régulière toute blanche de sommeil. Des hommes, debout, par groupes, buvaient devant le comptoir, toussant, crachant, les yeux battus, achevant de s'éveiller dans le vin blanc et dans l'eau-de-vie. Florent reconnut Lacaille, dont le sac, à cette heure, débordait de légumes. Il en était à la troisième tournée, avec un camarade, qui racontait longuement l'achat d'un panier de pommes de terre. Quand il eut vidé son verre, il alla causer un instant avec M. Lebigre, dans un petit cabinet vitré, au fond, où le gaz n'était pas allumé.

— Que voulez-vous prendre? demanda Claude à Florent.

En entrant, il avait serré la main de l'homme qui l'invitait. C'était un fort, un beau garçon de vingt-deux ans au plus, rasé, ne portant que de petites moustaches, l'air gaillard, avec son vaste chapeau enduit de craie et son collet de tapisserie, dont les bretelles serraient son bourgeron bleu. Claude l'appelait Alexandre, lui tapait sur les bras, lui demandait quand ils iraient à Charentonneau. Et ils parlaient d'une grande partie qu'ils avaient faite ensemble, en canot, sur la Marne. Le soir, ils avaient mangé un lapin.

— Voyons, que prenez-vous? répéta Claude.

Florent regardait le comptoir, très-embarrassé. Au bout, des théières de punch et de vin chaud, cerclées de cuivre, chauffaient sur les courtes flammes bleues et roses d'un appareil à gaz. Il confessa enfin qu'il prendrait volontiers quelque chose de chaud. M. Lebigre leur servit trois verres de punch. Il y avait, près des théières, dans une corbeille, des petits pains au beurre qu'on venait d'apporter et qui fumaient. Mais les autres n'en prirent pas, et Florent but son verre de punch; il le sentit qui tombait dans son estomac vide, comme un filet de plomb fondu. Ce fut Alexandre qui paya.

— Un bon garçon, cet Alexandre, dit Claude, quand ils se
retrouvèrent tous les deux sur le trottoir de la rue Rambuteau. Il est très-amusant à la campagne ; il fait des tours de
force ; puis, il est superbe, le gredin ; je l'ai vu nu, et s'il
voulait me poser des académies, en plein air... Maintenant,
si cela vous plaît, nous allons faire un tour dans les Halles.

Florent le suivait, s'abandonnait. Une lueur claire, au
fond de la rue Rambuteau, annonçait le jour. La grande
voix des Halles grondait plus haut ; par instants, des volées
de cloche, dans un pavillon éloigné, coupaient cette clameur
roulante et montante. Ils entrèrent sous une des rues couvertes, entre le pavillon de la marée et le pavillon de la
volaille. Florent levait les yeux, regardait la haute voûte,
dont les boiseries intérieures luisaient, entre les dentelles
noires des charpentes de fonte. Quand il déboucha dans la
grande rue du milieu, il songea à quelque ville étrange,
avec ses quartiers distincts, ses faubourgs, ses villages, ses
promenades et ses routes, ses places et ses carrefours, mise
tout entière sous un hangar, un jour de pluie, par quelque
caprice gigantesque. L'ombre, sommeillant dans les creux
des toitures, multipliait la forêt des piliers, élargissait à
l'infini les nervures délicates, les galeries découpées, les
persiennes transparentes ; et c'était, au-dessus de la ville,
jusqu'au fond des ténèbres, toute une végétation, toute une
floraison, monstrueux épanouissement de métal, dont les
tiges qui montaient en fusée, les branches qui se tordaient
et se nouaient, couvraient un monde avec les légèretés de
feuillage d'une futaie séculaire. Des quartiers dormaient
encore, clos de leurs grilles. Les pavillons du beurre et de
la volaille alignaient leurs petites boutiques treillagées,
allongeaient leurs ruelles désertes sous les files des becs de
gaz. Le pavillon de la marée venait d'être ouvert ; des
femmes traversaient les rangées de pierres blanches, tachées
de l'ombre des paniers et des linges oubliés. Aux gros

légumes, aux fleurs et aux fruits, le vacarme allait grandissant. De proche en proche, le réveil gagnait la ville, des
quartiers populeux où les choux s'entassent dès quatre heures
du matin, au quartier paresseux et riche qui n'accroche
des poulardes et des faisans à ses maisons que vers les huit
heures.

Mais, dans les grandes rues couvertes, la vie affluait. Le
long des trottoirs, aux deux bords, des maraîchers étaient
encore là, de petits cultivateurs, venus des environs de
Paris, étalant sur des paniers leur récolte de la veille au
soir, bottes de légumes, poignées de fruits. Au milieu du
va-et-vient incessant de la foule, des voitures entraient sous
les voûtes, en ralentissant le trot sonnant de leurs chevaux.
Deux de ces voitures, laissées en travers, barraient la rue.
Florent, pour passer, dut s'appuyer contre un des sacs
grisâtres, pareils à des sacs de charbon, et dont l'énorme
charge faisait plier les essieux; les sacs, mouillés, avaient une
odeur fraîche d'algues marines; un d'eux, crevé par un
bout, laissait couler un tas noir de grosses moules. A tous les
pas, maintenant, ils devaient s'arrêter. La marée arrivait, les
camions se succédaient, charriant les hautes cages de bois
pleines de bourriches, que les chemins de fer apportent tout
chargées de l'Océan. Et, pour se garer des camions de la
marée de plus en plus pressés et inquiétants, ils se jetaient
sous les roues des camions du beurre, des œufs et des fromages, de grands chariots jaunes, à quatre chevaux, à lanternes de couleur; des forts enlevaient les caisses d'œufs, les
paniers de fromages et de beurre, qu'ils portaient dans le
pavillon de la criée, où des employés en casquette écrivaient
sur des calepins, à la lueur du gaz. Claude était ravi de ce
tumulte; il s'oubliait à un effet de lumière, à un groupe de
blouses, au déchargement d'une voiture. Enfin, ils se déga-
gèrent. Comme ils longeaient toujours la grande rue, ils
marchèrent dans une odeur exquise qui traînait autour d'eux

et semblait les suivre. Ils étaient au milieu du marché des
fleurs coupées. Sur le carreau, à droite et à gauche, des
femmes assises avaient devant elles des corbeilles carrées,
pleines de bottes de roses, de violettes, de dahlias, de marguerites. Les bottes s'assombrissaient, pareilles à des taches
de sang, pâlissaient doucement avec des gris argentés d'une
grande délicatesse. Près d'une corbeille, une bougie allumée
mettait là, sur tout le noir d'alentour, une chanson aiguë
de couleur, les panachures vives des marguerites, le rouge
saignant des dahlias, le bleuissement des violettes, les chairs
vivantes des roses. Et rien n'était plus doux ni plus prin-
tanier que les tendresses de ce parfum rencontrées sur un
trottoir, au sortir des souffles âpres de la marée et de la senteur pestilentielle des beurres et des fromages.

Claude et Florent revinrent sur leurs pas, flânant, s'attar-
dant au milieu des fleurs. Ils s'arrêtèrent curieusement
devant des femmes qui vendaient des bottes de fougère et
des paquets de feuilles de vigne, bien réguliers, attachés
par quarterons. Puis ils tournèrent dans un bout de rue
couverte, presque désert, où leurs pas sonnaient comme
sous la voûte d'une église. Ils y trouvèrent, attelé à une voiture grande comme une brouette, un tout petit âne qui
s'ennuyait sans doute, et qui se mit à braire en les voyant,
d'un ronflement si fort et si prolongé, que les vastes toitures
des Halles en tremblaient. Des hennissements de chevaux
répondirent ; il y eut des piétinements, tout un vacarme
au loin, qui grandit, roula, alla se perdre. Cependant, en
face d'eux, rue Berger, les boutiques nues des commissionnaires, grandes ouvertes, montraient, sous la clarté vive du
gaz, des amas de paniers et de fruits, entre les trois murs
sales couverts d'additions au crayon. Et comme ils étaient là,
ils aperçurent une dame bien mise, pelotonnée d'un air de
lassitude heureuse dans le coin d'un fiacre, perdu au milieu
de l'encombrement de la chaussée, et filant sournoisement.

3

— C'est Cendrillon qui rentre sans pantoufles, dit Claude avec un sourire.

Ils causaient maintenant, en retournant sous les Halles. Claude, les mains dans les poches, sifflant, racontait son grand amour pour ce débordement de nourriture, qui monte au beau milieu de Paris, chaque matin. Il rôdait sur le carreau des nuits entières, rêvant des natures mortes colossales, des tableaux extraordinaires. Il en avait même commencé un ; il avait fait poser son ami Marjolin et cette gueuse de Cadine ; mais c'était dur, c'était trop beau, ces diables de légumes, et les fruits, et les poissons, et la viande ! Florent écoutait, le ventre serré, cet enthousiasme d'artiste. Et il était évident que Claude, en ce moment-là, ne songeait même pas que ces belles choses se mangeaient. Il les aimait pour leur couleur. Brusquement, il se tut, serra d'un mouvement qui lui était habituel la longue ceinture rouge qu'il portait sous son paletot verdâtre, et reprit d'un air fin :

— Puis, je déjeune ici, par les yeux au moins, et cela vaut encore mieux que de ne rien prendre. Quelquefois, quand j'oublie de dîner, la veille, je me donne une indigestion, le lendemain, à regarder arriver toutes sortes de bonnes choses. Ces matins-là, j'ai encore plus de tendresses pour mes légumes... Non, tenez, ce qui est exaspérant, ce qui n'est pas juste, c'est que ces gredins de bourgeois mangent tout ça !

Il raconta un souper qu'un ami lui avait payé chez Baratte, un jour de splendeur ; ils avaient eu des huîtres, du poisson, du gibier. Mais Baratte était bien tombé ; tout le carnaval de l'ancien marché des Innocents se trouvait enterré, à cette heure ; on en était aux Halles centrales, à ce colosse de fonte, à cette ville nouvelle, si originale. Les imbéciles avaient beau dire, toute l'époque était là Et Florent ne savait plus s'il condamnait le côté pittoresque ou la bonne chère de Baratte. Puis, Claude déblatéra contre le roman-

tisme ; il préférait ses tas de choux aux guenilles du moyen
âge. Il finit par s'accuser de son eau-forte de la rue Pirouette
comme d'une faiblesse. On devait flanquer les vieilles cam-
buses par terre et faire du moderne.

— Tenez, dit-il en s'arrêtant, regardez, au coin du trottoir. N'est-ce pas un tableau tout fait, et qui serait plus
humain que leurs sacrées peintures poitrinaires?

Le long de la rue couverte, maintenant, des femmes vendaient du café, de la soupe. Au coin du trottoir, un large
rond de consommateurs s'était formé autour d'une marchande de soupe aux choux. Le seau de fer-blanc étamé,
plein de bouillon, fumait sur le petit réchaud bas, dont les
trous jetaient une lueur pâle de braise. La femme, armée
d'une cuiller à pot, prenant de minces tranches de pain au
fond d'une corbeille garnie d'un linge, trempait la soupe
dans des tasses jaunes. Il y avait là des marchandes très-
propres, des maraîchers en blouse, des porteurs sales, le paletot gras des charges de nourriture qui avaient traîné sur
les épaules, de pauvres diables déguenillés, toutes les faims
matinales des Halles, mangeant, se brûlant, écartant un peu
le menton pour ne pas se tacher de la bavure des cuillers.
Et le peintre ravi clignait les yeux, cherchait le point de
vue, afin de composer le tableau dans un bon ensemble. Mais
cette diablesse de soupe aux choux avait une odeur terrible.
Florent tournait la tête, gêné par ces tasses pleines, que les
consommateurs vidaient sans mot dire, avec un regard de
côté d'animaux méfiants. Alors, comme la femme servait
un nouvel arrivé, Claude lui-même fut attendri par la vapeur forte d'une cuillerée qu'il reçut en plein visage.

Il serra sa ceinture, souriant, fâché ; puis, se remettant à
marcher, faisant allusion au verre de punch d'Alexandre,
il dit à Florent d'une voix un peu basse :

— C'est drôle, vous avez dû remarquer cela, vous?...
On trouve toujours quelqu'un pour vous payer à boire,

on ne rencontre jamais personne qui vous paye à manger.

Le jour se levait. Au bout de la rue de la Cossonnerie, les maisons du boulevard Sébastopol étaient toutes noires ; et, au-dessus de la ligne nette des ardoises, le cintre élevé de la grande rue couverte taillait, dans le bleu pâle, une demi-lune de clarté. Claude, qui s'était penché au-dessus de certains regards, garnis de grilles, s'ouvrant, au ras du trottoir, sur des profondeurs de cave où brûlaient des lueurs louches de gaz, regardait en l'air maintenant, entre les hauts piliers, cherchant sur les toits bleus, au bord du ciel clair. Il finit par s'arrêter encore, les yeux levés sur une des minces échelles de fer qui relient les deux étages de toitures et permettent de les parcourir. Florent lui demanda ce qu'il voyait là-haut.

— C'est ce diable de Marjolin, dit le peintre sans répondre. Il est, pour sûr, dans quelque gouttière, à moins qu'il n'ait passé la nuit avec les bêtes de la cave aux volailles... J'ai besoin de lui pour une étude.

Et il raconta que son ami Marjolin fut trouvé, un matin, par une marchande, dans un tas de choux, et qu'il poussa sur le carreau, librement. Quand on voulut l'envoyer à l'école, il tomba malade, il fallut le ramener aux Halles. Il en connaissait les moindres recoins, les aimait d'une tendresse de fils, vivait avec des agilités d'écureuil, au milieu de cette forêt de fonte. Ils faisaient un joli couple, lui et cette gueuse de Cadine, que la mère Chantemesse avait ramassée, un soir, au coin de l'ancien marché des Innocents. Lui, était splendide, ce grand bêta, doré comme un Rubens, avec un duvet roussâtre qui accrochait le jour ; elle, la petite, futée et mince, avait un drôle de museau, sous la broussaille noire de ses cheveux crépus.

Claude, tout en causant, hâtait le pas. Il ramena son compagnon à la pointe Saint-Eustache. Celui-ci se laissa tomber sur un banc, près du bureau des omnibus, les jambes

cassées de nouveau. L'air fraîchissait. Au fond de la rue
Rambuteau, des lueurs roses marbraient le ciel laiteux, sa-
bré, plus haut, par de grandes déchirures grises. Cette
aube avait une odeur si balsamique, que Florent se crut un
instant en pleine campagne, sur quelque colline. Mais Claude
lui montra, de l'autre côté du banc, le marché aux aromates.
Le long du carreau de la triperie, on eût dit des champs
de thym, de lavande, d'ail, d'échalote ; et les marchandes
avaient enlacé, autour des jeunes platanes du trottoir, de
hautes branches de laurier qui faisaient des trophées de
verdure. C'était l'odeur puissante du laurier qui dominait.

Le cadran lumineux de Saint-Eustache pâlissait, agonisait, pareil à une veilleuse surprise par le matin. Chez les
marchands de vin, au fond des rues voisines, les becs de
gaz s'éteignaient un à un, comme des étoiles tombant dans
de la lumière. Et Florent regardait les grandes Halles sortir
de l'ombre, sortir du rêve, où il les avait vues, allongeant
à l'infini leurs palais à jour. Elles se solidifiaient, d'un gris
verdâtre, plus géantes encore, avec leur mâture prodigieuse,
supportant les nappes sans fin de leurs toits. Elles entassaient leurs masses géométriques ; et, quand toutes les clartés intérieures furent éteintes, qu'elles baignèrent dans le
jour levant, carrées, uniformes, elles apparurent comme une
machine moderne, hors de toute mesure, quelque machine
à vapeur, quelque chaudière destinée à la digestion d'un
peuple, gigantesque ventre de métal, boulonné, rivé, fait
de bois, de verre et de fonte, d'une élégance et d'une puissance de moteur mécanique, fonctionnant là, avec la chaleur
du chauffage, l'étourdissement, le branle furieux des roues.

Mais Claude était monté debout sur le banc, d'enthousiasme. Il força son compagnon à admirer le jour se levant
sur les légumes. C'était une mer. Elle s'étendait de la pointe
Saint-Eustache à la rue des Halles, entre les deux groupes
de pavillons. Et, aux deux bouts, dans les deux carrefours,

le flot grandissait encore, les légumes submergeaient les pavés. Le jour se levait lentement, d'un gris très-doux, lavant toutes choses d'une teinte claire d'aquarelle. Ces tas montonnants comme des flots pressés, ce fleuve de verdure qui semblait couler dans l'encaissement de la chaussée, pareil à la débâcle des pluies d'automne, prenaient des ombres délicates et perlées, des violets attendris, des roses teintées de lait, des verts noyés dans des jaunes, toutes les pâleurs qui font du ciel une soie changeante au lever du soleil; et, à mesure que l'incendie du matin montait en jets de flammes au fond de la rue Rambuteau, les légumes s'éveillaient davantage, sortaient du grand bleuissement traînant à terre. Les salades, les laitues, les scaroles, les chicorées, ouvertes et grasses encore de terreau, montraient leurs cœurs éclatants ; les paquets d'épinards, les paquets d'oseille, les bouquets d'artichauts, les entassements de haricots et de pois, les empilements de romaines, liées d'un brin de paille, chantaient toute la gamme du vert, de la laque verte des cosses au gros vert des feuilles ; gamme soutenue qui allait en se mourant, jusqu'aux panachures des pieds de céleris et des bottes de poireaux. Mais les notes aiguës, ce qui chantait plus haut, c'étaient toujours les taches vives des carottes, les taches pures des navets, semées en quantité prodigieuse le long du marché, l'éclairant du bariolage de leurs deux couleurs. Au carrefour de la rue des Halles, les choux faisaient des montagnes ; les énormes choux blancs, serrés et durs comme des boulets de métal pâle ; les choux frisés, dont les grandes feuilles ressemblaient à des vasques de bronze ; les choux rouges, que l'aube changeait en des floraisons superbes, lie de vin, avec des meurtrissures de carmin et de pourpre sombre. A l'autre bout, au carrefour de la pointe Saint-Eustache, l'ouverture de la rue Rambuteau était barrée par une barricade de potirons orangés, sur deux rangs, s'étalant, élargissant leurs ventres. Et le vernis mordoré d'un panier d'ognons, le rouge saignant d'un tas de tomates, l'effacement jaunâtre d'un lot de concombres, le violet sombre d'une grappe d'aubergines, çà et là, s'allumaient ; pendant que de gros radis noirs, rangés en nappes de deuil, laissaient encore quelques trous de ténèbres au milieu des joies vibrantes du réveil. ✗

Claude battait des mains, à ce spectacle. Il trouvait « ces gredins de légumes » extravagants, fous, sublimes. Et il soutenait qu'ils n'étaient pas morts, qu'arrachés de la veille, ils attendaient le soleil du lendemain pour lui dire adieu sur le pavé des Halles. Il les voyait vivre, ouvrir leurs feuilles, comme s'ils eussent encore les pieds tranquilles et chauds dans le fumier. Il disait entendre là le râle de tous les potagers de la banlieue. Cependant, la foule des bonnets blancs, des caracos noirs, des blouses bleues, emplissait les étroits sentiers, entre les tas. C'était toute une campagne bourdonnante. Les grandes hottes des porteurs filaient lourdement au-dessus des têtes. Les revendeuses, les marchands des quatre saisons, les fruitiers, achetaient, se hâtaient. Il y avait des caporaux et des bandes de religieuses autour des montagnes de choux ; tandis que des cuisiniers de collége flairaient, cherchant les bonnes aubaines. On déchargeait toujours ; des tombereaux jetaient leur charge à terre, comme une charge de pavés, ajoutant un flot aux autres flots, qui venaient maintenant battre le trottoir opposé. Et, du fond de la rue du Pont-Neuf, des files de voitures arrivaient, éternellement.

— C'est crânement beau tout de même, murmurait Claude en extase.

Florent souffrait. Il croyait à quelque tentation surhumaine. Il ne voulait plus voir, il regardait Saint-Eustache, posé de biais, comme lavé à la sépia sur le bleu du ciel, avec ses rosaces, ses larges fenêtres cintrées, son clocheton, ses toits d'ardoises. Il s'arrêtait à l'enfoncement sombre de la

rue Montorgueil, où éclataient des bouts d'enseignes violentes; au pan coupé de la rue Montmartre, dont les balcons
luisaient, chargés de lettres d'or. Et, quand il revenait au
carrefour, il était sollicité par d'autres enseignes, des *Dro-
guerie et pharmacie*, des *Farines et légumes secs*, aux
grosses majuscules rouges ou noires, sur des fonds déteints.
Les maisons des angles, à fenêtres étroites, s'éveillaient,
mettaient, dans l'air large de la nouvelle rue du Pont-Neuf,
quelques jaunes et bonnes vieilles façades de l'ancien Paris.
Au coin de la rue Rambuteau, debout au milieu des vitrines
vides du grand magasin de nouveautés, des commis bien
mis, en gilet, avec leur pantalon collant et leurs larges
manchettes éblouissantes, faisaient l'étalage. Plus loin,
la maison Guillout, sévère comme une caserne, étalait délicatement, derrière ses glaces, des paquets dorés de biscuits
et des compotiers pleins de petits-fours. Toutes les boutiques
s'étaient ouvertes. Des ouvriers en blouses blanches, tenant
leurs outils sous le bras, pressaient le pas, traversaient la
chaussée.

Claude n'était pas descendu de son banc. Il se grandissait,
pour voir jusqu'au fond des rues. Brusquement, il aperçut,
dans la foule qu'il dominait, une tête blonde aux larges
cheveux, suivie d'une petite tête noire, toute crépue et
ébouriffée.

— Eh! Marjolin! eh! Cadine! cria-t-il.

Et, comme sa voix se perdait au milieu du brouhaha, il
sauta à terre, il prit sa course. Puis, il songea qu'il oubliait
Florent; il revint d'un saut; il dit rapidement :

— Vous savez, au fond de l'impasse des Bourdonnais...
Mon nom est écrit à la craie sur la porte, Claude Lantier...
Venez voir l'eau-forte de la rue Pirouette.

Il disparut. Il ignorait le nom de Florent; il le quittait
comme il l'avait pris, au bord d'un trottoir, après lui avoir
expliqué ses préférences artistiques.

Florent était seul. Il fut d'abord heureux de cette soli-
tude. Depuis que madame François l'avait recueilli, dans
l'avenue de Neuilly, il marchait au milieu d'une somnolence
et d'une souffrance qui lui ôtaient l'idée exacte des choses.
Il était libre enfin, il voulut se secouer, secouer ce rêve
intolérable de nourritures gigantesques dont il se sentait
poursuivi. Mais sa tête restait vide, il n'arriva qu'à retrouver au fond de lui une peur sourde. Le jour grandissait,
on pouvait le voir maintenant; et il regardait son pantalon
et sa redingote lamentables. Il boutonna la redingote, épous-
seta le pantalon, essaya un bout de toilette, croyant entendre ces loques noires dire tout haut d'où il venait. Il
était assis au milieu du banc, à côté de pauvres diables, de
rôdeurs échoués là, en attendant le soleil. Les nuits des
Halles sont douces pour les vagabonds. Deux sergents de
ville, encore en tenue de nuit, avec la capote et le képi,
marchant côte à côte, les mains derrière le dos, allaient et
venaient le long du trottoir; chaque fois qu'ils passaient devant le banc, ils jetaient un coup d'œil sur le gibier qu'ils
y flairaient. Florent s'imagina qu'ils le reconnaissaient, qu'ils
se consultaient pour l'arrêter. Alors l'angoisse le prit. Il eut
une envie folle de se lever, de courir. Mais il n'osait plus, il
ne savait de quelle façon s'en aller. Et les coups d'œil réguliers des sergents de ville, cet examen lent et froid de la
police, le mettait au supplice. Enfin, il quitta le banc, se
retenant pour ne pas fuir de toute la longueur de ses grandes
jambes, s'éloignant pas à pas, serrant les épaules, avec l'horreur de sentir les mains rudes des sergents de ville le
prendre au collet, par derrière.

Il n'eut plus qu'une pensée, qu'un besoin, s'éloigner des
Halles. Il attendrait, il chercherait encore, plus tard, quand
le carreau serait libre. Les trois rues du carrefour, la rue
Montmartre, la rue Montorgueil, la rue Turbigo, l'inquié-
tèrent : elles étaient encombrées de voitures de toutes sortes;

des légumes couvraient les trottoirs. Alors, il alla devant lui,
jusqu'à la rue Pierre-Lescot, où le marché au cresson et le
marché aux pommes de terre lui parurent infranchissables.
Il préféra suivre la rue Rambuteau. Mais, au boulevard Sébastopol, il se heurta contre un tel embarras de tapissières,
de charrettes, de chars à bancs, qu'il revint prendre la rue
Saint-Denis. Là, il rentra dans les légumes. Aux deux bords,
les marchands forains venaient d'installer leurs étalages, des
planches posées sur de hauts paniers, et le déluge de choux,
de carottes, de navets, recommençaient. Les Halles débordaient. Il essaya de sortir de ce flot qui l'atteignait dans sa
fuite ; il tenta la rue de la Cossonnerie, la rue Berger, le
square des Innocents, la rue de la Ferronnerie, la rue des
Halles. Et il s'arrêta, découragé, effaré, ne pouvant se dégager de cette infernale ronde d'herbes qui finissaient par
tourner autour de lui en le liant aux jambes de leurs minces verdures. Au loin, jusqu'à la rue de Rivoli, jusqu'à la
place de l'Hôtel-de-Ville, les éternelles files de roues et de
bêtes attelées se perdaient dans le pêle-mêle des marchandises qu'on chargeait ; de grandes tapissières emportaient
les lots des fruitiers de tout un quartier ; des chars à bancs
dont les flancs craquaient, partaient pour la banlieue. Rue
du Pont-Neuf, il s'égara tout à fait ; il vint trébucher au milieu d'une remise de voitures à bras ; des marchands des
quatre saisons y paraient leur étalage roulant. Parmi eux, il
reconnut Lacaille, qui prit la rue Saint-Honoré, en poussant
devant lui une brouettée de carottes et de choux-fleurs. Il le
suivit, espérant qu'il l'aiderait à sortir de la cohue. Le pavé
était devenu gras, bien que le temps fût sec ; des tas de
queues d'artichauts, des feuilles et des fanes, rendaient la
chaussée périlleuse. Il butait à chaque pas. Il perdit Lacaille,
rue Vauvilliers. Du côté de la Halle-aux-Blé, les bouts de
rue se barricadaient d'un nouvel obstacle de charrettes et de
tombereaux. Il ne tenta plus de lutter, il était repris par les

Halles, le flot le ramenait. Il revint lentement, il se retrouva
à la pointe Saint-Eustache.

Maintenant il entendait le long roulement qui partait des
Halles. Paris mâchait les bouchées à ses deux millions d'ha-
bitants. C'était comme un grand organe central battant furieusement, jetant le sang de la vie dans toutes les veines.
Bruit de mâchoires colossales, vacarme fait du tapage de
l'approvisionnement, depuis les coups de fouet des gros reven-
deurs partant pour les marchés de quartier, jusqu'aux sava-
tes traînantes des pauvres femmes qui vont de porte en porte
offrir des salades, dans des paniers.

Il entra sous une rue couverte, à gauche, dans le groupe
des quatre pavillons, dont il avait remarqué la grande ombre silencieuse pendant la nuit. Il espérait s'y réfugier, y
trouver quelque trou. Mais, à cette heure, ils s'étaient éveillés comme les autres. Il alla jusqu'au bout de la rue. Des camions arrivaient au trot, encombrant le marché de la Vallée
de cageaux pleins de volailles vivantes, et de paniers carrés
où des volailles mortes étaient rangées par lits profonds. Sur
le trottoir opposé, d'autres camions déchargeaient des veaux
entiers, emmaillottés d'une nappe, couchés tout du long,
comme des enfants, dans des mannes qui ne laissaient passer
que les quatre moignons, écartés et saignants. Il y avait
aussi des moutons entiers, des quartiers de bœuf, des cuis-
seaux, des épaules. Les bouchers, avec de grands tabliers
blancs, marquaient la viande d'un timbre, la voituraient, la
pesaient, l'accrochaient aux barres de la criée ; tandis que,
le visage collé aux grilles, il regardait ces files de corps pendus, les bœufs et les moutons rouges, les veaux plus pâles,
tachés de jaune par la graisse et les tendons, le ventre ouvert.
Il passa au carreau de la triperie, parmi les têtes et les pieds
de veau blafards, les tripes proprement roulées en paquets
dans des boîtes, les cervelles rangées délicatement sur des
paniers plats, les foies saignants, les rognons violâtres. Il

s'arrêta aux longues charrettes à deux roues, couvertes
d'une bâche ronde, qui apportent des moitiés de cochon, accrochées des deux côtés aux ridelles, au-dessus d'un lit de
paille ; les culs des charrettes ouverts montraient des chapelles ardentes, des enfoncements de tabernacle, dans les
lueurs flambantes de ces chairs régulières et nues ; et, sur
le lit de paille, il y avait des boîtes de fer-blanc, pleines du
sang des cochons. Alors Florent fut pris d'une rage sourde ;
l'odeur fade de la boucherie, l'odeur âcre de la triperie,
l'exaspéraient. Il sortit de la rue couverte, il préféra revenir
une fois encore sur le trottoir de la rue du Pont-Neuf.

C'était l'agonie. Le frisson du matin le prenait ; il cla-
quait des dents, il avait peur de tomber là et de rester par
terre. Il chercha, ne trouva pas un coin sur un banc ; il y
aurait dormi, quitte à être réveillé par les sergents de ville.
Puis, comme un éblouissement l'aveuglait, il s'adossa à un
arbre, les yeux fermés, les oreilles bourdonnantes. La carotte
crue qu'il avait avalée, sans presque la mâcher, lui déchirait
l'estomac, et le verre de punch l'avait grisé. Il était gris de
misère, de lassitude, de faim. Un feu ardent le brûlait de
nouveau au creux de la poitrine ; il y portait les deux mains,
par moments, comme pour boucher un trou par lequel il
croyait sentir tout son être s'en aller. Le trottoir avait un
large balancement ; sa souffrance devenait si intolérable, qu'il
voulut marcher encore pour la faire taire. Il marcha devant
lui, entra dans les légumes. Il s'y perdit. Il prit un étroit
sentier, tourna dans un autre, dut revenir sur ses pas, se
trompa, se trouva au milieu des verdures. Certains tas étaient
si haut, que les gens circulaient entre deux murailles, bâties
de paquets et de bottes. Les têtes dépassaient un peu ; on
les voyait filer avec la tache blanche ou noire de la coiffure ;
et les grandes hottes, balancées, ressemblaient, au ras des
feuilles, à des nacelles d'osier nageant sur un lac de mousse.
Florent se heurtait à mille obstacles, à des porteurs qui se

chargeaient, à des marchandes qui discutaient de leurs voix
rudes ; il glissait sur le lit épais d'épluchures et de trognons
qui couvrait la chaussée, il étouffait dans l'odeur puissante des feuilles écrasées. Alors, stupide, il s'arrêta, il
s'abandonna aux poussées des uns, aux injures des autres ;
il ne fut plus qu'une chose battue, roulée, au fond de la mer
montante.

Une grande lâcheté l'envahissait. Il aurait mendié. Sa
sotte fierté de la nuit l'exaspérait. S'il avait accepté l'aumône
de madame François, s'il n'avait point eu peur de Claude,
comme un imbécile, il ne se trouverait pas là, à râler parmi
ces choux. Et il s'irritait surtout de ne pas avoir questionné
le peintre, rue Pirouette. A cette heure, il était seul, il pouvait crever, sur le pavé, comme un chien perdu.

Il leva une dernière fois les yeux, il regarda les Halles.
Elles flambaient dans le soleil. Un grand rayon entrait par
le bout de la rue couverte, au fond, trouant la masse des
pavillons d'un portique de lumière ; et, battant la nappe des
toitures, une pluie ardente tombait. L'énorme charpente de
fonte se noyait, bleuissait, n'était plus qu'un profil sombre
sur les flammes d'incendie du levant. En haut, une vitre
s'allumait, une goutte de clarté roulait jusqu'aux gouttières,
le long de la pente des larges plaques de zinc. Ce fut alors
une cité tumultueuse dans une poussière d'or volante. Le
réveil avait grandi, du ronflement des maraîchers, couchés
sous leurs limousines, au roulement plus vif des arrivages.
Maintenant, la ville entière repliait ses grilles ; les carreaux
bourdonnaient, les pavillons grondaient ; toutes les voix
donnaient, et l'on eût dit l'épanouissement magistral de
cette phrase que Florent, depuis quatre heures du matin, entendait se traîner et se grossir dans l'ombre. A droite, à
gauche, de tous côtés, des glapissements de criée mettaient
des notes aiguës de petite flûte, au milieu des basses sourdes
de la foule. C'était la marée, c'étaient les beurres, c'était la

4

volaille, c'était la viande. Des volées de cloche passaient, secouant derrière elles le murmure des marchés qui s'ouvraient.
Autour de lui, le soleil enflammait les légumes. Il ne reconnaissait plus l'aquarelle tendre des pâleurs de l'aube. Les
cœurs élargis des salades brûlaient, la gamme du vert éclatait en vigueurs superbes, les carottes saignaient, les navets
devenaient incandescents, dans ce brasier triomphal. A sa
gauche, des tombereaux de choux s'éboulaient encore. Il
tourna les yeux, il vit, au loin, des camions qui débouchaient
toujours de la rue Turbigo. La mer continuait à monter. Il
l'avait sentie à ses chevilles, puis à son ventre ; elle mena-
çait, à cette heure, de passer par-dessus sa tête. Aveuglé,
noyé, les oreilles sonnantes, l'estomac écrasé par tout ce qu'il
avait vu, devinant de nouvelles et incessantes profondeurs
de nourriture, il demanda grâce, et une douleur folle le prit,
de mourir ainsi de faim, dans Paris gorgé, dans ce réveil
fulgurant des Halles. De grosses larmes chaudes jaillirent de
ses yeux.

Il était arrivé à une allée plus large. Deux femmes, une
petite vieille et une grande sèche, passèrent devant lui, causant, se dirigeant vers les pavillons.

— Et vous êtes venue faire vos provisions, mademoiselle
Saget? demanda la grande sèche.

— O madame Lecœur, si on peut dire... Vous savez,
une femme seule. Je vis de rien... J'aurais voulu un petit
chou-fleur, mais tout est si cher... Et le beurre, à combien,
aujourd'hui ?

— Trente-quatre sous... J'en ai du bien bon. Si vous voulez venir me voir...

— Oui, oui, je ne sais pas, j'ai encore un peu de
graisse...

Florent, faisant un effort suprême, suivait les deux femmes Il se souvenait d'avoir entendu nommer la petite vieille

par Claude, rue Pirouette ; il se disait qu'il la questionnerait, quand elle aurait quitté la grande sèche.

— Et votre nièce? demanda mademoiselle Saget.

— La Sarriette fait ce qu'il lui plaît, répondit aigrement madame Lecœur. Elle a voulu s'établir. Ça ne me regarde plus. Quand les hommes l'auront grugée, ce n'est pas moi qui lui donnerai un morceau de pain.

— Vous étiez si bonne pour elle... Elle devrait gagner de l'argent ; les fruits sont avantageux, cette année... Et votre beau-frère?

— Oh ! lui...

Madame Lecœur pinça les lèvres et parut ne pas vouloir en dire davantage.

— Toujours le même, hein? continua mademoiselle Saget. C'est un bien brave homme... Je me suis laissé dire qu'il mangeait son argent d'une façon...

— Est-ce qu'on sait s'il mange son argent! dit brutalement madame Lecœur. C'est un cachotier, c'est un ladre, c'est un homme, voyez-vous, mademoiselle, qui me laisserait crever plutôt que de me prêter cent sous... Il sait parfaitement que les beurres, pas plus que les fromages et les œufs, n'ont marché cette saison. Lui, vend toute la volaille qu'il veut... Eh bien, pas une fois, non, pas une fois, il ne m'aurait offert ses services. Je suis bien trop fière pour accepter, vous comprenez, mais ça m'aurait fait plaisir.

— Eh ! le voilà, votre beau-frère, reprit mademoiselle Saget, en baissant la voix.

Les deux femmes se tournèrent, regardèrent quelqu'un qui traversait la chaussée pour entrer sous la grande rue couverte.

— Je suis pressée, murmura madame Lecœur, j'ai laissé ma boutique toute seule. Puis, je ne veux pas lui parler.

Florent s'était aussi retourné, machinalement. Il vit un petit homme, carré, l'air heureux, les cheveux gris et taillés

en brosse, qui tenait sous chacun de ses bras une oie grasse,
dont la tête pendait et lui tapait sur les cuisses. Et, brusquement, il eut un geste de joie; il courut derrière cet homme,
oubliant sa fatigue. Quand il l'eut rejoint :

— Gavard! dit-il en lui frappant sur l'épaule.

L'autre leva la tête, examina d'un air surpris cette longue
figure noire qu'il ne reconnaissait pas. Puis, tout d'un coup :

— Vous! vous! s'écria-t-il au comble de la stupéfaction.
Comment, c'est vous!

Il manqua laisser tomber ses oies grasses. Il ne se calmait
pas. Mais, ayant aperçu sa belle-sœur et mademoiselle Saget,
qui assistaient curieusement de loin à leur rencontre, il se
remit à marcher, en disant :

— Ne restons pas là, venez... Il y a des yeux et des langues de trop.

Et, sous la rue couverte, ils causèrent. Florent raconta
qu'il était allé rue Pirouette. Gavard trouva cela très-drôle;
il rit beaucoup, il lui apprit que son frère Quenu avait dé-
ménagé et rouvert sa charcuterie à deux pas, rue Rambuteau, en face des Halles. Ce qui l'amusa encore prodigieuse-
ment, ce fut d'entendre que Florent s'était promené tout le
matin avec Claude Lantier, un drôle de corps, qui était justement le neveu de madame Quenu. Il allait le conduire à
la charcuterie. Puis, quand il sut qu'il était rentré en France
avec de faux papiers, il prit toutes sortes d'airs mystérieux
et graves. Il voulut marcher devant lui, à cinq pas de distance, pour ne pas éveiller l'attention. Après avoir passé
par le pavillon de la volaille, où il accrocha ses deux oies
dans sa boutique, il traversa la rue Rambuteau, toujours
suivi par Florent. Là, au milieu de la chaussée, du coin de
l'œil, il lui désigna une grande et belle boutique de charcuterie.

Le soleil enfilait obliquement la rue Rambuteau, allumant
les façades, au milieu desquelles l'ouverture de la rue Pi-

rouette faisait un trou noir. A l'autre bout, le grand vaisseau
de Saint-Eustache était tout doré dans la poussière du soleil, comme une immense châsse. Et, au milieu de la cohue,
du fond du carrefour, une armée de balayeurs s'avançait,
sur une ligne, à coups réguliers de balai ; tandis que des
boueux jetaient les ordures à la fourche dans des tombereaux qui s'arrêtaient, tous les vingt pas, avec des bruits de
vaisselles cassées. Mais Florent n'avait d'attention que pour
la grande charcuterie, ouverte et flambante au soleil levant.

Elle faisait presque le coin de la rue Pirouette. Elle était
une joie pour le regard. Elle riait, toute claire, avec des
pointes de couleurs vives qui chantaient au milieu de la
blancheur de ses marbres. L'enseigne, où le nom de QUENU-
GRADELLE luisait en grosses lettres d'or, dans un encadre-
ment de branches et de feuilles, dessiné sur un fond tendre,
était faite d'une peinture recouverte d'une glace. Les deux
panneaux latéraux de la devanture, également peints et
sous verre, représentaient de petits Amours joufflus, jouant
au milieu de hures, de côtelettes de porc, de guirlandes de
saucisses ; et ces natures mortes, ornées d'enroulements et
de rosaces, avaient une telle tendresse d'aquarelle, que les
viandes crues y prenaient des tons roses de confitures. Puis,
dans ce cadre aimable, l'étalage montait. Il était posé sur
un lit de fines rognures de papier bleu ; par endroits, des
feuilles de fougère, délicatement rangées, changeaient certaines assiettes en bouquets entourés de verdure. C'était un
monde de bonnes choses, de choses fondantes, de choses
grasses. D'abord, tout en bas, contre la glace, il y avait une
rangée de pots de rillettes, entremêlés de pots de moutarde.
Les jambonneaux désossés venaient au-dessus, avec leur bonne
figure ronde, jaune de chapelure, leur manche terminé par
un pompon vert. Ensuite arrivaient les grands plats : les
langues fourrées de Strasbourg, rouges et vernies, saignantes à côté de la pâleur des saucisses et des pieds de

cochon; les boudins, noirs, roulés comme des couleuvres bonnes filles; les andouilles, empilées deux à deux, crevant de santé; les saucissons, pareils à des échines de chantre, dans leurs chapes d'argent; les pâtés, tout chauds, portant les petits drapeaux de leurs étiquettes; les gros jambons, les grosses pièces de veau et de porc, glacées, et dont la gelée avait des limpidités de sucre candi. Il y avait encore de larges terrines au fond desquelles dormaient des viandes et des hachis, dans des lacs de graisse figée. Entre les assiettes, entre les plats, sur le lit de rognures bleues, se trouvaient jetés des bocaux d'aschards, de coulis, de truffes conservées, des terrines de foies gras, des boîtes moirées de thon et de sardines. Une caisse de fromages laiteux, et une autre caisse, pleine d'escargots bourrés de beurre persillé, étaient posées aux deux coins, négligemment. Enfin, tout en haut, tombant d'une barre à dents de loup, des colliers de saucisses, de saucissons, de cervelas, pendaient, symétriques, semblables à des cordons et à des glands de tentures riches; tandis que, derrière, des lambeaux de crépine mettaient leur dentelle, leur fond de guipure blanche et charnue. Et là, sur le dernier gradin de cette chapelle du ventre, au milieu des bouts de la crépine, entre deux bouquets de glaïeuls pourpres, le reposoir se couronnait d'un aquarium carré, garni de rocailles, où deux poissons rouges nageaient, continuellement.

Florent sentit un frisson à fleur de peau; et il aperçut une femme, sur le seuil de la boutique, dans le soleil. Elle mettait un bonheur de plus, une plénitude solide et heureuse, au milieu de toutes ces gaietés grasses. C'était une belle femme. Elle tenait la largeur de la porte, point trop grasse pourtant, forte de la gorge, dans la maturité de la trentaine. Elle venait de se lever, et déjà ses cheveux, lissés, collés et comme vernis, lui descendaient en petits bandeaux plats sur les tempes. Cela la rendait très-propre. Sa chair,

paisible, avait cette blancheur transparente, cette peau fine
et rosée des personnes qui vivent d'ordinaire dans les graisses
et les viandes crues. Elle était sérieuse plutôt, très-calme et
très-lente, s'égayant du regard, les lèvres graves. Son col
de linge empesé bridant sur son cou, ses manches blanches
qui lui montaient jusqu'aux coudes, son tablier blanc cachant
la pointe de ses souliers, ne laissaient voir que des bouts de
sa robe de cachemire noir, les épaules rondes, le corsage
plein, dont le corset tendait l'étoffe, extrêmement. Dans
tout ce blanc, le soleil brûlait. Mais, trempée de clarté, les
cheveux bleus, la chair rose, les manches et la jupe éclatantes, elle ne clignait pas les paupières, elle prenait en
toute tranquillité béate son bain de lumière matinale, les
yeux doux, riant aux Halles débordantes. Elle avait un air
de grande honnêteté.

— C'est la femme de votre frère, votre belle-sœur Lisa,
dit Gavard à Florent.

Il l'avait saluée d'un léger signe de tête. Puis, il s'enfonça dans l'allée, continuant à prendre des précautions minutieuses, ne voulant pas que Florent entrât par la boutique,
qui était vide pourtant. Il était évidemment très-heureux
de se mettre dans une aventure qu'il croyait compromettante.

— Attendez, dit-il, je vais voir si votre frère est seul...
Vous entrerez, quand je taperai dans mes mains.

Il poussa une porte, au fond de l'allée. Mais, lorsque Florent entendit la voix de son frère, derrière cette porte, il
entra d'un bond. Quenu, qui l'adorait, se jeta à son cou. Ils
s'embrassaient comme des enfants.

— Ah! saperlotte, ah! c'est toi, balbutiait Quenu, si je
m'attendais, par exemple!... Je t'ai cru mort, je le disais
hier encore à Lisa: « Ce pauvre Florent... »

Il s'arrêta, il cria, en penchant la tête dans la boutique :
— Eh! Lisa!... Lisa!...

Puis, se tournant vers une petite fille qui s'était réfugiée dans un coin :

— Pauline, va donc chercher ta mère.

Mais la petite ne bougea pas. C'était une superbe enfant de cinq ans, ayant une grosse figure ronde, d'une grande ressemblance avec la belle charcutière. Elle tenait, entre ses bras, un énorme chat jaune, qui s'abandonnait d'aise, les pattes pendantes ; et elle le serrait de ses petites mains, pliant sous la charge, comme si elle eût craint que ce monsieur si mal habillé ne le lui volât.

Lisa arriva lentement.

— C'est Florent, c'est mon frère, répétait Quenu.

Elle l'appela « monsieur, » fut très-bonne. Elle le regardait paisiblement, de la tête aux pieds, sans montrer aucune surprise malhonnête. Ses lèvres seules avaient un léger pli. Et elle resta debout, finissant par sourire des embrassades de son mari. Celui-ci pourtant parut se calmer. Alors il vit la maigreur, la misère de Florent.

— Ah ! mon pauvre ami, dit-il, tu n'as pas embelli, là bas... Moi, j'ai engraissé, que veux-tu !

Il était gras, en effet, trop gras pour ses trente ans. Il débordait dans sa chemise, dans son tablier, dans ses linges blancs qui l'emmaillotaient comme un énorme poupon. Sa face rasée s'était allongée, avait pris à la longue une lointaine ressemblance avec le groin de ces cochons, de cette viande, où ses mains s'enfonçaient et vivaient, la journée entière. Florent le reconnaissait à peine. Il s'était assis, il passait de son frère à la belle Lisa, à la petite Pauline. Ils suaient la santé ; ils étaient superbes, carrés, luisants ; ils le regardaient avec l'étonnement de gens très-gras pris d'une vague inquiétude en face d'un maigre. Et le chat lui-même, dont la peau pétait de graisse, arrondissait ses yeux jaunes, l'examinait d'un air défiant.

— Tu attendras le déjeuner, n'est-ce pas? demanda
Quenu. Nous mangeons de bonne heure, à dix heures.

Une odeur forte de cuisine traînait. Florent revit sa nuit
terrible, son arrivée dans les légumes, son agonie au milieu
des Halles, cet éboulement continu de nourriture auquel il
venait d'échapper. Alors, il dit à voix basse, avec un sourire
doux :

— Non, j'ai faim, vois-tu.

II

Florent venait de commencer son droit à Paris, lorsque
sa mère mourut. Elle habitait le Vigan, dans le Gard. Elle
avait épousé en secondes noces un Normand, un Quenu,
d'Yvetot, qu'un sous-préfet avait amené et oublié dans le
Midi. Il était resté employé à la sous-préfecture, trouvant le
pays charmant, le vin bon, les femmes aimables. Une indigestion, trois ans après le mariage, l'emporta. Il laissait pour
tout héritage à sa femme un gros garçon qui lui ressemblait.
La mère payait déjà très-difficilement les mois de collége de
son aîné, Florent, l'enfant du premier lit. Il lui donnait de
grandes satisfactions : il était très-doux, travaillait avec
ardeur, remportait les premiers prix. Ce fut sur lui qu'elle
mit toutes ses tendresses, tous ses espoirs. Peut-être préfé-
rait-elle, dans ce garçon pâle et mince, son premier mari,
un de ces Provençaux d'une mollesse caressante, qui l'avait
aimée à en mourir. Peut-être Quenu, dont la bonne humeur
l'avait d'abord séduite, s'était-il montré trop gras, trop
satisfait, trop certain de tirer de lui-même ses meilleures
joies. Elle décida que son dernier né, le cadet, celui que les

familles méridionales sacrifient souvent encore, ne ferait jamais rien de bon ; elle se contenta de l'envoyer à l'école, chez une vieille fille sa voisine, où le petit n'apprit guère qu'à galopiner. Les deux frères grandirent loin l'un de l'autre, en étrangers.

Quand Florent arriva au Vigan, sa mère était enterrée. Elle avait exigé qu'on lui cachât sa maladie jusqu'au dernier moment, pour ne pas le déranger dans ses études. Il trouva le petit Quenu, qui avait douze ans, sanglotant tout seul au milieu de la cuisine, assis sur une table. Un marchand de meubles, un voisin, lui conta l'agonie de la malheureuse mère. Elle en était à ses dernières ressources, elle s'était tuée au travail pour que son fils pût faire son droit. A un petit commerce de rubans d'un médiocre rapport, elle avait dû joindre d'autres métiers qui l'occupaient fort tard. L'idée fixe de voir son Florent avocat, bien posé dans la ville, finissait par la rendre dure, avare, impitoyable pour elle-même et pour les autres. Le petit Quenu allait avec des culottes percées, des blouses dont les manches s'effiloquaient ; il ne se servait jamais à table, il attendait que sa mère lui eût coupé sa part de pain. Elle se taillait des tranches tout aussi mince. C'était à ce régime qu'elle avait succombé, avec le désespoir immense de ne pas achever sa tâche.

Cette histoire fit une impression terrible sur le caractère tendre de Florent. Les larmes l'étouffaient. Il prit son frère dans ses bras, le tint serré, le baisa comme pour lui rendre l'affection dont il l'avait privé. Et il regardait ses pauvres souliers crevés, ses coudes troués, ses mains sales, toute cette misère d'enfant abandonné. Il lui répétait qu'il allait l'emmener, qu'il serait heureux avec lui. Le lendemain, quand il examina la situation, il eut peur de ne pouvoir même réserver la somme nécessaire pour retourner à Paris. A aucun prix, il ne voulait rester au Vigan. Il céda heureusement la petite boutique de rubans, ce qui lui permit

de payer les dettes que sa mère, très-rigide sur les questions
d'argent, s'était pourtant laissée peu à peu entraîner à con-
tracter. Et comme il ne lui restait rien, le voisin, le marchand de meubles, lui offrit cinq cents francs du mobilier
et du linge de la défunte. Il faisait une bonne affaire. Le
jeune homme le remercia, les larmes aux yeux. Il habilla
son frère à neuf, l'emmena, le soir même.

A Paris, il ne pouvait plus être question de suivre les
cours de l'Ecole de droit. Florent remit à plus tard toute
ambition. Il trouva quelques leçons, s'installa avec Quenu,
rue Royer-Collard, au coin de la rue Saint-Jacques, dans une
grande chambre qu'il meubla de deux lits de fer, d'une
armoire, d'une table et de quatre chaises. Dès lors, il eut un
enfant. Sa paternité le charmait. Dans les premiers temps,
le soir, quand il rentrait, il essayait de donner des leçons au
petit; mais celui-ci n'écoutait guère; il avait la tête dure,
refusait d'apprendre, sanglotant, regrettant l'époque où sa
mère le laissait courir les rues. Florent, désespéré, cessait la
leçon, le consolait, lui promettait des vacances indéfinies.
Et pour s'excuser de sa faiblesse, il se disait qu'il n'avait pas
pris le cher enfant avec lui dans le but de le contrarier. Ce
fut sa règle de conduite, le regarder grandir en joie. Il
l'adorait, était ravi de ses rires, goûtait des douceurs infinies à le sentir autour de lui, bien portant, ignorant de tout
souci. Florent restait mince dans ses paletots noirs râpés,
et son visage commençait à jaunir, au milieu des taquineries
cruelles de l'enseignement. Quenu devenait un petit bonhomme tout rond, un peu bêta, sachant à peine lire et écrire,
mais d'une belle humeur inaltérable qui emplissait de gaieté
la grande chambre sombre de la rue Royer-Collard.

Cependant, les années passaient. Florent, qui avait hérité
des dévouements de sa mère, gardait Quenu au logis comme
une grande fille paresseuse. Il lui évitait jusqu'aux menus
soins de l'intérieur; c'était lui qui allait chercher les pro-

visions, qui faisait le ménage et la cuisine. Cela, disait-il,
le tirait de ses mauvaises pensées. Il était sombre d'ordinaire, se croyait méchant. Le soir, quand il rentrait, crotté,
la tête basse de la haine des enfants des autres, il était tout
attendri par l'embrassade de ce gros et grand garçon, qu'il
trouvait en train de jouer à la toupie, sur le carreau de la
chambre. Quenu riait de sa maladresse à faire les omelettes
et de la façon sérieuse dont il mettait le pot-au-feu. La lampe
éteinte, Florent redevenait triste, parfois, dans son lit. Il
songeait à reprendre ses études de droit, il s'ingéniait pour
disposer son temps de façon à suivre les cours de la Faculté.
Il y parvint, fut parfaitement heureux. Mais une petite fièvre
qui le retint huit jours à la maison, creusa un tel trou dans
leur budget et l'inquiéta à un tel point, qu'il abandonna
toute idée de terminer ses études. Son enfant grandissait. Il
entra comme professeur dans une pension de la rue de l'Estrapade, aux appointements de dix-huit cents francs. C'était
une fortune. Avec de l'économie, il allait mettre de l'argent
de côté pour établir Quenu. A dix-huit ans, il le traitait
encore en demoiselle qu'il faut doter.

Pendant la courte maladie de son frère, Quenu, lui aussi,
avait fait des réflexions. Un matin, il déclara qu'il voulait
travailler, qu'il était assez grand pour gagner sa vie. Florent
fut profondément touché. Il y avait, en face d'eux, de l'autre
côté de la rue, un horloger en chambre que l'enfant voyait
toute la journée, dans la clarté crue de la fenêtre, penché
sur sa petite table, maniant des choses délicates, les regardant à la loupe, patiemment. Il fut séduit, il prétendit qu'il
avait du goût pour l'horlogerie. Mais, au bout de quinze
jours, il devint inquiet, il pleura comme un garçon de dix
ans, trouvant que c'était trop compliqué, que jamais il ne
saurait « toutes les petites bêtises qui entrent dans une
montre. » Maintenant, il préférerait être serrurier. La
serrurerie le fatigua. En deux années, il tenta plus de dix

5

métiers. Florent pensait qu'il avait raison, qu'il ne faut pas se mettre dans un état à contre-cœur. Seulement, le beau dévouement de Quenu, qui voulait gagner sa vie, coûtait cher au ménage des deux jeunes gens. Depuis qu'il courait les ateliers, c'était sans cesse des dépenses nouvelles, des frais de vêtements, de nourriture prise au dehors, de bienvenue payée aux camarades. Les dix-huit cents francs de Florent ne suffisaient plus. Il avait dû prendre deux leçons qu'il donnait le soir. Pendant huit ans, il porta la même redingote.

Les deux frères s'étaient fait un ami. La maison avait une façade sur la rue Saint-Jacques, et là s'ouvrait une grande rôtisserie, tenue par un digne homme nommé Gavard, dont la femme se mourait de la poitrine, au milieu de l'odeur grasse des volailles. Quand Florent rentrait trop tard pour faire cuire quelque bout de viande, il achetait en bas un morceau de dinde ou un morceau d'oie de douze sous. C'était des jours de grand régal. Gavard finit par s'intéresser à ce garçon maigre, il connut son histoire, il attira le petit. Et bientôt Quenu ne quitta plus la rôtisserie. Dès que son frère partait, il descendait, il s'installait au fond de la boutique, ravi des quatre broches gigantesques qui tournaient avec un bruit doux, devant les hautes flammes claires.

Les larges cuivres de la cheminée luisaient, les volailles fumaient, la graisse chantait dans la lèchefrite, les broches finissaient par causer entre elles, par adresser des mots aimables à Quenu, qui, une longue cuiller à la main, arrosait dévotement les ventres dorés des oies rondes et des grandes dindes. Il restait des heures, tout rouge des clartés dansantes de la flambée, un peu abêti, riant vaguement aux grosses bêtes qui cuisaient; et il ne se réveillait que lorsqu'on débrochait. Les volailles tombaient dans les plats; les broches sortaient des ventres, toutes fumantes; les ventres se vidaient, laissant couler le jus par les trous du derrière

et de la gorge, emplissant la boutique d'une odeur forte de
rôti. Alors, l'enfant, debout, suivant des yeux l'opération,
battait des mains, parlait aux volailles, leur disait qu'elles
étaient bien bonnes, qu'on les mangerait, que les chats n'auraient que les os. Et il tressautait, quand Gavard lui donnait une tartine de pain, qu'il mettait mijoter dans la lèchefrite, pendant une demi-heure.

Ce fut là sans doute que Quenu prit l'amour de la cuisine.
Plus tard, après avoir essayé de tous les métiers, il revint
fatalement aux bêtes qu'on débroche, aux jus qui forcent à
se lécher les doigts. Il craignait d'abord de contrarier son
frère, petit mangeur parlant des bonnes choses avec un
dédain d'homme ignorant. Puis, voyant Florent l'écouter,
lorsqu'il lui expliquait quelque plat très-compliqué, il lui
avoua sa vocation, il entra dans un grand restaurant. Dès
lors, la vie des deux frères fut réglée. Ils continuèrent à
habiter la chambre de la rue Royer-Collard, où ils se retrouvaient chaque soir : l'un, la face réjouie par ses fourneaux ;
l'autre, le visage battu de sa misère de professeur crotté.
Florent gardait sa défroque noire, s'oubliait sur les devoirs
de ses élèves, tandis que Quenu, pour se mettre à l'aise,
reprenait son tablier, sa veste blanche et son bonnet blanc
de marmiton, tournant autour du poêle, s'amusant à quelque friandise cuite au four. Et parfois ils souriaient de se
voir ainsi, l'un tout blanc, l'autre tout noir. La vaste pièce
semblait moitié fâchée, moitié joyeuse, de ce deuil et de
cette gaieté. Jamais ménage plus disparate ne s'entendit
mieux. L'aîné avait beau maigrir, brûlé par les ardeurs de
son père ; le cadet avait beau engraisser, en digne fils de
Normand ; ils s'aimaient dans leur mère commune, dans
cette femme qui n'était que tendresse.

Ils avaient un parent, à Paris, un frère de leur mère, un
Gradelle, établi charcutier, rue Pirouette, dans le quartier
des Halles. C'était un gros avare, un homme brutal, qui les

reçut comme des meurt-de-faim, la première fois qu'ils se
présentèrent chez lui. Ils y retournèrent rarement. Le jour
de la fête du bonhomme, Quenu lui portait un bouquet, et
en recevait une pièce de dix sous. Florent, d'une fierté maladive, souffrait, lorsque Gradelle examinait sa redingote
mince, de l'œil inquiet et soupçonneux d'un ladre qui flaire
la demande d'un dîner ou d'une pièce de cent sous. Il eut
la naïveté, un jour, de changer chez son oncle un billet de
cent francs. L'oncle eut moins peur, en voyant venir les
petits, comme il les appelait. Mais les amitiés en restèrent là.

Ces années furent pour Florent un long rêve doux et
triste. Il goûta toutes les joies amères du dévouement. Au
logis, il n'avait que des tendresses. Dehors, dans les humi-
liations de ses élèves, dans le coudoiement des trottoirs, il
se sentait devenir mauvais. Ses ambitions mortes s'aigris-
saient. Il lui fallut de longs mois pour plier les épaules et
accepter ses souffrances d'homme laid, médiocre et pauvre.
Voulant échapper aux tentations de méchanceté, il se jeta en
pleine bonté idéale, il se créa un refuge de justice et de
vérité absolues. Ce fut alors qu'il devint républicain; il
entra dans la république comme les filles désespérées
entrent au couvent. Et ne trouvant pas une république
assez tiède, assez silencieuse, pour endormir ses maux, il
s'en créa une. Les livres lui déplaisaient; tout ce papier
noirci, au milieu duquel il vivait, lui rappelait la classe
puante, les boulettes de papier mâché des gamins, la torture
des longues heures stériles. Puis, les livres ne lui parlaient
que de révolte, le poussaient à l'orgueil, et c'était d'oubli et
de paix dont il se sentait l'impérieux besoin. Se bercer,
s'endormir, rêver qu'il était parfaitement heureux, que le
monde allait le devenir, bâtir la cité républicaine où il aurait
voulu vivre : telle fut sa récréation, l'œuvre éternellement
reprise de ses heures libres. Il ne lisait plus, en dehors
des nécessités de l'enseignement ; il remontait la rue

Saint-Jacques, jusqu'aux boulevards extérieurs, faisait une grande course parfois, revenait par la barrière d'Italie ; et, tout le long de la route, les yeux sur le quartier Mouffetard étalé à ses pieds, il arrangeait des mesures morales, des projets de loi humanitaires, qui auraient changé cette ville souffrante en une ville de béatitude. Quand les journées de février ensanglantèrent Paris, il fut navré, il courut les clubs, demandant le rachat de ce sang « par le baiser fraternel des républicains du monde entier. » Il devint un de ces orateurs illuminés qui prêchèrent la révolution comme une religion nouvelle, toute de douceur et de rédemption. Il fallut les journées de décembre pour le tirer de sa tendresse universelle. Il était désarmé. Il se laissa prendre comme un mouton, et fut traité en loup. Quand il s'éveilla de son sermon sur la fraternité, il crevait la faim sur la dalle froide d'une casemate de Bicêtre.

Quenu, qui avait alors vingt-deux ans, fut pris d'une angoisse mortelle, en ne voyant pas rentrer son frère. Le lendemain, il alla chercher, au cimetière Montmartre, parmi les morts du boulevard, qu'on avait alignés sous de la paille ; les têtes passaient, affreuses. Le cœur lui manquait, les larmes l'aveuglaient, il dut revenir à deux reprises, le long de la file. Enfin, à la préfecture de police, au bout de huit grands jours, il apprit que son frère était prisonnier. Il ne put le voir. Comme il insistait, on le menaça de l'arrêter lui-même. Il courut alors chez l'oncle Gradelle, qui était un personnage pour lui, espérant le déterminer à sauver Florent. Mais l'oncle Gradelle s'emporta, prétendit que c'était bien fait, que ce grand imbécile n'avait pas besoin de se fourrer avec ces canailles de républicains ; il ajouta même que Florent devait mal tourner, que cela était écrit sur sa figure. Quenu pleurait toutes les larmes de son corps. Il restait là, suffoquant. L'oncle, un peu honteux, sentant qu'il lui fallait faire quelque chose pour ce pauvre garçon,

5.

lui offrit de le prendre avec lui. Il le savait bon cuisinier, et avait besoin d'un aide. Quenu redoutait tellement de rentrer seul dans la grande chambre de la rue Royer-Collard, qu'il accepta. Il coucha chez son oncle, le soir même, tout en haut, au fond d'un trou noir où il pouvait à peine s'allonger. Il y pleura moins qu'il n'aurait pleuré en face du lit vide de son frère.

Il réussit enfin à voir Florent. Mais, en revenant de Bicêtre, il dut se coucher ; une fièvre le tint pendant près de trois semaines dans une somnolence hébétée. Ce fut sa première et sa seule maladie. Gradelle envoyait son républicain de neveu à tous les diables. Quand il connut son départ pour Cayenne, un matin, il tapa dans les mains de Quenu, l'éveilla, lui annonça brutalement cette nouvelle, provoqua une telle crise, que le lendemain le jeune homme était debout. Sa douleur se fondit ; ses chairs molles semblèrent boire ses dernières larmes. Un mois plus tard, il riait, s'irritait, tout triste d'avoir ri ; puis la belle humeur l'emportait, et il riait sans savoir.

Il apprit la charcuterie. Il y goûtait plus de jouissances encore que dans la cuisine. Mais l'oncle Gradelle lui disait qu'il ne devait pas trop négliger ses casseroles, qu'un charcutier bon cuisinier était rare, que c'était une chance d'avoir passé par un restaurant avant d'entrer chez lui. Il utilisait ses talents, d'ailleurs ; il lui faisait faire des dîners pour la ville, le chargeait particulièrement des grillades et des côtelettes de porc aux cornichons. Comme le jeune homme lui rendait de réels services, il l'aima à sa manière, lui pinçant les bras, les jours de belle humeur. Il avait vendu le pauvre mobilier de la rue Royer-Collard, et en gardait l'argent, quarante et quelques francs, pour que ce farceur de Quenu, disait-il, ne le jetât pas par les fenêtres. Il finit pourtant par lui donner chaque mois six francs pour ses menus plaisirs.

Quenu, serré d'argent, brutalisé parfois, était parfaite-

ment heureux. Il aimait qu'on lui mâchât sa vie. Florent
l'avait trop élevé en fille paresseuse. Puis, il s'était fait
une amie chez l'oncle Gradelle. Quand celui-ci perdit sa
femme, il dut prendre une fille, pour le comptoir. Il la
choisit bien portante, appétissante, sachant que cela égaye
le client, fait honneur aux viandes cuites. Il connaissait,
rue Cuvier, près du Jardin des Plantes, une dame veuve,
dont le mari avait eu la direction des postes à Plassans, une
sous-préfecture du Midi. Cette dame, qui vivait d'une petite
rente viagère, très-modestement, avait amené de cette ville
une grosse et belle enfant, qu'elle traitait comme sa propre
fille. Lisa la soignait d'un air placide, avec une humeur
égale, un peu sérieuse, tout à fait belle quand elle souriait.
Son grand charme venait de la façon exquise dont elle plaçait son rare sourire. Alors, son regard était une caresse,
sa gravité ordinaire donnait un prix inestimable à cette
science soudaine de séduction. La vieille dame disait souvent qu'un sourire de Lisa la conduirait en enfer. Lorsqu'un
asthme l'emporta, elle laissa à sa fille d'adoption toutes ses
économies, une dizaine de mille francs. Lisa resta huit
jours seule dans le logement de la rue Cuvier ; ce fut là que
Gradelle vint la chercher. Il la connaissait pour l'avoir souvent vue avec sa maîtresse, quand celle-ci venait lui rendre
visite, rue Pirouette. Mais, à l'enterrement, elle lui parut si
embellie, si solidement bâtie, qu'il alla jusqu'au cimetière.
Pendant qu'on descendait le cercueil, il réfléchissait qu'elle
serait superbe dans la charcuterie. Il se tâtait, se disait qu'il
lui offrirait bien trente francs par mois, avec le logement et
la nourriture. Lorsqu'il lui fit des propositions, elle demanda vingt-quatre heures pour lui rendre réponse. Puis,
un matin, elle arriva avec son petit paquet, et ses dix mille
francs, dans son corsage. Un mois plus tard, la maison lui
appartenait, Gradelle, Quenu, jusqu'au dernier des marmi-
tons. Quenu, surtout, se serait haché les doigts pour elle.

Quand elle venait à sourire, il restait là, riant d'aise lui-même à la regarder.

Lisa, qui était la fille aînée des Macquart, de Plassans, avait encore son père. Elle le disait à l'étranger, ne lui écrivait jamais. Parfois, elle laissait seulement échapper que sa mère était, de son vivant, une rude travailleuse, et qu'elle tenait d'elle. Elle se montrait, en effet, très-patiente au travail. Mais elle ajoutait que la brave femme avait eu une belle constance de se tuer pour faire aller le ménage. Elle parlait alors des devoirs de la femme et des devoirs du mari, très-sagement, d'une façon honnête, qui ravissait Quenu. Il lui affirmait qu'il avait absolument ses idées. Les idées de Lisa étaient que tout le monde doit travailler pour manger ; que chacun est chargé de son propre bonheur ; qu'on fait le mal en encourageant la paresse ; enfin, que, s'il y a des malheureux, c'est tant pis pour les fainéants. C'était là une condamnation très-nette de l'ivrognerie, des flâneries légendaires du vieux Macquart. Et, à son insu, Macquart parlait haut en elle ; elle n'était qu'une Macquart rangée, raisonnable, logique avec ses besoins de bien-être, ayant compris que la meilleure façon de s'endormir dans une tiédeur heureuse est encore de se faire soi-même un lit de béatitude. Elle donnait à cette couche moelleuse toutes ses heures, toutes ses pensées. Dès l'âge de six ans, elle consentait à rester bien sage sur sa petite chaise, la journée entière, à la condition qu'on la récompenserait d'un gâteau le soir.

Chez le charcutier Gradelle, Lisa continua sa vie calme, régulière, éclairée par ses beaux sourires. Elle n'avait pas accepté l'offre du bonhomme à l'aventure ; elle savait trouver en lui un chaperon, elle pressentait peut-être, dans cette boutique sombre de la rue Pirouette, avec le flair des personnes chanceuses, l'avenir solide qu'elle rêvait, une vie de jouissances saines, un travail sans fatigue, dont chaque heure amenât la récompense. Elle soigna son comptoir

avec les soins tranquilles qu'elle avait donnés à la veuve du
directeur des postes. Bientôt la propreté des tabliers de
Lisa fut proverbiale dans le quartier. L'oncle Gradelle était
si content de cette belle fille, qu'il disait parfois à Quenu,
en ficelant ses saucissons :

— Si je n'avais pas soixante ans passés, ma parole d'honneur, je ferais la bêtise de l'épouser... C'est de l'or en
barre, mon garçon, une femme comme ça dans le commerce.

Quenu renchérissait. Il rit pourtant à belles dents, un
jour qu'un voisin l'accusa d'être amoureux de Lisa. Cela ne
le tourmentait guère. Ils étaient très-bons amis. Le soir, ils
montaient ensemble se coucher. Lisa occupait, à côté du
trou noir où s'allongeait le jeune homme, une petite
chambre qu'elle avait rendue toute claire, en l'ornant partout de rideaux de mousseline. Ils restaient là, un instant,
sur le pallier, leur bougeoir à la main, causant, mettant la
clef dans la serrure. Et ils refermaient leur porte, disant
amicalement :

— Bonsoir, mademoiselle Lisa.

— Bonsoir, monsieur Quenu.

Quenu se mettait au lit en écoutant Lisa faire son petit
ménage. La cloison était si mince, qu'il pouvait suivre chacun de ses mouvements. Il pensait : « Tiens, elle tire les
rideaux de sa fenêtre. Qu'est-ce qu'elle peut bien faire devant sa commode? La voilà qui s'assoit et qui ôte ses bottines. Ma foi, bonsoir, elle a soufflé sa bougie. Dormons. »
Et, s'il entendait craquer le lit, il murmurait en riant :
« Fichtre! elle n'est pas légère, mademoiselle Lisa. » Cette
idée l'égayait; il finissait par s'endormir, en songeant aux
jambons et aux bandes de petit salé qu'il devait préparer
le lendemain.

Cela dura un an, sans une rougeur de Lisa, sans un embarras de Quenu. Le matin, au fort du travail, lorsque la
jeune fille venait à la cuisine, leurs mains se rencontraient

au milieu des hachis. Elle l'aidait parfois, elle tenait les
boyaux de ses doigts potelés, pendant qu'il les bourrait de
viandes et de lardons. Ou bien ils goûtaient ensemble la
chair crue des saucisses, du bout de la langue, pour voir si
elle était convenablement épicée. Elle était de bon conseil,
connaissait des recettes du Midi, qu'il expérimenta avec succès. Souvent, il la sentait derrière son épaule, regardant au
fond des marmites, s'approchant si près, qu'il avait sa forte
gorge dans le dos. Elle lui passait une cuiller, un plat. Le
grand feu leur mettait le sang sous la peau. Lui, pour rien
au monde, n'aurait cessé de tourner les bouillies grasses qui
s'épaississaient sur le fourneau ; tandis que, toute grave, elle
discutait le degré de cuisson. L'après-midi, lorsque la boutique se vidait, ils causaient tranquillement, pendant des
heures. Elle restait dans son comptoir, un peu renversée,
tricotant d'une façon douce et régulière. Il s'asseyait sur un
billot, les jambes ballantes, tapant des talons contre le bloc
de chêne. Et ils s'entendaient à merveille ; ils parlaient de
tout, le plus ordinairement de cuisine, et puis de l'oncle
Gradelle, et encore du quartier. Elle lui racontait des histoires comme à un enfant ; elle en savait de très-jolies, des
légendes miraculeuses, pleines d'agneaux et de petits anges,
qu'elle disait d'une voix flûtée, avec son grand air sérieux.
Si quelque cliente entrait, pour ne pas se déranger, elle
demandait au jeune homme le pot du saindoux ou la boîte
des escargots. A onze heures, ils remontaient se coucher,
lentement, comme la veille. Puis, en refermant leur porte,
de leur voix calme :

— Bonsoir, mademoiselle Lisa.

— Bonsoir, monsieur Quenu.

Un matin, l'oncle Gradelle fut foudroyé par une attaque
d'apoplexie, en préparant une galantine. Il tomba le nez sur
la table à hacher. Lisa ne perdit pas son sang-froid. Elle dit
qu'il ne fallait pas laisser le mort au beau milieu de la cui-

sine ; elle le fit porter au fond, dans un cabinet où l'oncle couchait. Puis, elle arrangea une histoire avec les garçons ; l'oncle devait être mort dans son lit, si l'on ne voulait pas dégoûter le quartier et perdre la clientèle. Quenu aida à porter le mort, stupide, très-étonné de ne pas trouver de larmes. Plus tard, Lisa et lui pleurèrent ensemble. Il était seul héritier, avec son frère Florent. Les commères des rues voisines donnaient au vieux Gradelle une fortune considérable. La vérité fut qu'on ne découvrit pas un écu d'argent sonnant. Lisa resta inquiète. Quenu la voyait réfléchir, regarder autour d'elle du matin au soir, comme si elle avait perdu quelque chose. Enfin, elle décida un grand nettoyage, prétendant qu'on jasait, que l'histoire de la mort du vieux courait, qu'il fallait montrer une grande propreté. Une après-midi, comme elle était depuis deux heures à la cave, où elle lavait elle-même les cuves à saler, elle reparut, tenant quelque chose dans son tablier. Quenu hachait des foies de cochon. Elle attendit qu'il eût fini, causant avec lui d'une voix indifférente. Mais ses yeux avaient un éclat extraordinaire, elle sourit de son beau sourire, en lui disant qu'elle voulait lui parler. Elle monta l'escalier, péniblement, les cuisses gênées par la chose qu'elle portait, et qui tendait son tablier à le crever. Au troisième étage, elle soufflait, elle dut s'appuyer un instant contre la rampe. Quenu, étonné, la suivit sans mot dire, jusque dans sa chambre. C'était la première fois qu'elle l'invitait à y entrer. Elle ferma la porte ; et, lâchant les coins du tablier que ses doigts roidis ne pouvaient plus tenir, elle laissa rouler doucement sur son lit une pluie de pièces d'argent et de pièces d'or. Elle avait trouvé, au fond d'un saloir, le trésor de l'oncle Gradelle. Le tas fit un grand trou, dans ce lit délicat et moelleux de jeune fille.

La joie de Lisa et de Quenu fut recueillie. Ils s'assirent sur le bord du lit, Lisa à la tête, Quenu au pied, aux deux côtés

du tas ; et ils comptèrent l'argent sur la couverture, pour ne
pas faire de bruit. Il y avait quarante mille francs d'or, trois
mille francs d'argent, et, dans un étui de fer-blanc, quarante-deux mille francs en billets de Banque. Ils mirent deux
bonnes heures pour additionner tout cela. Les mains de
Quenu tremblaient un peu. Ce fut Lisa qui fit le plus de besogne. Ils rangeaient les piles d'or sur l'oreiller, laissant
l'argent dans le trou de la couverture. Quand ils eurent
trouvé le chiffre, énorme pour eux, de quatre-vingt-cinq
mille francs, ils causèrent. Naturellement, ils parlèrent de
l'avenir, de leur mariage, sans qu'il eût jamais été question
d'amour entre eux. Cet argent semblait leur délier la
langue. Ils s'étaient enfoncés davantage, s'adossant au mur
de la ruelle, sous les rideaux de mousseline blanche, les
jambes un peu allongées ; et comme, en bavardant, leurs
mains fouillaient l'argent, elles s'y étaient rencontrées, s'oubliant l'une dans l'autre, au milieu des pièces de cent sous.
Le crépuscule les surprit. Alors seulement Lisa rougit de se
voir à côté de ce garçon. Ils avaient bouleversé le lit, les
draps pendaient, l'or, sur l'oreiller qui les séparait, faisait
des creux, comme si des têtes s'y étaient roulées, chaudes
de passion.

Ils se levèrent gênés, de l'air confus de deux amoureux
qui viennent de commettre une première faute. Ce lit défait,
avec tout cet argent, les accusait d'une joie défendue, qu'ils
avaient goûtée, la porte close. Ce fut leur chute, à eux. Lisa,
qui rattachait ses vêtements comme si elle avait fait le mal,
alla chercher ses dix mille francs. Quenu voulut qu'elle les
mît avec les quatre-vingt-cinq mille francs de l'oncle ; il mêla
les deux sommes en riant, en disant que l'argent, lui aussi,
devait se fiancer ; et il fut convenu que ce serait Lisa qui garderait « le magot » dans sa commode. Quand elle l'eut serré
et qu'elle eut refait le lit, ils descendirent paisiblement. Ils
étaient mari et femme.

Le mariage eut lieu le mois suivant. Le quartier le trouva
naturel, tout à fait convenable. On connaissait vaguement
l'histoire du trésor, la probité de Lisa était un sujet d'éloges sans fin ; après tout, elle pouvait ne rien dire à Quenu,
garder les écus pour elle ; si elle avait parlé, c'était par honnêteté pure, puisque personne ne l'avait vue. Elle méritait
bien que Quenu l'épousât. Ce Quenu avait de la chance, il
n'était pas beau, et il trouvait une belle femme qui lui dé-
terrait une fortune. L'admiration alla si loin, qu'on finit
par dire tout bas que « Lisa était vraiment bête d'avoir fait
ce qu'elle avait fait. » Lisa souriait, quand on lui parlait de
ces choses à mots couverts. Elle et son mari vivaient comme
auparavant, dans une bonne amitié, dans une paix heureuse.
Elle l'aidait, rencontrait ses mains au milieu des hachis, se
penchait au-dessus de son épaule pour visiter d'un coup
d'œil les marmites. Et ce n'était toujours que le grand feu
de la cuisine qui leur mettait le sang sous la peau.

Cependant, Lisa était une femme intelligente qui comprit
vite la sottise de laisser dormir leurs quatre-vingt quinze
mille francs dans le tiroir de la commode. Quenu les aurait
volontiers remis au fond du saloir, en attendant d'en avoir
gagné autant ; ils se seraient alors retirés à Suresnes, un
coin de la banlieue qu'ils aimaient. Mais elle avait d'autres
ambitions. La rue Pirouette blessait ses idées de propreté,
son besoin d'air, de lumière, de santé robuste. La boutique,
où l'oncle Gradelle avait amassé son trésor, sou à sou, était
une sorte de boyau noir, une de ces charcuteries douteuses
des vieux quartiers, dont les dalles usées gardent l'odeur
forte des viandes, malgré les lavages ; et la jeune femme rêvait une de ces claires boutiques modernes, d'une richesse
de salon, mettant la limpidité de leurs glaces sur le trottoir
d'une large rue. Ce n'était pas, d'ailleurs, l'envie mesquine
de faire la dame, derrière son comptoir ; elle avait une conscience très-nette des nécessités luxueuses du nouveau com-

merce. Quenu fut effrayé, la première fois, quand elle lui
parla de déménager et de dépenser une partie de leur argent
à décorer un magasin. Elle haussait doucement les épaules,
en souriant.

Un jour, comme la nuit tombait et que la charcuterie
était noire, les deux époux entendirent, devant leur porte,
une femme du quartier qui disait à une autre :

— Ah bien ! non, je ne me fournis plus chez eux, je ne
leur prendrais pas un bout de boudin, voyez-vous, ma
chère... Il y a eu un mort dans leur cuisine.

Quenu en pleura. Cette histoire d'un mort dans sa cuisine
faisait du chemin. Il finissait par rougir devant les clients,
quand il les voyait flairer de trop près sa marchandise. Ce
fut lui qui reparla à sa femme de son idée de déménagement.
Elle s'était occupée, sans rien dire, de la nouvelle boutique ; elle en avait trouvé une, à deux pas, rue Rambuteau, située merveilleusement. Les Halles centrales qu'on
ouvrait en face, tripleraient la clientèle, feraient connaître
la maison des quatre coins de Paris. Quenu se laissa entraîner à des dépenses folles ; il mit plus de trente mille francs
en marbres, en glaces et en dorures. Lisa passait des heures
avec les ouvriers, donnait son avis sur les plus minces détails. Quand elle put enfin s'installer dans son comptoir, on
vint en procession acheter chez eux, uniquement pour voir
la boutique. Le revêtement des murs était tout en marbre blanc ; au plafond, une immense glace carrée s'encadrait
dans un large lambris doré et très-orné, laissant pendre, au
milieu, un lustre à quatre branches ; et, derrière le comptoir,
tenant le panneau entier, à gauche encore, et au fond, d'autres glaces, prises entre les plaques de marbre, mettaient
des lacs de clarté, des portes qui semblaient s'ouvrir sur
d'autres salles, à l'infini, toutes emplies des viandes étalées.
A droite, le comptoir, très-grand, fut surtout trouvé d'un
beau travail ; des losanges de marbre rose y dessinaient des

médaillons symétriques. A terre, il y avait, comme dallage,
des carreaux blancs et roses, alternés, avec une grecque
rouge sombre pour bordure. Le quartier fut fier de sa charcuterie, personne ne songea plus à parler de la cuisine de la
rue Pirouette, où il y avait eu un mort. Pendant un mois,
les voisines s'arrêtèrent sur le trottoir, pour regarder Lisa,
à travers les cervelas et les crépines de l'étalage. On s'émer-
veillait de sa chair blanche et rosée, autant que des marbres.
Elle parut l'âme, la clarté vivante, l'idole saine et solide
de la charcuterie; et on ne la nomma plus que la belle
Lisa.

A droite de la boutique, se trouvait la salle à manger,
une pièce très-propre, avec un buffet, une table et des
chaises cannelées de chêne clair. La natte qui couvrait le
parquet, le papier jaune tendre, la toile cirée imitant le
chêne, la rendaient un peu froide, égayée seulement par les
luisants d'une suspension de cuivre tombant du plafond,
élargissant, au-dessus de la table, son grand abat-jour de
porcelaine transparente. Une porte de la salle à manger donnait dans la vaste cuisine carrée. Et, au bout de celle-ci,
il y avait une petite cour dallée, qui servait de débarras,
encombrée de terrines, de tonneaux, d'ustensiles hors d'u-
sage; à gauche de la fontaine, les pots de fleurs fanées de l'é-
talage achevaient d'agoniser, le long de la gargouille où l'on
jetait les eaux grasses.

Les affaires furent excellentes. Quenu, que les avances
avaient épouvanté, éprouvait presque du respect pour sa
femme, qui, selon lui, « était une forte tête. » Au bout de
cinq ans, ils avaient près de quatre-vingt mille francs pla-
cés en bonnes rentes. Lisa expliquait qu'ils n'étaient pas am-
bitieux, qu'ils ne tenaient pas à entasser trop vite; sans
cela, elle aurait fait gagner à son mari « des mille et des
cents, » en le poussant dans le commerce en gros des cochons. Ils étaient jeunes encore, ils avaient du temps devant

eux ; puis, ils n'aimaient pas le travail salopé, ils voulaient
travailler à leur aise, sans se maigrir de soucis, en bonnes
gens qui tiennent bien à vivre.

— Tenez, ajoutait Lisa, dans ses heures d'expansion, j'ai
un cousin à Paris... Je ne le vois pas, les deux familles
sont brouillées. Il a pris le nom de Saccard, pour faire oublier
certaines choses... Eh bien, ce cousin, m'a-t-on dit, gagne
des millions. Ça ne vit pas, ça se brûle le sang, c'est toujours
par voies et par chemins, au milieu de trafics d'enfer. Il est
impossible, n'est-ce pas ? que ça mange tranquillement son
dîner le soir. Nous autres, nous savons au moins ce que
nous mangeons, nous n'avons pas ces tracasseries. On
n'aime l'argent que parce qu'il en faut pour vivre. On tient
au bien-être, c'est naturel. Quant à gagner pour gagner, à
se donner plus de mal qu'on ne goutera ensuite de plaisir,
ma parole, j'aimerais mieux me croiser les bras... Et puis,
je voudrais bien les voir ses millions, à mon cousin. Je ne
crois pas aux millions comme ça. Je l'ai aperçu, l'autre jour,
en voiture ; il était tout jaune, il avait l'air joliment sournois. Un homme qui gagne de l'argent n'a pas une mine de
cette couleur-là. Enfin, ça le regarde... Nous préférons ne
gagner que cent sous, et profiter des cent sous.

Le ménage profitait, en effet. Ils avaient eu une fille, dès
la première année de leur mariage. A eux trois, ils réjouis-
saient les yeux. La maison allait largement, heureusement,
sans trop de fatigue, comme le voulait Lisa. Elle avait soigneusement écarté toutes les causes possibles de trouble,
laissant couler les journées au milieu de cet air gras, de
cette prospérité alourdie. C'était un coin de bonheur rai-
sonné, une mangeoire confortable, où la mère, le père et la
fille s'étaient mis à l'engrais. Quenu seul avait des tristesses
parfois, quand il songeait à son pauvre Florent. Jusqu'en
1856, il reçut des lettres de lui, de loin en loin. Puis, les
lettres cessèrent ; il apprit par un journal que trois déportés

avaient voulu s'évader de l'île du Diable et s'étaient noyés
avant d'atteindre la côte. A la préfecture de police, on ne
put lui donner de renseignements précis ; son frère devait
être mort. Il conserva pourtant quelque espoir ; mais les
mois se passèrent. Florent, qui battait la Guyane hollandaise,
se gardait d'écrire, espérant toujours rentrer en France.
Quenu finit par le pleurer comme un mort auquel on n'a pu
dire adieu. Lisa ne connaissait pas Florent. Elle trouvait de
très-bonnes paroles toutes les fois que son mari se désespérait
devant elle ; elle le laissait lui raconter pour la centième fois
des histoires de jeunesse, la grande chambre de la rue
Royer-Collard, les trente-six métiers qu'il avait appris, les
friandises qu'il faisait cuire dans le poêle, tout habillé
de blanc, tandis que Florent était tout habillé de noir.
Elle l'écoutait tranquillement, avec des complaisances
infinies.

Ce fut au milieu de ces joies sagement cultivées et mûries
que Florent tomba, un matin de septembre, à l'heure où
Lisa prenait son bain de soleil matinal, et où Quenu, les yeux
gros encore de sommeil, mettait paresseusement les doigts
dans les graisses figées de la veille. La charcuterie fut toute
bouleversée. Gavard voulut qu'on cachât « le proscrit, »
comme il le nommait, en gonflant un peu les joues. Lisa,
plus pâle et plus grave que d'ordinaire, le fit enfin monter
au cinquième, où elle lui donna la chambre de sa fille de
boutique. Quenu avait coupé du pain et du jambon. Mais
Florent put à peine manger ; il était pris de vertiges et de
nausées ; il se coucha, resta cinq jours au lit, avec un gros
délire, un commencement de fièvre cérébrale, qui fut heureusement combattu avec énergie. Quand il revint à lui, il
aperçut Lisa à son chevet, remuant sans bruit une cuiller
dans une tasse. Comme il voulait la remercier, elle lui dit
qu'il devait se tenir tranquille, qu'on causerait plus tard. Au
bout de trois jours, le malade fut sur pied. Alors, un matin,

6.

Quenu monta le chercher en lui disant que Lisa les attendait, au premier, dans sa chambre.

Ils occupaient là un petit appartement, trois pièces et un cabinet. Il fallait traverser une pièce nue, où il n'y avait que des chaises, puis un petit salon, dont le meuble, caché sous des housses blanches, dormait discrètement dans le demi-jour des persiennes toujours tirées, pour que la clarté trop vive ne mangeât pas le bleu tendre du reps, et l'on arrivait à la chambre à coucher, la seule pièce habitée, meublée d'acajou, très-confortable. Le lit surtout était surprenant, avec ses quatre matelas, ses quatre oreillers, ses épaisseurs de couvertures, son édredon, son assoupissement ventru au fond de l'alcôve moite. C'était un lit fait pour dormir. L'armoire à glace, la toilette-commode, le guéridon couvert d'une dentelle au crochet, les chaises protégées par des carrés de guipure, mettaient là un luxe bourgeois net et solide. Contre le mur de gauche, aux deux côtés de la cheminée, garnie de vases à paysages montés sur cuivre, et d'une pendule représentant un Gutenberg pensif, tout doré, le doigt appuyé sur un livre, étaient pendus les portraits à l'huile de Quenu et de Lisa, dans des cadres ovales, très-chargés d'ornements. Quenu souriait; Lisa avait l'air comme il faut; tous deux en noir, la figure lavée, délayée, d'un rose fluide et d'un dessin flatteur. Une moquette où des rosaces compliquées se mêlaient à des étoiles cachait le parquet. Devant le lit, s'allongeait un de ces tapis de mousse, fait de longs brins de laine frisés, œuvre de patience que la belle charcutière avait tricotée dans son comptoir. Mais ce qui étonnait, au milieu de ces choses neuves, c'était, adossé au mur de droite, un grand secrétaire, carré, trapu, qu'on avait fait revernir, sans pouvoir réparer les ébréchures du marbre, ni cacher les éraflures de l'acajou noir de vieillesse. Lisa avait voulu conserver ce meuble, dont l'oncle Gradelle s'était servi pendant plus de quarante ans; elle disait qu'il leur porterait bonheur. A la vérité, il avait des ferrures terribles, une serrure de prison, et il était si lourd qu'on ne pouvait le bouger de place.

Lorsque Florent et Quenu entrèrent, Lisa, assise devant le tablier baissé du secrétaire, écrivait, alignait des chiffres, d'une grosse écriture ronde, très-lisible. Elle fit un signe pour qu'on ne la dérangeât pas. Les deux hommes s'assirent. Florent, surpris, regardait la chambre, les deux portraits, la pendule, le lit.

— Voici, dit enfin Lisa, après avoir vérifié posément toute une page de calculs. Écoutez-moi... Nous avons des comptes à vous rendre, mon cher Florent.

C'était la première fois qu'elle le nommait ainsi. Elle prit la page de calculs et continua :

— Votre oncle Gradelle est mort sans testament ; vous étiez, vous et votre frère, les deux seuls héritiers... Aujourd'hui, nous devons vous donner votre part.

— Mais je ne demande rien, s'écria Florent, je ne veux rien !

Quenu devait ignorer les intentions de sa femme. Il était devenu un peu pâle, il la regardait d'un air fâché. Vraiment, il aimait bien son frère ; mais il était inutile de lui jeter ainsi l'héritage de l'oncle à la tête. On aurait vu plus tard.

— Je sais bien, mon cher Florent, reprit Lisa, que vous n'êtes pas revenu pour nous réclamer ce qui vous appartient. Seulement, les affaires sont les affaires ; il vaut mieux en finir tout de suite... Les économies de votre oncle se montaient à quatre-vingt-cinq mille francs. J'ai donc porté à votre compte quarante-deux mille cinq cents francs. Les voici.

Elle lui montra le chiffre sur la feuille de papier.

— Il n'est pas aussi facile malheureusement d'évaluer la boutique, matériel, marchandises, clientèle. Je n'ai pu mettre que des sommes approximatives ; mais je crois avoir

compté tout, très-largement... Je suis arrivée au total de
quinze mille trois cent dix francs, ce qui fait pour vous sept
mille six cent cinquante-cinq francs, et en tout cinquante
mille cent cinquante-cinq francs... Vous vérifierez, n'est-ce
pas ?

Elle avait épelé les chiffres d'une voix nette, et elle lui
tendit la feuille de papier, qu'il dut prendre.

— Mais, cria Quenu, jamais la charcuterie du vieux n'a
valu quinze mille francs ! Je n'en aurais pas donné dix mille,
moi !

Sa femme l'exaspérait, à la fin. On ne pousse pas l'honnêteté à ce point. Est-ce que Florent lui parlait de la charcuterie ? D'ailleurs, il ne voulait rien, il l'avait dit.

— La charcuterie valait quinze mille trois cent dix francs,
répéta tranquillement Lisa... Vous comprenez, mon cher
Florent, il est inutile de mettre un notaire là-dedans. C'est à
nous de faire notre partage, puisque vous ressuscitez... Dès
votre arrivée, j'ai nécessairement songé à cela, et pendant
que vous aviez la fièvre, là-haut, j'ai tâché de dresser ce bout
d'inventaire tant bien que mal... Vous voyez, tout y est dé-
taillé. J'ai fouillé nos anciens livres, j'ai fait appel à mes
souvenirs. Lisez à voix haute, je vous donnerai les renseignements que vous pourriez désirer.

Florent avait fini par sourire. Il était ému de cette probité
aisée et comme naturelle. Il posa la page de calculs sur les
genoux de la jeune femme ; puis, lui prenant la main :

— Ma chère Lisa, dit-il, je suis heureux de voir que vous
faites de bonnes affaires ; mais je ne veux pas de votre argent. L'héritage est à mon frère et à vous, qui avez soigné
l'oncle jusqu'à la fin... Je n'ai besoin de rien, je n'entends
pas vous déranger dans votre commerce.

Elle insista, se fâcha même, tandis que, sans parler, se
contenant, Quenu mordait ses pouces.

— Eh ! reprit Florent en riant, si l'oncle Gradelle vous

entendait, il serait capable de venir vous reprendre l'argent...
Il ne m'aimait guère, l'oncle Gradelle.

— Ah! pour ça, non, il ne t'aimait guère, murmura
Quenu à bout de forces.

Mais Lisa discutait encore. Elle disait qu'elle ne voulait
pas avoir dans son secrétaire de l'argent qui ne fût pas à elle,
que cela la troublerait, qu'elle n'allait plus vivre tranquille
avec cette pensée. Alors Florent, continuant à plaisanter, lui
offrit de placer son argent chez elle, dans sa charcuterie.
D'ailleurs, il ne refusait pas leurs services; il ne trouverait
sans doute pas du travail tout de suite; puis, il n'était guère
présentable, il lui faudrait un habillement complet.

— Pardieu! s'écria Quenu, tu coucheras chez nous, tu
mangeras chez nous, et nous allons t'acheter le nécessaire.
C'est une affaire entendue... Tu sais bien que nous ne te
laisserons pas sur le pavé, que diable!

Il était tout attendri. Il avait même quelque honte d'avoir
eu peur de donner une grosse somme, en un coup. Il trouva
des plaisanteries; il dit à son frère qu'il se chargeait de le
rendre gras. Celui-ci hocha doucement la tête. Cependant,
Lisa pliait la page de calculs. Elle la mit dans un tiroir du
secrétaire.

— Vous avez tort, dit-elle, comme pour conclure. J'ai fait
ce que je devais faire. Maintenant, ce sera comme vous voudrez... Moi, voyez-vous, je n'aurais pas vécu en paix. Les
mauvaises pensées me dérangent trop.

Ils parlèrent d'autre chose. Il fallait expliquer la présence
de Florent, en évitant de donner l'éveil à la police. Il leur
apprit qu'il était rentré en France, grâce aux papiers d'un
pauvre diable, mort entre ses bras de la fièvre jaune, à Su-
rinam. Par une rencontre singulière, ce garçon se nommait
également Florent, mais de son prénom. Florent Laquerrière
n'avait laissé qu'une cousine à Paris, dont on lui avait écrit
la mort en Amérique; rien n'était plus facile que de jouer

son rôle. Lisa s'offrit d'elle-même pour être la cousine Il
fut entendu qu'on raconterait une histoire de cousin revenu
de l'étranger, à la suite de tentatives malheureuses, et recueilli par les Quenu-Gradelle, comme on nommait le ménage
dans le quartier, en attendant qu'il pût trouver une position.
Quand tout fut réglé, Quenu voulut que son frère visitât le
logement ; il ne lui fit pas grâce du moindre tabouret. Dans
la pièce nue, où il n'y avait que des chaises, Lisa poussa une
porte, lui montra un cabinet, en disant que la fille de boutique coucherait là, et que lui garderait la chambre du cinquième.

Le soir, Florent était tout habillé de neuf. Il s'était entêté à prendre encore un paletot et un pantalon noirs, malgré les conseils de Quenu, que cette couleur attristait. On
ne le cacha plus, Lisa conta à qui voulut l'entendre l'histoire
du cousin. Il vivait dans la charcuterie, s'oubliait sur une
chaise de la cuisine, revenait s'adosser contre les marbres
de la boutique. A table, Quenu le bourrait de nourriture,
se fâchait parce qu'il était petit mangeur et qu'il laissait la
moitié des viandes dont on lui emplissait son assiette. Lisa
avait repris ses allures lentes et béates ; elle le tolérait,
même le matin, quand il gênait le service ; elle l'oubliait, puis, lorsqu'elle le reconnaissait, noir devant elle,
elle avait un léger sursaut, et elle trouvait un de ses beaux
sourires pourtant, afin de ne point le blesser. Le désintéressement de cet homme maigre l'avait frappée ; elle éprouvait
pour lui une sorte de respect, mêlé d'une peur vague. Florent ne sentait qu'une grande affection autour de lui.

A l'heure du coucher, il montait, un peu las de sa journée vide, avec les deux garçons de la charcuterie, qui occupaient des mansardes voisines de la sienne. L'apprenti, Léon,
n'avait guère plus de quinze ans ; c'était un enfant, mince,
l'air très-doux, qui volait les entames de jambon et les bouts
de saucissons oubliés ; il les cachait sous son oreiller, les

mangeait, la nuit, sans pain. Plusieurs fois, Florent crut
comprendre que Léon donnait à souper, vers une heure du
matin; des voix contenues chuchotaient, puis venaient des
bruits de mâchoires, des froissements de papier, et il y avait
un rire perlé, un rire de gamine qui ressemblait à un trille
adouci de flageolet, dans le grand silence de la maison endormie. L'autre garçon, Auguste Landois, était de Troyes;
gras d'une mauvaise graisse, la tête trop grosse, et chauve
déjà, il n'avait que vingt-huit ans. Le premier soir, en montant, il conta son histoire à Florent, d'une façon longue et
confuse. Il n'était d'abord venu à Paris que pour se perfec-
tionner et retourner ouvrir une charcuterie à Troyes, où sa
cousine germaine, Augustine Landois, l'attendait. Ils avaient
eu le même parrain, ils portaient le même prénom. Puis
l'ambition le prit, il rêva de s'établir à Paris avec l'héritage
de sa mère qu'il avait déposé chez un notaire, avant de quitter la Champagne. Là, comme ils étaient arrivés au cinquième, Auguste retint Florent, en lui disant beaucoup de
bien de madame Quenu. Elle avait consenti à faire venir
Augustine Landois, pour remplacer une fille de boutique
qui avait mal tourné. Lui, savait son métier à présent;
elle, achevait d'apprendre le commerce. Dans un an, dix-
huit mois, ils s'épouseraient; ils auraient une charcuterie,
sans doute à Plaisance, à quelque bout populeux de Paris.
Ils n'étaient pas pressés de se marier, parce que les lards ne
valaient rien, cette année-là. Il raconta encore qu'ils s'étaient
fait photographier ensemble, à une fête de Saint-Ouen. Alors,
il entra dans la mansarde, désireux de revoir la photographie
qu'elle n'avait pas cru devoir enlever de la cheminée, pour
que le cousin de madame Quenu eût une jolie chambre. Il
s'oublia un instant, blafard dans la lueur jaune de son bougeoir, regardant la pièce encore toute pleine de la jeune
fille, s'approchant du lit, demandant à Florent s'il était bien
couché. Elle, Augustine, couchait en bas, maintenant; elle

serait mieux, les mansardes étaient très-froides, l'hiver.
Enfin, il s'en alla, laissant Florent seul avec le lit et en face
de la photographie. Auguste était un Quenu blème; Augustine, une Lisa pas mûre.

Florent, ami des garçons, gâté par son frère, accepté par
Lisa, finit par s'ennuyer terriblement. Il avait cherché des
leçons sans pouvoir en trouver. Il évitait, d'ailleurs, d'aller
dans le quartier des Écoles, où il craignait d'être reconnu.
Lisa, doucement, lui disait qu'il ferait bien de s'adresser
aux maisons de commerce; il pouvait faire la correspondance,
tenir les écritures. Elle revenait toujours à cette idée, et
finit par s'offrir pour lui trouver une place. Elle s'irritait
peu à peu de le rencontrer sans cesse dans ses jambes, oisif,
ne sachant que faire de son corps. D'abord, ce ne fut qu'une
haine raisonnée des gens qui se croisent les bras et qui mangent, sans qu'elle songeât encore à lui reprocher de manger chez elle. Elle lui disait :

— Moi, je ne pourrais pas vivre à rêvasser toute la journée.
Vous ne devez pas avoir faim, le soir... Il faut vous fatiguer,
voyez-vous.

Gavard, de son côté, cherchait une place pour Florent.
Mais il cherchait d'une façon extraordinaire et tout à fait
souterraine. Il aurait voulu trouver quelque emploi dramatique ou simplement d'une ironie amère, qui convînt à « un
proscrit. » Gavard était un homme d'opposition. Il venait de
dépasser la cinquantaine, et se vantait d'avoir déjà dit leur
fait à quatre gouvernements. Charles X, les prêtres, les no-
bles, toute cette racaille qu'il avait flanquée à la porte, lui
faisaient encore hausser les épaules; Louis-Philippe était
un imbécile, avec ses bourgeois, et il racontait l'histoire des
bas de laine, dans lesquels le roi citoyen cachait ses gros
sous; quant à la république de 48, c'était une farce, les ouvriers l'avaient trompé; mais il n'avouait plus qu'il avait
applaudi au Deux-Décembre, parce que, maintenant, il re-

gardait Napoléon III comme son ennemi personnel, une canaille qui s'enfermait avec de Morny et les autres, pour faire
des « gueuletons. » Sur ce chapitre, il ne tarissait pas ; il
baissait un peu la voix, il affirmait que, tous les soirs, des
voitures fermées amenaient des femmes aux Tuileries, et
que lui, lui qui vous parlait, avait, une nuit, de la place du
Carrousel, entendu le bruit de l'orgie. La religion de Gavard
était d'être le plus désagréable possible au gouvernement. Il
lui faisait des farces atroces, dont il riait en dessous pendant
des mois. D'abord, il votait pour le candidat qui devait « em-
bêter les ministres » au Corps législatif. Puis, s'il pouvait
voler le fisc, mettre la police en déroute, amener quelque
échauffourée, il travaillait à rendre l'aventure très-insurrec-
tionnelle. Il mentait, d'ailleurs, se posait en homme dangereux, parlait comme si la « séquelle des Tuileries » l'eût
connu et eût tremblé devant lui, disait qu'il fallait guillotiner la moitié de ces gredins et déporter l'autre moitié « au
prochain coup de chien. » Toute sa politique bavarde et vio-
lente se nourrissait de la sorte de hâbleries, de contes à dormir debout, de ce besoin goguenard de tapage et de drôleries
qui pousse un boutiquier parisien à ouvrir ses volets, un
jour de barricades, pour voir les morts. Aussi, quand Florent revint de Cayenne, flaira-t-il un tour abominable, cherchant de quelle façon, particulièrement spirituelle, il allait
pouvoir se moquer de l'empereur, du ministère, des hommes
en place, jusqu'au dernier des sergents de ville.

L'attitude de Gavard devant Florent était pleine d'une
joie défendue. Il le couvait avec des clignements d'yeux, lui
parlait bas pour lui dire les choses les plus simples du monde,
mettait dans ses poignées de mains des confidences maçon-
niques. Enfin, il avait donc rencontré une aventure; il tenait
un camarade réellement compromis; il pouvait, sans trop
mentir, parler des dangers qu'il courait. Il éprouvait certainement une peur inavouée, en face de ce garçon qui

revenait du bagne, et dont la maigreur disait les longues
souffrances; mais cette peur délicieuse le grandissait lui-
même, lui persuadait qu'il faisait un acte très-étonnant,
en accueillant en ami un homme des plus dangereux. Florent
devint sacré; il ne jura que par Florent; il nommait Florent,
quand les arguments lui manquaient, et qu'il voulait écraser
le gouvernement une fois pour toutes.

Gavard avait perdu sa femme, rue Saint-Jacques, quelques
mois après le coup d'État. Il garda la rôtisserie jusqu'en
1856. A cette époque, le bruit courut qu'il avait gagné des
sommes considérables en s'associant avec un épicier son
voisin, chargé d'une fourniture de légumes secs pour l'armée d'Orient. La vérité fut qu'après avoir vendu la rôtisserie,
il vécut de ses rentes pendant un an. Mais il n'aimait pas
parler de l'origine de sa fortune; cela le gênait, l'empêchait
de dire tout net son opinion sur la guerre de Crimée, qu'il
traitait d'expédition aventureuse, « faite uniquement pour
consolider le trône et emplir certaines poches. » Au bout
d'un an, il s'ennuya mortellement dans son logement de
garçon. Comme il rendait visite aux Quenu-Gradelle presque
journellement, il se rapprocha d'eux, vint habiter rue de
la Cossonnerie. Ce fut là que les Halles le séduisirent, avec
leur vacarme, leurs commérages énormes. Il se décida à
louer une place au pavillon de la volaille, uniquement pour
se distraire, pour occuper ses journées vides des cancans du
marché. Alors, il vécut dans des jacasseries sans fin, au
courant des plus minces scandales du quartier, la tête bourdonnante du continuel glapissement de voix qui l'entourait.
Il y goûtait mille joies chatouillantes, béat, ayant trouvé son
élément, s'y enfonçant avec des voluptés de carpe nageant
au soleil. Florent allait parfois lui serrer la main, à sa boutique. Les après-midi étaient encore très-chaudes. Le long
des allées étroites, les femmes, assises, plumaient. Des raies
de soleil tombaient entre les tentes relevées, les plumes

volaient sous les doigts, pareilles à une neige dansante,
dans l'air ardent, dans la poussière d'or des rayons. Des
appels, toute une traînée d'offres et de caresses, suivaient
Florent. « Un beau canard, monsieur?... Venez me voir...
J'ai de bien jolis poulets gras... Monsieur, monsieur, achetez-
moi cette paire de pigeons... » Il se dégageait, gêné, assourdi.
Les femmes continuaient à plumer en se le disputant, et
des vols de fin duvet s'abattaient, le suffoquaient d'une
fumée, comme chauffée et épaissie encore par l'odeur forte
des volailles. Enfin, au milieu de l'allée, près des fontaines,
il trouvait Gavard, en manches de chemise, les bras croisés
sur la bavette de son tablier bleu, pérorant devant sa boutique. Là, Gavard régnait, avec des mines de bon prince,
au milieu d'un groupe de dix à douze femmes. Il était le
seul homme du marché. Il avait la langue tellement longue,
qu'après s'être fâché avec les cinq ou six filles qu'il prit
successivement pour tenir sa boutique, il se décida à vendre
sa marchandise lui-même, disant naïvement que ces pécores
passaient leur sainte journée à cancaner, et qu'il ne pouvait
en venir à bout. Comme il fallait pourtant que quelqu'un
gardât sa place, lorsqu'il s'absentait, il recueillit Marjolin qui battait le pavé, après avoir tenté tous les menus
métiers des Halles. Et Florent restait parfois une heure
avec Gavard, émerveillé de son intarissable commérage,
de sa carrure et de son aisance parmi tous ses jupons,
coupant la parole à l'une, se querellant avec une autre,
à dix boutiques de distance, arrachant un client à une
troisième, faisant plus de bruit à lui seul que les cent
et quelques bavardes ses voisines, dont la clameur secouait
les plaques de fonte du pavillon d'un frisson sonore de
tam-tam.

Le marchand de volailles, pour toute famille, n'avait plus
qu'une belle-sœur et une nièce. Quand sa femme mourut,
la sœur aînée de celle-ci, madame Lecœur, qui était veuve

depuis un an, la pleura d'une façon exagérée, en allant
presque chaque soir porter ses consolations au malheureux
mari. Elle dut nourrir, à cette époque, le projet de lui plaire
et de prendre la place encore chaude de la morte. Mais
Gavard détestait les femmes maigres ; il disait que cela lui
faisait de la peine de sentir les os sous la peau ; il ne caressait jamais que les chats et les chiens très-gras, goûtant une
satisfaction personnelle aux échines rondes et nourries.
Madame Lecœur, blessée, furieuse de voir les pièces de cent
sous du rôtisseur lui échapper, amassa une rancune mortelle. Son beau-frère fut l'ennemi dont elle occupa toutes
ses heures. Lorsqu'elle le vit s'établir aux Halles, à deux
pas du pavillon où elle vendait du beurre, des fromages et
des œufs, elle l'accusa d'avoir « inventé ça pour la taquiner
et lui porter mauvaise chance. » Dès lors, elle se lamenta,
jaunit encore, se frappa tellement l'esprit, qu'elle finit réellement par perdre sa clientèle et faire de mauvaises affaires.
Elle avait gardé longtemps avec elle la fille d'une de ses
sœurs, une paysanne qui lui envoya la petite, sans plus
s'en occuper. L'enfant grandit au milieu des Halles. Comme
elle se nommait Sarriet de son nom de famille, on ne l'appela
bientôt que la Sarriette. A seize ans, la Sarriette était une
jeune coquine si délurée, que des messieurs venaient acheter
des fromages uniquement pour la voir. Elle ne voulut pas
des messieurs, elle était populacière, avec son visage pâle de
vierge brune et ses yeux qui brûlaient comme des tisons. Ce
fut un porteur qu'elle choisit, un garçon de Ménilmontant
qui faisait les commissions de sa tante. Lorsque, à vingt
ans, elle s'établit marchande de fruits, avec quelques avances
dont on ne connut jamais bien la source, son amant, qui
se faisait appeler M. Jules, se soigna les mains, ne porta
plus que des blouses propres et une casquette de velours,
vint seulement aux Halles l'après-midi, en pantoufles. Ils
logeaient ensemble, rue Vauvilliers, au troisième étage

d'une grande maison, dont un café borgne occupait le rez-
de-chaussée. L'ingratitude de la Sarriette acheva d'aigrir
madame Lecœur, qui la traitait avec une furie de paroles
ordurières. Elles se fâchèrent, la tante exaspérée, · la
nièce inventant avec M. Jules des histoires que le jeune
homme allait raconter dans le pavillon aux beurres. Gavard
trouvait la Sarriette drôle ; il se montrait plein d'indulgence
pour elle, il lui tapait sur les joues, quand il la rencontrait :
elle était dodue et exquise de chair.

Une après-midi, comme Florent était assis dans la charcuterie, fatigué de courses vaines qu'il avait faites le matin à
la recherche d'un emploi, Marjolin entra. Ce grand garçon,
d'une épaisseur et d'une douceur flamandes, était le protégé
de Lisa. Elle le disait pas méchant, un peu bêta, d'une force
de cheval, tout à fait intéressant, d'ailleurs, puisqu'on ne
lui connaissait ni père, ni mère. C'était elle qui l'avait placé
chez Gavard.

Lisa était au comptoir, agacée par les souliers crottés de
Florent, qui tachaient le dallage blanc et rose ; deux fois
déjà elle s'était levée pour jeter de la sciure dans la boutique.
Elle sourit à Marjolin.

— Monsieur Gavard, dit le jeune homme, m'envoie pour
vous demander...

Il s'arrêta, regarda autour de lui, et baissant la voix :

— Il m'a bien recommandé d'attendre qu'il n'y eût personne et de vous répéter ces paroles, qu'il m'a fait apprendre
par cœur : « Demande-leur s'il n'y a aucun danger, et si je
puis aller causer avec eux de ce qu'ils savent. »

— Eh bien, dis à M. Gavard que nous l'attendons,
répondit Lisa, habituée aux allures mystérieuses du marchand de volailles.

Mais Marjolin ne s'en alla pas ; il restait en extase devant
la belle charcutière, d'un air de soumission câline. Comme
touchée de cette adoration muette, elle reprit :

7.

— Est-ce que tu te plais, chez M. Gavard? Ce n'est pas un méchant homme, tu feras bien de le contenter.

— Oui, madame Lisa.

— Seulement, tu n'es pas raisonnable, je t'ai encore vu sur les toits des Halles, hier; puis, tu fréquentes un tas de gueux et de gueuses. Te voilà homme, maintenant; il faut pourtant que tu songes à l'avenir.

— Oui, madame Lisa.

Elle dut répondre à une dame qui venait commander une livre de côtelettes aux cornichons. Elle quitta le comptoir, alla devant le billot, au fond de la boutique. Là, avec un couteau mince, elle sépara trois côtelettes d'un carré de porc; et, levant un couperet, de son poignet nu et solide, elle donna trois coups secs. Derrière, à chaque coup, sa robe de mérinos noir se levait légèrement; tandis que les baleines de son corset marquaient sur l'étoffe tendue du corsage. Elle avait un grand sérieux, les lèvres pincées, les yeux clairs, ramassant les côtelettes et les pesant d'une main lente.

Quand la dame fut partie et qu'elle aperçut Marjolin ravi de lui avoir vu donner ces trois coups de couperet, si nets et si roides :

— Comment! tu es encore là? cria-t-elle.

Et il allait sortir de la boutique, lorsqu'elle le retint.

— Écoute, lui dit-elle, si je te revois avec ce petit torchon de Cadine... Ne dis pas non. Ce matin, vous étiez encore ensemble à la triperie, à regarder casser des têtes de mouton... Je ne comprends pas comment un bel homme comme toi puisse se plaire avec cette traînée, cette sauterelle..... Allons, va, dis à M. Gavard qu'il vienne tout de suite, pendant qu'il n'y a personne.

Marjolin s'en alla confus, l'air désespéré, sans répondre.

La belle Lisa resta debout dans son comptoir, la tête un

peu tournée du côté des Halles ; et Florent la contemplait,
silencieux, surpris de la trouver si belle. Il l'avait mal vue
jusque-là, il ne savait pas regarder les femmes. Elle lui apparaissait au-dessus des viandes du comptoir. Devant elle,
s'étalaient, dans des plats de porcelaine blanche, les saucissons d'Arles et de Lyon entamés, les langues et les morceaux
de petit salé cuits à l'eau, la tête de cochon noyée de gelée,
un pot de rillettes ouvert et une boîte de sardines dont le métal crevé montrait un lac d'huile ; puis, à droite et à gauche,
sur des planches, des pains de fromage d'Italie, de fromage
de cochon, un jambon ordinaire d'un rose pâle, un jambon
d'York à la chair saignante, sous une large bande de graisse.
Et il y avait encore des plats ronds et ovales, les plats de la
langue fourrée, de la galantine truffée, de la hure aux pistaches ; tandis que, tout près d'elle, sous sa main, étaient le
veau piqué, le pâté de foie, le pâté de lièvre, dans des terrines jaunes. Comme Gavard ne venait pas, elle rangea le
lard de poitrine sur la petite étagère de marbre, au bout du
comptoir ; elle aligna le pot de saindoux et le pot de graisse
de rôti, essuya les plateaux des deux balances de melchior,
tâta l'étuve dont le réchaud mourait ; et, silencieuse, elle
tourna la tête de nouveau, elle se remit à regarder au fond
des Halles. Le fumet des viandes montait, elle était comme
prise, dans sa paix lourde, par l'odeur des truffes. Ce jour-là,
elle avait une fraîcheur superbe ; la blancheur de son tablier
et de ses manches continuait la blancheur des plats, jusqu'à
son cou gras, à ses joues rosées, où revivaient les tons tendres des jambons et les pâleurs des graisses transparentes.
Intimidé à mesure qu'il la regardait, inquiété par cette carrure correcte, Florent finit par l'examiner à la dérobée, dans
les glaces, autour de la boutique. Elle s'y reflétait de dos, de
face, de côté ; même au plafond, il la retrouvait, la tête en
bas, avec son chignon serré, ses minces bandeaux, collés
sur les tempes. C'était toute une foule de Lisa, montrant la

largeur des épaules, l'emmanchement puissant des bras, la
poitrine arrondie, si muette et si tendue, qu'elle n'éveillait
aucune pensée charnelle et qu'elle ressemblait à un ventre.
Il s'arrêta, il se plut surtout à un de ses profils, qu'il avait
dans une glace, à côté de lui, entre deux moitiés de porcs.
Tout le long des marbres et des glaces, accrochés aux barres
à dents de loup, des porcs et des bandes de lard à piquer
pendaient; et le profil de Lisa, avec sa forte encolure, ses
lignes rondes, sa gorge qui avançait, mettait une effigie de
reine empâtée, au milieu de ce lard et de ces chairs crues.
Puis, la belle charcutière se pencha, sourit d'une façon amicale aux deux poissons rouges qui nageaient dans l'aquarium
de l'étalage, continuellement.

Gavard entrait. Il alla chercher Quenu dans la cuisine, l'air
important. Quand il se fut assis de biais sur une petite table de marbre, laissant Florent sur sa chaise, Lisa dans son
comptoir, et Quenu adossé contre un demi-porc, il annonça
enfin qu'il avait trouvé une place pour Florent, et qu'on
allait rire, et que le gouvernement serait joliment pincé !

Mais il s'interrompit brusquement, en voyant entrer mademoiselle Saget, qui avait poussé la porte de la boutique,
après avoir aperçu de la chaussée la nombreuse société causant
chez les Quenu-Gradelle. La petite vieille, en robe déteinte,
accompagnée de l'éternel cabas noir qu'elle portait au bras,
coiffée du chapeau de paille noire, sans rubans, qui mettait
sa face blanche au fond d'une ombre sournoise, eut un léger salut pour les hommes et un sourire pointu pour Lisa.
C'était une connaissance ; elle habitait encore la maison de
la rue Pirouette, où elle vivait depuis quarante ans, sans
doute d'une petite rente dont elle ne parlait pas. Un jour,
pourtant, elle avait nommé Cherbourg, en ajoutant qu'elle
y était née. On n'en sut jamais davantage. Elle ne causait
que des autres, racontait leur vie jusqu'à dire le nombre de
chemises qu'ils faisaient blanchir par mois, poussait le be-

soin de pénétrer dans l'existence des voisins, au point d'écouter aux portes et de décacheter les lettres. Sa langue était redoutée, de la rue Saint-Denis à la rue Jean-Jacques Rousseau, et de la rue Saint-Honoré à la rue Mauconseil. Tout le long du jour, elle s'en allait avec son cabas vide, sous le prétexte de faire des provisions, n'achetant rien, colportant des nouvelles, se tenant au courant des plus minces faits, arrivant ainsi à loger dans sa tête l'histoire complète des maisons, des étages, des gens du quartier. Quenu l'avait toujours accusée d'avoir ébruité la mort de l'oncle Gradelle sur la planche à hacher ; depuis ce temps, il lui tenait rancune. Elle était très-ferrée, d'ailleurs, sur l'oncle Gradelle et sur les Quenu ; elle les détaillait, les prenait par tous les bouts, les savait « par cœur. » Mais depuis une quinzaine de jours, l'arrivée de Florent la désorientait, la brûlait d'une véritable fièvre de curiosité. Elle tombait malade, quand il se produisait quelque trou imprévu dans ses notes. Et pourtant elle jurait qu'elle avait déjà vu ce grand escogriffe quelque part.

Elle resta devant le comptoir, regardant les plats, les uns après les autres, disant de sa voix fluette :

— On ne sait plus que manger. Quand l'après-midi arrive, je suis comme une âme en peine pour mon dîner..... Puis, je n'ai envie de rien... Est-ce qu'il vous reste des côtelettes panées, madame Quenu ?

Sans attendre la réponse, elle souleva un des couvercles de l'étuve de melchior. C'était le côté des andouilles, des saucisses et des boudins. Le réchaud était froid, il n'y avait plus qu'une saucisse plate, oubliée sur la grille.

— Voyez de l'autre côté, mademoiselle Saget, dit la charcutière. Je crois qu'il reste une côtelette.

— Non, ça ne me dit pas, murmura la petite vieille, qui glissa toutefois son nez sous le second couvercle. J'avais un caprice, mais les côtelettes panées, le soir, c'est trop lourd...

J'aime mieux quelque chose que je ne sois pas même obligée de faire chauffer.

Elle s'était tournée du côté de Florent, elle le regardait, elle regardait Gavard, qui battait la retraite du bout de ses doigts, sur la table de marbre ; et elle les invitait d'un sourire à continuer la conversation.

— Pourquoi n'achetez-vous pas un morceau de petit salé ? demanda Lisa.

— Un morceau de petit salé, oui, tout de même...

Elle prit la fourchette à manche de métal blanc posée au bord du plat, chipotant, piquant chaque morceau de petit salé. Elle donnait de légers coups sur les os pour juger de leur épaisseur, les retournait, examinait les quelques lambeaux de viande rose, en répétant :

— Non, non, ça ne me dit pas.

— Allons, prenez une langue, un morceau de tête de cochon, une tranche de veau piqué, dit la charcutière patiemment.

Mais mademoiselle Saget branlait la tête. Elle resta là encore un instant, faisant des mines dégoûtées au-dessus des plats ; puis, voyant que décidément on se taisait et qu'elle ne saurait rien, elle s'en alla, en disant :

— Non, voyez-vous, j'avais envie d'une côtelette panée, mais celle qui vous reste est trop grasse... Ce sera pour une autre fois.

Lisa se pencha pour la suivre du regard, entre les crépines de l'étalage. Elle la vit traverser la chaussée et entrer dans le pavillon aux fruits.

— La vieille bique ! grogna Gavard.

Et, comme ils étaient seuls, il raconta quelle place il avait trouvée pour Florent. Ce fut toute une histoire. Un de ses bons amis, M. Verlaque, inspecteur à la marée, était tellement souffrant, qu'il se trouvait forcé de prendre un congé. Le matin même, le pauvre homme lui disait qu'il

serait bien aise de proposer lui-même son remplaçant, pour
se ménager la place, s'il venait à guérir.

— Vous comprenez, ajouta Gavard, Verlaque n'en a pas
pour six semaines, Florent gardera la place. C'est une jolie situation... Et nous mettons la police dedans ! La place dépend
de la préfecture. Hein ! sera-ce assez amusant, quand Florent ira toucher l'argent de ces argousins !

Il riait d'aise, il trouvait cela profondément comique.

— Je ne veux pas de cette place, dit nettement Florent.
Je me suis juré de ne rien accepter de l'empire. Je crèverais
de faim, que je n'entrerais pas à la préfecture. C'est impossible, entendez-vous, Gavard !

Gavard entendait et restait un peu gêné. Quenu avait
baissé la tête. Mais Lisa s'était tournée, regardait fixement
Florent, le cou gonflé, la gorge crevant le corsage. Elle allait ouvrir la bouche, quand la Sarriette entra. Il y eut un
nouveau silence.

— Ah bien ! s'écria la Sarriette avec son rire tendre,
j'allais oublier d'acheter du lard... Madame Quenu, coupez-
moi douze bardes, mais bien minces, n'est-ce pas ? pour des
alouettes... C'est Jules qui a voulu manger des alouettes...
Tiens, vous allez bien, mon oncle ?

Elle emplissait la boutique de ses jupes folles. Elle souriait à tout le monde, d'une fraîcheur de lait, décoiffée d'un
côté par le vent des Halles. Gavard lui avait pris les mains ;
et elle, avec son effronterie :

— Je parie que vous parliez de moi, quand je suis entrée.
Qu'est-ce que vous disiez donc, mon oncle ?

Lisa l'appela.

— Voyez, est-ce assez mince comme cela ?

Sur un bout de planche, devant elle, elle coupait des
bardes, délicatement. Puis, en les enveloppant :

— Il ne vous faut rien autre chose ?

— Ma foi, puisque je me suis dérangée, dit la Sarriette,

donnez-moi une livre de saindoux... Moi, j'adore les pommes de terre frites, je fais un déjeuner avec deux sous de pommes de terre frites et une botte de radis... Oui, une livre de saindoux, madame Quenu.

La charcutière avait mis une feuille de papier fort sur une balance. Elle prenait le saindoux dans le pot, sous l'étagère, avec une spatule de buis, augmentant à petits coups, d'une main douce, le tas de graisse qui s'étalait un peu. Quand la balance tomba, elle enleva le papier, le plia, le corna vivement, du bout des doigts.

— C'est vingt-quatre sous, dit-elle, et six sous de bardes, ça fait trente sous... Il ne vous faut rien autre chose ?

La Sarriette dit que non. Elle paya, riant toujours, montrant ses dents, regardant les hommes en face, avec sa jupe grise qui avait tourné, son fichu rouge mal attaché, qui laissait voir une ligne blanche de sa gorge, au milieu. Avant de sortir, elle alla menacer Gavard en répétant :

— Alors vous ne voulez pas me dire ce que vous racontiez quand je suis entrée ? Je vous ai vu rire, du milieu de la rue... O le sournois. Tenez, je ne vous aime plus.

Elle quitta la boutique, elle traversa la rue en courant. La belle Lisa dit sèchement :

— C'est mademoiselle Saget qui nous l'a envoyée.

Puis le silence continua. Gavard était consterné de l'accueil que Florent faisait à sa proposition. Ce fut la charcutière qui reprit la première, d'une voix très-amicale :

— Vous avez tort, Florent, de refuser cette place d'inspecteur à la marée... Vous savez combien les emplois sont pénibles à trouver. Vous êtes dans une position à ne pas vous montrer difficile.

— J'ai dit mes raisons, répondit-il.

Elle haussa les épaules.

— Voyons, ce n'est pas sérieux... Je comprends à la rigueur que vous n'aimiez pas le gouvernement. Mais ça n'em-

pêche pas de gagner son pain, ce serait trop bête... Et puis,
l'empereur n'est pas un méchant homme, mon cher. Je vous
laisse dire quand vous racontez vos souffrances. Est-ce qu'il
le savait seulement, lui, si vous mangiez du pain moisi et
de la viande gâtée? Il ne peut pas être à tout, cet homme...
Vous voyez que, nous autres, il ne nous a pas empêchés de
faire nos affaires... Vous n'êtes pas juste, non, pas juste du
tout.

Gavard était de plus en plus gêné. Il ne pouvait tolérer
devant lui ces éloges de l'empereur.

— Ah! non, non, madame Quenu, murmura-t-il, vous
allez trop loin. C'est tout de la canaille...

— Oh! vous, interrompit la belle Lisa en s'animant, vous
ne serez content que le jour où vous vous serez fait voler et
massacrer avec vos histoires. Ne parlons pas politique, parce
que ça me mettrait en colère... Il ne s'agit que de Florent,
n'est-ce pas? Eh bien, je dis qu'il doit absolument accepter
la place d'inspecteur. Ce n'est pas ton avis, Quenu?

Quenu, qui ne soufflait mot, fut très-ennuyé de la question brusque de sa femme.

— C'est une bonne place, dit-il sans se compromettre.

Et, comme un nouveau silence embarrassé se faisait:

— Je vous en prie, laissons cela, reprit Florent. Ma résolution est bien arrêtée. J'attendrai.

— Vous attendrez! s'écria Lisa perdant patience.

Deux flammes roses étaient montées à ses joues. Les hanches élargies, plantée debout dans son tablier blanc, elle se
contenait pour ne pas laisser échapper une mauvaise parole.
Une nouvelle personne entra, qui détourna sa colère. C'était
madame Lecœur.

— Pourriez-vous me donner une assiette assortie d'une
demi-livre, à cinquante sous la livre? demanda-t-elle.

Elle feignit d'abord de ne pas voir son beau-frère; puis,
elle le salua d'un signe de tête, sans parler. Elle examinait

les trois hommes de la tête aux pieds, espérant sans doute surprendre leur secret, à la façon dont ils attendaient qu'elle ne fût plus là. Elle sentait qu'elle les dérangeait; cela la rendait plus anguleuse, plus aigre, dans ses jupes tombantes, avec ses grands bras d'araignée, ses mains nouées qu'elle tenait sous son tablier. Comme elle avait une légère toux :

— Est-ce que vous êtes enrhumée? dit Gavard gêné par le silence.

Elle répondit un non bien sec. Aux endroits où les os perçaient son visage, la peau, tendue, était d'un rouge brique, et la flamme sourde qui brûlait ses paupières annonçait quelque maladie de foie, couvant dans ses aigreurs jalouses. Elle se retourna vers le comptoir, suivit chaque geste de Lisa qui la servait, de cet œil méfiant d'une cliente persuadée qu'on va la voler.

— Ne me donnez pas de cervelas, dit-elle, je n'aime pas ça.

Lisa avait pris un couteau mince et coupait des tranches de saucisson. Elle passa au jambon fumé et au jambon ordinaire, détachant des filets délicats, un peu courbée, les yeux sur le couteau. Ses mains potelées, d'un rose vif, qui touchaient aux viandes avec des légèretés molles, en gardaient une sorte de souplesse grasse, des doigts ventrus aux phalanges. Elle avança une terrine, en demandant :

— Vous voulez du veau piqué, n'est-ce pas?

Madame Lecœur parut se consulter longuement; puis elle accepta. La charcutière coupait maintenant dans des terrines. Elle prenait sur le bout d'un couteau à large lame des tranches de veau piqué et de pâté de lièvre. Et elle posait chaque tranche au milieu de la feuille de papier, sur les balances.

— Vous ne me donnez pas de la hure aux pistaches? fit remarquer madame Lecœur, de sa voix mauvaise.

Elle dut donner de la hure aux pistaches. Mais la marchande de beurre devenait exigeante. Elle voulut deux

tranches de galantine; elle aimait ça. Lisa, irritée déjà,
jouant d'impatience avec le manche des couteaux, eut beau
lui dire que la galantine était truffée, qu'elle ne pouvait en
mettre que dans les assiettes assorties à trois francs la livre.
L'autre continuait à fouiller les plats, cherchant ce qu'elle
allait demander encore. Quand l'assiette assortie fut pesée,
il fallut que la charcutière ajoutât de la gelée et des cornichons. Le bloc de gelée, qui avait la forme d'un gâteau de
Savoie, au milieu d'une plaque de porcelaine, trembla sous
sa main brutale de colère; et elle fit jaillir le vinaigre, en
prenant, du bout des doigts, deux gros cornichons dans le
pot, derrière l'étuve.

— C'est vingt-cinq sous, n'est-ce pas? dit madame Lecœur, sans se presser.

Elle voyait parfaitement la sourde irritation de Lisa. Elle
en jouissait, tirant sa monnaie avec lenteur, comme perdue
dans les gros sous de sa poche. Elle regardait Gavard en
dessous, goûtait le silence embarrassé que sa présence prolongeait, jurant qu'elle ne s'en irait pas, puisqu'on faisait
« des cachoteries » avec elle. La charcutière lui mit enfin
son paquet dans la main, et elle dut se retirer. Elle s'en alla,
sans dire un mot, avec un long regard, tout autour de la
boutique.

Quand elle ne fut plus là, Lisa éclata.

— C'est encore la Saget qui nous l'a envoyée, celle-là !
Est-ce que cette vieille gueuse va faire défiler toutes les
Halles ici, pour savoir ce que nous disons !... Et comme
elles sont malignes! A-t-on jamais vu acheter des côtelettes panées et des assiettes assorties à cinq heures du soir !
Elles se donneraient des indigestions, plutôt que de ne pas
savoir... Par exemple, si la Saget m'en renvoie une autre,
vous allez voir comme je la recevrai. Ce serait ma sœur,
que je la flanquerais à la porte.

Devant la colère de Lisa, les trois hommes se taisaient.

Gavard était venu s'accouder sur la balustrade de l'étalage, à rampe de cuivre; il s'absorbait, faisait tourner un des balustres de cristal taillé, détaché de sa tringle de laiton. Puis, levant la tête :

— Moi, dit-il, j'avais regardé ça comme une farce.

— Quoi donc? demanda Lisa encore toute secouée.

— La place d'inspecteur à la marée.

Elle leva les mains, regarda Florent une dernière fois, s'assit sur la banquette rembourrée du comptoir, ne desserra plus les dents. Gavard expliquait tout au long son idée : le plus attrapé, en somme, ce serait le gouvernement qui donnerait ses écus. Il répétait avec complaisance :

— Mon cher, ces gueux-là vous ont laissé crever de faim, n'est-ce pas? Eh bien, il faut vous faire nourrir par eux, maintenant... C'est très-fort, ça m'a séduit tout de suite.

Florent souriait, disait toujours non. Quenu, pour faire plaisir à sa femme, tenta de trouver de bons conseils. Mais celle-ci semblait ne plus écouter. Depuis un instant, elle regardait avec attention du côté des Halles. Brusquement, elle se remit debout, en s'écriant :

— Ah! c'est la Normande qu'on envoie maintenant. Tant pis! la Normande payera pour les autres.

Une grande brune poussait la porte de la boutique. C'était la belle poissonnière, Louise Méhudin, dite la Normande. Elle avait une beauté hardie, très-blanche et délicate de peau, presque aussi forte que Lisa, mais d'œil plus effronté et de poitrine plus vivante. Elle entra, cavalière, avec sa chaîne d'or sonnant sur son tablier, ses cheveux nus peignés à la mode, son nœud de gorge, un nœud de dentelle qui faisait d'elle une des reines coquettes des Halles. Elle portait une vague odeur de marée; et, sur une de ses mains, près du petit doigt, il y avait une écaille de hareng, qui mettait là une mouche de nacre. Les deux femmes, ayant habité la même maison, rue Pirouette, étaient des amies intimes, très-liées par une pointe de rivalité qui les faisait s'occuper l'une de l'autre, continuellement. Dans le quartier, on disait la belle Normande, comme on disait la belle Lisa. Cela les opposait, les comparait, les forçait à soutenir chacune sa renommée de beauté. En se penchant un peu, la charcutière, de son comptoir, apercevait dans le pavillon, en face, la poissonnière, au milieu de ses saumons et de ses turbots. Elles se surveillaient toutes deux. La belle Lisa se serrait davantage dans ses corsets. La belle Normande ajoutait des bagues à ses doigts et des nœuds à ses épaules. Quand elles se rencontraient, elles étaient très-douces, très-complimenteuses, l'œil furtif sous la paupière à demi close, cherchant les défauts. Elles affectaient de se servir l'une chez l'autre et de s'aimer beaucoup.

— Dites, c'est bien demain soir que vous faites le boudin? demanda la Normande de son air riant.

Lisa resta froide. La colère, très-rare chez elle, était tenace et implacable. Elle répondit oui, sèchement, du bout des lèvres.

— C'est que, voyez-vous, j'adore le boudin chaud, quand il sort de la marmite... Je viendrai vous en chercher.

Elle avait conscience du mauvais accueil de sa rivale. Elle regarda Florent, qui semblait l'intéresser : puis, comme elle ne voulait pas s'en aller sans dire quelque chose, sans avoir le dernier mot, elle eut l'imprudence d'ajouter :

— Je vous en ai acheté avant-hier, du boudin... Il n'était pas bien frais.

— Pas bien frais ! répéta la charcutière, toute blanche, les lèvres tremblantes.

Elle se serait peut-être contenue encore, pour que la Normande ne crût pas qu'elle prenait du dépit, à cause de son nœud de dentelle. Mais on ne se contentait pas de l'espionner, on venait l'insulter, cela dépassait la mesure. Elle

8.

se courba, les poings sur son comptoir ; et, d'une voix un peu rauque :

— Dites donc, la semaine dernière, quand vous m'avez vendu cette paire de soles, vous savez, est-ce que je suis allée vous dire qu'elles étaient pourries devant le monde !

— Pourries !... mes soles pourries !... s'écria la poissonnière, la face empourprée.

Elles restèrent un instant suffoquées, muettes et terribles, au-dessus des viandes. Toute leur belle amitié s'en allait ; un mot avait suffi pour montrer les dents aiguës sous le sourire.

— Vous êtes une grossière, dit la belle Normande. Si jamais je remets les pieds ici, par exemple !

— Allez donc, allez donc, dit la belle Lisa. On sait bien à qui on a affaire.

La poissonnière sortit, sur un gros mot qui laissa la charcutière toute tremblante. La scène s'était passée si rapidement, que les trois hommes, abasourdis, n'avaient pas eu le temps d'intervenir. Lisa se remit bientôt. Elle reprenait la conversation, sans faire aucune allusion à ce qui venait de se passer, lorsque Augustine, la fille de boutique, rentra de course. Alors, elle dit à Gavard, en le prenant en particulier, de ne pas rendre encore réponse à M. Verlaque ; elle se chargeait de décider son beau-frère, elle demandait deux jours, au plus. Quenu retourna à la cuisine. Comme Gavard emmenait Florent, et qu'ils entraient prendre un vermout chez M. Lebigre, il lui montra un groupe de femmes, sous la rue couverte, entre le pavillon de la marée et le pavillon de la volaille.

— Elles en débitent ! murmura-t-il, d'un air envieux.

Les Halles se vidaient, et il y avait là, en effet, mademoiselle Saget, madame Lecœur et la Sarriette, au bord du trottoir. La vieille fille pérorait.

— Quand je vous le disais, madame Lecœur, votre beau-

frère est toujours fourré dans leur boutique... Vous l'avez
vu, n'est-ce pas?

— Oh! de mes yeux vu! Il était assis sur une table. Il
semblait chez lui.

— Moi, interrompit la Sarriette, je n'ai rien entendu de
mal... Je ne sais pas pourquoi vous vous montez la tête.

Mademoiselle Saget haussa les épaules.

— Ah! bien, reprit-elle, vous êtes encore d'une bonne
pâte, vous, ma belle!... Vous ne voyez donc pas pourquoi
les Quenu-Gradelle attirent M. Gavard?... Je parie, moi,
qu'il laissera tout ce qu'il possède à la petite Pauline.

— Vous croyez cela! s'écria madame Lecœur, blême de
fureur.

Puis, elle reprit d'une voix dolente, comme si elle venait
de recevoir un grand coup :

— Je suis toute seule, je n'ai pas de défense, il peut bien
faire ce qu'il voudra, cet homme... Vous avez entendu, sa
nièce est pour lui. Elle a oublié ce qu'elle m'a coûté, elle
me livrerait pieds et poings liés.

— Mais non, ma tante, dit la Sarriette, c'est vous qui
n'avez jamais eu que de vilaines paroles pour moi.

Elles se réconcilièrent sur-le-champ, elles s'embras-
sèrent. La nièce promit de ne plus être taquine ; la tante
jura, sur ce qu'elle avait de plus sacré, qu'elle regardait la
Sarriette comme sa propre fille. Alors mademoiselle Saget
leur donna des conseils sur la façon dont elles devaient se
conduire pour forcer Gavard à ne pas gaspiller son bien.
Il fut convenu que les Quenu-Gradelle étaient des pas
grand'chose, et qu'on les surveillerait.

— Je ne sais quel mic-mac il y a chez eux, dit la vieille
fille, mais ça ne sent pas bon... Ce Florent, ce cousin de
madame Quenu, qu'est-ce que vous en pensez, vous autres?

Les trois femmes se rapprochèrent, baissant la voix.

— Vous savez bien, reprit madame Lecœur, que nous

l'avons vu, un matin, les souliers percés, les habits couverts de poussière, avec l'air d'un voleur qui a fait un mauvais coup... Il me fait peur, ce garçon-là.

— Non, il est maigre, mais il n'est pas vilain homme, murmura la Sarriette.

Mademoiselle Saget réfléchissait. Elle pensait tout haut.

— Je cherche depuis quinze jours, je donne ma langue aux chiens... M. Gavard le connaît certainement... J'ai dû le rencontrer quelque part, je ne me souviens plus...

Elle fouillait encore sa mémoire, quand la Normande arriva comme une tempête. Elle sortait de la charcuterie.

— Elle est polie, cette grande bête de Quenu ! s'écriat-elle, heureuse de se soulager. Est-ce qu'elle ne vient pas de me dire que je ne vendais que du poisson pourri ! Ah ! je vous l'ai arrangée !... En voilà une baraque, avec leurs cochonneries gâtées qui empoisonnent le monde !

— Qu'est-ce que vous lui aviez donc dit? demanda la vieille, toute frétillante, enchantée d'apprendre que les deux femmes s'étaient disputées.

— Moi ! mais rien du tout ! pas ça, tenez !... J'étais entrée très-poliment la prévenir que je prendrais du boudin demain soir, et alors elle m'a agonie de sottises... Fichue hypocrite, va, avec ses airs d'honnêteté ! Elle payera ça plus cher qu'elle ne pense.

Les trois femmes sentaient que la Normande ne disait pas la vérité ; mais elles n'en épousèrent pas moins sa querelle avec un flot de paroles mauvaises. Elles se tournaient du côté de la rue Rambuteau, insultantes, inventant des histoires sur la saleté de la cuisine des Quenu, trouvant des accusations vraiment prodigieuses. Ils auraient vendu de la chair humaine que l'explosion de leur colère n'aurait pas été plus menaçante. Il fallut que la poissonnière recommençât trois fois son récit.

— Et le cousin, qu'est-ce qu'il a dit? demanda méchamment mademoiselle Saget.

— Le cousin! répondit la Normande d'une voix aiguë, vous croyez au cousin, vous!... Quelque amoureux, ce grand dadais!

Les trois autres commères se récrièrent. L'honnêteté de Lisa était un des actes de foi du quartier.

— Laissez donc! est-ce qu'on sait jamais, avec ces grosses sainte ni touche, qui ne sont que graisse? Je voudrais bien la voir sans chemise, sa vertu!.. Elle a un mari trop serin pour ne pas le faire cocu.

Mademoiselle Saget hochait la tête, comme pour dire qu'elle n'était pas éloignée de se ranger à cette opinion. Elle reprit doucement :

— D'autant plus que le cousin est tombé on ne sait d'où, et que l'histoire racontée par les Quenu est bien louche.

— Eh! c'est l'amant de la grosse! affirma de nouveau la poissonnière. Quelque vaurien, quelque rouleur qu'elle aura ramassé dans la rue. Ça se voit bien.

— Les hommes maigres sont de rudes hommes, déclara la Sarriette d'un air convaincu.

— Elle l'a habillé tout à neuf, fit remarquer madame Lecœur. Il doit lui coûter bon.

— Oui, oui, vous pourriez avoir raison, murmura la vieille demoiselle. Il faudra savoir...

Alors, elles s'engagèrent à se tenir au courant de ce qui se passerait dans la baraque des Quenu-Gradelle. La marchande de beurre prétendait qu'elle voulait ouvrir les yeux de son beau-frère sur les maisons qu'il fréquentait. Cependant, la Normande s'était un peu calmée; elle s'en alla, bonne fille au fond, lassée d'en avoir trop conté. Quand elle ne fut plus là, madame Lecœur dit sournoisement :

— Je suis sûre que la Normande aura été insolente; c'est son habitude... Elle ferait bien de ne pas parler des cousins qui tombent du ciel, elle qui a trouvé un enfant dans sa boutique à poissons.

Elles se regardèrent en riant toutes les trois. Puis, lorsque madame Lecœur se fut éloignée à son tour :

— Ma tante a tort de s'occuper de ces histoires, ça la maigrit, reprit la Sarriette. Elle me battait quand les hommes me regardaient. Allez, elle peut chercher, elle ne trouvera pas de mioche sous son traversin, ma tante.

Mademoiselle Saget eut un nouveau rire. Puis, quand elle fut seule, comme elle retournait rue Pirouette, elle pensa que « ces trois pécores » ne valaient pas la corde pour les pendre. D'ailleurs, on avait pu la voir, il serait très-mauvais de se brouiller avec les Quenu-Gradelle, des gens riches et estimés après tout. Elle fit un détour, alla rue Turbigo, à la boulangerie Taboureau, la plus belle boulangerie du quartier. Madame Taboureau, qui était une amie intime de Lisa, avait, sur toutes choses, une autorité incontestée. Quand on disait : « Madame Taboureau a dit ceci, madame Taboureau a dit cela, » il n'y avait plus qu'à s'incliner. La vieille demoiselle, sous prétexte, ce jour-là, de savoir à quelle heure le four était chaud, pour apporter un plat de poires, dit le plus grand bien de la charcutière, se répandit en éloges sur la propreté et sur l'excellence de son boudin. Puis, contente de cet alibi moral, enchantée d'avoir soufflé sur l'ardente bataille qu'elle flairait, sans s'être fâchée avec personne, elle rentra décidément, l'esprit plus libre, retournant cent fois dans sa mémoire l'image du cousin de madame Quenu.

Ce même jour, le soir, après le dîner, Florent sortit, se promena quelque temps, sous une des rues couvertes des Halles. Un fin brouillard montait, les pavillons vides avaient une tristesse grise, piquée des larmes jaunes du gaz. Pour la première fois, Florent se sentait importun ; il avait conscience de la façon malapprise dont il était tombé au milieu

de ce monde gras, en maigre naïf; il s'avouait nettement
qu'il dérangeait tout le quartier, qu'il devenait une gêne pour
les Quenu, un cousin de contrebande, de mine par trop compromettante. Ces réflexions le rendaient fort triste, non pas
qu'il eût remarqué chez son frère ou chez Lisa la moindre dureté; il souffrait de leur bonté même; il s'accusait de manquer
de délicatesse en s'installant ainsi chez eux. Des doutes lui
venaient. Le souvenir de la conversation dans la boutique,
l'après-midi, lui causait un malaise vague. Il était comme envahi par cette odeur des viandes du comptoir, il se sentait
glisser à une lâcheté molle et repue. Peut-être avait-il eu
tort de refuser cette place d'inspecteur qu'on lui offrait.
Cette pensée mettait en lui une grande lutte; il fallait qu'il
se secouât pour retrouver ses roideurs de conscience. Mais
un vent humide s'était levé, soufflant sous la rue couverte.
Il reprit quelque calme et quelque certitude, lorsqu'il fut
obligé de boutonner sa redingote. Le vent emportait de ses
vêtements cette senteur grasse de la charcuterie, dont il
était tout alangui.

Il rentrait, quand il rencontra Claude Lantier. Le peintre,
renfermé au fond de son paletot verdâtre, avait la voix
sourde, pleine de colère. Il s'emporta contre la peinture, dit
que c'était un métier de chien, jura qu'il ne toucherait de
sa vie à un pinceau. L'après-midi, il avait crevé d'un coup
de pied une tête d'étude qu'il faisait d'après cette gueuse
de Cadine. Il était sujet à ces emportements d'artiste im-
puissant en face des œuvres solides et vivantes qu'il rêvait.
Alors, rien n'existait plus pour lui, il battait les rues, voyait
noir, attendait le lendemain comme une résurrection. D'ordinaire, il disait qu'il se sentait gai le matin et horriblement
malheureux le soir; chacune de ses journées était un long
effort désespéré. Florent eut peine à reconnaître le flâneur
insouciant des nuits de la Halle. Ils s'étaient déjà retrouvés
à la charcuterie. Claude, qui connaissait l'histoire du déporté,

lui avait serré la main, en lui disant qu'il était un brave homme. Il allait, d'ailleurs, très-rarement chez les Quenu.

— Vous êtes toujours chez ma tante? dit Claude. Je ne sais pas comment vous faites pour rester au milieu de cette cuisine. Ça pue là dedans. Quand j'y passe une heure, il me semble que j'ai assez mangé pour trois jours. J'ai eu tort d'y entrer ce matin; c'est ça qui m'a fait manquer mon étude.

Et, au bout de quelques pas faits en silence :

— Ah! les braves gens! reprit-il. Ils me font de la peine, tant ils se portent bien. J'avais songé à faire leurs portraits, mais je n'ai jamais su dessiner ces figures rondes où il n'y a pas d'os... Allez, ce n'est pas ma tante Lisa qui donnerait des coups de pied dans ses casseroles. Suis-je assez bête d'avoir crevé la tête de Cadine! Maintenant, quand j'y songe, elle n'était peut-être pas mal.

Alors, ils causèrent de la tante Lisa. Claude dit que sa mère ne voyait plus la charcutière depuis longtemps. Il donna à entendre que celle-ci avait quelque honte de sa sœur mariée à un ouvrier; d'ailleurs, elle n'aimait pas les gens malheureux. Quant à lui, il raconta qu'un brave homme s'était imaginé de l'envoyer au collége, séduit par les ânes et les bonnes femmes qu'il dessinait, dès l'âge de huit ans; le brave homme était mort, en lui laissant mille francs de rente, ce qui l'empêchait de mourir de faim.

— N'importe, continua-t-il, j'aurais mieux aimé être un ouvrier... Tenez, menuisier, par exemple. Ils sont très-heureux, les menuisiers. Ils ont une table à faire, n'est-ce pas? ils la font, et ils se couchent, heureux d'avoir fini leur table, absolument satisfaits... Moi, je ne dors guère la nuit. Toutes ces sacrées études que je ne peux achever me trottent dans la tête. Je n'ai jamais fini, jamais, jamais.

Sa voix se brisait presque dans des sanglots. Puis, il essaya de rire. Il jurait, cherchait des mots orduriers, s'abîmait en pleine boue, avec la rage froide d'un esprit tendre et exquis qui doute de lui et qui rêve de se salir. Il finit par s'accroupir devant un des regards donnant sur les caves des Halles, où le gaz brûle éternellement. Là, dans ces profondeurs, il montra à Florent, Marjolin et Cadine qui soupaient tranquillement, assis sur une des pierres d'abatage des resserres aux volailles. Les gamins avaient des moyens à eux pour se cacher et habiter les caves, après la fermeture des grilles.

— Hein! quelle brute, quelle belle brute! répétait Claude en parlant de Marjolin avec une admiration envieuse. Et dire que cet animal-là est heureux!... Quand ils vont avoir achevé leurs pommes, ils se coucheront ensemble dans un de ces grands paniers pleins de plumes. C'est une vie ça, au moins!... Ma foi, vous avez raison de rester dans la charcuterie; peut-être que ça vous engraissera.

Il partit brusquement. Florent remonta à sa mansarde, troublé par ces inquiétudes nerveuses qui réveillaient ses propres incertitudes. Il évita, le lendemain, de passer la matinée à la charcuterie; il fit une grande promenade le long des quais. Mais, au déjeuner, il fut repris par la douceur fondante de Lisa. Elle lui reparla de la place d'inspecteur à la marée, sans trop insister, comme d'une chose qui méritait réflexion. Il l'écoutait, l'assiette pleine, gagné malgré lui par la propreté dévote de la salle à manger; la natte mettait une mollesse sous ses pieds; les luisants de la suspension de cuivre, le jaune tendre du papier peint et du chêne clair des meubles le pénétrait d'un sentiment d'honnêteté dans le bien-être, qui troublait ses idées du faux et du vrai. Il eut cependant la force de refuser encore, en répétant ses raisons, tout en ayant conscience du mauvais goût qu'il y avait à faire un étalage brutal de ses entêtements et de ses rancunes en un pareil lieu. Lisa ne se fâcha pas; elle souriait au contraire, d'un beau sourire qui embarrassait

9

plus Florent que la sourde irritation de la veille. Au dîner, on ne causa que des grandes salaisons d'hiver, qui allaient tenir tout le personnel de la charcuterie sur pied.

Les soirées devenaient froides. Dès qu'on avait dîné, on passait dans la cuisine. Il y faisait très-chaud. Elle était si vaste, d'ailleurs, que plusieurs personnes y tenaient à l'aise, sans gêner le service, autour d'une table carrée, placée au milieu. Les murs de la pièce éclairée au gaz étaient recouverts de plaques de faïence blanches et bleues, à hauteur d'homme. A gauche, se trouvait le grand fourneau de fonte, percé de trois trous, dans lesquels trois marmites trapues enfonçaient leurs culs noirs de la suie du charbon de terre ; au bout, une petite cheminée, montée sur un four et garnie d'un fumoir, servait pour les grillades ; et, au-dessus du fourneau, plus haut que les écumoires, les cuillers, les fourchettes à longs manches, dans une rangée de tiroirs numérotés, s'alignaient les chapelures, la fine et la grosse, les mies de pain pour paner, les épices, le girofle, la muscade, les poivres. A droite, la table à hacher, énorme bloc de chêne appuyé contre la muraille, s'appesantissait, toute couturée et toute creusée ; tandis que plusieurs appareils, fixés sur le bloc, une pompe à injecter, une machine à pousser, une hacheuse mécanique, mettaient là, avec leurs rouages et leurs manivelles, l'idée mystérieuse et inquiétante de quelque cuisine de l'enfer. Puis, tout autour des murs, sur des planches, et jusque sous les tables, s'entassaient des pots, des terrines, des seaux, des plats, des ustensiles de fer-blanc, une batterie de casseroles profondes, d'entonnoirs élargis, des râteliers de couteaux et de couperets, des files de lardoires et d'aiguilles, tout un monde noyé dans la graisse. La graisse débordait, malgré la propreté excessive, suintait entre les plaques de faïence, cirait les carreaux rouges du sol, donnait un reflet grisâtre à la fonte du fourneau, polissait les bords de la table à hacher d'un

luisant et d'une transparence de chêne verni. Et, au milieu
de cette buée amassée goutte à goutte, de cette évaporation
continue des trois marmites, où fondaient les cochons, il
n'était certainement pas, du plancher au plafond, un clou
qui ne pissât la graisse.

Les Quenu-Gradelle fabriquaient tout chez eux. Ils ne
faisaient guère venir du dehors que les terrines des maisons
renommées, les rillettes, les bocaux de conserve, les sardines,
les fromages, les escargots. Aussi, dès septembre, s'agissait-
il de remplir la cave, vidée pendant l'été. Les veillées se
prolongeaient même après la fermeture de la boutique.
Quenu, aidé d'Auguste et de Léon, emballait les saucissons,
préparait les jambons, fondait les saindoux, faisait les lards
de poitrine, les lards maigres, les lards à piquer. C'était un
bruit formidable de marmites et de hachoirs, des odeurs de
cuisine qui montaient dans la maison entière. Cela sans pré-
judice de la charcuterie courante, de la charcuterie fraîche,
les pâtés de foies et de lièvre, les galantines, les saucisses et
les boudins.

Ce soir-là, vers onze heures, Quenu, qui avait mis en train
deux marmites de saindoux, dut s'occuper du boudin. Auguste l'aida. A un coin de la table carrée, Lisa et Augustine
raccommodaient du linge ; tandis que, devant elles, de l'autre côté de la table, Florent était assis, la face tournée vers
le fourneau, souriant à la petite Pauline qui, montée sur
ses pieds, voulait qu'il la fît « sauter en l'air. » Derrière
eux, Léon hachait de la chair à saucisse, sur le bloc de chêne,
à coups lents et réguliers.

Auguste alla d'abord chercher dans la cour deux brocs
pleins de sang de cochon. C'était lui qui saignait à l'abattoir.
Il prenait le sang et l'intérieur des bêtes, laissant aux garçons d'échaudoir le soin d'apporter, l'après-midi, les porcs
tout préparés dans leur voiture. Quenu prétendait qu'Auguste saignait comme pas un garçon charcutier de Paris.

La vérité était qu'Auguste se connaissait à merveille à la qualité du sang ; le boudin était bon, toutes les fois qu'il disait : « Le boudin sera bon. »

— Eh bien, aurons-nous du bon boudin ? demanda Lisa.

Il déposa ses deux brocs, et, lentement :

— Je le crois, madame Quenu, oui, je le crois... Je vois d'abord ça à la façon dont le sang coule. Quand je retire le couteau, si le sang part trop doucement, ce n'est pas un bon signe, ça prouve qu'il est pauvre...

— Mais, interrompit Quenu, c'est aussi selon comme le couteau a été enfoncé.

La face blême d'Auguste eut un sourire.

— Non, non, répondit-il, j'enfonce toujours quatre doigts du couteau ; c'est la mesure... Mais, voyez-vous, le meilleur signe, c'est encore lorsque le sang coule et que je le reçois en le battant avec la main, dans le seau. Il faut qu'il soit d'une bonne chaleur, crémeux, sans être trop épais.

Augustine avait laissé son aiguille. Les yeux levés, elle regardait Auguste. Sa figure rougeaude, aux durs cheveux châtains, prenait un air d'attention profonde. D'ailleurs, Lisa, et la petite Pauline elle-même, écoutaient également avec un grand intérêt.

— Je bats, je bats, je bats, n'est-ce pas ? continua le garçon, en faisant aller sa main dans le vide, comme s'il fouettait une crème. Eh bien, quand je retire ma main et que je la regarde, il faut qu'elle soit comme graissée par le sang, de façon à ce que le gant rouge soit bien du même rouge partout... Alors, on peut dire sans se tromper : « Le boudin sera bon. »

Il resta un instant la main en l'air, complaisamment, l'attitude molle ; cette main qui vivait dans des seaux de sang était toute rose, avec des ongles vifs, au bout de la manche blanche. Quenu avait approuvé de la tête. Il y eut un silence. Léon hachait toujours. Pauline, qui était restée son-

geuse, remonta sur les pieds de son cousin, en criant de sa
voix claire :

— Dis, cousin, raconte-moi l'histoire du monsieur qui a
été mangé par les bêtes.

Sans doute, dans cette tête de gamine, l'idée du sang des
cochons avait éveillé celle « du monsieur mangé par les
bêtes. » Florent ne comprenait pas, demandait quel monsieur. Lisa se mit à rire.

— Elle demande l'histoire de ce malheureux, vous savez,
cette histoire que vous avez dite un soir à Gavard. Elle
l'aura entendue.

Florent était devenu tout grave. La petite alla prendre
dans ses bras le gros chat jaune, l'apporta sur les genoux du
cousin, en disant que Mouton, lui aussi, voulait écouter l'histoire. Mais Mouton sauta sur la table. Il resta là, assis, le dos
arrondi, contemplant ce grand garçon maigre qui, depuis
quinze jours, semblait être pour lui un continuel sujet de
profondes réflexions. Cependant, Pauline se fâchait, elle
tapait des pieds, elle voulait l'histoire. Comme elle était
vraiment insupportable :

— Eh ! racontez-lui donc ce qu'elle demande, dit Lisa à
Florent, elle nous laissera tranquille.

Florent garda le silence un instant encore. Il avait les yeux
à terre. Puis, levant la tête lentement, il s'arrêta aux deux
femmes qui tiraient leurs aiguilles, regarda Quenu et Auguste qui préparaient la marmite pour le boudin. Le gaz
brûlait tranquille, la chaleur du fourneau était très-douce,
toute la graisse de la cuisine luisait dans un bien-être de digestion large. Alors, il posa la petite Pauline sur l'un de
ses genoux, et, souriant d'un sourire triste, s'adressant à
l'enfant :

— Il était une fois un pauvre homme. On l'envoya très-
loin, très-loin, de l'autre côté de la mer... Sur le bateau qui
l'emportait, il y avait quatre cents forçats avec lesquels on

9.

le jeta. Il dut vivre cinq semaines au milieu de ces bandits,
vêtu comme eux de toile à voile, mangeant à leur gamelle.
De gros poux le dévoraient, des sueurs terribles le laissaient
sans force. La cuisine, la boulangerie, la machine du bateau,
chauffaient tellement les faux-ponts, que dix des forçats mou-
rurent de chaleur. Dans la journée, on les faisait monter cinquante à la fois, pour leur permettre de prendre l'air de la
mer ; et, comme on avait peur d'eux, deux canons étaient
braqués sur l'étroit plancher où ils se promenaient. Le pauvre homme était bien content, quand arrivait son tour. Ses
sueurs se calmaient un peu. Il ne mangeait plus, il était
très-malade. La nuit, lorsqu'on l'avait remis aux fers, et que
le gros temps le roulait entre ses deux voisins, il se sentait
lâche, il pleurait, heureux de pleurer sans être vu...

Pauline écoutait, les yeux agrandis, ses deux petites mains
croisées dévotement.

— Mais, interrompit-elle, ce n'est pas l'histoire du monsieur qui a été mangé par les bêtes... C'est une autre histoire, dis, mon cousin ?

— Attends, tu verras, répondit doucement Florent. J'y
arriverai, à l'histoire du monsieur... Je te raconte l'histoire
tout entière.

— Ah ! bien, murmura l'enfant d'un air heureux.

Pourtant elle resta pensive, visiblement préoccupée par
quelque grosse difficulté qu'elle ne pouvait résoudre. Enfin,
elle se décida.

— Qu'est-ce qu'il avait donc fait, le pauvre homme, demanda-t-elle, pour qu'on le renvoyât et qu'on le mît dans
le bateau ?

Lisa et Augustine eurent un sourire. L'esprit de l'enfant
les ravissait. Et Lisa, sans répondre directement, profita de
la circonstance pour lui faire la morale ; elle la frappa beaucoup, en lui disant qu'on mettait aussi dans le bateau les
enfants qui n'étaient pas sages.

— Alors, fit remarquer judicieusement Pauline, c'était
bien fait, si le pauvre homme de mon cousin pleurait la
nuit.

Lisa reprit sa couture, en baissant les épaules. Quenu
n'avait pas entendu. Il venait de couper dans la marmite des
rondelles d'oignon qui prenaient, sur le feu, des petites voix
claires et aiguës de cigales pâmées de chaleur. Ça sentait
très-bon. La marmite, lorsque Quenu y plongeait sa grande
cuiller de bois, chantait plus fort, emplissant la cuisine de
l'odeur pénétrante de l'oignon cuit. Auguste préparait, dans
un plat, des gras de lard. Et le hachoir de Léon allait à
coups plus vifs, raclant la table par moments, pour ramener
la chair à saucisse qui commençait à se mettre en pâte.

— Quand on fut arrivé, continua Florent, on conduisit
l'homme dans une île nommée l'île du Diable. Il était là avec
d'autres camarades qu'on avait aussi chassés de leur pays.
Tous furent très-malheureux. On les obligea d'abord à travailler comme des forçats. Le gendarme qui les gardait les
comptait trois fois par jour, pour être bien sûr qu'il ne manquait personne. Plus tard, on les laissa libres de faire ce
qu'ils voulaient; on les enfermait seulement la nuit, dans
une grande cabane de bois, où ils dormaient sur des hamacs
tendus entre deux barres. Au bout d'un an, ils allaient nu-
pieds, et leurs vêtements étaient si déchirés, qu'ils montraient
leur peau. Ils s'étaient construit des huttes avec des troncs
d'arbre, pour s'abriter contre le soleil, dont la flamme brûle
tout dans ce pays-là ; mais les huttes ne pouvaient les pré-
server des moustiques qui, la nuit, les couvraient de boutons
et d'enflures. Il en mourut plusieurs ; les autres devinrent
tout jaunes, si secs, si abandonnés, avec leurs grandes bar-
bes, qu'ils faisaient pitié...

— Auguste, donnez-moi les gras, cria Quenu.

Et lorsqu'il tint le plat, il fit glisser doucement dans la
marmite les gras de lard, en les délayant du bout de la cuil-

ler. Les gras fondaient. Une vapeur plus épaisse monta du fourneau.

— Qu'est-ce qu'on leur donnait à manger? demanda la petite Pauline profondément intéressée.

— On leur donnait du riz plein de vers et de la viande qui sentait mauvais, répondit Florent, dont la voix s'assourdissait. Il fallait enlever les vers pour manger le riz. La viande, rôtie et très-cuite, s'avalait encore; mais bouillie, elle puait tellement, qu'elle donnait souvent des coliques.

— Moi, j'aime mieux être au pain sec, dit l'enfant après s'être consultée.

Léon, ayant fini de hacher, apporta la chair à saucisse dans un plat, sur la table carrée. Mouton, qui était resté assis, les yeux sur Florent, comme extrêmement surpris par l'histoire, dut se reculer un peu, ce qu'il fit de très-mauvaise grâce. Il se pelotonna, ronronnant, le nez sur la chair à saucisse. Cependant, Lisa paraissait ne pouvoir cacher son étonnement ni son dégoût; le riz plein de vers et la viande qui sentait mauvais lui semblaient sûrement des saletés à peine croyables, tout à fait déshonorantes pour celui qui les avait mangées. Et, sur son beau visage calme, dans le gonflement de son cou, il y avait une vague épouvante, en face de cet homme nourri de choses immondes.

— Non, ce n'était pas un lieu de délices, reprit-il, oubliant la petite Pauline, les yeux vagues sur la marmite qui fumait. Chaque jour des vexations nouvelles, un écrasement continu, une violation de toute justice, un mépris de la charité humaine, qui exaspéraient les prisonniers et les faisaient vivre dans une fièvre de rancune maladive. On vivait en bête, avec le fouet éternellement levé sur les épaules. Ces misérables voulaient tuer l'homme... On ne peut pas oublier, non, ce n'est pas possible. Ces souffrances crieront vengeance un jour.

Il avait baissé la voix, et les lardons qui sifflaient joyeu-

sement dans la marmite la couvraient de leur bruit de friture
bouillante. Mais Lisa l'entendait, effrayée de l'expression
implacable que son visage avait prise brusquement. Elle le
jugea hypocrite, avec cet air doux qu'il savait feindre.

Le ton sourd de Florent avait mis le comble au plaisir de
Pauline. Elle s'agitait sur le genou du cousin, enchantée de
l'histoire.

— Et l'homme, et l'homme? murmurait-elle.

Florent regarda la petite Pauline, parut se souvenir, retrouva son sourire triste.

— L'homme, dit-il, n'était pas content d'être dans l'île.
Il n'avait qu'une idée, s'en aller, traverser la mer pour atteindre la côte, dont on voyait, par les beaux temps, la ligne
blanche à l'horizon. Mais ce n'était pas commode. Il fallait
construire un radeau. Comme des prisonniers s'étaient sau-
vés déjà, on avait abattu tous les arbres de l'île, afin que les
autres ne pussent se procurer du bois. L'île était toute pelée,
si nue, si aride sous les grands soleils, que le séjour en
devenait plus dangereux et plus affreux encore. Alors
l'homme eut l'idée, avec deux de ses camarades, de se servir
des troncs d'arbres de leurs huttes. Un soir, ils partirent sur
quelques mauvaises poutres qu'ils avaient liées avec des
branches sèches. Le vent les portait vers la côte. Le jour allait paraître, quand leur radeau échoua sur un banc de sable,
avec une telle violence, que les troncs d'arbres détachés furent emportés par les vagues. Les trois malheureux faillirent
rester dans le sable; ils enfonçaient jusqu'à la ceinture ;
même il y en eut un qui disparut jusqu'au menton, et que
les deux autres durent retirer. Enfin ils atteignirent un ro-
cher, où ils avaient à peine assez de place pour s'asseoir.
Quand le soleil se leva, ils aperçurent en face d'eux la côte,
une barre de falaises grises tenant tout un côté de l'horizon.
Deux, qui savaient nager, se décidèrent à gagner ces falaises.
Ils aimaient mieux risquer de se noyer tout de suite que de

mourir lentement de faim sur leur écueil. Ils promirent à
leur compagnon de venir le chercher, lorsqu'ils auraient
touché terre et qu'ils se seraient procuré une barque.

— Ah! voilà, je sais maintenant! cria la petite Pauline,
tapant de joie dans ses mains. C'est l'histoire du monsieur
qui a été mangé par les bêtes.

— Ils purent atteindre la côte, poursuivit Florent; mais
elle était déserte, ils ne trouvèrent une barque qu'au
bout de quatre jours... Quand ils revinrent à l'écueil, ils virent leur compagnon étendu sur le dos, les pieds et les mains
dévorés, la face rongée, le ventre plein d'un grouillement de
crabes qui agitaient la peau des flancs, comme si un râle
furieux eût traversé ce cadavre à moitié mangé et frais encore.

Un murmure de répugnance échappa à Lisa et à Augustine. Léon, qui préparait des boyaux de porc pour le boudin,
fit une grimace. Quenu s'arrêta dans son travail, regarda
Auguste pris de nausées. Et il n'y avait que Pauline qui
riait. Ce ventre, plein d'un grouillement de crabes, s'étalait
étrangement au milieu de la cuisine, mêlait des odeurs suspectes aux parfums du lard et de l'oignon.

— Passez-moi le sang! cria Quenu, qui, d'ailleurs, ne
suivait pas l'histoire.

Auguste apporta les deux brocs. Et, lentement, il versa le
sang dans la marmite, par minces filets rouges, tandis que
Quenu le recevait, en tournant furieusement la bouillie qui
s'épaississait. Lorsque les brocs furent vides, ce dernier, at-
teignant un à un les tiroirs, au-dessus du fourneau, prit des
pincées d'épices. Il poivra surtout fortement.

— Ils le laissèrent là, n'est-ce pas? demanda Lisa. Ils
revinrent sans danger?

— Comme ils revenaient, répondit Florent, le vent tourna,
ils furent poussés en pleine mer. Une vague leur enleva une
rame, et l'eau entrait à chaque souffle, si furieusement, qu'ils
n'étaient occupés qu'à vider la barque avec leurs mains. Ils

roulèrent ainsi en face des côtes, emportés par une rafale, ramenés par la marée, ayant achevé leurs quelques provisions, sans une bouchée de pain. Cela dura trois jours.

— Trois jours ! s'écria la charcutière stupéfaite, trois jours sans manger !

— Oui, trois jours sans manger. Quand le vent d'est les poussa enfin à terre, l'un d'eux était si affaibli, qu'il resta sur le sable toute une matinée. Il mourut le soir. Son compagnon avait vainement essayé de lui faire mâcher des feuilles d'arbre.

A cet endroit, Augustine eut un léger rire ; puis, confuse d'avoir ri, ne voulant pas qu'on pût croire qu'elle manquait de cœur :

— Non, non, balbutia-t-elle, ce n'est pas de ça que je ris. C'est de Mouton... Regardez donc Mouton, madame.

Lisa, à son tour, s'égaya. Mouton, qui avait toujours sous le nez le plat de chair à saucisse, se trouvait probablement incommodé et dégoûté par toute cette viande. Il s'était levé, grattant la table de la patte, comme pour couvrir le plat, avec la hâte des chats qui veulent enterrer leurs ordures. Puis il tourna le dos au plat, il s'allongea sur le flanc, en s'étirant, les yeux demi-clos, la tête roulée dans une caresse béate. Alors tout le monde complimenta Mouton ; on affirma que jamais il ne volait, qu'on pouvait laisser la viande à sa portée. Pauline racontait très-confusément qu'il lui léchait les doigts et qu'il la débarbouillait, après le dîner, sans la mordre.

Mais Lisa revint à la question de savoir si l'on peut rester trois jours sans manger. Ce n'était pas possible.

— Non ! dit-elle, je ne crois pas ça... D'ailleurs, il n'y a personne qui soit resté trois jours sans manger. Quand on dit : « Un tel crève de faim, » c'est une façon de parler. On mange toujours, plus ou moins... Il faudrait des misérables tout à fait abandonnés, des gens perdus...

Elle allait dire sans doute « des canailles sans aveu ; » mais elle se retint, en regardant Florent. Et la moue méprisante de ses lèvres, son regard clair avouaient carrément que les gredins seuls jeûnaient de cette façon désordonnée. Un homme capable d'être resté trois jours sans manger était pour elle un être absolument dangereux. Car, enfin, jamais les honnêtes gens ne se mettent dans des positions pareilles.

Florent étouffait maintenant. En face de lui, le fourneau, dans lequel Léon venait de jeter plusieurs pelletées de charbon, ronflait comme un chantre dormant au soleil. La chaleur devenait très-forte. Auguste, qui s'était chargé des marmites de saindoux, les surveillait, tout en sueur ; tandis que, s'épongeant le front avec sa manche, Quenu attendait que le sang se fût bien délayé. Un assoupissement de nourriture, un air chargé d'indigestion flottait.

— Quand l'homme eut enterré son camarade dans le sable, reprit Florent lentement, il s'en alla seul, droit devant lui. La Guyane hollandaise, où il se trouvait, est un pays de forêts, coupé de fleuves et de marécages. L'homme marcha pendant plus de huit jours, sans rencontrer une habitation. Tout autour de lui, il sentait la mort qui l'attendait. Souvent, l'estomac tenaillé par la faim, il n'osait mordre aux fruits éclatants qui pendaient des arbres ; il avait peur de ces baies aux reflets métalliques, dont les bosses noueuses suaient le poison. Pendant des journées entières, il marchait sous des voûtes de branches épaisses, sans apercevoir un coin de ciel, au milieu d'une ombre verdâtre, toute pleine d'une horreur vivante. De grands oiseaux s'envolaient sur sa tête, avec un bruit d'ailes terrible et des cris subits qui ressemblaient à des râles de mort ; des sauts de singes, des galops de bêtes traversaient les fourrés, devant lui, pliant les tiges, faisant tomber une pluie de feuilles, comme sous un coup de vent ; et c'était surtout les serpents qui le glaçaient, quand il posait le pied sur le sol mouvant de feuilles sèches,

et qu'il voyait des têtes minces filer entre les enlacements
monstrueux des racines. Certains coins, les coins d'ombre
humide, grouillaient d'un pullulement de reptiles, noirs,
jaunes, violacés, zébrés, tigrés, pareils à des herbes mortes,
brusquement réveillées et fuyantes. Alors, il s'arrêtait, il
cherchait une pierre pour sortir de cette terre molle où il
enfonçait ; il restait là des heures, avec l'épouvante de quelque boa, entrevu au fond d'une clairière, la queue roulée,
la tête droite, se balançant comme un tronc énorme, taché
de plaques d'or. La nuit, il dormait sur les arbres, inquiété
par le moindre frôlement, croyant entendre des écailles sans
fin glisser dans les ténèbres. Il étouffait sous ces feuillages
interminables ; l'ombre y prenait une chaleur renfermée de
fournaise, une moiteur d'humidité, une sueur pestilentielle,
chargée des aromes rudes des bois odorants et des fleurs
puantes. Puis, lorsqu'il se dégageait enfin, lorsque, au bout
de longues heures de marche, il revoyait le ciel, l'homme se
trouvait en face de larges rivières qui lui barraient la route ;
il les descendait, surveillant les échines grises des caïmans,
fouillant du regard les herbes charriées, passant à la nage,
quand il avait trouvé des eaux plus rassurantes. Au delà,
les forêts recommençaient. D'autres fois, c'était de vastes
plaines grasses, des lieues couvertes d'une végétation drue,
bleuies de loin en loin du miroir clair d'un petit lac. Alors,
l'homme faisait un grand détour, il n'avançait plus qu'en
tâtant le terrain, ayant failli mourir, enseveli sous une
de ces plaines riantes qu'il entendait craquer à chaque pas.
L'herbe géante, nourrie par l'humus amassé, recouvre
des marécages empestés, des profondeurs de boue liquide ;
et il n'y a, parmi les nappes de verdure, s'allongeant sur
l'immensité glauque, jusqu'au bord de l'horizon, que d'étroites jetées de terre ferme, qu'il faut connaître si l'on ne veut
pas disparaître à jamais. L'homme, un soir, s'était enfoncé
usqu'au ventre. A chaque secousse qu'il tentait pour se

dégager, la boue semblait monter à sa bouche. Il resta tranquille pendant près de deux heures. Comme la lune se levait, il put heureusement saisir une branche d'arbre, au-
dessus de sa tête. Le jour où il arriva à une habitation,
ses pieds et ses mains saignaient, meurtris, gonflés par des
piqûres mauvaises. Il était si pitoyable, si affamé, qu'on eut
peur de lui. On lui jeta à manger à cinquante pas de la
maison, pendant que le maître gardait sa porte avec un
fusil.

Florent se tut, la voix coupée, les regards au loin. Il
semblait ne plus parler que pour lui. La petite Pauline, que
le sommeil prenait, s'abandonnait, la tête renversée, faisant
des efforts pour tenir ouverts ses yeux émerveillés. Et
Quenu se fâchait.

— Mais, animal! criait-t-il à Léon, tu ne sais donc pas
tenir un boyau... Quand tu me regarderas! Ce n'est pas
moi qu'il faut regarder, c'est le boyau... Là, comme cela.
Ne bouge plus, maintenant.

Léon, de la main droite, soulevait un long bout de boyau
vide, dans l'extrémité duquel un entonnoir très-évasé était
adapté; et, de la main gauche, il enroulait le boudin autour
d'un bassin, d'un plat rond de métal, à mesure que le charcutier emplissait l'entonnoir à grandes cuillerées. La
bouillie coulait, toute noire et toute fumante, gonflant peu
à peu le boyau, qui retombait ventru, avec des courbes
molles. Comme Quenu avait retiré la marmite du feu, ils
apparaissaient tous deux, lui et Léon, l'enfant, d'un profil
mince, lui, d'une face large, dans l'ardente lueur du brasier, qui chauffait leurs visages pâles et leurs vêtements
blancs d'un ton rose.

Lisa et Augustine s'intéressaient à l'opération, Lisa surtout, qui gronda à son tour Léon, parce qu'il pinçait trop le
boyau avec les doigts, ce qui produisait des nœuds, disait-
elle. Quand le boudin fut emballé, Quenu le glissa douce-

ment dans une marmite d'eau bouillante. Il parut tout soulagé, il n'avait plus qu'à le laisser cuire.

— Et l'homme, et l'homme? murmura de nouveau Pauline, rouvrant les yeux, surprise de ne plus entendre le cousin parler.

Florent la berçait sur son genou, ralentissant encore son récit, le murmurant comme un chant de nourrice.

— L'homme, dit-il, parvint à une grande ville. On le prit d'abord pour un forçat évadé; il fut retenu plusieurs mois en prison... Puis on le relâcha, il fit toutes sortes de métiers, tint des comptes, apprit à lire aux enfants; un jour même, il entra, comme homme de peine, dans des travaux de terrassement... L'homme rêvait·toujours de revenir dans son pays. Il avait économisé l'argent nécessaire, lorsqu'il eut la fièvre jaune. On le crut mort, on s'était partagé ses habits; et quand il en réchappa, il ne retrouva pas même une chemise... Il fallut recommencer. L'homme était très-malade. Il avait peur de rester là-bas... Enfin, l'homme put partir, l'homme revint.

La voix avait baissé de plus en plus. Elle mourut, dans un dernier frisson des lèvres. La petite Pauline dormait, ensommeillée par la fin de l'histoire, la tête abandonnée sur l'épaule du cousin. Il la soutenait du bras, il la berçait encore du genou, insensiblement, d'une façon douce. Et, comme on ne faisait plus attention à lui, il resta là, sans bouger, avec cette enfant endormie.

C'était le grand coup de feu, comme disait Quenu. Il retirait le boudin de la marmite. Pour ne point crever ni nouer les bouts ensemble, il les prenait avec un bâton, les enroulait, les portait dans la cour, où ils devaient sécher rapidement sur des claies. Léon l'aidait, soutenait les bouts trop longs. Ces guirlandes de boudin, qui traversaient la cuisine, toutes suantes, laissaient des traînées d'une fumée forte qui achevaient d'épaissir l'air. Auguste, donnant un dernier coup d'œil à la fonte du saindoux, avait, de son côté, découvert les deux marmites, où les graisses bouillaient lourdement, en laissant échapper, de chacun de leurs bouillons crevés, une légère explosion d'âcre vapeur. Le flot gras avait monté depuis le commencement de la veillée ; maintenant il noyait le gaz, emplissait la pièce, coulait partout, mettant dans un brouillard les blancheurs roussies de Quenu et de ses deux garçons. Lisa et Augustine s'étaient levées. Tous soufflaient comme s'ils venaient de trop manger.

Augustine monta sur ses bras Pauline endormie. Quenu, qui aimait à fermer lui-même la cuisine, congédia Auguste et Léon, en disant qu'il rentrerait le boudin. L'apprenti se retira très-rouge ; il avait glissé dans sa chemise près d'un mètre de boudin, qui devait le griller. Puis, les Quenu et Florent, restés seuls, gardèrent le silence. Lisa, debout, mangeait un morceau de boudin tout chaud, qu'elle mordait à petits coups de dents, écartant ses belles lèvres pour ne pas les brûler ; et le bout noir s'en allait peu à peu dans tout ce rose.

— Ah bien ! dit-elle, la Normande a eu tort d'être mal polie... Il est bon, aujourd'hui, le boudin.

On frappa à la porte de l'allée, Gavard entra. Il restait tous les soirs chez monsieur Lebigre jusqu'à minuit. Il venait pour avoir une réponse définitive, au sujet de la place d'inspecteur à la marée.

— Vous comprenez, expliqua-t-il, monsieur Verlaque ne peut attendre davantage, il est vraiment trop malade... Il faut que Florent se décide. J'ai promis de donner une réponse demain, à la première heure.

— Mais Florent accepte, répondit tranquillement Lisa, en donnant un nouveau coup de dents dans son boudin.

Florent, qui n'avait pas quitté sa chaise, pris d'un étrange accablement, essaya vainement de se lever et de protester.

— Non, non, reprit la charcutière, c'est chose entendue...
Voyons, mon cher Florent, vous avez assez souffert. Ça fait
frémir, ce que vous racontiez tout à l'heure... Il est temps
que vous vous rangiez. Vous appartenez à une famille hono-
rable, vous avez reçu de l'éducation, et c'est peu convenable
vraiment, de courir les chemins, en véritable gueux... A
votre âge, les enfantillages ne sont plus permis... Vous avez
fait des folies, eh bien, on les oubliera, on vous les pardon-
nera. Vous rentrerez dans votre classe, dans la classe des
honnêtes gens, vous vivrez comme tout le monde, enfin.

Florent l'écoutait, étonné, ne trouvant pas une parole.
Elle avait raison, sans doute. Elle était si saine, si tranquille,
qu'elle ne pouvait vouloir le mal. C'était lui, le maigre, le
profil noir et louche, qui devait être mauvais et rêver des
choses inavouables. Il ne savait plus pourquoi il avait ré-
sisté jusque-là.

Mais elle continua, abondamment, le gourmandant comme
un petit garçon qui a fait des fautes et qu'on menace des
gendarmes. Elle était très-maternelle, elle trouvait des raisons très-convaincantes. Puis, comme dernier argument :

— Faites-le pour nous, Florent, dit-elle. Nous tenons
une certaine position dans le quartier, qui nous force à
beaucoup de ménagements... J'ai peur qu'on ne jase, là,
entre nous. Cette place arrangera tout, vous serez quelqu'un,
même vous nous ferez honneur.

Elle devenait caressante. Une plénitude emplissait Florent ;
il était comme pénétré par cette odeur de la cuisine, qui le
nourrissait de toute la nourriture dont l'air était chargé ; il
glissait à la lâcheté heureuse de cette digestion continue du
milieu gras où il vivait depuis quinze jours. C'était, à fleur
de peau, mille chatouillements de graisse naissante, un lent
envahissement de l'être entier, une douceur molle et bouti-
quière. A cette heure avancée de la nuit, dans la chaleur
de cette pièce, ses âpretés, ses volontés se fondaient en lui ;

il se sentait si alangui par cette soirée calme, par les parfums
du boudin et du saindoux, par cette grosse Pauline endormie
sur ses genoux, qu'il se surprit à vouloir passer d'autres
soirées semblables, des soirées sans fin, qui l'engraisse-
raient. Mais ce fut surtout Mouton qui le détermina. Mouton
dormait profondément, le ventre en l'air, une patte sur son
nez, la queue ramenée contre ses flancs comme pour lui
servir d'édredon ; et il dormait avec un tel bonheur de chat,
que Florent murmura, en le regardant :

— Non ! c'est trop bête, à la fin... J'accepte. Dites que
j'accepte, Gavard.

Alors, Lisa acheva son boudin, s'essuyant les doigts, doucement, au bord de son tablier. Elle voulut préparer le
bougeoir de son beau-frère, pendant que Gavard et Quenu le
félicitaient de sa détermination. Il fallait faire une fin après
tout ; les casse-cou de la politique ne nourrissent pas. Et
elle, debout, le bougeoir allumé, regardait Florent d'un air
satisfait, avec sa belle face tranquille de vache sacrée.

Trois jours plus tard, les formalités étaient faites, la préfecture acceptait Florent des mains de monsieur Verlaque, presque les yeux fermés, à simple titre de remplaçant ; d'ailleurs,
Gavard avait voulu les accompagner. Quand il se retrouva
seul avec Florent, sur le trottoir, il lui donna des coups de
coude dans les côtes, riant sans rien dire, avec des clignements d'yeux goguenards. Les sergents de ville qu'il rencontra sur le quai de l'Horloge lui parurent sans doute
très-ridicules ; car, en passant devant eux, il eut un léger
renflement de dos, une moue d'homme qui se retient pour
ne pas éclater au nez des gens.

Dès le lendemain, monsieur Verlaque commença à mettre
le nouvel inspecteur au courant de la besogne. Il devait,
pendant quelques matinées, le guider au milieu du monde
turbulent qu'il allait avoir à surveiller. Ce pauvre Verlaque,
comme le nommait Gavard, était un petit homme pâle, toussant beaucoup, emmaillotté de flanelle, de foulards, de
cache-nez, se promenant dans l'humidité fraîche et dans les

eaux courantes de la poissonnerie, avec des jambes maigres
d'enfant maladif.

Le premier matin, lorsque Florent arriva à sept heures,
il se trouva perdu, les yeux effarés, la tête cassée. Autour des
neuf bancs de criée, rôdaient déjà des revendeuses, tandis
que les employés arrivaient avec leurs registres, et que les
agents des expéditeurs, portant en sautoir des gibecières de
cuir, attendaient la recette, assis sur des chaises renversées,
contre les bureaux de vente. On déchargeait, on déballait la
marée, dans l'enceinte fermée des bancs, et jusque sur les
trottoirs. C'était, le long du carreau, des amoncellements de
petites bourriches, un arrivage continu de caisses et de paniers, des sacs de moules empilés laissant couler des rigoles
d'eau. Les compteurs-verseurs, très-affairés, enjambant les
tas, arrachaient d'une poignée la paille des bourriches, les
vidaient, les jetaient, vivement; et, sur les larges mannes
rondes, en un seul de coup de main, ils distribuaient les lots,
leur donnaient une tournure avantageuse. Quand les mannes
s'étalèrent, Florent put croire qu'un banc de poissons venait
d'échouer là, sur ce trottoir, râlant encore, avec les nacres
roses, les coraux saignants, les perles laiteuses, toutes les
moires et toutes les pâleurs glauques de l'Océan.

Pêle-mêle, au hasard du coup de filet, les algues profondes, où dort la vie mystérieuse des grandes eaux, avaient
tout livré : les cabillauds, les aigrefins, les carrelets, les plies,
les limandes, bêtes communes, d'un gris sale, aux taches
blanchâtres; les congres, ces grosses couleuvres d'un bleu de
vase, aux minces yeux noirs, si gluantes qu'elles semblent
ramper, vivantes encore; les raies élargies, à ventre pâle
bordé de rouge tendre, dont les dos superbes, allongeant
les nœuds saillants de l'échine, se marbrent, jusqu'aux baleines tendues des nageoires, de plaques de cinabre coupées
par des zébrures de bronze florentin, d'une bigarrure assom-
brie de crapaud et de fleur malsaine; les chiens de mer,

horribles, avec leurs têtes rondes, leurs bouches largement
fendues d'idoles chinoises, leurs courtes ailes de chauves-sou-
ris charnues, monstres qui doivent garder de leurs abois les
trésors des grottes marines. Puis, venaient les beaux poissons,
isolés, un sur chaque plateau d'osier : les saumons, d'argent
guilloché, dont chaque écaille semble un coup de burin dans
le poli du métal ; les mulets, d'écailles plus fortes, de ciselures
plus grossières ; les grands turbots, les grandes barbues, d'un
grain serré et blanc comme du lait caillé ; les thons, lisses
et vernis, pareils à des sacs de cuir noirâtre ; les bars arrondis, ouvrant une bouche énorme, faisant songer à quelque
âme trop grosse, rendue à pleine gorge, dans la stupéfaction
de l'agonie. Et, de toutes parts, les soles, par paires, grises
ou blondes, pullulaient ; les équilles minces, roidies, ressemblaient à des rognures d'étain ; les harengs, légèrement
tordus, montraient tous, sur leurs robes lamées, la meurtris-
sure de leurs ouïes saignantes ; les dorades grasses se tein-
taient d'une pointe de carmin, tandis que les maquereaux,
dorés, le dos strié de brunissures verdâtres, faisaient luire la
nacre changeante de leurs flancs, et que les grondins roses,
à ventres blancs, les têtes rangées au centre des mannes, les
queues rayonnantes, épanouissaient d'étranges floraisons, pa-
nachées de blanc de perle et de vermillon vif. Il y avait encore des rougets de roche, à la chair exquise, du rouge enlu-
miné des cyprins, des caisses de merlans aux reflets d'opale,
des paniers d'éperlans, de petits paniers propres, jolis comme
des paniers de fraises, qui laissaient échapper une odeur
puissante de violette. Cependant, les crevettes roses, les
crevettes grises, dans des bourriches, mettaient, au milieu
de la douceur effacée de leurs tas, les imperceptibles boutons
de jais de leurs milliers d'yeux ; les langoustes épineuses,
les homards tigrés de noir, vivants encore, se traînant sur
leurs pattes cassées, craquaient.

Florent écoutait mal les explications de monsieur Verlaque.

Une barre de soleil, tombant du haut vitrage de la rue couverte, vint allumer ces couleurs précieuses, lavées et attendries par la vague, irisées et fondues dans les tons de chair des coquillages, l'opale des merlans, la nacre des maquereaux, l'or des rougets, la robe lamée des harengs, les grandes pièces d'argenterie des saumons. C'était comme les écrins, vidés à terre, de quelque fille des eaux, des parures inouïes et bizarres, un ruissellement, un entassement de colliers, de bracelets monstrueux, de broches gigantesques, de bijoux barbares, dont l'usage échappait. Sur le dos des raies et des chiens de mer, de grosses pierres sombres, violâtres, verdâtres, s'enchâssaient dans un métal noirci ; et les minces barres des équilles, les queues et les nageoires des éperlans, avaient des délicatesses de bijouterie fine.

Mais ce qui montait à la face de Florent, c'était un souffle frais, un vent de mer qu'il reconnaissait, amer et salé. Il se souvenait des côtes de la Guyane, des beaux temps de la traversée. Il lui semblait qu'une baie était là, quand l'eau se retire et que les algues fument au soleil ; les roches mises à nu s'essuient, le gravier exhale une haleine forte de marée. Autour de lui, le poisson, d'une grande fraîcheur, avait un bon parfum, ce parfum un peu âpre et irritant qui déprave l'appétit.

Monsieur Verlaque toussa. L'humidité le pénétrait, il se serrait plus étroitement dans son cache-nez.

— Maintenant, dit-il, nous allons passer au poisson d'eau douce.

Là, du côté du pavillon aux fruits, et le dernier vers la rue Rambuteau, le banc de la criée est entouré de deux viviers circulaires, séparés en cases distinctes par des grilles de fonte. Des robinets de cuivre, à col de cygne, jettent de minces filets d'eau. Dans chaque case, il y a des grouillements confus d'écrevisses, des nappes mouvantes de dos noirâtres de carpes, des nœuds vagues d'anguilles, sans cesse dénoués

et renoués. Monsieur Verlaque fut repris d'une toux opi-
niâtre. L'humidité était plus fade, une odeur molle de
rivière, d'eau tiède endormie sur le sable.

L'arrivage des écrevisses d'Allemagne, en boîtes et en paniers, était très-fort ce matin-là. Les poissons blancs de Hollande et d'Angleterre encombraient aussi le marché. On
déballait les carpes du Rhin, mordorées, si belles avec leurs
roussissures métalliques, et dont les plaques d'écailles ressemblent à des émaux cloisonnés et bronzés; les grands brochets, allongeant leurs becs féroces, brigands des eaux, rudes,
d'un gris de fer; les tanches, sombres et magnifiques, pareilles à du cuivre rouge taché de vert-de-gris. Au milieu de ces
dorures sévères, les mannes de goujons et de perches, les lots
de truites, les tas d'ablettes communes, de poissons plats
pêchés à l'épervier, prenaient des blancheurs vives, des échines bleuâtres d'acier peu à peu amollies dans la douceur
transparente des ventres; et de gros barbillons, d'un blanc
de neige, étaient la note aiguë de lumière de cette colossale
nature morte. Doucement, dans les viviers, on versait des
sacs de jeunes carpes; les carpes tournaient sur elles-mêmes,
restaient un instant à plat, puis filaient, se perdaient. Des
paniers de petites anguilles se vidaient d'un bloc, tombaient
au fond des cases comme un seul nœud de serpents; tandis
que les grosses, celles qui avaient l'épaisseur d'un bras d'enfant, levant la tête, se glissaient d'elles-mêmes sous l'eau, du
jet souple des couleuvres qui se cachent dans un buisson.
Et couchés sur l'osier sali des mannes, des poissons dont le
râle durait depuis le matin, achevaient longuement de
mourir, au milieu du tapage des criées; ils ouvraient la
bouche, les flancs serrés, comme pour boire l'humidité de
l'air, et ces hoquets silencieux, toutes les trois secondes,
bâillaient démesurément.

Cependant monsieur Verlaque avait ramené Florent aux
bancs de la marée. Il le promenait, lui donnait des détails

très-compliqués. Aux trois côtés intérieurs du pavillon, autour des neuf bureaux, des flots de foule s'étaient massés,
qui faisaient sur chaque bord des tas de têtes moutonnantes,
dominées par des employés, assis et haut perchés, écrivant
sur des registres.

— Mais, demanda Florent, est-ce que ces employés appartiennent tous aux facteurs?

Alors, monsieur Verlaque, faisant le tour par le trottoir,
l'amena dans l'enceinte d'un des bancs de criée. Il lui expliqua les cases et le personnel du grand bureau de bois jaune,
puant le poisson, maculé par les éclaboussures des mannes.
Tout en haut, dans la cabine vitrée, l'agent des perceptions
municipales prenait les chiffres des enchères. Plus bas,
sur des chaises élevées, les poignets appuyés à d'étroits pu-
pitres, étaient assises les deux femmes qui tenaient les tablettes de vente pour le compte du facteur. Le banc est
double; de chaque côté, à un bout de la table de pierre qui
s'allonge devant le bureau, un crieur posait les mannes,
mettait à prix les lots et les grosses pièces; tandis que la
tablettière, au-dessus de lui, la plume aux doigts, attendait
l'adjudication. Et il lui montra, en dehors de l'enceinte, en
face, dans une autre cabine de bois jaune, la caissière, une
vieille et énorme femme, qui rangeait des piles de sous et de
pièces de cinq francs.

— Il y a deux contrôles, disait-il, celui de la préfecture
de la Seine et celui de la préfecture de police. Cette dernière,
qui nomme les facteurs, prétend avoir la charge de les surveiller. L'administration de la Ville, de son côté, entend assister à des transactions qu'elle frappe d'une taxe.

Il continua de sa petite voix froide, racontant tout au long
la querelle des deux préfectures. Florent ne l'écoutait guère.
Il regardait la tablettière qu'il avait en face de lui, sur une
des hautes chaises. C'était une grande fille brune, de
trente ans, avec de gros yeux noirs, l'air très-posé; elle

écrivait, les doigts allongés, en demoiselle qui a reçu de l'instruction.

Mais son attention fut détournée par le glapissement du crieur, qui mettait un magnifique turbot aux enchères.

— Il y a marchand à trente francs!... à trente francs! à trente francs !

Il répétait ce chiffre sur tous les tons, montant une gamme étrange, pleine de soubresauts. Il était bossu, la face de travers, les cheveux ébouriffés, avec un grand tablier bleu à bavette. Et le bras tendu, violemment, les yeux jetant des flammes :

— Trente-un ! trente-deux ! trente-trois ! trente-trois cinquante !... trente-trois cinquante !...

Il reprit haleine, tournant la manne, l'avançant sur la table de pierre, tandis que des poissonnières se penchaient, touchaient le turbot, légèrement, du bout du doigt. Puis, il repartit, avec une furie nouvelle, jetant un chiffre de la main à chaque enchérisseur, surprenant les moindres signes, les doigts levés, les haussements de sourcils, les avancements de lèvres, les clignements d'yeux ; et cela avec une telle rapidité, un tel bredouillement, que Florent, qui ne pouvait le suivre, resta déconcerté quand le bossu, d'une voix plus chantante, psalmodia d'un ton de chantre qui achève un verset :

— Quarante-deux ! quarante-deux !... à quarante-deux francs le turbot !

C'était la belle Normande qui avait mis la dernière enchère. Florent la reconnut, sur la ligne des poissonnières, rangées contre les tringles de fer qui fermaient l'enceinte de la criée. La matinée était fraîche. Il y avait là une file de palatines, un étalage de grands tabliers blancs, arrondissant des ventres, des gorges, des épaules énormes. Le chignon haut, tout garni de frisons, la chair blanche et délicate, la belle Normande montrait son nœud de dentelle, au milieu des tignasses crépues,

coiffées d'un foulard, des nez d'ivrognesses, des bouches insolemment fendues, des faces égueulées comme des pots cassés.
Elle aussi reconnut le cousin de madame Quenu, surprise de
le voir là, au point d'en chuchoter avec ses voisines.

Le vacarme des voix devenait tel, que monsieur Verlaque re-
nonça à ses explications. Sur le carreau, des hommes annonçaient les grands poissons, avec des cris prolongés qui semblaient sortir de porte-voix gigantesques ; un surtout qui hur-
lait : « La moule ! la moule ! » d'une clameur rauque et brisée,
dont les toitures des Halles tremblaient. Les sacs de moules,
renversés, coulaient dans des paniers ; on en vidait d'autres
à la pelle. Les mannes défilaient, les raies, les soles, les maquereaux, les congres, les saumons, apportés et remportés
par les compteurs-verseurs, au milieu des bredouillements
qui redoublaient, et de l'écrasement des poissonnières qui
faisaient craquer les barres de fer. Le crieur, le bossu, allumé, battant l'air de ses bras maigres, tendait les mâchoires
en avant. A la fin, il monta sur un escabeau, fouetté par les
chapelets de chiffres qu'il lançait à toute volée, la bouche
tordue, les cheveux en coup de vent, n'arrachant plus à son
gosier séché qu'un sifflement inintelligible. En haut, l'employé des perceptions municipales, un petit vieux tout emmi-
touflé dans un collet de faux astrakan, ne montrait que son
nez, sous sa calotte de velours noir ; et la grande tablettière
brune, sur sa haute chaise de bois, écrivait paisiblement, les
yeux calmes dans sa face un peu rougie par le froid, sans
seulement battre des paupières, aux bruits de crécelle du
bossu, qui montaient le long de ses jupes.

— Ce Logre est superbe, murmura monsieur Verlaque
en souriant. C'est le meilleur crieur du marché... Il ven-
drait des semelles de bottes pour des paires de soles.

Il revint avec Florent dans le pavillon. En passant de nouveau devant la criée du poisson d'eau douce, où les enchères
étaient plus froides, il lui dit que cette vente baissait, que la

pêche fluviale en France se trouvait fort compromise. Un
crieur, de mine blonde et chafouine, sans un geste, adjugeait
d'une voix monotone des lots d'anguilles et d'écrevisses ; tandis que, le long des viviers, les compteurs-verseurs allaient,
pêchant avec des filets à manches courts.

Cependant, la cohue augmentait autour des bureaux
de vente. Monsieur Verlaque remplissait en toute conscience son rôle d'instructeur, s'ouvrant un passage à
coups de coude, continuant à promener son successeur au
plus épais des enchères. Les grandes revendeuses étaient là,
paisibles, attendant les belles pièces, chargeant sur les épaules des porteurs les thons, les turbots, les saumons. A côre,
les marchandes des rues se partageaient des mannes de harengs et de petites limandes, achetées en commun. Il y avait
encore des bourgeois, quelques rentiers des quartiers lointains, venus à quatre heures du matin pour faire l'emplette
d'un poisson frais, et qui finissaient par se laisser adjuger
tout un lot énorme, quarante à cinquante francs de marée,
qu'ils mettaient ensuite la journée entière à céder aux personnes de leurs connaissances. Des poussées enfonçaient
brusquement des coins de foule. Une poissonnière trop serrée, se dégagea, les poings levés, le cou gonflé d'ordures.
Puis, des murs compactes se formaient. Alors, Florent qui
étouffait, déclara qu'il avait assez vu, qu'il avait compris.

Comme monsieur Verlaque l'aidait à se dégager, ils se
trouvèrent face à face avec la belle Normande. Elle resta
plantée devant eux ; et, de son air de reine :

— Est-ce que c'est bien décidé, monsieur Verlaque, vous
nous quittez?

— Oui, oui, répondit le petit homme. Je vais me reposer
à la campagne, à Clamart. Il paraît que l'odeur du poisson
me fait mal... Tenez, voici monsieur qui me remplace.

Il s'était tourné, en montrant Florent. La belle Normande
fut suffoquée. Et comme Florent s'éloignait, il crut l'entendre

murmurer à l'oreille de ses voisines, avec des rires étouffés :
« Ah bien ! nous allons nous amuser, alors ! »

Les poissonnières faisaient leur étalage. Sur tous les bancs
de marbre, les robinets des angles coulaient à la fois, à
grande eau. C'était un bruit d'averse, un ruissellement de
jets roides qui sonnaient et rejaillissaient; et du bord des
bancs inclinés, de grosses gouttes filaient, tombant avec un
murmure adouci de source, s'éclaboussant dans les allées,
où de petits ruisseaux couraient, emplissaient d'un lac
certains trous, puis repartaient en mille branches, descendaient la pente, vers la rue Rambuteau. Une buée d'humidité montait, une poussière de pluie, qui soufflait au visage
de Florent cette haleine fraîche, ce vent de mer qu'il reconnaissait, amer et salé; tandis qu'il retrouvait, dans les
premiers poissons étalés, les nacres roses, les coraux saignants, les perles laiteuses, toutes les moires et toutes
les pâleurs glauques de l'Océan.

Cette première matinée le laissa très-hésitant. Il regrettait
d'avoir cédé à Lisa. Dès le lendemain, échappé à la somnolence grasse de la cuisine, il s'était accusé de lâcheté avec
une violence qui avait presque mis des larmes dans ses
yeux. Mais il n'osa revenir sur sa parole, Lisa l'effrayait
un peu; il voyait le pli de ses lèvres, le reproche muet de
son beau visage. Il la traitait en femme trop sérieuse et trop
satisfaite pour être contrariée. Gavard, heureusement, lui
inspira une idée qui le consola. Il le prit à part, le soir
même du jour où monsieur Verlaque l'avait promené au milieu des criées, lui expliquant, avec beaucoup de réticences,
que « ce pauvre diable » n'était pas heureux. Puis, après
d'autres considérations sur ce gredin de gouvernement qui
tuait ses employés à la peine, sans leur assurer seulement
de quoi mourir, il se décida à faire entendre qu'il serait
charitable d'abandonner une partie des appointements à
l'ancien inspecteur. Florent accueillit cette idée avec joie.

C'était trop juste, il se considérait comme le remplaçant inté-
rimaire de monsieur Verlaque ; d'ailleurs, lui, n'avait besoin
de rien, puisqu'il couchait et qu'il mangeait chez son frère.
Gavard ajouta que, sur les cent cinquante francs mensuels,
un abandon de cinquante francs lui paraissait très-joli ; et,
en baissant la voix, il fit remarquer que ça ne durerait pas
longtemps, car le malheureux était vraiment poitrinaire
jusqu'aux os. Il fut convenu que Florent verrait la femme,
s'entendrait avec elle, pour ne pas blesser le mari. Cette
bonne action le soulageait, il acceptait maintenant l'emploi
avec une pensée de dévouement, il restait dans le rôle de
toute sa vie. Seulement, il fit jurer au marchand de volailles
de ne parler à personne de cet arrangement. Comme celui-ci
avait aussi une vague terreur de Lisa, il garda le secret,
chose très-méritoire.

Alors, toute la charcuterie fut heureuse. La belle Lisa se
montrait très-amicale pour son beau-frère ; elle l'envoyait
se coucher de bonne heure, afin qu'il pût se lever matin ;
elle lui tenait son déjeuner bien chaud ; elle n'avait plus
honte de causer avec lui sur le trottoir, maintenant qu'il
portait une casquette galonnée. Quenu, ravi de ces bonnes
dispositions, ne s'était jamais si carrément attablé, le soir,
entre son frère et sa femme. Le dîner se prolongeait souvent
jusqu'à neuf heures, pendant qu'Augustine restait au
comptoir. C'était une longue digestion, coupée des histoires
du quartier, des jugements positifs portés par la charcutière
sur la politique. Florent devait dire comment avait marché
la vente de la marée. Il s'abandonnait peu à peu, arrivait à
goûter la béatitude de cette vie réglée. La salle à manger
jaune clair avait une netteté et une tiédeur bourgeoises qui
l'amollissaient dès le seuil. Les bons soins de la belle Lisa
mettaient autour de lui un duvet chaud, où tous ses membres enfonçaient. Ce fut une heure d'estime et de bonne
entente absolues.

Mais Gavard jugeait l'intérieur des Quenu-Gradelle trop
endormi. Il pardonnait à Lisa ses tendresses pour l'empereur,
parce que, disait-il, il ne faut jamais causer politique avec
les femmes, et que la belle charcutière était, après tout,
une femme très-honnête qui faisait aller joliment son commerce. Seulement, par goût, il préférait passer ses soirées chez
monsieur Lebigre, où il retrouvait tout un petit groupe d'amis
qui avaient ses opinions. Quand Florent fut nommé inspecteur de la marée, il le débaucha, il l'emmena pendant des
heures, le poussant à vivre en garçon, maintenant qu'il avait
une place.

Monsieur Lebigre tenait un fort bel établissement, d'un luxe
tout moderne. Placé à l'encoignure droite de la rue Pirouette,
sur la rue Rambuteau, flanqué de quatre petits pins de
Norwége dans des caisses peintes en vert, il faisait un digne
pendant à la grande charcuterie des Quenu-Gradelle. Les
glaces claires laissaient voir la salle, ornée de guirlandes de
feuillages, de pampres et de grappes, sur un fond vert tendre. Le dallage était blanc et noir, à grands carreaux. Au
fond, le trou béant de la cave s'ouvrait sous l'escalier tournant, à draperie rouge, qui menait au billard du premier
étage. Mais le comptoir surtout, à droite, était très-riche,
avec son large reflet d'argent poli. Le zinc retombant sur le
soubassement de marbre blanc et rouge, en une haute
bordure gondolée, l'entourait d'une moire, d'une nappe de
métal, comme un maître-autel chargé de ses broderies. A
l'un des bouts, les théières de porcelaine pour le vin chaud
et le punch, cerclées de cuivre, dormaient sur le fourneau à
gaz ; à l'autre bout, une fontaine de marbre, très-élevée,
très-sculptée, laissait tomber perpétuellement dans une cuvette
un fil d'eau si continu, qu'il semblait immobile ; et, au
milieu, au centre des trois pentes du zinc, se creusait
un bassin à rafraîchir et à rincer, où des litres entamés
alignaient leurs cols verdâtres. Puis, l'armée des verres,

rangée par bandes, occupait les deux côtés : les petits verres pour l'eau-de-vie, les gobelets épais pour les canons, les coupes pour les fruits, les verres à absinthe, les choppes, les grands verres à pied, tous renversés, le cul en l'air, reflétant dans leur pâleur les luisants du comptoir. Il y avait encore, à gauche, une urne de melchior montée sur un pied qui servait de tronc ; tandis que, à droite, une urne semblable se hérissait d'un éventail de petites cuillers.

D'ordinaire, monsieur Lebigre trônait derrière le comptoir, assis sur une banquette-de cuir rouge capitonné. Il avait sous la main les liqueurs, des flacons de cristal taillé, à moitié enfoncés dans les trous d'une console ; et il appuyait son dos rond à une immense glace tenant tout le panneau, traversée par deux étagères, deux lames de verre qui supportaient des bocaux et des bouteilles. Sur l'une, les bocaux de fruits, les cerises, les prunes, les pêches, mettaient leurs taches assombries ; sur l'autre, entre des paquets de biscuits symétriques, des fioles claires, vert tendre, rouge tendre, jaune tendre, faisaient rêver à des liqueurs inconnues, à des extraits de fleurs d'une limpidité exquise. Il semblait que ces fioles fussent suspendues en l'air, éclatantes et comme allumées, dans la grande lueur blanche de la glace.

Pour donner à son établissement un air de café, monsieur Lebigre avait placé, en face du comptoir, contre le mur, deux petites table de fonte vernie, avec quatre chaises. Un lustre à cinq becs et à globes dépolis pendait du plafond. L'œil-de-bœuf, une horloge toute dorée, était à gauche, au-dessus d'un tourniquet scellé dans la muraille. Puis, au fond, il y avait le cabinet particulier, un coin de la boutique que séparait une cloison, aux vitres blanchies par un dessin à petits carreaux ; pendant le jour, une fenêtre qui s'ouvrait sur la rue Pirouette, l'éclairait d'une clarté louche ; le soir, un bec de gaz y brûlait, au-dessus de deux tables peintes en faux marbre. C'était là que Gavard et ses amis politiques se réunis-

saient après leur dîner, chaque soir. Ils s'y regardaient
comme chez eux, ils avaient habitué le patron à leur réserver la place. Quand le dernier venu avait tiré la porte de la
cloison vitrée, ils se savaient si bien gardés, qu'ils parlaient
très-carrément « du grand coup de balai. » Pas un consommateur n'aurait osé entrer.

Le premier jour, Gavard donna à Florent quelques
détails sur monsieur Lebigre. C'était un brave homme qui
venait parfois prendre son café avec eux. On ne se gênait
pas devant lui, parce qu'il avait dit un jour qu'il s'était
battu en 48. Il causait peu, paraissait bêta. En passant,
avant d'entrer dans le cabinet, chacun de ces messieurs
lui donnait une poignée de mains silencieuse, par-dessus
les verres et les bouteilles. Le plus souvent, il avait
à côté de lui, sur la banquette de cuir rouge, une petite
femme blonde, une fille qu'il avait prise pour le service du comptoir, outre le garçon à tablier blanc qui s'occupait des tables et du billard. Elle se nommait Rose, était
très-douce, très-soumise. Gavard, clignant de l'œil, raconta
à Florent qu'elle poussait la soumission fort loin avec le
patron. D'ailleurs, ces messieurs se faisaient servir par Rose,
qui entrait et qui sortait, de son air humble et heureux, au
milieu des plus orageuses discussions politiques.

Le jour où le marchand de volailles présenta Florent à ses
amis, ils ne trouvèrent, en entrant dans le cabinet vitré,
qu'un monsieur d'une cinquantaine d'années, à l'air pensif
et doux, avec un chapeau douteux et un grand pardessus
marron. Le menton appuyé sur la pomme d'ivoire d'un gros
jonc, en face d'une chope pleine, il avait la bouche tellement perdue au fond d'une forte barbe, que sa face semblait muette et sans lèvres.

— Comment va, Robine ? demanda Gavard.

Robine allongea silencieusement une poignée de mains,
sans répondre, les yeux adoucis encore par un vague sourire

de salut ; puis, il remit le menton sur la pomme de sa
canne, et regarda Florent par-dessus sa chope. Celui-ci avait
fait jurer à Gavard de ne pas conter son histoire, pour éviter
les indiscrétions dangereuses ; il ne lui déplut pas de voir
quelque méfiance dans l'attitude prudente de ce monsieur à
forte barbe. Mais il se trompait. Jamais Robine ne parlait
davantage. Il arrivait toujours le premier, au coup de huit
heures, s'asseyait dans le même coin, sans lâcher sa canne,
sans ôter ni son chapeau, ni son pardessus ; personne n'avait
vu Robine sans chapeau sur la tête. Il restait là, à écouter
les autres, jusqu'à minuit, mettant quatre heures à vider
sa chope, regardant successivement ceux qui parlaient,
comme s'il eût entendu avec les yeux. Quand Florent, plus
tard, questionna Gavard sur Robine, celui-ci parut en faire
un grand cas ; c'était un homme très-fort ; sans pouvoir dire
nettement où il avait fait ses preuves, il le donna comme un
des hommes d'opposition les plus redoutés du gouvernement.
Il habitait, rue Saint-Denis, un logement où personne ne
pénétrait. Le marchand de volailles racontait pourtant y être
allé une fois. Les parquets cirés étaient garantis par des
chemins de toile verte ; il y avait des housses et une pendule
d'albâtre à colonnes. Madame Robine, qu'il croyait avoir
vue de dos, entre deux portes, devait être une vieille dame
très comme il faut, coiffée avec des anglaises, sans qu'il pût
pourtant l'affirmer. On ignorait pourquoi le ménage était
venu se loger dans le tapage d'un quartier commerçant ;
le mari ne faisait absolument rien, passait ses journées on
ne savait où, vivait d'on ne savait quoi, et apparaissait chaque
soir, comme las et ravi d'un voyage sur les sommets de la
haute politique.

— Eh bien, et ce discours du trône, vous l'avez lu ?
demanda Gavard, en prenant un journal sur la table.

Robine haussa les épaules. Mais la porte de la cloison vitrée
claqua violemment, un bossu parut. Florent reconnut le

bossu de la criée, les mains lavées, proprement mis, avec
un grand cache-nez rouge, dont un bout pendait sur sa bosse,
comme le pan d'un manteau vénitien.

— Ah! voici Logre, reprit le marchand de volailles. Il
va nous dire ce qu'il pense du discours du trône, lui.

Mais Logre était furieux. Il faillit arracher la patère en
accrochant son chapeau et son cache-nez. Il s'assit violemment, donna un coup de poing sur la table, rejeta le journal, en disant :

— Est-ce que je lis ça, moi, leurs sacrés mensonges!

Puis il éclata.

— A-t-on jamais vu des patrons se ficher du monde
comme ça ! Il y a deux heures que j'attends mes appointements. Nous étions une dixaine dans le bureau. Ah bien, oui!
faites le pied de grue, mes agneaux... Monsieur Manoury est
enfin arrivé, en voiture, de chez quelque gueuse, bien sûr.
Ces facteurs, ça vole, ça se goberge... Et encore, il m'a
tout donné en grosse monnaie, ce cochon-là.

Robine épousait la querelle de Logre, d'un léger mouvement de paupières. Le bossu, brusquement, trouva une victime.

— Rose! Rose! appela-t-il, en se penchant hors du cabinet.

Et, quand la jeune femme fut en face de lui, toute tremblante :

— Eh bien, quoi! quand vous me regarderez!... Vous
me voyez entrer et vous ne m'apportez pas mon ma-
zagran !

Gavard commanda deux autres mazagrans. Rose se hâta de
servir les trois consommations, sous les yeux sévères de
Logre, qui semblait étudier les verres et les petits plateaux
de sucre. Il but une gorgée, il se calma un peu.

— C'est Charvet, dit-il au bout d'un instant, qui doit en
avoir assez... Il attend Clémence sur le trottoir.

Mais Charvet entra, suivi de Clémence. C'était un grand garçon osseux, soigneusement rasé, avec un nez maigre et des lèvres minces, qui demeurait rue Vavin, derrière le Luxembourg. Il se disait professeur libre. En politique, il était hébertiste. Les cheveux longs et arrondis, les revers de sa redingote râpée extrêmement rabattus, il jouait d'ordinaire au conventionnel, avec un flot de paroles aigres, une érudition si étrangement hautaine, qu'il battait d'ordinaire ses adversaires. Gavard en avait peur, sans l'avouer ; il déclarait, quand Charvet n'était pas là, qu'il allait véritablement trop loin. Robine approuvait tout, des paupières. Logre seul tenait quelquefois tête à Charvet, sur la question des salaires. Mais Charvet restait le despote du groupe, étant le plus autoritaire et le plus instruit. Depuis plus de dix ans, Clémence et lui vivaient maritalement, sur des bases débattues, selon un contrat strictement observé de part et d'autre. Florent, qui regardait la jeune femme avec quelque étonnement, se rappela enfin où il l'avait vue ; elle n'était autre que la grande tablettière brune qui écrivait, les doigts très-allongés, en demoiselle ayant reçu de l'instruction.

Rose parut sur les talons des deux nouveaux venus ; elle posa, sans rien dire, une chope devant Charvet, et un plateau devant Clémence, qui se mit à préparer posément son grog, versant l'eau chaude sur le citron, qu'elle écrasait à coups de cuiller, sucrant, mettant le rhum en consultant le carafon, pour ne pas dépasser le petit verre réglementaire. Alors, Gavard présenta Florent à ces messieurs, particulièment à Charvet. Il les donna l'un à l'autre comme des professeurs, des hommes très-capables, qui s'entendraient. Mais il était à croire qu'il avait déjà commis quelque indiscrétion, car tous échangèrent des poignées de mains, en se serrant les doigts fortement, d'une façon maçonnique. Charvet luimême fut presque aimable. On évita, d'ailleurs, de faire aucune allusion.

— Est-ce que Manoury vous a payée en monnaie? demanda Logre à Clémence.

Elle répondit oui, elle sortit des rouleaux de pièces d'un franc et de deux francs, qu'elle déplia. Charvet la regardait; il suivait les rouleaux qu'elle remettait un à un dans sa poche, après en avoir vérifié le contenu.

— Il faudra faire nos comptes, dit-il à demi-voix.

— Certainement, ce soir, murmura-t-elle. D'ailleurs, ça doit se balancer. J'ai déjeuné avec toi quatre fois, n'est-ce pas? mais je t'ai prêté cent sous, la semaine dernière.

Florent, surpris, tourna la tête pour ne pas être indiscret. Et, comme Clémence avait fait disparaître le dernier rouleau, elle but une gorgée de grog, s'adossa à la cloison vitrée, et écouta tranquillement les hommes qui parlaient politique. Gavard avait repris le journal, lisant, d'une voix qu'il cherchait à rendre comique, des lambeaux du discours du trône prononcé le matin, à l'ouverture des chambres. Alors Charvet eut beau jeu, avec cette phraséologie officielle; il n'en laissa pas une ligne debout. Une phrase surtout les amusa énormément : « Nous avons la confiance, messieurs, qu'appuyé sur vos lumières et sur les sentiments conservateurs du pays, nous arriverons à augmenter de jour en jour la prospérité publique. » Logre, debout, déclama cette phrase; il imitait très bien avec le nez la voix pâteuse de l'empereur.

— Elle est belle, sa prospérité, dit Charvet. Tout le monde crève la faim.

— Le commerce va très-mal, affirma Gavard.

— Et puis qu'est-ce que c'est que ça, un monsieur « appuyé sur des lumières? » reprit Clémence, qui se piquait de littérature.

Robine lui-même laissa échapper un petit rire, du fond de sa barbe. La conversation s'échauffait. On en vint au corps législatif, qu'on traita très-mal. Logre ne décolérait pas, Florent retrouvait en lui le beau crieur du pavillon de la marée, la mâchoire en avant, les mains jetant les mots dans le vide, l'attitude ramassée et aboyante ; il causait ordinairement politique de l'air furibond dont il mettait une manne de soles aux enchères. Charvet, lui, devenait plus froid, dans la buée des pipes et du gaz, dont s'emplissait l'étroit cabinet ; sa voix prenait des sécheresses de couperet, pendant que Robine dodelinait doucement de la tête, sans que son menton quittât l'ivoire de sa canne. Puis, sur un mot de Gavard, on arriva à parler des femmes.

— La femme, déclara nettement Charvet, est l'égale de l'homme ; et, à ce titre, elle ne doit pas le gêner dans la vie. Le mariage est une association... Tout par moitié, n'est ce pas, Clémence ?

— Évidemment, répondit la jeune femme, la tête contre la cloison, les yeux en l'air.

Mais Florent vit entrer le marchand des quatre saisons, Lacaille, et Alexandre, le fort, l'ami de Claude Lantier. Ces deux hommes étaient longtemps restés à l'autre table du cabinet ; ils n'appartenaient pas au même monde que ces messieurs. Puis, la politique aidant, leurs chaises se rapprochèrent, ils firent partie de la société. Charvet, aux yeux duquel ils représentaient le peuple, les endoctrina fortement, tandis que Gavard faisait le boutiquier sans préjugés en trinquant avec eux. Alexandre avait une belle gaieté ronde de colosse, un air de grand enfant heureux. Lacaille, aigri, grisonnant déjà, courbaturé chaque soir par son éternel voyage dans les rues de Paris, regardait parfois d'un œil louche la placidité bourgeoise, les bons souliers et le gros paletot de Robine. Ils se firent servir chacun un petit verre, et la conversation continua, plus tumultueuse et plus chaude, maintenant que la société était au complet.

Ce soir-là, Florent par la porte entre-bâillée de la cloison, aperçut encore mademoiselle Saget, debout devant le comptoir. Elle avait tiré une bouteille de dessous son tablier, elle

regardait Rose, qui l'emplissait d'une grande mesure de cassis
et d'une mesure d'eau-de-vie, plus petite. Puis, la bouteille
disparut de nouveau sous le tablier; et, les mains cachées,
mademoiselle Saget causa, dans le large reflet blanc du comptoir, en face de la glace, où les bocaux et les bouteilles de
liqueur semblaient accrocher des files de lanternes véni-
tiennes. Le soir, l'établissement surchauffé s'allumait de
tout son métal et de tous ses cristaux. La vieille fille, avec
ses jupes noires, faisait une étrange tache d'insecte, au milieu de ces clartés crues. Florent, en voyant qu'elle tentait
de faire parler Rose, se douta qu'elle l'avait aperçu par
l'entre-bâillement de la porte. Depuis qu'il était entré aux
Halles, il la rencontrait à chaque pas, arrêtée sous les rues
couvertes, le plus souvent en compagnie de madame Lecœur
et de la Sarriette, l'examinant toutes trois à la dérobée, pa-
raissant profondément surprises de sa nouvelle position
d'inspecteur. Rose sans doute resta lente de paroles, car mademoiselle Saget tourna un instant, parut vouloir s'appro-
cher de monsieur Lebigre, qui faisait un piquet avec un
consommateur, sur une des tables de fonte vernie. Doucement elle avait fini par se placer contre la cloison, lorsque
Gavard la reconnut. Il la détestait.

— Fermez donc la porte, Florent, dit-il brutalement. On
ne peut pas être chez soi.

A minuit, en sortant, Lacaille échangea quelques mots à
voix basse avec monsieur Lebigre. Celui-ci, dans une poignée
de mains, lui glissa quatre pièces de cinq francs, que personne ne vit, en murmurant à son oreille :

— Vous savez, c'est vingt-deux francs pour demain. La
personne qui prête ne veut plus à moins... N'oubliez pas
aussi que vous devez trois jours de voiture. Il faudra tout
payer.

Monsieur Lebigre souhaita le bonsoir à ces messieurs. Il
allait bien dormir, disait-il; et il bâillait légèrement, en

montrant de fortes dents, tandis que Rose le contemplait, de son air de servante soumise. Il la bouscula, il lui commanda d'aller éteindre le gaz, dans le cabinet.

Sur le trottoir, Gavard trébucha, faillit tomber. Comme il était en veine d'esprit :

— Fichtre ! dit-il, je ne suis pas appuyé sur des lumières, moi !

Cela parut très-drôle, et l'on se sépara. Florent revint, s'acoquina à ce cabinet vitré, dans les silences de Robine, les emportements de Logre, les haines froides de Charvet. Le soir, en rentrant, il ne se couchait pas tout de suite. Il aimait son grenier, cette chambre de jeune fille, où Augustine avait laissé des bouts de chiffon, des choses tendres et niaises de femme, qui traînaient. Sur la cheminée, il y avait encore des épingles à cheveux, des boîtes de carton doré pleines de boutons et de pastilles, des images découpées, des pots de pommade vides sentant toujours le jasmin ; dans le tiroir de la table, une méchante table de bois blanc, étaient restés du fil, des aiguilles, un paroissien, à côté d'un exemplaire maculé de la *Clef des songes;* et une robe d'été, blanche, à pois jaunes, pendait, oubliée à un clou, tandis que, sur la planche qui servait de toilette, derrière le pot à eau, un flacon de bandoline renversé avait laisssé une grande tache. Florent eût souffert dans une alcôve de femme ; mais, de toute la pièce, de l'étroit lit de fer, des deux chaises de paille, jusque du papier peint, d'un gris effacé, ne montait qu'une odeur de bêtise naïve, une odeur de grosse fille puérile. Et il était heureux de cette pureté des rideaux, de cet enfantillage des boîtes dorées et de la *Clef des songes,* de cette coquetterie maladroite qui tachait les murs. Cela le rafraîchissait, le ramenait à des rêves de jeunesse. Il aurait voulu ne pas connaître Augustine, aux durs cheveux châtains, croire qu'il était chez une sœur, chez une brave fille, mettant autour de lui, dans les moindres choses, sa grâce de femme naissante.

Mais, le soir, un grand soulagement pour lui était encore de s'accouder à la fenêtre de sa mansarde. Cette fenêtre taillait dans le toit un étroit balcon, à haute rampe de fer, où Augustine soignait un grenadier en caisse. Florent, depuis que les nuits devenaient froides, faisait coucher le grenadier dans la chambre, au pied de son lit. Il restait là quelques minutes, aspirant fortement l'air frais qui lui venait de la Seine, par-dessus les maisons de la rue de Rivoli. En bas, confusément, les toitures des Halles étalaient leurs nappes grises. C'était comme des lacs endormis, au milieu desquels le reflet furtif de quelque vitre allumait la lueur argentée d'un flot. Au loin, les toits des pavillons de la boucherie et de la Vallée s'assombrissaient encore, n'étaient plus que des entassements de ténèbres reculant l'horizon. Il jouissait du grand morceau de ciel qu'il avait en face de lui, de cet immense développement des Halles, qui lui donnait, au milieu des rues étranglées de Paris, la vision vague d'un bord de mer, avec les eaux mortes et ardoisées d'une baie, à peine frissonnantes du roulement lointain de la houle. Il s'oubliait, il rêvait chaque soir une côte nouvelle. Cela le rendait très-triste et très-heureux à la fois, de retourner dans ces huit années de désespoir qu'il avait passées hors de France. Puis, tout frissonnant, il refermait la fenêtre. Souvent, lorsqu'il ôtait son faux-col devant la cheminée, la photographie d'Auguste et d'Augustine l'inquiétait; ils le regardaient se déshabiller, de leur sourire blême, la main dans la main.

Les premières semaines que Florent passa au pavillon de la marée furent très-pénibles. Il avait trouvé dans les Méhudin une hostilité ouverte qui le mit en lutte avec le marché entier. La belle Normande entendait se venger de la belle Lisa, et le cousin était une victime toute trouvée.

Les Méhudin venaient de Rouen. La mère de Louise racontait encore comment elle était arrivée à Paris, avec des anguilles dans un panier. Elle ne quitta plus la poissonnerie.

Elle y épousa un employé de l'octroi, qui mourut en lui laissant deux petites filles. Ce fut elle, jadis, qui mérita, par ses larges hanches et sa fraîcheur superbe, ce surnom de la belle Normande, dont sa fille aînée avait hérité. Aujourd'hui, tassée, avachie, elle portait ses soixante-cinq ans en matrone dont la marée humide avait enroué la voix et bleui la peau. Elle était énorme de vie sédentaire, la taille débordante, la tête rejetée en arrière par la force de la gorge et le flot montant de la graisse. Jamais, d'ailleurs, elle ne voulut renoncer aux modes de son temps; elle conserva la robe à ramages, le fichu jaune, la marmotte des poissonnières classiques, avec la voix haute, le geste prompt, les poings aux côtes, l'engueulade du catéchisme poissard coulant des lèvres. Elle regrettait le marché des Innocents, parlait des anciens droits des dames de la Halle, mêlait à des histoires de coups de poings échangés avec des inspecteurs de police, des récits de visite à la cour, du temps de Charles X et de Louis-Philippe, en toilette de soie, et de gros bouquets à la main. La mère Méhudin, comme on la nommait, était longtemps restée porte-bannière de la confrérie de la Vierge, à Saint-Leu. Aux processions, dans l'église, elle avait une robe et un bonnet de tulle, à rubans de satin, tenant très-haut, de ses doigts enflés, le bâton doré de l'étendard de soie à frange riche, où était brodée une Mère de Dieu.

La mère Méhudin, selon les commérages du quartier, devait avoir fait une grosse fortune. Il n'y paraissait guère qu'aux bijoux d'or massif dont elle se chargeait le cou, les bras et la taille, dans les grands jours. Plus tard, ses deux filles ne s'entendirent pas. La cadette, Claire, une blonde paresseuse, se plaignait des brutalités de Louise, disait de sa voix lente qu'elle ne serait jamais la bonne de sa sœur. Comme elles auraient certainement fini par se battre, la mère les sépara. Elle céda à Louise son banc de marée. Claire, que l'odeur des raies et des harengs faisait tousser, s'installa

12.

à un banc de poissons d'eau douce. Et, tout en ayant juré
de se retirer, la mère allait d'un banc à l'autre, se mêlant
encore de la vente, causant de continuels ennuis à ses filles
par ses insolences trop grasses.

Claire était une créature fantasque, très-douce, et en
continuelle querelle. Elle n'en faisait jamais qu'à sa tête,
disait-on. Elle avait, avec sa figure rêveuse de vierge, un
entêtement muet, un esprit d'indépendance qui la poussait
à vivre à part, n'acceptant rien comme les autres, d'une
droiture absolue un jour, d'une injustice révoltante le lendemain. A son banc, elle révolutionnait parfois le marché,
haussant ou baissant les prix, sans qu'on s'expliquât pourquoi. Vers la trentaine, sa finesse de nature, sa peau mince
que l'eau des viviers rafraîchissait éternellement, sa petite
face d'un dessin noyé, ses membres souples, devaient
s'épaissir, tomber à l'avachissement d'une sainte de vitrail,
encanaillée dans les Halles. Mais, à vingt-deux ans, elle restait un Murillo, au milieu de ses carpes et de ses anguilles,
selon le mot de Claude Lantier, un Murillo décoiffé souvent,
avec de gros souliers, des robes taillées à coups de hache
qui l'habillaient comme une planche. Elle n'était pas
coquette ; elle se montrait très-méprisante, quand Louise,
étalant ses nœuds de ruban, la plaisantait sur ses fichus
noués de travers. On racontait que le fils d'un riche boutiquier du quartier voyageait de rage, n'ayant pu obtenir
d'elle une bonne parole.

Louise, la belle Normande, s'était montrée plus tendre.
Son mariage se trouvait arrêté avec un employé de la Halle
au blé, lorsque le malheureux garçon eut les reins cassés par
la chute d'un sac de farine. Elle n'en accoucha pas moins
sept mois plus tard d'un gros enfant. Dans l'entourage des
Méhudin, on considérait la belle Normande comme veuve.
La vieille poissonnière disait parfois : « Quand mon gendre
vivait... »

Les Méhudin étaient une puissance. Lorsque monsieur Verlaque acheva de mettre Florent au courant de ses nouvelles occupations, il lui recommanda de ménager certaines marchandes, s'il ne voulait se rendre la vie impossible; il poussa même la sympathie jusqu'à lui apprendre les petits secrets du métier, les tolérances nécessaires, les sévérités de comédie, les cadeaux acceptables. Un inspecteur est à la fois un commissaire de police, et un juge de paix, veillant à la bonne tenue du marché, conciliant les différends entre l'acheteur et le vendeur. Florent, de caractère faible, se roidissait, dépassait le but, toutes les fois qu'il devait faire acte d'autorité; et il avait de plus contre lui l'amertume de ses longues souffrances, sa face sombre de paria.

La tactique de la belle Normande fut de l'attirer dans quelque querelle. Elle avait juré qu'il ne garderait pas sa place quinze jours.

— Ah! bien, dit-elle à madame Lecœur qu'elle rencontra un matin, si la grosse Lisa croit que nous voulons de ses restes!.... Nous avons plus de goût qu'elle. Il est affreux, son homme!

Après les criées, lorsque Florent commençait son tour d'inspection, à petits pas, le long des allées ruisselantes d'eau, il voyait parfaitement la belle Normande qui le suivait d'un rire effronté. Son banc, à la deuxième rangée, à gauche, près des bancs de poissons d'eau douce, faisait face à la rue Rambuteau. Elle se tournait, ne quittant pas sa victime des yeux, se moquant avec des voisines. Puis, quand il passait devant elle, examinant lentement les pierres, elle affectait une gaieté immodérée, tapait les poissons, ouvrait son robinet tout grand, inondait l'allée. Florent restait impassible.

Mais, un matin, fatalement, la guerre éclata. Ce jour-là, Florent, en arrivant devant le banc de la belle Normande, sentit une puanteur insupportable. Il y avait là, sur le mar-

bre, un saumon superbe, entamé, montrant la blondeur
rose de sa chair ; des turbots d'une blancheur de crème ; des
congres, piqués de l'épingle noire qui sert à marquer les
tranches ; des paires de soles, des rougets, des bars, tout un
étalage frais. Et, au milieu de ces poissons à l'œil vif, dont
les ouïes saignaient encore, s'étalait une grande raie, rougeâtre, marbrée de taches sombres, magnifique de tons
étranges ; la grande raie était pourrie, la queue tombait, les
baleines des nageoires perçaient la peau rude.

— Il faut jeter cette raie, dit Florent en s'approchant.

La belle Normande eut un petit rire. Il leva les yeux, il
l'aperçut debout, appuyée au poteau de bronze des deux becs
de gaz qui éclairent les quatre places de chaque banc. Elle
lui parut très-grande, montée sur quelque caisse, pour protéger ses pieds de l'humidité. Elle pinçait les lèvres, plus
belle encore que de coutume, coiffée avec des frisons, la
tête sournoise, un peu basse, les mains trop roses dans la
blancheur du grand tablier. Jamais il ne lui avait tant vu
de bijoux : elle portait de longues boucles d'oreilles, une
chaîne de cou, une broche, des enfilades de bagues à deux
doigts de la main gauche et à un doigt de la main droite.

Comme elle continuait à le regarder en dessous, sans
répondre, il reprit :

— Vous entendez, faites disparaître cette raie.

Mais il n'avait pas remarqué la mère Méhudin, assise sur
une chaise, tassée dans un coin. Elle se leva, avec les cornes de sa marmote ; et, s'appuyant des poings à la table
de marbre :

— Tiens ! dit-elle insolemment, pourquoi donc qu'elle la
jetterait, sa raie !... Ce n'est pas vous qui la lui payerez,
peut-être !

Alors, Florent comprit. Les autres marchandes ricanaient.
Il sentait, autour de lui, une révolte sourde qui attendait un
mot pour éclater. Il se contint, tira lui-même, de dessous le

banc, le seau aux vidures, y fit tomber la raie. La mère
Méhudin mettait déjà les poings sur les hanches ; mais la
belle Normande, qui n'avait pas desserré les lèvres, eut de
nouveau un petit rire de méchanceté, et Florent s'en alla au
milieu des huées, l'air sévère, feignant de ne pas entendre.

Chaque jour, ce fut une invention nouvelle. L'inspecteur
ne suivait plus les allées que l'œil aux aguets, comme en
pays ennemi. Il attrapait les éclaboussures des éponges,
manquait de tomber sur des vidures étalées sous ses pieds,
recevait les mannes des porteurs dans la nuque. Même, un
matin, comme deux marchandes se querellaient, et qu'il
était accouru, afin d'empêcher la bataille, il dut se baisser
pour éviter d'être souffleté sur les deux joues par une pluie
de petites limandes, qui volèrent au-dessus de sa tête ; on
rit beaucoup, il crut toujours que les deux marchandes
étaient de la conspiration des Méhudin. Son ancien métier
de professeur crotté l'armait d'une patience angélique ; il
savait garder une froideur magistrale, lorsque la colère
montait en lui, et que tout son être saignait d'humiliation.
Mais jamais les gamins de la rue de l'Estrapade n'avaient eu
cette férocité des dames de la Halle, cet acharnement de
femmes énormes, dont les ventres et les gorges sautaient
d'une joie géante, quand il se laissait prendre à quelque
piége. Les faces rouges le dévisageaient. Dans les inflexions
canailles des voix, dans les hanches hautes, les cous gonflés,
les dandinements des cuisses, les abandons des mains, il
devinait à son adresse tout un flot d'ordures. Gavard, au
milieu de ces jupes impudentes et fortes d'odeur, se serait
pâmé d'aise, quitte à fesser à droite et à gauche, si elles
l'avaient serré de trop près. Florent, que les femmes inti-
midaient toujours, se sentait peu à peu perdu dans un cauchemar de filles aux appas prodigieux, qui l'entouraient
d'une ronde inquiétante, avec leur enrouement et leurs
gros bras nus de lutteuses.

Parmi ces femelles lâchées, il avait pourtant une amie.
Claire déclarait nettement que le nouvel inspecteur était un
brave homme. Quand il passait, dans les gros mots de ses
voisines, elle lui souriait. Elle était là, avec des mèches de
cheveux blonds dans le cou et sur les tempes, la robe agra-
fée de travers, nonchalante derrière son banc. Plus souvent,
il la voyait debout, les mains au fond de ses viviers, changeant les poissons de bassins, se plaisant à tourner les petits
dauphins de cuivre, qui jettent un fil d'eau par la gueule.
Ce ruissellement lui donnait une grâce frissonnante de bai-
gneuse, au bord d'une source, les vêtements mal rattachés
encore.

Un matin, surtout, elle fut très-aimable. Elle appela
l'inspecteur pour lui montrer une grosse anguille qui avait
fait l'étonnement du marché, à la criée. Elle ouvrit la grille,
qu'elle avait prudemment refermée sur le bassin, au fond
duquel l'anguille semblait dormir.

— Attendez, dit-elle, vous allez voir.

Elle entra doucement dans l'eau son bras nu, un bras un
peu maigre, dont la peau de soie montrait le bleuissement
tendre des veines. Quand l'anguille se sentit touchée, elle
se roula sur elle-même, en nœuds rapides, emplissant l'auge
étroite de la moire verdâtre de ses anneaux. Et, dès qu'elle
se rendormait, Claire s'amusait à l'irriter de nouveau, du
bout des ongles.

— Elle est énorme, crut devoir dire Florent. J'en ai rarement vu d'aussi belle.

Alors, elle lui avoua que, dans les commencements, elle
avait eu peur des anguilles. Maintenant, elle savait comment
il faut serrer la main, pour qu'elles ne puissent pas glisser.
Et, à côté, elle en prit une, plus petite. L'anguille, aux deux
bouts de son poing fermé, se tordait. Cela la faisait rire.
Elle la rejeta, en saisit une autre, fouilla le bassin, remua
ce tas de serpents de ses doigts minces.

Puis, elle resta là un instant à causer de la vente qui n'allait pas. Les marchands forains, sur le carreau de la rue couverte, leur faisaient beaucoup de tort. Son bras nu, qu'elle n'avait pas essuyé, ruisselait, frais de la fraîcheur de l'eau. De chaque doigt, de grosses gouttes tombaient.

— Ah! dit-elle brusquement, il faut que je vous fasse voir aussi mes carpes.

Elle ouvrit une troisième grille; et, à deux mains, elle ramena une carpe qui tapait de la queue en râlant. Mais elle en chercha un moins grosse; celle-là, elle put la tenir d'une seule main, que le souffle des flancs ouvrait un peu, à chaque râle. Elle imagina d'introduire son pouce dans un des bâillements de la bouche.

— Ça ne mord pas, murmurait-elle avec son doux rire, ça n'est pas méchant... C'est comme les écrevisses, moi je ne les crains pas.

Elle avait déjà replongé son bras, elle ramenait, d'une case, pleine d'un grouillement confus, une écrevisse, qui lui avait pris le petit doigt entre ses pinces. Elle la secoua un instant; mais l'écrevisse la serra sans doute trop rudement, car elle devint très-rouge et lui cassa la patte, d'un geste prompt de rage, sans cesser de sourire.

— Par exemple, dit-elle pour cacher son émotion, je ne me fierais pas à un brochet. Il me couperait les doigts comme avec un couteau.

Et elle montrait, sur des planches lessivées, d'une propreté excessive, de grand brochets étalés par rang de taille, à côté de tanches bronzées et de lots de goujons en petits tas. Maintenant, elle avait les mains toutes grasses du suint des carpes; elles les écartait, debout dans l'humidité des viviers, au-dessus des poissons mouillés de l'étalage. On l'eût dite enveloppée d'une odeur de frai, d'une de ces odeurs épaisses qui montent des joncs et des nénuphars vaseux, quand les œufs font éclater les ventres des poissons, pâmés d'amour au soleil. Elle s'essuya les mains à son tablier, souriant toujours, de son air tranquille de grande fille au sang glacé, dans ce frisson des voluptés froides et affadies des rivières.

Cette sympathie de Claire était une mince consolation pour Florent. Elle lui attirait des plaisanteries plus sales, quand il s'arrêtait à causer avec la jeune fille. Celle-ci haussait les épaules, disait que sa mère était une vieille coquine et que sa sœur ne valait pas grand'chose. L'injustice du marché envers l'inspecteur l'outrait de colère. La guerre, cependant, continuait, plus cruelle chaque jour. Florent songeait à quitter la place; il n'y serait pas resté vingt-quatre heures, s'il n'avait craint de paraître lâche devant Lisa. Il s'inquiétait de ce qu'elle dirait, de ce qu'elle penserait. Elle était forcément au courant du grand combat des poissonnières et de leur inspecteur, dont le bruit emplissait les Halles sonores, et dont le quartier jugeait chaque coup nouveau avec des commentaires sans fin.

— Ah! bien, disait-elle souvent, le soir, après le dîner, c'est moi qui me chargerais de les ramener à la raison! Toutes, des femmes que je ne voudrais pas toucher du bout des doigts, de la canaille, de la saloperie! Cette Normande est la dernière des dernières... Tenez, je la mettrais à pied, moi! Il n'y a encore que l'autorité, entendez-vous, Florent. Vous avez tort, avec vos idées. Faites un coup de force, vous verrez comme tout le monde sera sage.

La dernière crise fut terrible. Un matin, la bonne de madame Taboureau, la boulangère, cherchait une barbue, à la poissonnerie. La belle Normande, qui la voyait tourner autour d'elle depuis quelques minutes, lui fit des avances, des cajoleries.

— Venez donc me voir, je vous arrangerai... Voulez-vous une paire de soles, un beau turbot?

Et, comme elle s'approchait enfin, et qu'elle flairait une

barbue, avec la moue rechignée que prennent les clientes
pour payer moins cher :

— Pesez-moi ça, continua la belle Normande, en lui
posant sur la main ouverte la barbue enveloppée d'une feuille
de gros papier jaune.

La bonne, une petite Auvergnate toute dolente, soupesait
la barbue, lui ouvrait les ouïes, toujours avec sa grimace,
sans rien dire. Puis, comme à regret :

— Et combien ?

— Quinze francs, répondit la poissonnière.

Alors l'autre remit vite le poisson sur le marbre. Elle
parut se sauver. Mais la belle Normande la retint.

— Voyons, dites votre prix.

— Non, non, c'est trop cher.

— Dites toujours.

— Si vous voulez huit francs ?

La mère Méhudin, qui sembla s'éveiller, eut un rire inquiétant. On croyait donc qu'elles volaient la marchandise.

— Huit francs, une barbue de cette grosseur ! on t'en donnera, ma petite, pour te tenir la peau fraîche, la nuit. La belle
Normande, d'un air offensé, tournait la tête. Mais la bonne
revint deux fois, offrit neuf francs, alla jusqu'à dix francs.
Puis, comme elle partait pour tout de bon :

— Allons, venez, lui cria la poissonnière, donnez-moi de
l'argent.

La bonne se planta devant le banc, causant amicalement
avec la mère Méhudin. Madame Taboureau se montrait si
exigeante ! Elle avait du monde à dîner, le soir ; des cousins
de Blois, un notaire avec sa dame. La famille de madame
Taboureau était très comme il faut ; elle-même, bien que
boulangère, avait reçu une belle éducation.

— Videz-la-moi bien, n'est-ce pas ? dit-elle en s'interrom-
pant.

La belle Normande, d'un coup de doigt, avait vidé la

13

barbue et jeté la vidure dans le seau. Elle glissa un coin de
son tablier sous les ouïes, pour enlever quelques grains de
sable. Puis, mettant elle-même le poisson dans le panier de
l'Auvergnate :

— La, ma belle, vous m'en ferez des compliments.

Mais, au bout d'un quart d'heure, la bonne accourut toute
rouge ; elle avait pleuré, sa petite personne tremblait de
colère. Elle jeta la barbue sur le marbre, montrant, du côté
du ventre, une large déchirure qui entamait la chair jusqu'à
l'arête. Un flot de paroles entrecoupées sortit de sa gorge
serrée encore par les larmes.

— Madame Taboureau n'en veut pas. Elle dit qu'elle ne
peut pas la servir. Et elle m'a dit encore que j'étais une imbécile, que je me laissais voler par tout le monde... Vous
voyez bien qu'elle est abîmée. Moi, je ne l'ai pas retournée,
j'ai eu confiance... Rendez-moi mes dix francs.

— On regarde la marchandise, répondit tranquillement
la belle Normande.

Et, comme l'autre haussait la voix, la mère Méhudin se
leva.

— Vous allez nous ficher la paix, n'est-ce pas ? On ne
reprend pas un poisson qui a traîné chez les gens. Est-ce
qu'on sait où vous l'avez laissé tomber, pour le mettre dans
cet état ?

— Moi ! moi !

Elle suffoquait. Puis, éclatant en sanglots :

— Vous êtes deux voleuses, oui, deux voleuses ! Madame
Taboureau me l'a bien dit.

Alors, ce fut formidable. La mère et la fille, furibondes, les
poings en avant, se soulagèrent. La petite bonne, ahurie,
prise entre cette voix rauque et cette voix flûtée, qui se la
renvoyaient comme une balle, sanglotait plus fort.

— Va donc ! ta madame Taboureau est moins fraîche
que ça ; faudrait la raccommoder pour la servir.

— Un poisson complet pour dix francs, ah! bien, merci, je n'en tiens pas!

— Et tes boucles d'oreilles, combien qu'elles coûtent?... On voit que tu gagnes ça sur le dos.

— Pardi! elle fait son quart au coin de la rue de Mondétour.

Florent, que le gardien du marché était allé chercher, arriva au plus fort de la querelle. Le pavillon s'insurgeait décidément. Les marchandes, qui se jalousent terriblement entre elles, quand il s'agit de vendre un hareng de deux sous, s'entendent à merveille contre les clients. Elle chantaient! « La boulangère a des écus qui ne lui coûtent guère; » elles tapaient des pieds, excitaient les Méhudin, comme des bêtes qu'on pousse à mordre; et il y en avait, à l'autre bout de l'allée, qui se jetaient hors de leurs bancs, comme pour sauter au chignon de la petite bonne, perdue, noyée, roulée, dans cette énormité des injures.

— Rendez les dix francs à mademoiselle, dit sévèrement Florent, mis au courant de l'affaire.

Mais la mère Méhudin était lancée.

— Toi, mon petit, je t'en.... et, tiens! voilà comme je rends les dix francs!

Et, à toute volée, elle lança la barbue à la tête de l'Auvergnate, qui la reçut en pleine face. Le sang partit du nez, la barbue se décolla, tomba à terre, où elle s'écrasa avec un bruit de torchon mouillé. Cette brutalité jeta Florent hors de lui. La belle Normande eut peur, recula, pendant qu'il s'écriait:

— Je vous mets à pied pour huit jours! Je vous ferai retirer votre permission, entendez-vous!

Et, comme on huait derrière lui, il se retourna d'un air si menaçant, que les poissonnières domptées firent les innocentes. Quand les Méhudin eurent rendu les dix francs, il les obligea à cesser la vente immédiatement. La vieille étouffait de rage. La fille restait muette, toute blanche. Elle, la belle Normande, chassée de son banc! Claire dit de sa voix tranquille que c'était bien fait, ce qui faillit, le soir, faire prendre les deux sœurs aux cheveux, chez elles, rue Pirouette. Au bout des huit jours, quand les Méhudin revinrent, elles restèrent sages, très-pincées, très-brèves, avec une colère froide. D'ailleurs, elles retrouvèrent le pavillon calmé, rentré dans l'ordre. La belle Normande, à partir de ce jour, dut nourrir une pensée de vengeance terrible. Elle sentait que le coup venait de la belle Lisa; elle l'avait rencontrée, le lendemain de la bataille, la tête si haute, qu'elle jurait de lui faire payer cher son regard de triomphe. Il y eut, dans les coins des Halles, d'interminables conciliabules avec mademoiselle Saget, madame Lecœur et la Sarriette; mais, quand elles étaient lasses d'histoires à dormir debout sur les dévergondages de Lisa avec le cousin et sur les cheveux qu'on trouvait dans les andouilles de Quenu, cela ne pouvait aller plus loin, ni ne la soulageait guère. Elle cherchait quelque chose de très-méchant, qui frappât sa rivale au cœur.

Son enfant grandissait librement au milieu de la poissonnerie. Dès l'âge de trois ans, il restait assis sur un bout de chiffon, en plein dans la marée. Il dormait fraternellement à côté des grands thons, il s'éveillait parmi les maquereaux et les merlans. Le garnement sentait la caque à faire croire qu'il sortait du ventre de quelque gros poisson. Son jeu favori fut longtemps, quand sa mère avait le dos tourné, de bâtir des murs et des maisons avec des harengs; il jouait aussi à la bataille, sur la table de marbre, alignait des grondins en face les uns des autres, les poussait, leur cognait la tête, imitait avec les lèvres la trompette et le tambour, et finalement les remettait en tas, en disant qu'ils étaient morts. Plus tard, il alla rôder autour de sa tante Claire, pour avoir les vessies des carpes et des brochets qu'elle vidait; il les po-

sait par terre, les faisait péter ; cela l'enthousiasmait. A sept
ans, il courait les allées, se fourrait sous les bancs, parmi
les caisses de bois garnies de zinc, était le galopin gâté des
poissonnières. Quand elles lui montraient quelque objet nouveau qui le ravissait, il joignait les mains, balbutiant d'extase:
« Oh! c'est rien muche! » Et le nom de Muche lui était
resté. Muche par-ci, Muche par-là. Toutes l'appelaient. On
le retrouvait partout, au fond des bureaux des criées, dans
les tas de bourriches, entre les seaux des vidures. Il était là
comme un jeune barbillon, d'une blancheur rose, frétillant,
se coulant, lâché en pleine eau. Il avait pour les eaux ruisselantes des tendresses de petit poisson. Il se traînait dans
les mares des allées, recevait l'égouttement des tables. Souvent, il ouvrait sournoisement un robinet, heureux de l'écla-
boussement du jet. Mais c'était surtout aux fontaines, au-
dessus de l'escalier des caves, que sa mère, le soir, allait le
prendre ; elle l'en ramenait trempé, les mains bleues, avec
de l'eau dans les souliers et jusque dans les poches.

Muche, à sept ans, était un petit bonhomme joli comme
un ange et grossier comme un roulier. Il avait des cheveux
châtains crépus, de beaux yeux tendres, une bouche pure qui
sacrait, qui disait des mots gros à écorcher un gosier de gendarme. Élevé dans les ordures des Halles, il épelait le catéchisme poissard, se mettait un poing sur la hanche, faisait
la maman Méhudin, quand elle était en colère. Alors les
« salopes, » les « catins, » les « va donc moucher ton homme, »
les « combien qu'on te la paye, ta peau? » passaient dans le
filet de cristal de sa voix d'enfant de chœur. Et il voulait gras-
seyer, il encanaillait son enfance exquise de bambin souriant
sur les genoux d'une Vierge. Les poissonnières riaient aux
larmes. Lui, encouragé, ne plaçait plus deux mots sans mettre
un « nom de Dieu ! » au bout. Mais il restait adorable, ignorant de ces saletés, tenu en santé par les souffles frais
et les odeurs fortes de la marée, récitant son chapelet

d'injures graveleuses d'un air ravi, comme il aurait dit ses prières.

L'hiver venait ; Muche fut frileux, cette année-là. Dès les premiers froids, il se prit d'une vive curiosité pour le bureau de l'inspecteur. Le bureau de Florent se trouvait à l'encoignure de gauche du pavillon, du côté de la rue Rambuteau. Il était meublé d'une table, d'un casier, d'un fauteuil, de deux chaises et d'un poêle. C'était de ce poêle dont Muche rêvait. Florent adorait les enfants. Quand il vit ce petit, les jambes trempées, qui regardait à travers les vitres, il le fit entrer. La première conversation de Muche l'étonna profondément. Il s'était assis devant le poêle, il disait de sa voix tranquille :

— Je vais me rôtir un brin les quilles, tu comprends ?... Il fait un froid du tonnerre de Dieu.

Puis, il avait des rires perlés, en ajoutant :

— C'est ma tante Claire qui a l'air d'une carne ce matin... Dis, monsieur, est-ce que c'est vrai que tu vas lui chauffer les pieds, la nuit ?

Florent, consterné, se prit d'un étrange intérêt pour ce gamin. La belle Normande restait pincée, laissait son enfant aller chez lui, sans dire un mot. Alors, il se crut autorisé à le recevoir ; il l'attira, l'après-midi, peu à peu conduit à l'idée d'en faire un petit bonhomme bien sage. Il lui semblait que son frère Quenu rapetissait, qu'ils se trouvaient encore tous les deux dans la grande chambre de la rue Royer-Collard. Sa joie, son rêve secret de dévouement, était de vivre toujours en compagnie d'un être jeune, qui ne grandirait pas, qu'il instruirait sans cesse, dans l'innocence duquel il aimerait les hommes. Dès le troisième jour, il apporta un alphabet. Muche le ravit par son intelligence. Il apprit ses lettres avec la verve parisienne d'un enfant des rues. Les images de l'alphabet l'amusaient extraordinairement. Puis, dans l'étroit bureau, il prenait des récréations formidables, le poêle demeurait son

grand ami, un sujet de plaisirs sans fin. Il y fit cuire d'abord
des pommes de terre et des châtaignes; mais cela lui parut
fade. Il vola alors à la tante Claire des goujons qu'il mit
rôtir un à un, au bout d'un fil, devant la bouche ardente;
il les mangeait avec délices, sans pain. Un jour même, il apporta une carpe; elle ne voulut jamais cuire, elle empesta le
bureau, au point qu'il fallut ouvrir porte et fenêtre. Florent,
quand l'odeur de toute cette cuisine devenait trop forte, jetait les poissons à la rue. Le plus souvent, il riait. Muche, au
bout de deux mois, commençait à lire couramment, et ses
cahiers d'écriture étaient très-propres.

Cependant, le soir, le gamin cassait la tête de sa mère
avec des histoires sur son bon ami Florent. Le bon ami
Florent avait dessiné des arbres et des hommes dans des ca-
banes. Le bon ami Florent avait un geste, comme ça, en
disant que les hommes seraient meilleurs, s'ils savaient tous
lire. Si bien que la Normande vivait dans l'intimité de
l'homme qu'elle rêvait d'étrangler. Elle enferma un jour
Muche à la maison, pour qu'il n'allât pas chez l'inspecteur;
mais il pleura tellement, qu'elle lui rendit la liberté le lendemain. Elle était très-faible, avec sa carrure et son air
hardi. Lorsque l'enfant lui racontait qu'il avait eu bien
chaud, lorsqu'il lui revenait les vêtements secs, elle éprouvait une reconnaissance vague, un contentement de le savoir
à l'abri, les pieds devant le feu. Plus tard, elle fut très
attendrie, quand il lut devant elle un bout de journal maculé qui enveloppait une tranche de congre. Peu à peu, elle
en arriva ainsi à penser, sans le dire, que Florent n'était
peut-être pas un méchant homme; elle eut le respect de son
instruction, mêlé à une curiosité croissante de le voir de
plus près, de pénétrer dans sa vie. Puis, brusquement, elle
se donna un prétexte, elle se persuada qu'elle tenait sa vengeance: il fallait être aimable pour le cousin, le brouiller
avec la grosse Lisa; ce serait plus drôle.

— Est-ce que ton bon ami Florent te parle de moi? demanda-t-elle un matin à Muche, en l'habillant.

— Ah! non, répondit l'enfant. Nous nous amusons.

— Eh bien, dis-lui que je ne lui en veux plus et que je le remercie de t'apprendre à lire.

Dès lors, l'enfant, chaque jour, eut une commission. Il allait de sa mère à l'inspecteur, et de l'inspecteur à sa mère, chargé de mots aimables, de demandes et de réponses, qu'il répétait sans savoir; on lui aurait fait dire les choses les plus énormes. Mais la belle Normande eut peur de paraître timide; elle vint un jour elle-même, s'assit sur la seconde chaise, pendant que Muche prenait sa leçon d'écriture. Elle fut très-douce, très-complimenteuse. Florent resta plus embarrassé qu'elle. Ils ne parlèrent que de l'enfant. Comme il témoignait la crainte de ne pouvoir continuer les leçons dans le bureau, elle lui offrit de venir chez eux, le soir. Puis, elle parla d'argent. Lui, rougit, déclara qu'il n'irait pas, s'il était question de cela. Alors, elle se promit de le payer en cadeaux, avec de beaux poissons.

Ce fut la paix. La belle Normande prit même Florent sous sa protection. L'inspecteur finissait, d'ailleurs, par être accepté; les poissonnières le trouvaient meilleur homme que monsieur Verlaque, malgré ses mauvais yeux. La mère Méhudin seule haussait les épaules; elle gardait rancune au « grand maigre, » comme elle le nommait d'une façon méprisante. Et, un matin que Florent s'arrêta avec un sourire devant les viviers de Claire, la jeune fille, lâchant une anguille qu'elle tenait, lui tourna le dos, furieuse, toute gonflée et toute empourprée. Il en fut tellement surpris, qu'il en parla à la Normande.

— Laissez donc! dit celle-ci, c'est une toquée... Elle n'est jamais de l'avis des autres. C'est pour me faire enrager, ce qu'elle a fait là.

Elle triomphait, elle se carrait à son banc, plus coquette, avec des coiffures extrêmement compliquées. Ayant rencontré la belle Lisa, elle lui rendit son regard de dédain ; elle lui éclata même de rire en plein visage. La certitude qu'elle allait désespérer la charcutière, en attirant le cousin, lui donnait un beau rire sonore, un rire de gorge, dont son cou gras et blanc montrait le frisson. A ce moment, elle eut l'idée d'habiller Muche très-joliment, avec une petite veste écossaise et une toque de velours. Muche n'était jamais allé qu'en blouse débraillée. Or, il arriva que précisément à cette époque, Muche fut repris d'une grande tendresse pour les fontaines. La glace avait fondu, le temps était tiède. Il fit prendre un bain à la veste écossaise, laissant couler l'eau à plein robinet, depuis son coude jusqu'à sa main, ce qu'il appelait jouer à la gouttière. Sa mère le surprit en compagnie de deux autres galopins, regardant nager, dans la toque de velours remplie d'eau, deux petits poissons blancs qu'il avait avait volés à la tante Claire.

Florent vécut près de huit mois dans les Halles, comme pris d'un continuel besoin de sommeil. Au sortir de ses sept années de souffrances, il tombait dans un tel calme, dans une vie si bien réglée, qu'il se sentait à peine exister. Il s'abandonnait, la tête un peu vide, continuellement surpris de se retrouver chaque matin sur le même fauteuil, dans l'étroit bureau. Cette pièce lui plaisait, avec sa nudité, sa petitesse de cabine. Il s'y réfugiait, loin du monde, au milieu du grondement continu des Halles, qui le faisait rêver à quelque grande mer, dont la nappe l'aurait entouré et isolé de toute part. Mais, peu à peu, une inquiétude sourde le désespéra ; il était mécontent, s'accusait de fautes qu'il ne précisait pas, se révoltait contre ces vides qui lui semblaient se creuser de plus en plus dans sa tête et dans sa poitrine. Puis, des souffles puants, des haleines de marée gâtée, passèrent sur lui avec de grandes

nausées. Ce fut un détraquement lent, un ennui vague qui
tourna à une vive surexcitation nerveuse.

Toutes ses journées se ressemblaient. Il marchait dans les
mêmes bruits, dans les mêmes odeurs. Le matin, les bour-
donnements des criées l'asssourdissaient d'une lointaine son-
nerie de cloches ; et, souvent, selon la lenteur des arrivages,
les criées ne finissaient que très-tard. Alors, il restait dans
le pavillon jusqu'à midi, dérangé à toute minute par des
contestations, des querelles, au milieu desquelles il s'efforçait de se montrer très-juste. Il lui fallait des heures pour
sortir de quelque misérable histoire qui révolutionnait le
marché. Il se promenait au milieu de la cohue et du tapage
de la vente, suivait les allées à petits pas, s'arrêtait parfois
devant les poissonnières dont les bancs bordent la rue
Rambuteau. Elles ont de grands tas roses de crevettes, des
paniers rouges de langoustes cuites, liées, la queue arrondie ; tandis que des langoustes vivantes se meurent, aplaties
sur le marbre. Là, il regardait marchander des messieurs,
en chapeau et en gants noirs, qui finissaient par emporter une
langouste cuite, enveloppée d'un journal, dans une poche
de leur redingote. Plus loin, devant les tables volantes où
se vend le poisson commun, il reconnaissait les femmes du
quartier, venant à la même heure, les cheveux nus. Parfois,
il s'intéressait à quelque dame bien mise, traînant ses dentelles le long des pierres mouillées, suivie d'une bonne en
tablier blanc ; celle-là, il l'accompagnait à quelque distance,
en voyant les épaules se hausser derrière ses mines dégoûtées. Ce tohu-bohu de paniers, de sacs de cuir, de corbeilles, toutes ces jupes filant dans le ruissellement des allées,
l'occupaient, le menaient jusqu'au déjeuner, heureux de
l'eau qui coulait, de la fraîcheur qui soufflait, passant de
l'âpreté marine des coquillages au fumet amer de la saline.
C'était toujours par la saline qu'il terminait son inspection ;
les caisses de harengs saurs, les sardines de Nantes sur des

lits de feuilles, la morue roulée, s'étalant devant de grosses
marchandes fades, le faisaient songer à un départ, à un
voyage au milieu de barils de salaisons. Puis, l'après-midi,
les Halles se calmaient, s'endormaient. Il s'enfermait dans
son bureau, mettait au net ses écritures, goûtait ses meilleures heures. S'il sortait, s'il traversait la poissonnerie, il
la trouvait presque déserte. Ce n'était plus l'écrasement,
les poussées, le brouhaha de dix heures. Les poissonnières,
assises derrière leurs tables vides, tricotaient, le dos renversé; et de rares ménagères attardées, tournaient, regardant de côté, avec ce regard lent, ces lèvres pincées des
femmes qui calculent à un sou près le prix du dîner. Le
crépuscule tombait, il y avait un bruit de caisses remuées, le
poisson était couché pour la nuit sur des couches de glace.
Alors, Florent, après avoir assisté à la fermeture des grilles,
emportait avec lui la poissonnerie dans ses vêtements, dans
sa barbe, dans ses cheveux.

Les premiers mois, il ne souffrit pas trop de cette odeur
pénétrante. L'hiver était rude; le verglas changeait les allées
en miroirs, les glaçons mettaient des guipures blanches aux
tables de marbre et aux fontaines. Le matin, il fallait allumer de petits réchauds sous les robinets pour obtenir un filet
d'eau. Les poissons, gelés, la queue tordue, ternes et rudes
comme des métaux dépolis, sonnaient avec un bruit cassant
de fonte pâle. Jusqu'en février, le pavillon resta lamentable,
hérissé, désolé, dans son linceul de glace. Mais vinrent les
dégels, les temps mous, les brouillards et les pluies de
mars. Alors, les poissons s'amollirent, se noyèrent; des senteurs de chairs tournées se mêlèrent aux souffles fades de
boue qui venaient des rues voisines. Puanteur vague encore,
douceur écœurante d'humidité, traînant au ras du sol. Puis,
dans les après-midi ardentes de juin, la puanteur monta,
alourdit l'air d'une buée pestilentielle. On ouvrait les fenêtres supérieures, de grands stores de toile grise pendaient

sous le ciel brûlant, une pluie de feu tombait sur les Halles, les chauffait comme un four de tôle ; et pas un vent ne balayait cette vapeur de marée pourrie. Les bancs de vente fumaient.

Florent souffrit alors de cet entassement de nourriture, au milieu duquel il vivait. Les dégoûts de la charcuterie lui revinrent, plus intolérables. Il avait supporté des puanteurs aussi terribles ; mais elles ne venaient pas du ventre. Son estomac étroit d'homme maigre se révoltait, en passant devant ces étalages de poissons mouillés à grande eau, qu'un coup de chaleur gâtait. Ils le nourrissaient de leurs senteurs fortes, le suffoquaient, comme s'il avait eu une indigestion d'odeurs. Lorsqu'il s'enfermait dans son bureau, l'écœurement le suivait, pénétrant par les boiseries mal jointes de la porte et de la fenêtre. Les jours de ciel gris, la petite pièce restait toute noire ; c'était comme un long crépuscule, au fond d'un marais nauséabond. Souvent, pris d'anxiétés nerveuses, il avait un besoin de marcher, il descendait aux caves, par le large escalier qui se creuse au milieu du pavillon, Là, dans l'air renfermé, dans le demi-jour des quelques becs de gaz, il retrouvait la fraîcheur de l'eau pure. Il s'arrêtait devant le grand vivier, où les poissons vivants sont tenus en réserve ; il écoutait la chanson continue des quatre filets d'eau tombant des quatre angles de l'urne centrale, coulant en nappe sous les grilles des bassins fermés à clef, avec le bruit doux d'un courant perpétuel. Cette source souterraine, ce ruisseau causant dans l'ombre, le calmait. Il se plaisait aussi, le soir, aux beaux couchers de soleil qui découpaient en noir les fines dentelles des Halles, sur les lueurs rouges du ciel ; la lumière de cinq heures, la poussière volante des derniers rayons, entrait par toutes les baies, par toutes les raies des persiennes ; c'était comme un transparent lumineux et dépoli, où se dessinaient les arêtes minces des piliers, les courbes élégantes des char-

pentes, les figures géométriques des toitures. Il s'emplissait
les yeux de cette immense épure lavée à l'encre de Chine
sur un vélin phosphorescent, reprenant son rêve de quelque
machine colossale, avec ses roues, ses leviers, ses balanciers,
entrevue dans la pourpre sombre du charbon flambant sous
la chaudière. A chaque heure, les jeux de lumière changeaient ainsi les profils des Halles, depuis les bleuissements
du matin et les ombres noires de midi, jusqu'à l'incendie
du soleil couchant, s'éteignant dans la cendre grise du crépuscule. Mais, par les soirées de flamme, quand les puanteurs montaient, traversant d'un frisson les grands rayons
jaunes, comme des fumées chaudes, les nausées le secouaient
de nouveau, son rêve s'égarait, à s'imaginer des étuves
géantes, des cuves infectes d'équarisseur où fondait la mauvaise graisse d'un peuple.

Il souffrait encore de ce milieu grossier, dont les paroles
et les gestes semblaient avoir pris de l'odeur. Il était bon
enfant pourtant, ne s'effarouchait guère. Les femmes seules
le gênaient. Il ne se sentait à l'aise qu'avec madame François,
qu'il avait revue. Elle témoigna une si belle joie de le savoir
placé, heureux, tiré de peine, comme elle disait, qu'il en
fut tout attendri. Lisa, la Normande, les autres, l'inquiétaient avec leurs rires. A elle, il aurait tout conté. Elle ne
riait pas pour se moquer ; elle avait un rire de femme
heureuse de la joie d'autrui. Puis, c'était une vaillante ;
elle faisait un dur métier, l'hiver, les jours de gelée ; les
temps de pluie étaient plus pénibles encore. Florent la vit
certains matins, par de terribles averses, par des pluies qui
tombaient depuis la veille, lentes et froides. Les roues de la
voiture, de Nanterre à Paris, étaient entrées dans la boue
jusqu'aux moyeux. Balthazar avait de la crotte jusqu'au ventre. Et elle le plaignait, elle s'apitoyait, en l'essuyant avec
de vieux tabliers.

— Ces bêtes, disait-elle, c'est très-douillet ; ça prend des

14

coliques pour un rien... Ah! mon pauvre vieux Balthazar! Quand nous avons passé sur le pont de Neuilly, j'ai cru que nous étions descendus dans la Seine, tant il pleuvait.

Balthazar allait à l'auberge. Elle, restait sous l'averse, pour vendre ses légumes. Le carreau se changeait en une mare de boue liquide. Les choux, les carottes, les navets, battus par l'eau grise, se noyaient dans cette coulée de torrent fangeux, roulant à pleine chaussée. Ce n'était plus les verdures superbes des claires matinées. Les maraîchers, au fond de leur limousine, gonflaient le dos, sacrant contre l'administration qui, après enquête, a déclaré que la pluie ne fait pas de mal aux légumes, et qu'il n'y a pas lieu d'établir des abris.

Alors, les matinées pluvieuses désespérèrent Florent. Il songeait à madame François. Il s'échappait, allait causer un instant avec elle. Mais il ne la trouvait jamais triste. Elle se secouait comme un caniche, disait qu'elle en avait bien vu d'autres, qu'elle n'était pas en sucre, pour fondre comme ça, aux premières gouttes d'eau. Il la forçait à entrer quelques minutes sous une rue couverte; plusieurs fois même il la mena jusque chez monsieur Lebigre, où ils burent du vin chaud. Pendant qu'elle le regardait amicalement, de sa face tranquille, il était tout heureux de cette odeur saine des champs qu'elle lui apportait, dans les mauvaises haleines des Halles. Elle sentait la terre, le foin, le grand air, le grand ciel.

— Il faudra venir à Nanterre, mon garçon, disait-elle. Vous verrez mon potager; j'ai mis des bordures de thym partout... Ça pue, dans votre gueux de Paris!

Et elle s'en allait, ruisselante. Florent était tout rafraîchi, quand il la quittait. Il tenta aussi le travail, pour combattre les angoises nerveuses dont il souffrait. C'était un esprit méthodique qui poussait parfois le strict emploi de ses heures jusqu'à la manie. Il s'enferma deux soirs par semaine, afin d'écrire un grand ouvrage sur Cayenne. Sa chambre de

pensionnaire était excellente, pensait-il, pour le calmer et
le disposer au travail. Il allumait son feu, voyait si le grenadier, au pied de son lit, se portait bien ; puis, il approchait
la petite table, il restait à travailler jusqu'à minuit. Il avait
repoussé le paroissien et *la Clef des songes* au fond du tiroir,
qui peu à peu s'emplit de notes, de feuilles volantes, de
manuscrits de toutes sortes. L'ouvrage sur Cayenne n'avançait
guère, coupé par d'autres projets, des plans de travaux
gigantesques, dont il jetait l'esquisse en quelques lignes.
Successivement, il ébaucha une réforme absolue du système
administratif des Halles, une transformation des octrois en
taxes sur les transactions, une répartition nouvelle de
l'approvisionnement dans les quartiers pauvres, enfin une
loi humanitaire, encore très-confuse, qui emmagasinait en
commun les arrivages et assurait chaque jour un mini-
mum de provisions à tous les ménages de Paris. L'échine
pliée, perdu dans des choses graves, il mettait sa grande
ombre noire au milieu de la douceur effacée de la mansarde.
Et, parfois, un pinson qu'il avait ramassé dans les Halles,
par un temps de neige, se trompait en voyant la lumière,
jetait son cri dans le silence que troublait seul le bruit de
la plume courant sur le papier.

Fatalement, Florent revint à la politique. Il avait trop
souffert par elle, pour ne pas en faire l'occupation chère de
sa vie. Il fût devenu, sans le milieu et les circonstances, un
bon professeur de province, heureux de la paix de sa petite
ville. Mais on l'avait traité en loup, il se trouvait maintenant comme marqué par l'exil pour quelque besogne de
combat. Son malaise nerveux n'était que le réveil des longues songeries de Cayenne, de ses amertumes en face de
souffrances imméritées, de ses serments de venger un jour
l'humanité traitée à coups de fouet et la justice foulée aux
pieds. Les Halles géantes, les nourritures débordantes et
fortes, avaient hâté la crise. Elles lui semblaient la bête

satisfaite et digérant, Paris entripaillé, cuvant sa graisse, appuyant sourdement l'empire. Elles mettaient autour de lui des gorges énormes, des reins monstrueux, des faces rondes, comme de continuels arguments contre sa maigreur de martyr, son visage jaune de mécontent. C'était le ventre boutiquier, le ventre de l'honnêteté moyenne, se ballonnant, heureux, luisant au soleil, trouvant que tout allait pour le mieux, que jamais les gens de mœurs paisibles n'avaient engraissé si bellement. Alors, il se sentit les poings serrés, prêt à une lutte, plus irrité par la pensée de son exil, qu'il ne l'était en rentrant en France. La haine le reprit tout entier. Souvent, il laissait tomber sa plume, il rêvait. Le feu mourant tachait sa face d'une grande flamme ; la lampe charbonneuse filait, pendant que le pinson, la tête sous l'aile, se rendormait sur une patte.

Quelquefois, à onze heures, Auguste, voyant de la lumière sous la porte, frappait, avant d'aller se coucher. Florent lui ouvrait avec quelque impatience. Le garçon charcutier s'asseyait, restait devant le feu, parlant peu, n'expliquant jamais pourquoi il venait. Tout le temps, il regardait la photographie qui les représentait, Augustine et lui, la main dans la main, endimanchés. Florent crut finir par comprendre qu'il se plaisait d'une façon particulière dans cette chambre où la jeune fille avait logé. Un soir, en souriant, il lui demanda s'il avait deviné juste.

— Peut-être bien, répondit Auguste très-surpris de la découverte qu'il faisait lui-même. Je n'avais jamais songé à cela. Je venais vous voir sans savoir... Ah bien ! si je disais ça à Augustine, c'est elle qui rirait... Quand on doit se marier, on ne songe guère aux bêtises.

Lorsqu'il se montrait bavard, c'était pour revenir éternellement à la charcuterie qu'il ouvrirait à Plaisance, avec Augustine. Il semblait si parfaitement sûr d'arranger sa vie à sa guise, que Florent finit par éprouver pour lui une sorte de respect mêlé d'irritation. En somme, ce garçon était très-fort, tout bête qu'il paraissait; il allait droit à un but, il l'atteindrait sans secousses, dans une béatitude parfaite. Ces soirs-là, Florent ne pouvait se remettre au travail; il se couchait mécontent, ne retrouvant son équilibre que lorsqu'il venait à penser : « Mais cet Auguste est une brute! »

Chaque mois, il allait à Clamart voir monsieur Verlaque. C'était presque une joie pour lui. Le pauvre homme traînait, au grand étonnement de Gavard, qui ne lui avait pas donné plus de six mois. A chaque visite de Florent, le malade lui disait qu'il se sentait mieux, qu'il avait un bien grand désir de reprendre son travail. Mais les jours se passaient, des rechutes se produisaient. Florent s'asseyait à côté du lit, causant de la poissonnerie, tâchant d'apporter un peu de gaîeté. Il mettait sur la table de nuit les cinquante francs qu'il abandonnait à l'inspecteur en titre; et celui-ci, bien que ce fût une affaire convenue, se fâchait chaque fois, ne voulant pas de l'argent. Puis, on parlait d'autre chose, l'argent restait sur la table. Quand Florent partait, madame Verlaque l'accompagnait jusqu'à la porte de la rue. Elle était petite, molle, très-larmoyante. Elle ne parlait que de la dépense occasionnée par la maladie de son mari, du bouillon de poulet, des viandes saignantes, du bordeaux, et du pharmacien, et du médecin. Cette conversation dolente gênait beaucoup Florent. Les premières fois, il ne comprit pas. Enfin, comme la pauvre dame pleurait toujours, en disant que, jadis, ils étaient heureux avec les dix-huit cents francs de la place d'inspecteur, il lui offrit timidement de lui remettre quelque chose, en cachette de son mari. Elle se défendit; et sans transition, d'elle-même, elle assura que cinquante francs lui suffiraient. Mais, dans le courant du mois, elle écrivait souvent à celui qu'elle nommait leur sauveur; elle avait une petite anglaise fine, des phrases faciles et humbles, dont elle emplissait juste trois pages, pour de-

14.

mander dix francs ; si bien que les cent cinquante francs de
l'employé passaient entièrement au ménage Verlaque. Le
mari l'ignorait sans doute, la femme lui baisait les mains.
Cette bonne action était sa grande jouissance ; il la cachait
comme un plaisir défendu qu'il prenait en égoïste.

— Ce diable de Verlaque se moque de vous, disait parfois Gavard. Il se dorlote, maintenant que vous lui faites des
rentes.

Il finit par répondre, un jour :

— C'est arrangé, je ne lui abandonne plus que vingt-cinq
francs.

D'ailleurs, Florent n'avait aucun besoin. Les Quenu lui
donnaient toujours la table et le coucher. Les quelques francs
qui lui restaient suffisaient à payer sa consommation, le soir,
chez monsieur Lebigre. Peu à peu, sa vie s'était réglée comme
une horloge : il travaillait dans sa chambre ; continuait ses
leçons au petit Muche, deux fois par semaine, de huit à neuf
heures ; accordait une soirée à la belle Lisa, pour ne pas la
fâcher ; et passait le reste de son temps dans le cabinet vitré,
en compagnie de Gavard et de ses amis.

Chez les Méhudin, il arrivait avec sa douceur un peu roide
de professeur. Le vieux logis lui plaisait. En bas, il passait
dans les odeurs fades du marchand d'herbes cuites ; des bassines d'épinards, des terrines d'oseille, refroidissaient, au
fond d'une petite cour. Puis, il montait l'escalier tournant,
gras d'humidité, dont les marches, tassées et creusées, penchaient d'une façon inquiétante. Les Méhudin occupaient tout
le second étage. Jamais la mère n'avait voulu déménager,
lorsque l'aisance était venue, malgré les supplications des
deux filles, qui rêvaient d'habiter une maison neuve, dans
une rue large. La vieille s'entêtait, disait qu'elle avait vécu
là, qu'elle mourrait là. D'ailleurs, elle se contentait d'un cabinet noir, laissant les chambres à Claire et à la Normande.
Celle-ci, avec son autorité d'aînée, s'était emparée de la pièce

qui donnait sur la rue ; c'était la grande chambre, la belle
chambre. Claire en fut si vexée, qu'elle refusa la pièce voisine, dont la fenêtre ouvrait sur la cour ; elle voulut aller
coucher, de l'autre côté du palier, dans une sorte de galetas
qu'elle ne fit pas même blanchir à la chaux. Elle avait sa
clef, elle était libre ; à la moindre contrariété, elle s'enfermait chez elle.

Quand Florent se présentait, les Méhudin achevaient de
dîner. Muche lui sautait au cou. Il restait un instant assis,
avec l'enfant bavardant entre les jambes. Puis, lorsque la
toile cirée était essuyée, la leçon commençait, sur un coin
de la table. La belle Normande lui faisait un bon accueil.
Elle tricotait ou raccommodait du linge, approchant sa chaise,
travaillant à la même lampe ; souvent, elle laissait l'aiguille
pour écouter la leçon, qui la surprenait. Elle eut bientôt une
grande estime pour ce garçon si savant, qui paraissait doux
comme une femme en parlant au petit, et qui avait une patience angélique à répéter toujours les mêmes conseils. Elle
ne le trouvait plus laid du tout. Si bien qu'elle devint comme
jalouse de la belle Lisa. Elle avançait sa chaise davantage,
regardait Florent d'un sourire embarrassant.

— Mais, maman, tu me pousses le coude, tu m'empêches
d'écrire ! disait Muche en colère. Tiens ! voilà un pâté, maintenant ! Recule-toi donc !

Peu à peu, elle en vint à dire beaucoup de mal de la belle
Lisa. Elle prétendait qu'elle cachait son âge, qu'elle se serrait
à étouffer dans ses corsets ; si, dès la matin, la charcutière
descendait, sanglée, vernie, sans qu'un cheveu dépassât l'autre, c'était qu'elle devait être affreuse en déshabillé. Alors,
elle levait un peu les bras, en montrant qu'elle, dans son intérieur, ne portait pas de corset ; et elle gardait son sourire,
développant son torse superbe, qu'on sentait rouler et vivre,
sous sa mince camisole mal attachée. La leçon était inter-
rompue. Muche, intéressé, regardait sa mère lever les bras.

Florent écoutait, riait même, avec l'idée que les femmes étaient bien drôles. La rivalité de la belle Normande et de la belle Lisa l'amusait.

Muche, cependant, achevait sa page d'écriture. Florent, qui avait une belle main, préparait des modèles, des bandes de papier, sur lesquelles il écrivait, en gros et en demi-gros, des mots très-longs, tenant toute la ligne. Il affectionnait les mots « tyranniquement, liberticide, anticonstitutionnel, révolutionnaire ; » ou bien, il faisait copier à l'enfant des phrases comme celles-ci : « Le jour de la justice viendra... La souffrance du juste est la condamnation du pervers... Quand l'heure sonnera, le coupable tombera. » Il obéissait très-naïvement, en écrivant les modèles d'écriture, aux idées qui lui hantaient le cerveau ; il oubliait Muche, la belle Normande, tout ce qui l'entourait. Muche aurait copié *le Contrat social.* Il alignait, pendant des pages entières, des « tyranniquement » et des « anticonstitutionnel, » en dessinant chaque lettre.

Jusqu'au départ du professeur, la mère Méhudin tournait autour de la table, en grondant. Elle continuait à nourrir contre Florent une rancune terrible. Selon elle, il n'y avait pas de bon sens à faire travailler ainsi le petit, le soir, à l'heure où les enfants doivent dormir. Elle aurait certainement jeté « le grand maigre » à la porte, si la belle Normande, après une explication très-orageuse, ne lui avait nettement déclaré qu'elle s'en irait loger ailleurs, si elle n'était pas maîtresse de recevoir chez elle qui bon lui semblait. D'ailleurs, chaque soir, la querelle recommençait.

— Tu as beau dire, répétait la vieille, il a l'œil faux... Puis, les maigres, je m'en défie. Un homme maigre, c'est capable de tout. Jamais je n'en ai rencontré un de bon.... Le ventre lui est tombé dans les fesses à celui-là, pour sûr ; car il est plat comme une planche... Et pas beau avec ça ! Moi qui ai soixante-cinq ans passés, je n'en voudrais pas dans ma table de nuit.

Elle disait cela, parce qu'elle voyait bien comment tournaient les choses. Et elle parlait avec admiration de monsieur Lebigre, qui se montrait très-galant, en effet, pour la belle Normande ; outre qu'il flairait là une grosse dot, il pensait que la jeune femme serait superbe au comptoir. La vieille ne tarissait pas : au moins celui-là n'était pas efflanqué ; il devait être fort comme un Turc ; elle allait jusqu'à s'enthousiasmer sur ses mollets, qu'il avait très-gros. Mais la Normande haussait les épaules, en répondant aigrement :

— Je m'en moque pas mal, de ses mollets ; je n'ai besoin des mollets de personne... Je fais ce qu'il me plaît.

Et, si la mère voulait continuer et devenait trop nette :

— Eh bien, quoi ! criait la fille, ça ne vous regarde pas... Ce n'est pas vrai, d'ailleurs. Puis, si c'était vrai, je ne vous en demanderais pas la permission, n'est-ce pas ? Fichez-moi la paix.

Elle rentrait dans sa chambre en faisant claquer la porte. Elle avait pris dans la maison un pouvoir dont elle abusait. La vieille, la nuit, quand elle croyait surprendre quelque bruit, se levait, nu-pieds, pour écouter à la porte de sa fille si Florent n'était pas venu la retrouver. Mais celui-ci avait encore chez les Méhudin une ennemie plus rude. Dès qu'il arrivait, Claire se levait sans dire un mot, prenait un bougeoir, rentrait chez elle, de l'autre côté du palier. On l'entendait donner les deux tours à la serrure, avec une rage froide. Un soir que sa sœur invita le professeur à dîner, elle fit sa cuisine sur le carré et mangea dans sa chambre. Souvent, elle s'enfermait si étroitement, qu'on ne la voyait pas d'une semaine. Elle restait molle toujours, avec des caprices de fer, des regards de bête méfiante, sous sa toison fauve pâle. La mère Méhudin, qui crut pouvoir se soulager avec elle, la rendit furieuse en lui parlant de Florent. Alors, la vieille, exaspérée, cria partout qu'elle s'en irait, si elle n'avait pas peur de laisser ses deux filles se manger entre elles.

Comme Florent se retirait, un soir, il passa devant la porte de Claire, restée grande ouverte. Il la vit très-rouge, qui le regardait. L'attitude hostile de la jeune fille le chagrinait ; sa timidité avec les femmes l'empêchait seule de provoquer une explication. Ce soir-là, il serait certainement entré dans sa chambre, s'il n'avait aperçu, à l'étage supérieur, la petite face blanche de mademoiselle Saget, penchée sur la rampe. Il passa, et il n'avait pas descendu dix marches, que la porte de Claire, violemment refermée derrière son dos, ébranla toute la cage de l'escalier. Ce fut en cette occasion que mademoiselle Saget se convainquit que le cousin de madame Quenu couchait avec les deux Méhudin.

Florent ne songeait guère à ces belles filles. Il traitait d'ordinaire les femmes en homme qui n'a point de succès auprès d'elles. Puis, il dépensait en rêve trop de sa virilité. Il en vint à éprouver une véritable amitié pour la Normande; elle avait un bon cœur, quand elle ne se montait pas la tête. Mais jamais il n'alla plus loin. Le soir, sous la lampe, tandis qu'elle approchait sa chaise, comme pour se pencher sur la page d'écriture de Muche, il sentait même son corps puissant et tiède à côté de lui avec un certain malaise. Elle lui semblait colossale, très-lourde, presque inquiétante, avec sa gorge de géante ; il reculait ses coudes aigus, ses épaules sèches, pris de la peur vague d'enfoncer dans cette chair. Ses os de maigre avaient une angoisse, au contact des poitrines grasses. Il baissait la tête, s'amincissait encore, incommodé par le souffle fort qui montait d'elle. Quand sa camisole s'entre-bâillait, il croyait voir sortir, entre deux blancheurs, une fumée de vie, une haleine de santé qui lui passait sur la face, chaude encore, comme relevée d'une pointe de la puanteur des Halles, par les ardentes soirées de juillet. C'était un parfum persistant, attaché à la peau d'une finesse de soie, un suint de marée coulant des seins superbes, des bras royaux, de la taille souple, mettant un arome rude dans son odeur de femme. Elle avait tenté toutes les huiles aromatiques ; elle se lavait à grande eau ; mais dès que la fraîcheur du bain s'en allait, le sang ramenait jusqu'au bout des membres la fadeur des saumons, la violette musquée des éperlans, les âcretés des harengs et des raies. Alors, le balancement de ses jupes dégageait une buée ; elle marchait au milieu d'une évaporation d'algues vaseuses ; elle était, avec son grand corps de déesse, sa pureté et sa pâleur admirables, comme un beau marbre ancien roulé par la mer et ramené à la côte dans le coup de filet d'un pêcheur de sardines. Florent souffrait ; il ne la désirait point, les sens révoltés par les après-midi de la poissonnerie ; il la trouvait irritante, trop salée, trop amère, d'une beauté trop large et d'un relent trop fort.

Mademoiselle Saget, quant à elle, jurait ses grands dieux qu'il était son amant. Elle s'était fâchée avec la belle Normande, pour une limande de dix sous. Depuis cette brouille, elle témoignait une grande amitié à la belle Lisa. Elle espérait arriver plus vite à connaître ainsi ce qu'elle appelait « le micmac des Quenu. » Florent continuant à lui échapper, elle était un corps sans âme, comme elle le disait elle-même, sans avouer la cause de ses doléances. Une jeune fille courant après les culottes d'un garçon n'aurait pas été plus désolée que cette terrible vieille, en sentant le secret du cousin lui glisser entre les doigts. Elle guettait le cousin, le suivait, le déshabillait, le regardait partout, avec une rage furieuse de ce que sa curiosité en rut ne parvenait pas à le posséder. Depuis qu'il venait chez les Méhudin, elle ne quittait plus la rampe de l'escalier. Puis, elle comprit que la belle Lisa était très-irritée de voir Florent fréquenter « ces femmes. » Tous les matins, elle lui donna alors des nouvelles de la rue Pirouette. Elle entrait à la charcuterie, les jours de froid, ratatinée, rapetissée par la gelée ; elle posait ses mains bleues sur l'étuve de melchior, se chauffant les doigts, debout devant le comptoir, n'achetant rien, répétant de sa voix fluette :

— Il était encore hier chez elles, il n'en sort plus... La Normande l'a appelé « mon chéri » dans l'escalier.

Elle mentait un peu pour rester et se chauffer les mains plus longtemps. Le lendemain du jour où elle crut voir sortir Florent de la chambre de Claire, elle accourut et fit durer l'histoire une bonne demi-heure. C'était une honte ; maintenant, le cousin allait d'un lit à l'autre.

— Je l'ai vu, dit-elle. Quand il en a assez avec la Normande, il va trouver la petite blonde sur la pointe des pieds. Hier, il quittait la blonde, et il retournait sans doute auprès de la grande brune, quand il m'a aperçue, ce qui lui a fait rebrousser chemin. Toute la nuit, j'entends les deux portes, ça ne finit pas... Et cette vieille Méhudin qui couche dans un cabinet entre les chambres de ses filles !

Lisa faisait une moue de mépris. Elle parlait peu, n'encourageant les bavardages de mademoiselle Saget que par son silence. Elle écoutait profondément. Quand les détails devenaient par trop scabreux :

— Non, non, murmurait-elle, ce n'est pas permis... Se peut-il qu'il y ait des femmes comme ça !

Alors, mademoiselle Saget lui répondait que, dame ! toutes les femmes n'étaient pas honnêtes comme elle. Ensuite, elle se faisait très-tolérante pour le cousin. Un homme, ça court après chaque jupon qui passe ; puis, il n'était pas marié, peut-être. Et elle posait des questions sans en avoir l'air. Mais Lisa ne jugeait jamais le cousin, haussait les épaules, pinçait les lèvres. Quand mademoiselle Saget était partie, elle regardait, l'air écœuré, le couvercle de l'étuve, où la vieille avait laissé, sur le luisant du métal, la salissure terne de ses deux petites mains.

— Augustine, criait-elle, apportez donc un torchon pour essuyer l'étuve. C'est dégoûtant.

La rivalité de la belle Lisa et de la belle Normande devint alors formidable. La belle Normande était persuadée qu'elle avait enlevé un amant à son ennemie, et la belle Lisa se sentait furieuse contre cette pas grand'chose qui finirait par les compromettre, en attirant ce sournois de Florent chez elle. Chacune apportait son tempérament dans leur hostilité; l'une, tranquille, méprisante, avec des mines de femme qui relève ses jupes pour ne pas se crotter; l'autre, plus effrontée, éclatant d'une gaieté insolente, prenant toute la largeur du trottoir, avec la crânerie d'un duelliste cherchant une affaire. Une de leurs rencontres occupait la poissonnerie pendant une journée. La belle Normande, quand elle voyait la belle Lisa sur le seuil de la charcuterie, faisait un détour pour passer devant elle, pour la frôler de son tablier; alors, leurs regards noirs se croisaient comme des épées, avec l'éclair et la pointe rapides de l'acier. De son côté, lorsque la belle Lisa venait à la poissonnerie, elle affectait une grimace de dégoût, en approchant du banc de la belle Normande; elle prenait quelque grosse pièce, un turbot, un saumon, à une poissonnière voisine, étalant son argent sur le marbre, ayant remarqué que cela touchait au cœur « la pas grand'chose, » qui cessait de rire. D'ailleurs, les deux rivales, à les entendre, ne vendaient que du poisson pourri et de la charcuterie gâtée. Mais leur poste de combat était surtout, la belle Normande à son banc, la belle Lisa à son comptoir, se foudroyant à travers la rue Rambuteau. Elles trônaient alors, dans leurs grands tabliers blancs, avec leurs toilettes et leurs bijoux. Dès le matin, la bataille commençait.

— Tiens! la grosse vache est levée! criait la belle Normande. Elle se ficelle comme ses saucissons, cette femme-là... Ah bien! elle a remis son col de samedi, et elle porte encore sa robe de popeline!

Au même instant, de l'autre côté de la rue, la belle Lisa disait à sa fille de boutique :

— Voyez donc, Augustine, cette créature qui nous dévisage, là-bas. Elle est toute déformée, avec la vie qu'elle mène.... Est-ce que vous apercevez ses boucles d'oreilles ? Je crois qu'elle a ses grandes poires, n'est-ce pas? Ça fait pitié, des brillants, à des filles comme ça.

— Pour ce que ça lui coûte ! répondait complaisamment Augustine.

Quand l'une d'elles avait un bijou nouveau, c'était une victoire; l'autre crevait de dépit. Toute la matinée, elles se jalousaient leurs clients, se montraient très-maussades, si elles s'imaginaient que la vente allait mieux chez « la grande bringue d'en face. » Puis, venait l'espionnage du déjeuner; elles savaient ce qu'elles mangeaient, épiaient jusqu'à leur digestion. L'après-midi, assises l'une dans ses viandes cuites, l'autre dans ses poissons, elles posaient, faisaient les belles, se donnaient un mal infini. C'était l'heure qui décidait du succès de la journée. La belle Normande brodait, choisissait des travaux d'aiguille très-délicats, ce qui exaspérait la belle Lisa.

— Elle ferait mieux, disait-elle, de raccommoder les bas de son garçon, qui va nu-pieds... Voyez-vous cette demoiselle, avec ses mains rouges puant le poisson !

Elle, tricotait, d'ordinaire.

— Elle en est toujours à la même chaussette, remarquait l'autre ; elle dort sur l'ouvrage, elle mange trop... Si son cocu attend ça pour avoir chaud aux pieds !

Jusqu'au soir, elles restaient implacables, commentant chaque visite, l'œil si prompt, qu'elles saisissaient les plus minces détails de leur personne, lorsque d'autres femmes, à cette distance, déclaraient ne rien apercevoir du tout. Mademoiselle Saget fut dans l'admiration des bons yeux de madame Quenu, un jour que celle-ci distingua une égratignure sur la joue gauche de la poissonnière. — Avec des yeux comme ça, disait-elle, on verrait à travers les portes. La nuit tombait, et souvent la victoire était indécise ; parfois, l'une demeurait sur le carreau ; mais, le lendemain, elle prenait sa revanche. Dans le quartier, on ouvrait des paris pour la belle Lisa ou pour la belle Normande.

Elles en vinrent à défendre à leurs enfants de se parler. Pauline et Muche étaient bons amis, auparavant ; Pauline, avec ses jupes roides de demoiselle comme il faut ; Muche, débraillé, jurant, tapant, jouant à merveille au charretier. Quand ils s'amusaient ensemble sur le large trottoir, devant le pavillon de la marée, Pauline faisait la charrette. Mais un jour que Muche alla la chercher, tout naïvement, la belle Lisa le mit à la porte, en le traitant de galopin.

— Est-ce qu'on sait, dit-elle, avec ces enfants mal élevés !... Celui-ci a de si mauvais exemples sous les yeux, que je ne suis pas tranquille, quand il est avec ma fille.

L'enfant avait sept ans. Mademoiselle Saget, qui se trouvait là, ajouta :

— Vous avez bien raison. Il est toujours fourré avec les petites du quartier, ce garnement... On l'a trouvé dans une cave, avec la fille du charbonnier.

La belle Normande, quand Muche vint en pleurant lui raconter l'aventure, entra dans une colère terrible. Elle voulait aller tout casser chez les Quenu-Gradelle. Puis, elle se contenta de donner le fouet à Muche.

— Si tu y retournes jamais, cria-t-elle, furieuse, tu auras affaire à moi !

Mais la véritable victime des deux femmes était Florent. Au fond, lui seul les avait mises sur ce pied de guerre, elles ne se battaient que pour lui. Depuis son arrivée, tout allait de mal en pis ; il compromettait, fâchait, troublait ce monde qui avait vécu jusque-là dans une paix si grasse. La belle Normande l'aurait volontiers griffé, quand elle le voyait s'oublier trop longtemps chez les Quenu ; c'était pour beaucoup l'ardeur de la lutte qui la poussait au désir de cet

homme. La belle Lisa gardait une attitude de juge, devant
la mauvaise conduite de son beau-frère, dont les rapports
avec les deux Méhudin faisaient le scandale du quartier. Elle
était horriblement vexée ; elle s'efforçait de ne pas montrer
sa jalousie, une jalousie particulière, qui, malgré son dédain
de Florent et sa froideur de femme honnête, l'exaspérait,
chaque fois qu'il quittait la charcuterie pour aller rue Pirouette, et qu'elle s'imaginait les plaisirs défendus qu'il
devait y goûter.

Le dîner, le soir, chez les Quenu, devenait moins cordial.
La netteté de la salle à manger prenait un caractère aigu et
cassant. Florent sentait un reproche, une sorte de condamnation dans le chêne clair, la lampe trop propre, la natte
trop neuve. Il n'osait presque plus manger, de peur de laisser tomber des miettes de pain et de salir son assiette. Cependant, il avait une belle simplicité qui l'empêchait de
voir. Partout il vantait la douceur de Lisa. Elle restait très
douce, en effet. Elle lui disait, avec un sourire, comme en
plaisantant :

— C'est singulier, vous ne mangez pas mal, maintenant,
et pourtant vous ne devenez pas gras... Ça ne vous profite
pas.

Quenu riait plus haut, tapait sur le ventre de son frère,
en prétendant que toute la charcuterie y passerait, sans seulement laisser épais de graisse comme une pièce de deux
sous. Mais, dans l'insistance de Lisa, il y avait cette haine,
cette méfiance des maigres que la mère Méhudin témoignait
plus brutalement ; il y avait aussi une allusion détournée à
la vie de débordements que Florent menait. Jamais, d'ailleurs, elle ne parlait devant lui de la belle Normande. Quenu
ayant fait une plaisanterie, un soir, elle était devenue si glaciale, que le digne homme ne recommença pas. Après le
dessert, ils demeuraient là un instant. Florent, qui avait
remarqué l'humeur de sa belle-sœur, quand il partait trop

vite, cherchait un bout de conversation. Elle était tout près
de lui. Il ne la trouvait pas tiède et vivante, comme la poissonnière; elle n'avait pas, non plus, la même odeur de marée, pimentée et de haut goût; elle sentait la graisse, la
fadeur des belles viandes. Pas un frisson ne faisait faire un
pli à son corsage tendu. Le contact trop ferme de la belle
Lisa inquiétait plus encore ses os de maigre que l'approche
tendre de la belle Normande. Gavard lui dit une fois, en
grande confidence, que madame Quenu était certainement
une belle femme, mais qu'il les aimait « moins blindées que
cela. »

Lisa évitait de parler de Florent à Quenu. Elle faisait, d'habitude, grand étalage de patience. Puis, elle croyait honnête
de ne pas se mettre entre les deux frères, sans avoir de bien
sérieux motifs. Comme elle le disait, elle était très-bonne,
mais il ne fallait pas la pousser à bout. Elle en était à la
période de tolérance, le visage muet, la politesse stricte,
l'indifférence affectée, évitant encore avec soin tout ce qui
aurait pu faire comprendre à l'employé qu'il couchait et
qu'il mangeait chez eux, sans que jamais on vît son argent;
non pas qu'elle eût accepté un payement quelconque, elle
était au-dessus de cela; seulement, il aurait pu, vraiment,
déjeuner au moins dehors. Elle fit remarquer un jour à
Quenu :

— On n'est plus seuls. Quand nous voulons nous parler,
maintenant, il faut attendre que nous soyons couchés, le
soir.

Et, un soir, elle lui dit, sur l'oreiller :

— Il gagne cent cinquante francs, n'est-ce pas? ton
frère... C'est singulier qu'il ne puisse pas mettre quelque
chose de côté pour s'acheter du linge. J'ai encore été obligée
de lui donner trois vieilles chemises à toi.

— Bah! ça ne fait rien, répondit Quenu, il n'est pas
difficile, mon frère... Il faut lui laisser son argent.

15.

— Oh! bien sûr, murmura Lisa, sans insister davantage, je ne dis pas ça pour ça... Qu'il le dépense bien ou mal, ce n'est pas notre affaire.

Elle était persuadée qu'il mangeait ses appointements chez les Méhudin. Elle ne sortit qu'une fois de son attitude calme, de cette réserve de tempérament et de calcul. La belle Normande avait fait cadeau à Florent d'un saumon superbe. Celui-ci, très embarrassé de son saumon, n'ayant pas osé le refuser, l'apporta à la belle Lisa.

— Vous en ferez un pâté, dit-il ingénument.

Elle le regardait fixement, les lèvres blanches ; puis, d'une voix qu'elle tâchait de contenir :

— Est-ce que vous croyez que nous avons besoin de nourriture, par exemple! Dieu merci! il y a assez à manger ici!... Remportez-le !

— Mais faites-le-moi cuire, au moins, reprit Florent, étonné de sa colère ; je le mangerai.

Alors elle éclata.

— La maison n'est pas une auberge, peut-être! Dites aux personnes qui vous l'ont donné de le faire cuire, si elles veulent. Moi, je n'ai pas envie d'empester mes casseroles... Remportez-le, entendez-vous !

Elle l'aurait pris et jeté à la rue. Il le porta chez monsieur Lebigre, où Rose reçut l'ordre d'en faire un pâté. Et, un soir, dans le cabinet vitré, on mangea le pâté. Gavard paya des huîtres. Florent, peu à peu, venait davantage, ne quittait plus le cabinet. Il y trouvait un milieu surchauffé, où ses fièvres politiques battaient à l'aise. Parfois, maintenant, quand il s'enfermait dans sa mansarde pour travailler, la douceur de la pièce l'impatientait, la recherche théorique de la liberté ne lui suffisait plus, il fallait qu'il descendît, qu'il allât se contenter dans les axiomes tranchants de Charvet et dans les emportements de Logre. Les premiers soirs, ce tapage, ce flot de paroles l'avait gêné ; il en sentait encore

le vide, mais il éprouvait un besoin de s'étourdir, de se
fouetter, d'être poussé à quelque résolution extrême qui
calmât ses inquiétudes d'esprit. L'odeur du cabinet, cette
odeur liquoreuse, chaude de la fumée du tabac, le grisait,
lui donnait une béatitude particulière, un abandon de lui-
même, dont le bercement lui faisait accepter sans difficulté
des choses très-grosses. Il en vint à aimer les figures qui
étaient là, à les retrouver, à s'attarder à elles avec le plaisir
de l'habitude. La face douce et barbue de Robine, le profil
sérieux de Clémence, la maigreur blême de Charvet, la bosse
de Logre, et Gavard, et Alexandre, et Lacaille, entraient
dans sa vie, y prenaient une place de plus en plus grande.
C'était pour lui comme une jouissance toute sensuelle. Lorsqu'il posait la main sur le bouton de cuivre du cabinet, il
lui semblait sentir ce bouton vivre, lui chauffer les doigts,
tourner de lui-même; il n'eût pas éprouvé une sensation
plus vive, en prenant le poignet souple d'une femme.

A la vérité, il se passait des choses très-graves dans le
cabinet. Un soir, Logre, après avoir tempêté avec plus de
violence que de coutume, donna des coups de poing sur la
table, en déclarant que si l'on était des hommes, on flanque-
rait le gouvernement par terre. Et il ajouta qu'il fallait
s'entendre tout de suite, si l'on voulait être prêt, quand la
débâcle arriverait. Puis, les têtes rapprochées, à voix plus
basse, on convint de former un petit groupe prêt à toutes les
éventualités. Gavard, à partir de ce jour, fut persuadé qu'il
faisait partie d'une société secrète et qu'il conspirait. Le
cercle ne s'étendit pas, mais Logre promit de l'aboucher
avec d'autres réunions qu'il connaissait. A un moment, quand
on tiendrait tout Paris dans la main, on ferait danser les
Tuileries. Alors, ce furent des discussions sans fin qui du-
rèrent plusieurs mois : questions d'organisation, questions
de but et de moyens, questions de stratégie et de gouvernement futur. Dès que Rose avait apporté le grog de Clémence,

les chopes de Charvet et de Robine, les mazagrans de Logre,
de Gavard et de Florent, et les petits verres de Lacaille et
d'Alexandre, le cabinet était soigneusement barricadé, la
séance était ouverte.

Charvet et Florent restaient naturellement les voix les
plus écoutées. Gavard n'avait pu tenir sa langue, contant
peu à peu toute l'histoire de Cayenne, ce qui mettait Florent
dans une gloire de martyr. Ses paroles devenaient des actes
de foi. Un soir, le marchand de volailles, vexé d'entendre attaquer son ami qui était absent, s'écria :

— Ne touchez pas à Florent, il est allé à Cayenne!

Mais Charvet se trouvait très-piqué de cet avantage.

— Cayenne, Cayenne, murmurait-il entre ses dents, on
n'y était pas si mal que ça, après tout !

Et il tentait de prouver que l'exil n'est rien, que la grande
souffrance consiste à rester dans son pays opprimé, la bouche bâillonnée, en face du despotisme triomphant. Si, d'ailleurs, on ne l'avait pas arrêté, au 2 décembre, ce n'était pas sa
faute. Il laissait même entendre que ceux qui se font prendre sont des imbéciles. Cette jalousie sourde en fit l'adver-
saire systématique de Florent. Les discussions finissaient
toujours par se circonscrire entre eux deux. Et ils parlaient
encore pendant des heures, au milieu du silence des autres,
sans que jamais l'un d'eux se confessât battu.

Une des questions les plus caressées était celle de la réor-
ganisation du pays, au lendemain de la victoire.

— Nous sommes vainqueurs, n'est-ce pas?... commençait
Gavard.

Et, le triomphe une fois bien entendu, chacun donnait son
avis. Il y avait deux camps. Charvet, qui professait l'hébér-
tisme, avait avec lui Logre et Robine. Florent, toujours perdu
dans son rêve humanitaire, se prétendait socialiste et s'appuyait sur Alexandre et sur Lacaille. Quant à Gavard, il ne
répugnait pas aux idées violentes; mais, comme on lui re-

prochait quelquefois sa fortune, avec d'aigres plaisanteries
qui l'émotionnaient, il était communiste.

— Il faudra faire table rase, disait Charvet de son ton bref,
comme s'il eût donné un coup de hache. Le tronc est pourri,
on doit l'abattre.

— Oui ! oui ! reprenait Logre, se mettant debout pour
être plus grand, ébranlant la cloison sous les bonds de sa
bosse. Tout sera fichu par terre, c'est moi qui vous le dis...
Après, on verra.

Robine approuvait de la barbe. Son silence jouissait, quand
les propositions devenaient tout à fait révolutionnaires. Ses
yeux prenaient une grande douceur au mot de guillotine ; il
les fermait à demi, comme s'il voyait la chose, et qu'elle l'eût
attendri ; et, alors, il grattait légèrement son menton sur la
pomme de sa canne, avec un sourd ronronnement de satisfaction.

— Cependant, disait à son tour Florent, dont la voix gardait un son lointain de tristesse, cependant si vous abattez
l'arbre, il sera nécessaire de garder des semences... Je crois,
au contraire, qu'il faut conserver l'arbre pour greffer sur lui
la vie nouvelle... La révolution politique est faite, voyez-vous ;
il faut aujourd'hui songer au travailleur, à l'ouvrier ; notre
mouvement devra être tout social. Et je vous défie bien d'arrêter cette revendication du peuple. Le peuple est las, il veut
sa part.

Ces paroles enthousiasmaient Alexandre. Il affirmait,
avec sa bonne figure réjouie, que c'était vrai, que le peuple
était las.

— Et nous voulons notre part, ajoutait Lacaille, d'un air
plus menaçant. Toutes les révolutions, c'est pour les bourgeois. Il y en a assez, à la fin. A la première, ce sera pour
nous.

Alors, on ne s'entendait plus. Gavard offrait de partager.
Logre refusait, en jurant qu'il ne tenait pas à l'argent. Puis,

peu à peu, Charvet, dominant le tumulte, continuait tout seul :

— L'égoïsme des classes est un des soutiens les plus fermes de la tyrannie. Il est mauvais que le peuple soit égoïste. S'il nous aide, il aura sa part... Pourquoi voulez-vous que je me batte pour l'ouvrier, si l'ouvrier refuse de se battre pour moi?... Puis, la question n'est pas là. Il faut dix ans de dictature révolutionnaire, si l'on veut habituer un pays comme la France à l'exercice de la liberté.

— D'autant plus, disait nettement Clémence, que l'ouvrier n'est pas mûr et qu'il doit être dirigé.

Elle parlait rarement. Cette grande fille grave, perdue au milieu de tous ces hommes, avait une façon professorale d'écouter parler politique. Elle se renversait contre la cloison, buvait son grog à petits coups, en regardant les interlocuteurs, avec des froncements de sourcils, des gonflements de narines, toute une approbation ou une désapprobation muettes, qui prouvaient qu'elle comprenait, qu'elle avait des idées très-arrêtées sur les matières les plus compliquées. Parfois, elle roulait une cigarette, soufflait du coin des lèvres des jets de fumée minces, devenait plus attentive. Il semblait que le débat eût lieu devant elle, et qu'elle dût distribuer des prix à la fin. Elle croyait certainement garder sa place de femme, en réservant son avis, en ne s'emportant pas comme les hommes. Seulement, au fort des discussions, elle lançait une phrase, elle concluait d'un mot, elle « rivait le clou » à Charvet lui-même, selon l'expression de Gavard. Au fond, elle se croyait beaucoup plus forte que ces messieurs. Elle n'avait de respect que pour Robine, dont elle couvait le silence de ses grands yeux noirs.

Florent, pas plus que les autres, ne faisait attention à Clémence. C'était un homme pour eux. On lui donnait des poignées de mains à lui démancher le bras. Un soir, Florent assista aux fameux comptes. Comme la jeune femme venait

de toucher son argent, Charvet voulut lui emprunter dix
francs. Mais elle dit que non, qu'il fallait savoir où ils en étaient
auparavant. Ils vivaient sur la base du mariage libre et de la
fortune libre ; chacun d'eux payait ses dépenses, strictement;
comme ça, disaient-ils, ils ne se devaient rien, ils n'étaient
pas esclaves. Le loyer, la nourriture, le blanchissage, les menus plaisirs, tout se trouvait écrit, noté, additionné. Ce soir-
là, Clémence, vérification faite, prouva à Charvet qu'il lui
devait déjà cinq francs. Elle lui remit ensuite les dix francs,
en lui disant :

— Marques que tu m'en dois quinze, maintenant... Tu
me les rendras le 5, sur les leçons du petit Léhudier.

Quand on appelait Rose pour payer, ils tiraient chacun de
leur poche les quelques sous de leur consommation. Charvet traitait même en riant Clémence d'aristocrate, parce
qu'elle prenait un grog ; il disait qu'elle voulait l'humilier,
lui faire sentir qu'il gagnait moins qu'elle, ce qui était vrai;
et il y avait, au fond de son rire, une protestation contre ce
gain plus élevé, qui le rabaissait, malgré sa théorie de l'éga-
lité des sexes.

Si les discussions n'aboutissaient guère, elles tenaient ces
messieurs en haleine. Il sortait un bruit formidable du cabinet; les vitres dépolies vibraient comme des peaux de tambour. Parfois, le bruit devenait si fort que Rose, avec sa
langueur, versant au comptoir un canon à quelque blouse,
tournait la tête d'inquiétude.

— Ah bien ! merci, ils se cognent là dedans, disait la
blouse, en reposant le verre sur le zinc, et en se torchant la
bouche d'un revers de main.

— Pas de danger, répondait tranquillement monsieur Lebigre ; ce sont des messieurs qui causent.

Monsieur Lebigre, très-rude pour les autres consommateurs, les laissait crier à leur aise, sans jamais leur faire la
moindre observation. Il restait des heures sur la banquette

du comptoir, en gilet à manches, sa grosse tête ensommeillée appuyée contre la glace, suivant du regard Rose qui débouchait des bouteilles ou qui donnait des coups de torchon. Les jours de belle humeur, quand elle était devant lui, plongeant des verres dans le bassin aux rinçures, les poignets nus, il la pinçait fortement au gras des jambes, sans qu'on pût le voir, ce qu'elle acceptait avec un sourire d'aise. Elle ne trahissait même pas cette familiarité par un sursaut; lorsqu'il l'avait pincée au sang, elle disait qu'elle n'était pas chatouilleuse. Cependant, monsieur Lebigre, dans l'odeur de vin et le ruissellement de clartés chaudes qui l'assoupissaient, tendait l'oreille aux bruits du cabinet. Il se levait quand les voix montaient, allait s'adosser à la cloison; ou même il poussait la porte, il entrait, s'asseyait un instant, en donnant une tape sur la cuisse de Gavard. Là, il approuvait tout de la tête. Le marchand de volailles disait que, si ce diable de Lebigre n'avait guère l'étoffe d'un orateur, on pouvait compter sur lui « le jour du grabuge. »

Mais Florent, un matin, aux Halles, dans une querelle affreuse qui éclata entre Rose et une poissonnière, à propos d'une bourriche de harengs que celle-ci avait fait tomber d'un coup de coude, sans le vouloir, l'entendit traiter de « panier à mouchard » et de « torchon de la préfecture. » Quand il eu trétabli la paix, on lui en dégoisa long sur monsieur Lebigre : il était de la police; tout le quartier le savait bien ; mademoiselle Saget, avant de se servir chez lui, disait l'avoir rencontré une fois allant au rapport; puis, c'était un homme d'argent, un usurier qui prêtait à la journée aux marchands des quatre saisons, et qui leur louait des voitures, en exigeant un intérêt scandaleux. Florent fut très-ému. Le soir même, en baissant la voix, il crut devoir répéter ces choses à ces messieurs. Ils haussèrent les épaules, rirent beaucoup de ses inquiétudes.

— Ce pauvre Florent ! dit méchamment Charvet, parce

qu'il est allé à Cayenne, il s'imagine que toute la police est
à ses trousses.

Gavard donna sa parole d'honneur que Lebigre était « un
bon, un pur. » Mais ce fut surtout Logre qui se fâcha. Sa
chaise craquait ; il déblatérait, il déclarait que ce n'était pas
possible de continuer comme cela, que si l'on accusait tout
le monde d'être de la police, il aimait mieux rester chez lui
et ne plus s'occuper de politique. Est-ce qu'on n'avait pas
osé dire qu'il en était, lui, Logre ! lui qui s'était battu en
48 et en 51, qui avait failli être transporté deux fois ! Et, en
criant cela, il regardait les autres, la mâchoire en avant,
comme s'il eût voulu leur clouer violemment et quand même
la conviction qu'il « n'en était pas. » Sous ses regards furibonds, les autres protestèrent du geste. Cependant, Lacaille,
en entendant traiter monsieur Lebigre d'usurier, avait baissé
la tête.

Les discussions noyèrent cet incident. Monsieur Lebigre,
depuis que Logre avait lancé l'idée d'un complot, donnait des
poignées de mains plus rudes aux habitués du cabinet. A la
vérité, leur clientèle devait être d'un maigre profit ; ils ne
renouvelaient jamais leurs consommations. A l'heure du
départ, ils buvaient la dernière goutte de leur verre, sagement ménagé pendant les ardeurs des théories politiques et
sociales. Le départ, dans le froid humide de la nuit, était
tout frissonnant. Ils restaient un instant sur le trottoir, les
yeux brûlés, les oreilles assourdies, comme surpris par le
silence noir de la rue. Derrière eux, Rose mettait les boulons des volets. Puis, quand ils s'étaient serré les mains,
épuisés, ne trouvant plus un mot, ils se séparaient, mâchant
encore des arguments, avec le regret de ne pouvoir s'enfoncer mutuellement leur conviction dans la gorge. Le dos rond
de Robine moutonnait, disparaissait du côté de la rue Rambuteau ; tandis que Charvet et Clémence s'en allaient par les
Halles, jusqu'au Luxembourg, côte à côte, faisant sonner

militairement leurs talons, en discutant encore quelque point
de politique ou de philosophie, sans jamais se donner le
bras.

Le complot mûrissait lentement. Au commencement de
l'été, il n'était toujours question que de la nécessité de
« tenter le coup. » Florent, qui, dans les premiers temps,
éprouvait une sorte de méfiance, finit par croire à la possi-
bilité d'un mouvement révolutionnaire. Il s'en occupait très-
sérieusement, prenant des notes, faisant des plans écrits.
Les autres parlaient toujours. Lui, peu à peu, concentra sa
vie dans l'idée fixe dont il se battait le crâne chaque soir, au
point qu'il mena son frère Quenu chez monsieur Lebigre,
naturellement, sans songer à mal. Il le traitait toujours un
peu comme son élève, il dut même penser qu'il avait le devoir
de le lancer dans la bonne voie. Quenu était absolument neuf
en politique. Mais, au bout de cinq à six soirées, il se trouva
à l'unisson. Il montrait une grande docilité, une sorte de respect pour les conseils de son frère, quand la belle Lisa n'était
pas là. D'ailleurs, ce qui le séduisit, avant tout, ce fut la
débauche bourgeoise de quitter sa charcuterie, de venir s'enfermer dans ce cabinet où l'on criait si fort, et où la présence de Clémence mettait pour lui une pointe d'odeur
suspecte et délicieuse. Aussi bâclait-il ses andouilles maintenant, afin d'accourir plus vite, ne voulant pas perdre un
mot de ces discussions qui lui semblaient très-fortes, sans qu'il
pût souvent les suivre jusqu'au bout. La belle Lisa s'apercevait très bien de sa hâte à s'en aller. Elle ne disait encore
rien. Quand Florent l'emmenait, elle venait sur le seuil de
la porte les voir entrer chez monsieur Lebigre, un peu pâle,
les yeux sévères.

Mademoiselle Saget, un soir, reconnut de sa lucarne
l'ombre de Quenu sur les vitres dépolies de la grande fenêtre du cabinet donnant rue Pirouette. Elle avait trouvé là
un poste d'observation excellent, en face de cette sorte de

transparent laiteux, où se dessinaient les silhouettes de ces
messieurs, avec des nez subits, des mâchoires tendues qui
jaillissaient, des bras énormes qui s'allongeaient brusquement, sans qu'on aperçût les corps. Ce démanchement surprenant de membres, ces profils muets et furibonds trahis-
sant au dehors les discussions ardentes du cabinet, la tenaient derrière ses rideaux de mousseline jusqu'à ce que le
transparent devînt noir. Elle flairait là « un coup de mis-
toufle. » Elle avait fini par connaître les ombres, aux mains,
aux cheveux, aux vêtements. Dans ce pêle-mêle de poings
fermés, de têtes coléreuses, d'épaules gonflées, qui semblaient se décoller et rouler les unes sur les autres, elle
disait nettement : « Ça, c'est le grand dadais de cousin ; ça,
c'est ce vieux grigou de Gavard, et voilà le bossu, et voilà
cette perche de Clémence. » Puis, lorsque les silhouettes
s'échauffaient, devenaient absolument désordonnées, elle
était prise d'un besoin irrésistible de descendre, d'aller
voir. Elle achetait son cassis le soir, sous le prétexte qu'elle
se sentait « toute chose, » le matin ; il le lui fallait, disait-
elle, au saut du lit. Le jour où elle vit la tête lourde de
Quenu, barrée à coups nerveux par le mince poignet de
Charvet, elle arriva chez monsieur Lebigre très-essoufflée,
elle fit rincer sa petite bouteille par Rose, afin de gagner
du temps. Cependant, elle allait remonter chez elle, lorsqu'elle entendit la voix du charcutier dire avec une netteté
enfantine :

— Non, il n'en faut plus... On leur donnera un coup de
torchon solide, à ce tas de farceurs de députés et de ministres, à tout le tremblement, enfin !

Le lendemain, dès huit heures, mademoiselle Saget était
à la charcuterie. Elle y trouva madame Lecœur et la Sarriette,
qui plongeaient le nez dans l'étuve, achetant des saucisses
chaudes pour leur déjeuner. Comme la vieille fille les avait
entraînées dans sa querelle contre la belle Normande, à

propos de la limande de dix sous, elles s'étaient du coup remises toutes deux avec la belle Lisa. Maintenant la poissonnière ne valait pas gros comme ça de beurre. Et elles tapaient sur les Méhudin, des filles de rien qui n'en voulaient qu'à l'argent des hommes. La vérité était que mademoiselle Saget avait laissé entendre à madame Lecœur que Florent repassait parfois une des deux sœurs à Gavard, et qu'à eux quatre, ils faisaient des parties à crever chez Baratte, bien entendu avec les pièces de cent sous du marchand de volailles. Madame Lecœur en resta dolente, les yeux jaunes de bile.

Ce matin-là, c'était à madame Quenu que la vieille fille voulait porter un coup. Elle tourna devant le comptoir; puis, de sa voix la plus douce :

— J'ai vu monsieur Quenu hier soir, dit-elle. Ah bien ! allez, ils s'amusent, dans ce cabinet, où ils font tant de bruit.

Lisa s'était tournée du côté de la rue, l'oreille très-attentive, mais ne voulant sans doute pas écouter de face. Mademoiselle Saget fit une pause, espérant qu'on la questionnerait. Elle ajouta plus bas :

— Ils ont une femme avec eux... Oh ! pas monsieur Quenu, je ne dis pas ça, je ne sais pas...

— C'est Clémence, interrompit la Sarriette, une grande sèche, qui fait la dinde, parce qu'elle est allée en pension. Elle vit avec un professeur râpé... Je les ai vus ensemble; ils ont toujours l'air de se conduire au poste.

— Je sais, je sais, reprit la vieille, qui connaissait son Charvet et sa Clémence à merveille, et qui parlait uniquement pour inquiéter la charcutière.

Celle-ci ne bronchait pas. Elle avait l'air de regarder quelque chose de très-intéressant, dans les Halles. Alors, l'autre employa les grands moyens. Elle s'adressa à madame Lecœur :

— Je voulais vous dire, vous feriez bien de conseiller à votre beau-frère d'être prudent. Ils crient des choses à faire trembler, dans ce cabinet. Les hommes, vraiment, ça n'est pas raisonnable, avec leur politique. Si on les entendait, n'est-ce pas? ça pourrait très-mal tourner pour eux.

— Gavard fait ce qui lui plaît, soupira madame Lecœur. Il ne manque plus que ça. L'inquiétude m'achèvera, s'il se fait jamais jeter en prison.

Et une lueur parut dans ses yeux brouillés. Mais la Sarriette riait, secouant sa petite figure toute fraîche de l'air du matin.

— C'est Jules, dit-elle, qui les arrange, ceux qui disent du mal de l'empire... Il faudrait les flanquer tous à la Seine, parce que, comme il me l'a expliqué, il n'y a pas avec eux un seul homme comme il faut.

— Oh! continua mademoiselle Saget, ce n'est pas un grand mal, tant que les imprudences tombent dans les oreilles d'une personne comme moi. Vous savez, je me laisserais plutôt couper la main... Ainsi, hier soir, monsieur Quenu disait...

Elle s'arrêta encore. Lisa avait eu un léger mouvement.

— Monsieur Quenu disait qu'il fallait fusiller les ministres, les députés, et tout le tremblement.

Cette fois, la charcutière se tourna brusquement, toute blanche, les mains serrées sur son tablier.

— Quenu a dit ça? demanda-t-elle d'une voix brève.

— Et d'autres choses encore dont je ne me souviens pas. Vous comprenez, c'est moi qui l'ai entendu.... Ne vous tourmentez donc pas comme ça, madame Quenu. Vous savez qu'avec moi, rien ne sort; je suis assez grande fille pour peser ce qui conduirait un homme trop loin... C'est entre nous.

Lisa s'était remise. Elle avait l'orgueil de la paix honnête de son ménage, elle n'avouait pas le moindre nuage entre elle et son mari. Aussi finit-elle par hausser les épaules, en murmurant, avec un sourire :

— C'est des bêtises à faire rire les enfants.

Quand les trois femmes furent sur le trottoir, elles convinrent que la belle Lisa avait fait une drôle de mine. Tout ça, le cousin, les Méhudin, Gavard, les Quenu, avec leurs histoires auxquelles personne ne comprenait rien, ça finirait mal. Madame Lecœur demanda ce qu'on faisait des gens arrêtés « pour la politique. » Mademoiselle Saget savait seulement qu'ils ne paraissaient plus, plus jamais ; ce qui poussa la Sarriette à dire qu'on les jetait peut-être à la Seine, comme Jules le demandait.

La charcutière, au déjeuner et au dîner, évita toute allusion. Le soir, quand Florent et Quenu s'en allèrent chez monsieur Lebigre, elle ne parut pas avoir plus de sévérité dans les yeux. Mais justement, ce soir-là, la question de la prochaine constitution fut débattue, et il était une heure du matin, lorsque ces messieurs se décidèrent à quitter le cabinet ; les volets étaient mis, ils durent passer par la petite porte, un à un, en arrondissant l'échine. Quenu rentra, la conscience inquiète. Il ouvrit les trois ou quatre portes du logement, le plus doucement possible, marchant sur la pointe des pieds, traversant le salon, les bras tendus, pour ne pas heurter les meubles. Tout dormait. Dans la chambre, il fut très-contrarié de voir que Lisa avait laissé la bougie allumée ; cette bougie brûlait au milieu du grand silence, avec une flamme haute et triste. Comme il ôtait ses souliers et les posait sur un coin du tapis, la pendule sonna une heure et demie, d'un timbre si clair, qu'il se retourna consterné, redoutant de faire un mouvement, regardant d'un air de furieux reproche le Gutenberg doré qui luisait, le doigt sur un livre. Il ne voyait que le dos de Lisa, avec sa tête enfouie dans l'oreiller ; mais il sentait bien qu'elle ne dormait pas, qu'elle devait avoir les yeux tout grands ouverts, sur le mur. Ce dos énorme, très-gras aux épaules, était blême, d'une colère contenue ; il se renflait, gardait l'immobilité et le poids d'une accusation sans réplique. Quenu, tout à fait décontenancé par l'extrême sévérité de ce dos qui semblait l'examiner avec la face épaisse d'un juge, se coula sous les couvertures, souffla la bougie, se tint sage. Il était resté sur le bord, pour ne point toucher sa femme. Elle ne dormait toujours pas, il l'aurait juré. Puis, il céda au sommeil, désespéré de ce qu'elle ne parlait point, n'osant lui dire bonsoir, se trouvant sans force contre cette masse implacable qui barrait le lit à ses soumissions.

Le lendemain, il dormit tard. Quand il s'éveilla, l'édredon au menton, vautré au milieu du lit, il vit Lisa, assise devant le secrétaire, qui mettait des papiers en ordre ; elle s'était levée, sans qu'il s'en aperçût, dans le gros sommeil de son dévergondage de la veille. Il prit courage, il lui dit, du fond de l'alcôve :

— Tiens ! pourquoi ne m'as-tu pas réveillé ?... Qu'est-ce que tu fais là ?

— Je range ces tiroirs, répondit-elle, très-calme, de sa voix ordinaire.

Il se sentit soulagé. Mais elle ajouta :

— On ne sait pas ce qui peut arriver ; si la police venait...

— Comment, la police ?

— Certainement, puisque tu t'occupes de politique, maintenant.

Il s'assit sur son séant, hors de lui, frappé en pleine poitrine par cette attaque rude et imprévue.

— Je m'occupe de politique, je m'occupe de politique, répétait-il ; la police n'a rien à voir là dedans, je ne me compromets pas.

— Non, reprit Lisa avec un haussement d'épaules, tu parles simplement de faire fusiller tout le monde.

— Moi! moi!

— Et tu cries cela chez un marchand de vin... Mademoiselle Saget t'a entendu. Tout le quartier, à cette heure sait que tu es un rouge.

Du coup, il se recoucha. Il n'était pas encore bien éveillé. Les paroles de Lisa retentissaient, comme s'il eût déjà entendu les fortes bottes des gendarmes, à la porte de la chambre. Il la regardait, coiffée, serrée dans son corset, sur son pied de toilette habituel, et il s'ahurissait davantage, à la trouver si correcte dans cette circonstance dramatique.

— Tu le sais, je te laisse absolument libre, reprit-elle après un silence, tout en continuant à classer les papiers ; je ne veux pas porter les culottes, comme on dit... Tu es le maître, tu peux risquer ta situation, compromettre notre crédit, ruiner la maison... Moi, je n'aurai plus tard qu'à sauvegarder les intérêts de Pauline.

Il protesta, mais elle le fit taire du geste, en ajoutant :

— Non, ne dis rien, ce n'est pas une querelle, pas même une explication, que je provoque... Ah ! si tu m'avais demandé conseil, si nous avions causé de ça ensemble, je ne dis pas ! On a tort de croire que les femmes n'entendent rien à la politique... Veux-tu que je te la dise, ma politique, à moi ?

Elle s'était levée, elle allait du lit à la fenêtre, enlevant du doigt les grains de poussière qu'elle apercevait sur l'acajou luisant de l'armoire à glace et de la toilette-commode.

— C'est la politique des honnêtes gens... Je suis reconnaissante au gouvernement, quand mon commerce va bien, quand je mange ma soupe tranquille, et que je dors sans être réveillée par des coups de fusil... C'était du propre, n'est-ce pas, en 48 ? L'oncle Gradelle, un digne homme, nous a montré ses livres de ce temps-là. Il a perdu plus de six mille francs... Maintenant que nous avons l'empire, tout marche, tout se vend. Tu ne peux pas dire le contraire... Alors, qu'est-ce que vous voulez? qu'est-ce que vous aurez de plus, quand vous aurez fusillé tout le monde ?

Elle se planta devant la table de nuit, les mains croisées, en face de Quenu, qui disparaissait sous l'édredon. Il essaya d'expliquer ce que ces messieurs voulaient ; mais il s'embarrassait dans les systèmes politiques et sociaux de Charvet et de Florent ; il parlait des principes méconnus, de l'avénement de la démocratie, de la régénération des sociétés, mêlant le tout d'une si étrange façon, que Lisa haussa les épaules, sans comprendre. Enfin, il se sauva en tapant sur l'empire : c'était le règne de la débauche, des affaires véreuses, du vol à main armée.

— Vois-tu, dit-il en se souvenant d'une phrase de Logre, nous sommes la proie d'une bande d'aventuriers qui pillent, qui violent, qui assassinent la France... Il n'en faut plus !

Lisa haussait toujours les épaules.

— C'est tout ce que tu as à dire? demanda-t-elle avec son beau sang-froid. Qu'est-ce que ça me fait, ce que tu racontes là ? Quand ce serait vrai, après ?... Est-ce que je te conseille d'être un malhonnête homme, moi? Est-ce que je te pousse à ne pas payer tes billets, à tromper les clients, à entasser trop vite des pièces de cent sous mal acquises ?... Tu me ferais mettre en colère, à la fin ! Nous sommes de braves gens, nous autres, qui ne pillons et qui n'assassinons personne. Cela suffit. Les autres, ça ne me regarde pas ; qu'ils soient des canailles, s'ils veulent !

Elle était superbe et triomphante. Elle se remit à marcher, le buste haut, continuant :

— Pour faire plaisir à ceux qui n'ont rien, il faudrait alors ne pas gagner sa vie... Certainement que je profite du bon moment et que je soutiens le gouvernement qui fait aller le commerce. S'il commet de vilaines choses, je ne veux pas le savoir. Moi, je sais que je n'en commets pas, je ne crains point qu'on me montre au doigt dans le quartier. Ce serait trop bête de se battre contre des moulins à vent... Tu te souviens, aux élections, Gavard disait que le candidat de l'empereur était un homme qui avait fait faillite, qui se trouvait compromis dans de sales histoires. Ça pouvait être vrai, je ne dis pas non. Tu n'en as pas moins très-sagement agi en votant pour lui, parce que la question n'était pas là, qu'on ne te demandait pas de prêter de l'argent, ni de faire des affaires avec ce monsieur, mais de montrer au gouvernement que tu étais satisfait de voir prospérer la charcuterie.

Cependant Quenu se rappelait une phrase de Charvet, cette fois, qui déclarait que « ces bourgeois empâtés, ces boutiquiers engraissés, prêtant leur soutien à un gouvernement d'indigestion générale, devaient être jetés les premiers au cloaque. » C'était grâce à eux, grâce à leur égoïsme du ventre, que le despotisme s'imposait et rongeait une nation. Il tâchait d'aller jusqu'au bout de la phrase, quand Lisa lui coupa la parole, emportée par l'indignation.

— Laisse donc ! ma conscience ne me reproche rien. Je ne dois pas un sou, je ne suis dans aucun tripotage, j'achète et je vends de bonne marchandise, je ne fais pas payer plus cher que le voisin... C'est bon pour nos cousins, les Saccard, ce que tu dis là. Ils font semblant de ne pas même savoir que je suis à Paris ; mais je suis plus fière qu'eux, je me moque pas mal de leurs millions. On dit que Saccard trafique dans les démolitions, qu'il vole tout le monde. Ça ne m'étonne pas, il partait pour ça. Il aime l'argent à se rouler dessus, pour le jeter ensuite par les fenêtres, comme un imbécile... Qu'on mette en cause les hommes de sa trempe, qui réalisent des fortunes trop grosses, je le comprends. Moi, si tu veux le savoir, je n'estime pas Saccard... Mais nous, nous qui vivons si tranquilles, qui mettrons quinze ans à amasser une aisance, nous qui ne nous occupons pas de politique, dont tout le souci est d'élever notre fille et de mener à bien notre barque! allons donc, tu veux rire, nous sommes d'honnêtes gens !

Elle vint s'asseoir au bord du lit. Quenu était ébranlé.

— Écoute-moi bien, reprit-elle d'une voix plus profonde. Tu ne veux pas, je pense, qu'on vienne piller ta boutique, vider ta cave, voler ton argent? Si ces hommes de chez monsieur Lebigre triomphaient, crois-tu que, le lendemain, tu serais chaudement couché comme tu es là? et quand tu descendrais à la cuisine, crois-tu que tu te mettrais paisiblement à tes galantines, comme tu le feras tout à l'heure? Non, n'est-ce pas?... Alors, pourquoi parles-tu de renverser le gouvernement, qui te protége et te permet de faire des économies? Tu as une femme, tu as une fille, tu te dois à elles avant tout. Tu serais coupable, si tu risquais leur bonheur. Il n'y a que les gens sans feu ni lieu, n'ayant rien à perdre, qui veulent des coups de fusil. Tu n'entends pas être le dindon de la farce, peut-être ! Reste donc chez toi, grande bête, dors bien, mange bien, gagne de l'argent, aie la conscience tranquille, dis-toi que la France se débarbouillera toute seule, si l'empire la tracasse. Elle n'a pas besoin de toi, la France!

Elle riait de son beau rire, Quenu était tout à fait convaincu. Elle avait raison, après tout ; et c'était une belle femme, sur le bord du lit, peignée de si bonne heure, si propre et si fraîche, avec son linge éblouissant. En écoutant Lisa, il regardait leurs portraits, aux deux côtés de la cheminée ; certainement, ils étaient des gens honnêtes, ils avaient l'air très comme il faut, habillés de noir, dans les cadres dorés. La chambre, elle aussi, lui parut une chambre de personnes distinguées; les carrés de guipure mettaient une sorte de probité sur les chaises ; le tapis, les rideaux, les vases de porcelaine à paysages, disaient leur travail et leur goût du confortable. Alors, il s'enfonça davantage sous l'édredon, où il cuisait doucement, dans une chaleur de bai-

gnoire. Il lui sembla qu'il avait failli perdre tout cela chez
monsieur Lebigre, son lit énorme, sa chambre si bien close,
sa charcuterie, à laquelle il songeait maintenant avec des remords attendris. Et, de Lisa, des meubles, de ces choses douces qui l'entouraient, montait un bien-être qui l'étouffait
un peu, d'une façon délicieuse.

— Bêta, lui dit sa femme en le voyant vaincu, tu avais
pris un beau chemin. Mais, vois-tu, il aurait fallu nous passer sur le corps, à Pauline et à moi... Et ne te mêle plus de
juger le gouvernement, n'est-ce pas? Tous les gouvernements
sont les mêmes, d'abord. On soutient celui-là, on en soutien-
drait un autre, c'est nécessaire. Le tout, quand on est vieux,
est de manger ses rentes en paix, avec la certitude de les
avoir bien gagnées.

Quenu approuvait de la tête. Il voulut commencer une
justification.

— C'est Gavard..., murmura-t-il.

Mais elle devint sérieuse, elle l'interrompit avec brus-
querie.

— Non, ce n'est pas Gavard... Je sais qui c'est. Celui-là
ferait bien de songer à sa propre sûreté, avant de compromettre les autres.

— C'est de Florent que tu veux parler? demanda timidement Quenu, après un silence.

Elle ne répondit pas tout de suite. Elle se leva, retourna
au secrétaire, comme faisant effort pour se contenir. Puis,
d'une voix nette :

— Oui, de Florent... Tu sais combien je suis patiente.
Pour rien au monde, je ne voudrais me mettre entre ton
frère et toi. Les liens de famille, c'est sacré. Mais la mesure
est comble, à la fin. Depuis que ton frère est ici, tout va de
mal en pis... D'ailleurs, non, je ne veux rien dire, ça vaudra
mieux.

Il y eut un nouveau silence. Puis, comme son mari regardait le plafond de l'alcôve, l'air embarrassé, elle reprit avec plus de violence :

— Enfin, on ne peut pas dire, il ne semble pas même comprendre ce que nous faisons pour lui. Nous nous sommes gênés, nous lui avons donné la chambre d'Augustine, et la pauvre fille couche sans se plaindre dans un cabinet où elle manque d'air. Nous le nourrissons matin et soir, nous sommes aux petits soins... Rien. Il accepte cela naturellement. Il gagne de l'argent, et on ne sait seulement pas où ça passe, ou plutôt on ne le sait que trop.

— Il y a l'héritage, hasarda Quenu, qui souffrait d'entendre accuser son frère.

Lisa resta toute droite, comme étourdie. Sa colère tomba.

— Tu as raison, il y a l'héritage... Voilà le compte, dans ce tiroir. Il n'en a pas voulu, tu étais là, tu te souviens ? Cela prouve que c'est un garçon sans cervelle et sans conduite. S'il avait la moindre idée, il aurait déjà fait quelque chose avec cet argent... Moi, je voudrais bien ne plus l'avoir, ça nous débarrasserait... Je lui en ai déjà parlé deux fois ; mais il refuse de m'écouter. Tu devrais le décider à le prendre, toi... Tâche d'en causer avec lui, n'est-ce pas ?

Quenu répondit par un grognement, Lisa évita d'insister, ayant mis, croyait-elle, toute l'honnêteté de son côté.

— Non, ce n'est pas un garçon comme un autre, recommença-t-elle. Il n'est pas rassurant, que veux-tu ! Je te dis ça, parce que nous en causons... Je ne m'occupe pas de sa conduite, qui fait déjà beaucoup jaser sur nous dans le quartier. Qu'il mange, qu'il couche, qu'il nous gêne, on peut le tolérer. Seulement, ce que je ne lui permettrai pas, c'est de nous fourrer dans sa politique. S'il te monte encore la tête, s'il nous compromet le moins du monde, je t'avertis que je me débarrasserai de lui carrément... Je t'avertis, tu comprends !

Florent était condamné. Elle faisait un véritable effort pour

ne pas se soulager, laisser couler le flot de rancune amassée
qu'elle avait sur le cœur. Il heurtait tous ses instincts, la
blessait, l'épouvantait, la rendait véritablement malheureuse.
Elle murmura encore :

— Un homme qui a eu les plus vilaines aventures, qui n'a
pas su se créer seulement un chez lui... je comprends qu'il
veuille des coups de fusil. Qu'il aille en recevoir, s'il les
aime ; mais qu'il laisse les braves gens à leur famille... Puis
il ne me plaît pas, voilà ! Il sent le poisson, le soir, à table.
Ça m'empêche de manger. Lui, n'en perd pas une bouchée ;
et pour ce que ça lui profite ! Il ne peut pas seulement engraisser, le malheureux, tant il est rongé de méchanceté.

Elle s'était approchée de la fenêtre. Elle vit Florent qui
traversait la rue Rambuteau, pour se rendre à la poissonnerie. L'arrivage de la marée débordait, ce matin-là ; les mannes avaient de grandes moires d'argent, les criées grondaient.
Lisa suivit les épaules pointues de son beau-frère entrant
dans les odeurs fortes des Halles, l'échine pliée, avec cette
nausée de l'estomac qui lui montait aux tempes ; et le regard dont elle l'accompagnait était celui d'une combat-
tante, d'une femme résolue au triomphe.

Quand elle se retourna, Quenu se levait. En chemise, les
pieds dans la douceur du tapis de mousse, encore tout chaud
de la bonne chaleur de l'édredon, il était blême, affligé de la
mésintelligence de son frère et de sa femme. Mais Lisa eut
un de ses beaux sourires. Elle le toucha beaucoup en lui donnant ses chaussettes.

IV

Marjolin fut trouvé au marché des Innocents, dans un tas
de choux, sous un chou blanc, énorme, et dont une des
grandes feuilles rabattues cachait son visage rose d'enfant
endormi. On ignora toujours quelle main misérable l'avait
posé là. C'était déjà un petit bonhomme de deux à trois ans,
très-gras, très-heureux de vivre, mais si peu précoce, si em-
pâté, qu'il bredouillait à peine quelque mots, ne sachant que
sourire. Quand une marchande de légumes le découvrit sous
le grand chou blanc, elle poussa un tel cri de surprise, que
les voisines accoururent, émerveillées ; et lui, il tendait les
mains, encore en robe, roulé dans un morceau de couverture.
Il ne put dire qui était sa mère. Il avait des yeux étonnés, en
se serrant contre l'épaule d'une grosse tripière qui l'avait
pris entre ses bras. Jusqu'au soir, il occupa le marché. Il
s'était rassuré, il mangeait des tartines, il riait à toutes les
femmes. La grosse tripière le garda ; puis, il passa à une voisine ; un mois plus tard, il couchait chez une troisième.
Lorsqu'on lui demandait : « Où est ta mère ? » il avait un
geste adorable : sa main faisait le tour, montrant les mar-

chandes toutes à la fois. Il fut l'enfant des Halles, suivant
les jupes de l'une ou de l'autre, trouvant toujours un coin
dans un lit, mangeant la soupe un peu partout, habillé à
la grâce de Dieu, et ayant quand même des sous au fond
de ses poches percées. Une belle fille rousse, qui vendait
des plantes officinales, l'avait appelé Marjolin, sans qu'on
sût pourquoi.

Marjolin allait avoir quatre ans, lorsque la mère Chantemesse fit à son tour la trouvaille d'une petite fille, sur le trottoir de la rue Saint-Denis, au coin du marché. La petite
pouvait avoir deux ans, mais elle bavardait déjà comme une
pie, écorchant les mots dans son babil d'enfant; si bien que
la mère Chantemesse crut comprendre qu'elle s'appelait Cadine, et que sa mère, la veille au soir, l'avait assise sous une
porte, en lui disant de l'attendre. L'enfant avait dormi là ;
elle ne pleurait pas, elle racontait qu'on la battait. Puis, elle
suivit la mère Chantemesse, bien contente, enchantée de
cette grande place, où il y avait tant de monde et tant de légumes. La mère Chantemesse, qui vendait au petit tas, était
une digne femme, très-bourrue, touchant déjà à la soixan-
taine ; elle adorait les enfants, ayant perdu trois garçons au
berceau. Elle pensa que « cette roulure-là semblait une trop
mauvaise gale pour crever, » et elle adopta Cadine.

Mais, un soir, comme la mère Chantemesse s'en allait, tenant Cadine de la main droite, Marjolin lui prit sans façon
la main gauche.

— — Eh ! mon garçon, dit la vieille en s'arrêtant, la place est
donnée... Tu n'es donc plus avec la grande Thérèse ! Tu es
un fameux coureur, sais-tu ?

Il la regardait, avec son rire, sans la lâcher. Elle ne put
rester grondeuse, tant il était joli et bouclé. Elle murmura :

— Allons, venez, marmaille... Je vous coucherai ensemble.

Et elle arriva rue au Lard, où elle demeurait, avec un

enfant de chaque main. Marjolin s'oublia chez la mère Chantemesse. Quand ils faisaient par trop de tapage, elle leur allongeait quelques taloches, heureuse de pouvoir crier, de se fâcher, de les débarbouiller, de les fourrer sous la même couverture. Elle leur avait installé un petit lit, dans une vieille voiture de marchand des quatre saisons, dont les roues et les brancards manquaient. C'était comme un large berceau, un peu dur, encore tout odorant des légumes qu'elle y avait longtemps tenus frais sous des linges mouillés. Cadine et Marjolin dormirent là, à quatre ans, aux bras l'un de l'autre.

Alors, ils grandirent ensemble, on les vit toujours les mains à la taille. La nuit, la mère Chantemesse les entendait qui bavardaient doucement. La voix flûtée de Cadine, pendant des heures, racontait des choses sans fin, que Marjolin écoutait avec des étonnements plus sourds. Elle était très-méchante, elle inventait des histoires pour lui faire peur, lui disait que, l'autre nuit, elle avait vu un homme tout blanc, au pied de leur lit, qui les regardait, en tirant une grande langue rouge. Marjolin suait d'angoisse, lui demandait des détails; et elle se moquait de lui, elle finissait par l'appeler « grosse bête. » D'autres fois, ils n'étaient pas sages, ils se donnaient des coups de pieds, sous les couvertures; Cadine repliait les jambes, étouffait ses rires, quand Marjolin, de toutes ses forces, la manquait et allait taper dans le mur. Il fallait, ces fois-là, que la mère Chantemesse se levât pour border les couvertures; elle les endormait tous les deux d'une calotte, sur l'oreiller. Le lit fut longtemps ainsi pour eux un lieu de récréation; ils y emportaient leurs joujoux, ils y mangeaient des carottes et des navets volés; chaque matin, leur mère adoptive était toute surprise d'y trouver des objets étranges, des cailloux, des feuilles, des trognons de pommes, des poupées faites avec des bouts de chiffon. Et, les jours de grands froids, elle les laissait là, endormis, la tignasse noire

17.

de Cadine mêlée aux boucles blondes de Marjolin, les bouches
si près l'une de l'autre, qu'ils semblaient se réchauffer de
leur haleine.

Cette chambre de la rue au Lard était un grand galetas,
délabré, qu'une seule fenêtre, aux vitres dépolies par les pluies,
éclairait. Les enfants y jouaient à cache-cache, dans la haute
armoire de noyer et sous le lit colossal de la mère Chantemesse. Il y avait encore deux ou trois tables, sous lesquelles
ils marchaient à quatre pattes. C'était charmant, parce qu'il
n'y faisait pas clair, et que des légumes traînaient dans les
coins noirs. La rue au Lard, elle aussi, était bien amusante,
étroite, peu fréquentée, avec sa large arcade qui s'ouvre sur
la rue de la Lingerie. La porte de la maison se trouvait à côté
même de l'arcade, une porte basse, dont le battant ne s'ouvrait qu'à demi sur les marches grasses d'un escalier tournant.
Cette maison, à auvent, qui se renflait, toute sombre d'humidité, avec la caisse verdie des plombs, à chaque étage, devenait, elle aussi, un grand joujou. Cadine et Marjolin passaient leurs matinées à jeter d'en bas des pierres, de façon à
les lancer dans les plombs ; les pierres descendaient alors le
long des tuyaux de descente, en faisant un tapage très-réjouis-
sant. Mais ils cassèrent deux vitres, et ils emplirent les tuyaux
de cailloux, à tel point que la mère Chantemesse, qui habitait
la maison depuis quarante-trois ans, faillit recevoir congé.

Cadine et Marjolin s'attaquèrent alors aux tapissières, aux
haquets, aux camions, qui stationnaient dans la rue déserte.
Ils montaient sur les roues, se balançaient aux bouts de
chaîne, escaladaient les caisses, les paniers entassés. Les
arrière-magasins des commissionnaires de la rue de la Poterie ouvraient là de vastes salles sombres, qui s'emplissaient
et se vidaient en un jour, ménageant à chaque heure de
nouveaux trous charmants, des cachettes, où les gamins
s'oubliaient dans l'odeur des fruits secs, des oranges, des
pommes fraîches. Puis, ils se lassaient, ils allaient retrouver

la mère Chantemesse, sur le carreau des Innocents. Ils y
arrivaient, bras dessus, bras dessous, traversant les rues
avec des rires, au milieu des voitures, sans avoir peur d'être
écrasés. Ils connaissaient le pavé, enfonçant leurs petites
jambes jusqu'aux genoux dans les fanes de légumes ; ils ne
glissaient pas, ils se moquaient, quand quelque roulier,
aux souliers lourds, s'étalait les quatre fers en l'air, pour
avoir marché sur une queue d'artichaut. Ils étaient les
diables roses et familiers de ces rues grasses. On ne voyait
qu'eux. Par les temps de pluie, ils se promenaient gravement, sous un immense parasol tout en loques, dont la marchande au petit tas avait abrité son éventaire pendant vingt
ans ; ils le plantaient gravement dans un coin du marché,
ils appelaient ça « leur maison. » Les jours de soleil, ils
galopinaient, à ne plus pouvoir remuer le soir ; ils prenaient
des bains de pieds dans la fontaine, faisaient des écluses en
barrant les ruisseaux, se cachaient sous des tas de légumes,
restaient là, au frais, à bavarder, comme la nuit, dans leur
lit. On entendait souvent sortir, en passant à côté d'une
montagne de laitues ou de romaines, un caquetage étouffé.
Lorsqu'on écartait les salades, on les apercevait, allongés
côte à côte, sur leur couche de feuilles, l'œil vif, inquiets
comme des oiseaux découverts au fond d'un buisson. Maintenant, Cadine ne pouvait se passer de Marjolin, et Marjolin
pleurait, quand il perdait Cadine. S'ils venaient à être séparés, ils se cherchaient derrière toutes les jupes des Halles,
dans les caisses, sous les choux. Ce fut surtout sous les
choux qu'ils grandirent et qu'ils s'aimèrent.

Marjolin allait avoir huit ans, et Cadine six, quand la
mère Chantemesse leur fit honte de leur paresse. Elle leur
dit qu'elle les associait à sa vente au petit tas ; elle leur
promit un sou par jour, s'ils voulaient l'aider à éplucher ses
légumes. Les premiers jours, les enfants eurent un beau zèle.
Ils s'établissaient aux deux côtés de l'éventaire, avec des

couteaux étroits, très attentifs à la besogne. La mère Chan-
messe avait la spécialité des légumes épluchés ; elle tenait,
sur sa table tendue d'un bout de lainage noir mouillé, des
alignements de pommes de terre, de navets, de carottes,
d'oignons blancs, rangés quatre par quatre, en pyramide,
trois pour la base, un pour la pointe, tout prêt à être mis
dans les casseroles des ménagères attardées. Elle avait aussi
des paquets ticelés pour le pot-au-feu, quatre poireaux, trois
carottes, un panais, deux navets, deux brins de céleri ; sans
parler de la julienne fraîche coupée très fine sur des feuilles
de papier, des choux taillés en quatre, des tas de tomates et
des tranches de potiron qui mettaient des étoiles rouges et
des croissants d'or dans la blancheur des autres légumes
lavés à grande eau. Cadine se montra beaucoup plus habile
que Marjolin, bien qu'elle fût plus jeune ; elle enlevait aux
pommes de terre une pelure si mince, qu'on voyait le jour
à travers ; elle ficelait les paquets pour le pot-au-feu d'une
si gentille façon, qu'ils ressemblaient à des bouquets ; enfin,
elle savait faire des petits tas qui paraissaient très-gros, rien
qu'avec trois carottes ou trois navets. Les passants s'arrêtaient en riant, quand elle criait de sa voix pointue de
gamine :

— Madame, madame, venez me voir... A deux sous, mon
petit tas !

Elle avait des pratiques, ses petits tas étaient très-connus.
La mère Chantemesse, assise entre les deux enfants, riait
d'un rire intérieur, qui lui faisait monter la gorge au menton,
à les voir si sérieux à la besogne. Elle leur donnait religieusement leur sou par jour. Mais les petits tas finirent par
les ennuyer. Ils prenaient de l'âge, ils rêvaient des com-
merces plus lucratifs. Marjolin restait enfant très-tard, ce
qui impatientait Cadine. Il n'avait pas plus d'idée qu'un
chou, disait-elle. Et, à la vérité, elle avait beau inventer
pour lui des moyens de gagner de l'argent, il n'en gagnait

point, il ne savait pas même faire une commission. Elle,
était très-rouée. A huit ans, elle se fit enrôler par une de
ces marchandes qui s'assoient sur un banc, autour des Halles,
avec un panier de citrons, que toute une bande de gamines
vendent sous leurs ordres ; elle offrait les citrons dans sa
main, deux pour trois sous, courant après les passants,
poussant sa marchandise sous le nez des femmes, retournant
s'approvisionner, quand elle avait la main vide ; elle touchait
deux sous par douzaine de citrons, ce qui mettait ses journées jusqu'à cinq et six sous, dans les bons temps. L'année
suivante, elle plaça des bonnets à neuf sous ; le gain était
plus fort ; seulement, il fallait avoir l'œil vif, car ces com-
merces en plein vent sont défendus ; elle flairait les sergents
de ville à cent pas, les bonnets disparaissaient sous ses
jupes, tandis qu'elle croquait une pomme, d'un air innocent.
Puis, elle tint des gâteaux, des galettes, des tartes aux cerises, des croquets, des biscuits de maïs, épais et jaunes,
sur des claies d'osier ; mais Marjolin lui mangea son fonds.
Enfin, à onze ans, elle réalisa une grande idée qui la tourmentait depuis longtemps. Elle économisa quatre francs en
deux mois, fit l'emplette d'une petite hotte, et se mit marchande de mouron.

C'était toute une grosse affaire. Elle se levait de bon matin, achetait aux vendeurs en gros sa provision de mouron,
de millet en branche, d'échaudés ; puis elle partait, passait
l'eau, courait le quartier Latin, de la rue Saint-Jacques à la
rue Dauphine, et jusqu'au Luxembourg. Marjolin l'accompagnait. Elle ne voulait pas même qu'il portât la hotte ;
elle disait qu'il n'était bon qu'à crier ; et il criait sur un
ton gras et traînant :

— Mouron pour les p'tits oiseaux !

Et elle reprenait, avec des notes de flûte, sur une étrange
phrase musicale qui finissait par un son pur et filé, très
haut :

— Mouron pour les p'tits oiseaux !

Ils allaient chacun sur un trottoir, regardant en l'air. A
cette époque, Marjolin avait un grand gilet rouge qui lui
descendait jusqu'aux genoux, le gilet du défunt père Chantemesse, ancien cocher de fiacre; Cadine portait une robe à
carreaux bleus et blancs, taillée dans un tartan usé de la
mère Chantemesse. Les serins de toutes les mansardes du
quartier Latin les connaissaient. Quand ils passaient, répétant leur phrase, se jetant l'écho de leur cri, les cages chantaient.

Cadine vendit aussi du cresson. « A deux sous la botte !
à deux sous la botte ! » Et c'était Marjolin qui entrait dans
les boutiques pour offrir « le beau cresson de fontaine, la
santé du corps! » Mais les Halles centrales venaient d'être
construites; la petite restait en extase devant l'allée aux
fleurs qui traverse le pavillon des fruits. Là, tout le long,
les bancs de vente, comme des plates-bandes aux deux bords
d'un sentier, fleurissent, épanouissent de gros bouquets;
c'est une moisson odorante, deux haies épaisses de roses,
entre lesquelles les filles du quartier aiment à passer, sou-
riantes, un peu étouffées par la senteur trop forte ; et, en
haut des étalages, il y a des fleurs artificielles, des feuillages
de papier où des gouttes de gomme font des gouttes de
rosée, des couronnes de cimetière en perles noires et blanches qui se moirent de reflets bleus. Cadine ouvrait son nez
rose avec des sensualités de chatte ; elle s'arrêtait dans cette
fraîcheur douce, emportait tout ce qu'elle pouvait de parfum. Quand elle mettait son chignon sous le nez de Marjolin, il disait que ça sentait l'œillet. Elle jurait qu'elle ne se
servait plus de pommade, qu'il suffisait de passer dans
l'allée. Puis, elle intrigua tellement, qu'elle entra au service
d'une des marchandes. Alors, Marjolin trouva qu'elle sentait
bon des pieds à la tête. Elle vivait dans les roses, dans
les lilas, dans les giroflées, dans les muguets. Lui, flairant

sa jupe, longuement, en manière de jeu, semblait chercher, finissait par dire : « Ça sent le muguet. » Il montait à la taille, au corsage, reniflait plus fort : « Ça sent là giroflée. » Et aux manches, à la jointure des poignets : « Ça sent le lilas. » Et à la nuque, tout autour du cou, sur les joues, sur les lèvres : « Ça sent la rose. » Cadine riait, l'appelait « bêta, » lui criait de finir, parce qu'il lui faisait des chatouilles avec le bout de son nez. Elle avait une haleine de jasmin. Elle était un bouquet tiède et vivant.

Maintenant, la petite se levait à quatre heures, pour aider sa patronne dans ses achats. C'était, chaque matin, des brassées de fleurs achetées aux horticulteurs de la banlieue, des paquets de mousse, des paquets de feuilles de fougère et de pervenche, pour entourer les bouquets. Cadine restait émerveillée devant les brillants et les valenciennes que portaient les filles des grands jardiniers de Montreuil, venues au milieu de leurs roses. Les jours de Sainte Marie, de Saint Pierre, de Saint Joseph, des saints patronymiques très-fêtés, la vente commençait à deux heures ; il se vendait, sur le carreau, pour plus de cent mille francs de fleurs coupées ; des revendeuses gagnaient jusqu'à deux cents francs en quelques heures. Ces jours-là, Cadine ne montrait plus que les mèches frisées de ses cheveux au-dessus des bottes de pensées, de réséda, de marguerites ; elle était noyée, perdue sous les fleurs ; elle montait toute la journée des bouquets sur des brins de jonc. En quelques semaines, elle avait acquis de l'habileté et une grâce originale. Ses bouquets ne plaisaient pas à tout le monde ; ils faisaient sourire, et ils inquiétaient, par un côté de naïveté cruelle. Les rouges y dominaient, coupés de tons violents, de bleus, de jaunes, de violets, d'un charme barbare. Les matins où elle pinçait Marjolin, où elle le taquinait à le faire pleurer, elle avait des bouquets féroces, des bouquets de fille en colère, aux parfums rudes, aux couleurs irritées. D'autres matins, quand elle était attendrie par quelque peine ou par quelque joie, elle trouvait des bouquets d'un gris d'argent, très-doux, voilés, d'une odeur discrète. Puis, c'étaient des roses, saignantes comme des cœurs ouverts, dans des lacs d'œillets blancs; des glaïeuls fauves, montant en panaches de flammes parmi des verdures effarées; des tapisseries de Smyrne, aux dessins compliqués, faites fleur à fleur, ainsi que sur un canevas; des éventails moirés, s'élargissant avec des douceurs de dentelle; des puretés adorables, des tailles épaissies, des rêves à mettre dans les mains des harengères ou des marquises, des maladresses de vierge et des ardeurs sensuelles de fille, toute la fantaisie exquise d'une gamine de douze ans, dans laquelle la femme s'éveillait.

Cadine n'avait plus que deux respects : le respect du lilas blanc, dont la botte de huit à dix branches coûte, l'hiver, de quinze à vingt francs; et le respect des camélias, plus chers encore, qui arrivent par douzaine, dans des boîtes, couchés sur un lit de mousse, recouverts d'une feuille d'ouate. Elle les prenait, comme elle aurait pris des bijoux, délicatement, sans respirer, de peur de les gâter d'un souffle; puis, c'était avec de précautions infinies qu'elle attachait sur des brins de jonc leurs queues courtes. Elle parlait d'eux sérieusement. Elle disait à Marjolin qu'un beau camélia blanc, sans piqûre de rouille, était un chose rare, tout à fait belle. Comme elle lui en faisait admirer un, il s'écria, un jour :

— Oui, c'est gentil, mais j'aime mieux le dessous de ton menton, là, à cette place; c'est joliment plus doux et plus transparent que ton camélia... Il y a des petites veines bleues et roses qui ressemblent à des veines de fleur.

Il la caressait du bout des doigts; puis il approcha le nez, murmurant :

— Tiens, tu sens l'oranger, aujourd'hui.

Cadine avait un très-mauvais caractère. Elle ne s'accommodait pas du rôle de servante. Aussi finit-elle par s'établir pour son compte. Comme elle était alors âgée de treize ans, et qu'elle ne pouvait rêver le grand commerce, un banc de vente de l'allée aux fleurs, elle vendit des bouquets de violettes d'un sou, piqués dans un lit de mousse, sur un éventaire d'osier pendu à son cou. Elle rôdait toute la journée dans les Halles, autour des Halles, promenant son bout de pelouse. C'était là sa joie, cette flânerie continuelle, qui lui dégourdissait les jambes, qui la tirait des longues heures passées à faire des bouquets, les genoux pliés, sur une chaise basse. Maintenant, elle tournait ses violettes en marchant, elle les tournait comme des fuseaux, avec une merveilleuse légèreté de doigts; elle comptait six à huit fleurs, selon la saison, pliait en deux un brin de jonc, ajoutait une feuille, roulait un fil mouillé; et, entre ses dents de jeune loup, elle cassait le fil. Les petits bouquets semblaient pousser tout seuls dans la mousse de l'éventaire, tant elle les y plantait vite. Le long des trottoirs, au milieu des coudoiements de la rue, ses doigts rapides fleurissaient, sans qu'elle les regardât, la mine effrontément levée, occupée des boutiques et des passants. Puis, elle se reposait un instant dans le creux d'une porte; elle mettait au bord des ruisseaux, gras des eaux de vaisselle, un coin de printemps, une lisière de bois aux herbes bleues. Ses bouquets gardaient ses méchantes humeurs et ses attendrissements; il y en avait de hérissés, de terribles, qui ne décoléraient pas dans leur cornet chiffonné; il y en avait d'autres, paisibles, amoureux, souriant au fond de leur collerette propre. Quand elle passait, elle laissait une odeur douce. Marjolin la suivait béatement. Des pieds à la tête, elle ne sentait plus qu'un parfum. Lorsqu'il la prenait, qu'il allait de ses jupes à son corsage, de ses mains à sa face, il disait qu'elle n'était que violette, qu'une grande violette. Il enfonçait sa tête, il répétait :

— Tu te rappelles, le jour où nous sommes allés à Ro-

mainville? C'est tout à fait ça, là surtout, dans ta manche...
Ne change plus. Tu sens trop bon.

Elle ne changea plus. Ce fut son dernier métier. Mais les
deux enfants grandissaient, souvent elle oubliait son éventaire pour courir le quartier. La construction des Halles centrales fut pour eux un continuel sujet d'escapades. Ils péné-
traient au beau milieu des chantiers, par quelque fente des
clôtures de planches; ils descendaient dans les fondations,
grimpaient aux premières colonnes de fonte. Ce fut alors
qu'ils mirent un peu d'eux, de leurs jeux, de leurs batteries,
dans chaque trou, dans chaque charpente. Les pavillons
s'élevèrent sous leurs petites mains. De là vinrent les tendresses qu'ils eurent pour les grandes Halles, et les tendresses que les grandes Halles leur rendirent. Ils étaient familiers avec ce vaisseau gigantesque, en vieux amis qui en
avaient vu poser les moindres boulons. Ils n'avaient pas
peur du monstre, tapaient de leur poing maigre sur son
énormité, le traitaient en bon enfant, en camarade avec lequel
on ne se gêne pas. Et les Halles semblaient sourire de ces
deux gamins qui étaient la chanson libre, l'idylle effrontée
de leur ventre géant.

Cadine et Marjolin ne couchaient plus ensemble, chez la
mère Chantemesse, dans la voiture de marchand des quatre
saisons. La vieille, qui les entendait toujours bavarder la
nuit, fit un lit à part pour le petit, par terre, devant l'armoire; mais, le lendemain matin, elle le retrouva au cou de
la petite sous la même couverture. Alors elle le coucha chez
une voisine. Cela rendit les enfants très-malheureux. Dans
le jour, quand la mère Chantemesse n'était pas là, ils se prenaient tout habillés entre les bras l'un de l'autre, ils s'allongeaient sur le carreau, comme sur un lit; et cela les amusait beaucoup. Plus tard, ils polissonnèrent, ils cherchèrent
les coins noirs de la chambre, ils se cachèrent plus souvent
au fond des magasins de la rue au Lard, derrière les tas de

pommes et les caisses d'oranges. Ils étaient libres et sans
honte, comme les moineaux qui s'accouplent au bord d'un
toit.

Ce fut dans la cave du pavillon aux volailles qu'ils trouvèrent moyen de coucher encore ensemble. C'était une habitude douce, une sensation de bonne chaleur, une façon de
s'endormir l'un contre l'autre, qu'ils ne pouvaient perdre.
Il y avait là, près des tables d'abatage, de grands paniers de
plume dans lesquels ils tenaient à l'aise. Dès la nuit tombée,
ils descendaient, ils restaient toute la soirée, à se tenir chaud,
heureux des mollesses de cette couche, avec du duvet par-
dessus les yeux. Ils traînaient d'ordinaire leur panier loin du
gaz ; ils étaient seuls, dans les odeurs fortes des volailles, tenus éveillés par de brusques chants de coq qui sortaient de
l'ombre. Et ils riaient, ils s'embrassaient, pleins d'une amitié vive qu'ils ne savaient comment se témoigner. Marjolin
était très-bête. Cadine le battait, prise de colère contre lui,
sans savoir pourquoi. Elle le dégourdissait par sa crânerie de
fille des rues. Lentement, dans les paniers de plumes, ils en
surent long. C'était un jeu. Les poules et les coqs qui couchaient à côté d'eux, n'avaient pas une plus belle innocence.

Plus tard, ils emplirent les grandes Halles de leurs amours
de moineaux insouciants. Ils vivaient en jeunes bêtes heureuses, abandonnées à l'instinct, satisfaisant leurs appétits
au milieu de ces entassements de nourriture, dans lesquels
ils avaient poussé comme des plantes tout en chair. Cadine
à seize ans, était une fille échappée, une bohémienne noire
du pavé, très-gourmande, très-sensuelle. Marjolin, à dix-huit
ans, avait l'adolescence déjà ventrue d'un gros homme, l'intelligence nulle, vivant par les sens. Elle découchait souvent
pour passer la nuit avec lui dans la cave aux volailles ; elle
riait hardiment au nez de la mère Chantemesse, le lendemain, se sauvant sous le balai dont la vieille tapait à tort et
à travers dans la chambre, sans jamais atteindre la vau-

rienne, qui se moquait avec une effronterie rare, disant
qu'elle avait veillé « pour voir s'il poussait des cornes à la
lune. » Lui, vagabondait ; les nuits où Cadine le laissait seul,
il restait avec le planton des forts de garde dans les pavillons ; il dormait sur des sacs, sur des caisses, au fond du
premier coin venu. Ils en vinrent tous deux à ne plus quitter
les Halles. Ce fut leur volière, leur étable, la mangeoire colossale où ils dormaient, s'aimaient, vivaient, sur un lit immense de viandes, de beurres et de légumes.

Mais ils eurent toujours une amitié particulière pour les
grands paniers de plumes. Ils revenaient là, les nuits de tendresse. Les plumes n'étaient pas triées. Il y avait de longues
plumes noires de dinde et des plumes d'oie, blanches et lisses,
qui les chatouillaient aux oreilles, quand ils se retournaient ;
puis, c'était du duvet de canard, où ils s'enfonçaient comme
dans de l'ouate, des plumes légères de poules, dorées, bigar-
rées, dont ils faisaient monter un vol à chaque souffle, pareil à un vol de mouches ronflant au soleil. En hiver, ils
couchaient aussi dans la pourpre des faisans, dans la cendre
grise des alouettes, dans la soie mouchetée des perdrix, des
cailles et des grives. Les plumes étaient vivantes encore, tièdes d'odeur. Elles mettaient des frissons d'ailes, des chaleurs
de nid, entre leurs lèvres. Elles leur semblaient un large dos
d'oiseau, sur lequel ils s'allongeaient, et qui les emportait,
pâmés aux bras l'un de l'autre. Le matin, Marjolin cherchait Cadine, perdue au fond du panier, comme s'il avait
neigé sur elle. Elle se levait ébouriffée, se secouait, sortait
d'un nuage, avec son chignon où restait toujours planté quelque panache de coq.

Ils trouvèrent un autre lieu de délices, dans le pavillon de
la vente en gros des beurres, des œufs et des fromages. Il
s'entasse là, chaque matin, des murs énormes de paniers vides. Tous deux se glissaient, trouaient ce mur, se creusaient
une cachette. Puis, quand ils avaient pratiqué une chambre

dans le tas, ils ramenaient un panier, ils s'enfermaient. Alors,
ils étaient chez eux, ils avaient une maison. Ils s'embrassaient impunément. Ce qui les faisait se moquer du monde,
c'était que de minces cloisons d'osier les séparaient seules de
la foule des Halles, dont ils entendaient autour d'eux la voix
haute. Souvent, ils pouffaient de rire, lorsque des gens s'arrêtaient à deux pas, sans les soupçonner là ; ils ouvraient des
meurtrières, hasardaient un œil ; Cadine, à l'époque des cerises, lançait des noyaux dans le nez de toutes les vieilles
femmes qui passaient, ce qui les amusait d'autant plus, que
les vieilles, effarées, ne devinaient jamais d'où partait cette
grêle de noyaux. Ils rôdaient aussi au fond des caves, en
connaissaient les trous d'ombre, savaient traverser les grilles
les mieux fermées. Une de leurs grandes parties était de pénétrer sur la voie du chemin de fer souterrain, établi dans
le sous-sol, et que des lignes projetées devaient relier aux
différentes gares ; des tronçons de cette voie passent sous les
rues couvertes, séparant les caves de chaque pavillon ; même,
à tous les carrefours, des plaques tournantes sont posées,
prêtes à fonctionner. Cadine et Marjolin avaient fini par dé-
couvrir, dans la barrière de madriers qui défend la voie, une
pièce de bois moins solide qu'ils avaient rendue mobile ; si
bien qu'ils entraient là, tout à l'aise. Ils y étaient séparés du
monde, avec le continu piétinement de Paris, en haut, sur le
carreau. La voie étendait ses avenues, ses galeries désertes, tachées de jour, sous les regards à grilles de fonte ; dans
les bouts noirs, des gaz brûlaient. Ils se promenaient comme
au fond d'un château à eux, certains que personne ne les dérangerait, heureux de ce silence bourdonnant, de ces lueurs
louches, de cette discrétion de souterrain, où leurs amours
d'enfants gouailleurs avaient des frissons de mélodrame. Des
caves voisines, à travers les madriers, toutes sortes d'odeurs
leur arrivaient : la fadeur des légumes, l'âpreté de la marée,
la rudesse pestilentielle des fromages, la chaleur vivante des

18.

volailles. C'étaient de continuels souffles nourrissants qu'ils aspiraient entre leurs baisers, dans l'alcôve d'ombre où ils s'oubliaient, couchés en travers sur les rails. Puis, d'autres fois, par les belles nuits, par les aubes claires, ils grimpaient sur les toits, ils montaient l'escalier roide des tourelles, placées aux angles des pavillons. En haut, s'élargissaient des champs de zinc, des promenades, des places, toute une campagne accidentée dont ils étaient les maîtres. Ils faisaient le tour des toitures carrées des pavillons, suivaient les toitures allongées des rues couvertes, gravissaient et descendaient les pentes, se perdaient dans des voyages sans fin. Lorsqu'ils se trouvaient las des terres basses, ils allaient encore plus haut, ils se risquaient le long des échelles de fer, où les jupes de Cadine flottaient comme des drapeaux. Alors, ils couraient le second étage de toits, en plein ciel. Au dessus d'eux, il n'y avait plus que les étoiles. Des rumeurs s'élevaient du fond des Halles sonores, des bruits roulants, une tempête au loin, entendue la nuit. A cette hauteur, le vent matinal balayait les odeurs gâtées, les mauvaises haleines du réveil des marchés. Dans le jour levant, au bord des gouttières, ils se becquetaient, ainsi que font des oiseaux, polissonnant sous les tuiles. Ils étaient tout roses, aux premières rougeurs du soleil. Cadine riait d'être en l'air, la gorge moirée, pareille à celle d'une colombe ; Marjolin se penchait pour voir les rues encore pleines de ténèbres, les mains serrées au zinc, comme des pattes de ramier. Quand ils redescendaient, avec la joie du grand air, souriant en amoureux qui sortent chiffonnés d'une pièce de blé, ils disaient qu'ils revenaient de la campagne.

Ce fut à la triperie qu'ils firent connaissance de Claude Lantier. Ils y allaient chaque jour, avec le goût du sang, avec la cruauté de galopins s'amusant à voir des têtes coupées. Autour du pavillon, les ruisseaux coulent rouges ; ils y trempaient le bout du pied, y poussaient des tas de feuilles qui les barraient, étalant des mares sanglantes. L'arrivage des abats dans des carrioles qui puent et qu'on lave à grande eau les intéressait. Ils regardaient déballer les paquets de pieds de moutons qu'on empile à terre comme des pavés salles, les grandes langues roidies montrant les déchirements saignants de la gorge, les cœurs de bœuf solides et décrochés comme des cloches muettes. Mais ce qui leur donnait surtout un frisson à fleur de peau, c'étaient les grands paniers qui suent le sang, pleins de têtes de moutons, les cornes grasses, le museau noir, laissant pendre encore aux chairs vives des lambeaux de peau laineuse ; ils rêvaient à quelque guillotine jetant dans ces paniers les têtes de troupeaux interminables. Ils les suivaient jusqu'au fond de la cave, le long des rails posés sur les marches de l'escalier, écoutant le cri des roulettes de ces wagons d'osier, qui avaient un sifflement de scie. En bas, c'était une horreur exquise. Ils entraient dans une odeur de charnier, ils marchaient au milieu de flaques sombres, où semblaient s'allumer par instants des yeux de pourpre ; leurs semelles se collaient, ils clapotaient, inquiets, ravis de cette boue horrible. Les becs de gaz avaient une flamme courte, une paupière sanguinolente qui battait. Autour des fontaines, sous le jour pâle des soupiraux, ils s'approchaient des étaux. Là, ils jouissaient, à voir les tripiers, le tablier roidi par les éclaboussures, casser une à une les têtes de mouton, d'un coup de maillet. Et ils restaient pendant des heures à attendre que les paniers fussent vides, retenus par le craquement des os, voulant voir jusqu'à la fin arracher les langues et dégager les cervelles des éclats des crânes. Parfois, un cantonnier passait derrière eux, lavant la cave à la lance ; des nappes ruisselaient avec un bruit d'écluse, le jet rude de la lance écorchait les dalles, sans pouvoir emporter la rouille ni la puanteur du sang.

Vers le soir, entre quatre et cinq heures, Cadine et Mar-

jolin étaient sûrs de rencontrer Claude à la vente en gros
des mous de bœuf. Il était là, au milieu des voitures des
tripiers acculées aux trottoirs, dans la foule des hommes en
bourgerons bleus et en tabliers blancs, bousculé, les oreilles cassées par les offres faites à voix haute ; mais il ne sentait pas même les coups de coude, il demeurait en extase,
en face des grands mous pendus aux crocs de la criée. Il
expliqua souvent à Cadine et à Marjolin que rien n'était plus
beau. Les mous étaient d'un rose tendre, s'accentuant peu
à peu, bordé, en bas, de carmin vif ; et il les disait en satin
moiré, ne trouvant pas de mot pour peindre cette douceur soyeuse, ces longues allées fraîches, ces chairs légères
qui retombaient à larges plis, comme des jupes accrochées
de danseuses. Il parlait de gaze, de dentelle laissant voir la
hanche d'une jolie femme. Quand un coup de soleil, tombant sur les grands mous, leur mettait une ceinture d'or,
Claude, l'œil pâmé, était plus heureux que s'il eût vu défiler les nudités des déesses grecques et les robes de brocart
des châtelaines romantiques.

Le peintre devint le grand ami des deux gamins. Il avait
l'amour des belles brutes. Il rêva longtemps un tableau
colossal, Cadine et Marjolin s'aimant au milieu des Halles
centrales, dans les légumes, dans la marée, dans la viande.
Il les aurait assis sur leur lit de nourriture, les bras à la
taille, échangeant le baiser idyllique. Et il voyait là un manifeste artistique, le positivisme de l'art, l'art moderne tout
expérimental et tout matérialiste ; il y voyait encore une
satire de la peinture à idées, un soufflet donné aux vieilles
écoles. Mais pendant près de deux ans, il recommença les
esquisses, sans pouvoir trouver la note juste. Il creva une
quinzaine de toiles. Il s'en garda une grande rancune, continuant à vivre avec ses deux modèles, par une sorte d'a-
mour sans espoir pour son tableau manqué. Souvent l'après-
midi, quand il les rencontrait rôdant, il battait le quartier

des Halles, flânant, les mains au fond des poches, intéressé profondément par la vie des rues.

Tous trois s'en allaient, traînant les talons sur les trottoirs, tenant la largeur, forçant les gens à descendre. Ils humaient les odeurs de Paris, le nez en l'air. Ils auraient reconnu chaque coin, les yeux fermés, rien qu'aux haleines liquoreuses sortant des marchands de vin, aux souffles chauds des boulangeries et des pâtisseries, aux étalages fades des fruitières. C'étaient de grandes tournées. Ils se plaisaient à traverser la rotonde de la Halle au blé, l'énorme et lourde cage de pierre, au milieu des empilements de sacs blancs de farine, écoutant le bruit de leurs pas dans le silence de la voûte sonore. Ils aimaient les bouts de rue voisins, devenus déserts, noirs et tristes comme un coin de ville abandonné, la rue Babille, la rue Sauval, la rue des Deux-Écus, la rue de Viarmes, blême du voisinage des meuniers, et où grouille à quatre heures la bourse aux grains. D'ordinaire, ils partaient de là. Lentement, ils suivaient la rue Vauvilliers, s'arrêtant aux carreaux des gargotes louches, se montrant du coin de l'œil, avec des rires, le gros numéro jaune d'une maison aux persiennes fermées. Dans l'étranglement de la rue des Prouvaires, Claude clignait les yeux, regardait, en face, au bout de la rue couverte, encadré sous ce vaisseau immense de gare moderne, un portail latéral de Saint-Eustache, avec sa rosace et ses deux étages de fenêtres à plein cintre ; il disait, par manière de défi, que tout le moyen âge et toute la renaissance tiendraient sous les Halles centrales. Puis, en longeant les larges rues neuves, la rue du Pont-Neuf et la rue des Halles, il expliquait aux deux gamins la vie nouvelle, les trottoirs superbes, les hautes maisons, le luxe des magasins; il annonçait un art original qu'il sentait venir, disait-il, et qu'il se rongeait les poings de ne pouvoir révéler. Mais Cadine et Marjolin préféraient la paix provinciale de la rue des Bourdonnais, où l'on peut jouer aux

billes, sans craindre d'être écrasé ; la petite faisait la belle, en
passant devant les bonneteries et les ganteries en gros, tandis
que, sur chaque porte, des commis en cheveux, la plume à l'o-
reille, la suivaient du regard, d'un air ennuyé. Ils préféraient encore les tronçons du vieux Paris restés debout, les
rues de la Poterie et de la Lingerie, avec leurs maisons
ventrues, leurs boutiques de beurre, d'œufs et de fromages ;
les rues de la Ferronnerie et de l'Aiguillerie, les belles rues
d'autrefois, aux étroits magasins obscurs ; surtout la rue
Courtalon, une ruelle noire, sordide, qui va de la place
Sainte-Opportune à la rue Saint-Denis, trouée d'allées puantes,
au fond desquelles ils avaient polissonné, étant plus jeunes.
Rue Saint-Denis, ils entraient dans la gourmandise ; ils souriaient aux pommes tapées, au bois de réglisse, aux pruneaux,
au sucre candi des épiciers et des droguistes. Leurs flâneries
aboutissaient chaque fois à des idées de bonnes choses, à des envies de manger les étalages des yeux. Le quartier était pour
eux une grande table toujours servie, un dessert éternel, dans
lequel ils auraient bien voulu allonger les doigts. Ils visi-
taient à peine un instant l'autre pâté de masures branlantes,
les rues Pirouette, de Mondétour, de la Petite-Truanderie,
de la Grande-Truanderie, intéressés médiocrement par les
dépôts d'escargots, les marchands d'herbes cuites, les bou-
ges des tripiers et des liquoristes ; il y avait cependant, rue
de la Grande-Truanderie, une fabrique de savon, très-douce
au milieu des puanteurs voisines, qui arrêtait Marjolin,
attendant que quelqu'un entrât ou sortît, pour recevoir au
visage l'haleine de la porte. Et ils revenaient vite rue Pierre-
Lescot et rue Rambuteau. Cadine adorait les salaisons, elle
restait en admiration devant les paquets de harengs saurs,
les barils d'anchois et de câpres, les tonneaux de cornichons
et d'olives, où des cuillers de bois trempaient ; l'odeur du
vinaigre la grattait délicieusement à la gorge ; l'âpreté des
morues roulées, des saumons fumés, des lards et des jam-

bons, la pointe aigrelette des corbeilles de citrons, lui mettaient au bord des lèvres un petit bout de langue, humide
d'appétit ; et elle aimait aussi à voir les tas de boîtes de sardines, qui font, au milieu des sacs et des caisses, des colonnes
ouvragées de métal. Rue Montorgueil, rue Montmartre, il y
avait encore de bien belles épiceries, des restaurants dont
les soupiraux sentaient bon, des étalages de volailles et de
gibier très-réjouissants, des marchands de conserves, à la
porte desquels des barriques défoncées débordaient d'une
choucroute jaune, déchiquetée comme de la vieille guipure. Mais, rue Coquillière, ils s'oubliaient dans l'odeur
des truffes. Il y a là un grand magasin de comestibles
qui souffle jusque sur le trottoir un tel parfum, que Cadine
et Marjolin fermaient les yeux, s'imaginant avaler des
choses exquises. Claude était troublé ; il disait que cela
le creusait ; il allait revoir la Halle au blé, par la rue Oblin,
étudiant les marchandes de salades, sous les portes, et les
faïences communes, étalées sur les trottoirs, laissant « les
deux brutes » achever leur flânerie dans ce fumet de truffes,
le fumet le plus aigu du quartier.

C'étaient là les grandes tournées. Cadine, lorsqu'elle
promenait toute seule ses bouquets de violettes, poussait des
pointes, rendait particulièrement visite à certains magasins
qu'elle aimait. Elle avait surtout une vive tendresse pour la
boulangerie Taboureau, où toute une vitrine était réservée
à la pâtisserie ; elle suivait la rue Turbigo, revenait dix fois,
pour passer devant les gâteaux aux amandes, les saint-
honoré, les savarins, les flans, les tartes aux fruits, les
assiettes de babas, d'éclairs, de choux à la crème ; et elle
était encore attendrie par les bocaux pleins de gâteaux secs,
de macarons et de madeleines. La boulangerie, très-claire,
avec ses larges glaces, ses marbres, ses dorures, ses casiers
à pains de fer ouvragé, son autre vitrine, où des pains longs
et vernis s'inclinaient, la pointe sur une tablette de cristal,

retenus plus haut par une tringle de laiton, avait une bonne
tiédeur de pâte cuite, qui l'épanouissait, lorsque cédant à la
tentation, elle entrait acheter une brioche de deux sous.
Une autre boutique, en face du square des Innocents, lui
donnait des curiosités gourmandes, toute une ardeur de dé-
sirs inassouvis. C'était une spécialité de godiveaux. Elle
s'arrêtait dans la contemplation des godiveaux ordinaires,
des godiveaux de brochet, des godiveaux de foies gras truffés;
et elle restait là, rêvant, se disant qu'il faudrait bien qu'elle
finît par en manger un jour.

Cadine avait aussi ses heures de coquetterie. Elle s'achetait alors des toilettes superbes à l'étalage des Fabriques de
France, qui pavoisaient la pointe Saint-Eustache d'immenses
pièces d'étoffe, pendues et flottant de l'entresol jusqu'au
trottoir. Un peu gênée par son éventaire, au milieu des
femmes des Halles, en tabliers sales devant ces toilettes des
dimanches futurs, elle touchait les lainages, les flanelles,
les cotonnades, pour s'assurer du grain et de la souplesse de
l'étoffe. Elle se promettait quelque robe de flanelle voyante,
de cotonnade à ramages ou de popeline écarlate. Parfois
même, elle choisissait dans les vitrines, parmi les coupons
plissés et avantagés par la main des commis, une soie tendre, bleu ciel ou vert pomme, qu'elle rêvait de porter
avec des rubans roses. Le soir, elle allait recevoir à la face
l'éblouissement des grands bijoutiers de la rue Montmartre.
Cette terrible rue l'assourdissait de ses files interminables de
voitures, la coudoyait de son flot continu de foule, sans
qu'elle quittât la place, les yeux emplis de cette splendeur
flambante, sous la ligne des réverbères accrochés en dehors
à la devanture du magasin. D'abord, c'étaient les blancheurs
mates, les luisants aigus de l'argent, les montres alignées,
les chaînes pendues, les couverts en croix, et les timbales,
es tabatières, les ronds de serviette, les peignes, posés sur
les étagères; mais elle avait une affection pour les dés d'ar-

gent, rangés sur un écrin de porcelaine, que recouvrait un
globe. Puis, de l'autre côté, la lueur fauve de l'or jaunis-
sait les glaces. Une nappe de chaînes longues tombait de
haut, moirée d'éclairs rouges ; les petites montres de femme,
retournées du côté du boîtier, avaient des rondeurs scin-
tillantes d'étoiles tombées ; les alliances s'enfilaient dans des
tringles minces ; les bracelets, les broches, les bijoux chers
luisaient sur le velours noir des écrins ; les bagues allumaient
de courtes flammes bleues, vertes, jaunes, violettes, dans les
grands baguiers carrés ; tandis que, à toutes les étagères,
sur deux et trois rangs, des files de boucles d'oreilles, de
croix, de médaillons, mettaient au bord du cristal des tablettes, des franges riches de tabernacle. Le reflet de tout
cet or éclairait la rue d'un coup de soleil, jusqu'au milieu de
la chaussée. Et Cadine croyait entrer dans quelque chose de
saint, dans les trésors de l'empereur. Elle examinait longuement cette forte bijouterie de poissonnières, lisant avec
soin les étiquettes à gros chiffres qui accompagnaient chaque
bijou. Elle se décidait pour des boucles d'oreilles, pour des
poires de faux corail, accrochées à des roses d'or.

Un matin, Claude la surprit en extase devant un coiffeur
de la rue Saint-Honoré. Elle regardait les cheveux d'un air
de profonde envie. En haut, c'était un ruissellement de cri-
nières, des queues molles, des nattes dénouées, des frisons
en pluie, des cache-peignes à trois étages, tout un flot de
crins et de soies, avec des mèches rouges qui flambaient,
des épaisseurs noires, des pâleurs blondes, jusqu'à des
chevelures blanches pour les amoureuses de soixante ans.
En bas, les tours discrets, les anglaises toutes frisées, les
chignons pommadés et peignés, dormaient dans des boîtes
de carton. Et, au milieu de ce cadre, au fond d'une sorte
de chapelle, sous les pointes effiloquées des cheveux accrochés, un buste de femme tournait. La femme portait une
écharpe de satin cerise, qu'une broche de cuivre fixait dans

le creux des seins ; elle avait une coiffure de mariée très-haute, relevée de brins d'oranger, souriant de sa bouche de poupée, les yeux clairs, les cils plantés roides et trop longs, les joues de cire, les épaules de cire comme cuites et enfumées par le gaz. Cadine attendait qu'elle revînt, avec son sourire ; alors, elle était heureuse, à mesure que le profil s'accentuait et que la belle femme, lentement, passait de gauche à droite. Claude fut indigné. Il secoua Cadine, en lui demandant ce qu'elle faisait là, devant cette ordure, « cette fille crevée, ramassée à la Morgue. » Il s'emportait contre cette nudité de cadavre, cette laideur du joli, en disant qu'on ne peignait plus que des femmes comme ça. La petite ne fut pas convaincue ; elle trouvait la femme bien belle. Puis, résistant au peintre qui la tirait par un bras, grattant d'ennui sa tignasse noire, elle lui montra une queue rousse, énorme, arrachée à la forte carrure de quelque jument, en lui avouant qu'elle voudrait avoir ces cheveux-là.

Et, dans les grandes tournées, lorsque tous trois, Claude, Cadine et Marjolin, rôdaient autour des Halles, ils apercevaient, par chaque bout de rue, un coin du géant de fonte. C'étaient des échappées brusques, des architectures imprévues, le même horizon s'offrant sans cesse sous des aspects divers. Claude se retournait, surtout rue Montmartre, après avoir passé l'église. Au loin, les Halles, vues de biais, l'enthousiasmaient : une grande arcade, une porte haute, béante, s'ouvrait ; puis les pavillons s'entassaient, avec leurs deux étages de toits, leurs persiennes continues, leurs stores immenses ; on eût dit des profils de maisons et de palais superposés, une babylone de métal, d'une légèreté hindoue, traversée par des terrasses suspendues, des couloirs aériens, des ponts volants jetés sur le vide. Ils revenaient toujours là, à cette ville autour de laquelle ils flânaient, sans pouvoir la quitter de plus de cent pas. Ils rentraient dans les après-midi tièdes des Halles. En haut, les

persiennes sont fermées, les stores baissés. Sous les rues
couvertes, l'air s'endort, d'un gris de cendre coupé de
barres jaunes par les taches de soleil qui tombent des longs
vitrails. Des murmures adoucis sortent des marchés ; les pas
des rares passants affairés sonnent sur les trottoirs ; tandis
que des porteurs, avec leur médaille, sont assis à la file sur
les rebords de pierre, au coin des pavillons, ôtant leurs gros
souliers, soignant leurs pieds endoloris. C'est une paix de
colosse au repos, dans laquelle monte parfois un chant de
coq, du fond de la cave aux volailles. Souvent ils allaient
alors voir charger les paniers vides sur les camions, qui,
chaque après-midi, viennent les reprendre, pour les retourner aux expéditeurs. Les paniers étiquetés de lettres
et de chiffres noirs, faisaient des montagnes, devant les
magasins de commission de la rue Berger. Pile par pile,
symétriquement, des hommes les rangeaient. Mais quand
le tas, sur le camion, atteignait la hauteur d'un premier
étage, il fallait que l'homme, resté en bas, balançant la
pile de paniers, prît un élan pour la jeter à son camarade,
perché en haut, les bras en avant. Claude, qui aimait la force
et l'adresse, restait des heures à suivre le vol de ces masses
d'osier, riant lorsqu'un élan trop vigoureux les enlevait, les
lançaient par-dessus le tas, au milieu de la chaussée. Il adorait aussi le trottoir de la rue Rambuteau et celui de la rue
du Pont-Neuf, au coin du pavillon des fruits, à l'endroit où
se tiennent les marchandes au petit tas. Les légumes en plein
air le ravissaient, sur les tables recouvertes de chiffons noirs
mouillés. A quatre heures, le soleil allumait tout ce coin de
verdure. Il suivait les allées, curieux des têtes colorées des
marchandes ; les jeunes, les cheveux retenus dans un filet,
déjà brûlées par leur vie rude ; les vieilles, cassées, ratatinées,
la face rouge, sous le foulard jaune de leur marmotte. Cadine
et Marjolin refusaient de le suivre, en reconnaissant de loin
la mère Chantemesse qui leur montrait le poing, furieuse

de les voir polissonner ensemble. Il les rejoignait sur l'autre trottoir. Là, à travers la rue, il trouvait un superbe sujet de tableau : les marchandes au petit tas sous leurs grands parasols déteints, les rouges, les bleus, les violets, attachés à des bâtons, bossuant le marché, mettant leurs rondeurs vigoureuses dans l'incendie du couchant, qui se mourait sur les carottes et les navets. Une marchande, une vieille guenipe de cent ans, abritait trois salades maigres sous une ombrelle de soie rose, crevée et lamentable.

Cependant, Cadine et Marjolin avaient fait connaissance de Léon, l'apprenti charcutier des Quenu-Gradelle, un jour qu'il portait une tourte dans le voisinage. Ils le virent qui soulevait le couvercle de la casserole, au fond d'un angle obscur de la rue de Mondétour, et qui prenait un godiveau avec les doigts, délicatement. Ils se sourirent, cela leur donna une grande idée du gamin. Cadine conçut le projet de contenter enfin une de ses envies les plus chaudes ; lorsqu'elle rencontra de nouveau le petit, avec sa casserole, elle fut très-aimable, elle se fit offrir un godiveau, riant, se léchant les doigts. Mais elle eut quelque désillusion, elle croyait que c'était meilleur que ça. Le petit, pourtant, lui parut drôle, tout en blanc comme une fille qui va communier, le museau rusé et gourmand. Elle l'invita à un déjeuner monstre, qu'elle donna dans les paniers de la criée aux beurres. Ils s'enfermèrent tous trois, elle, Marjolin et Léon, entre les quatre murs d'osier, loin du monde. La table fut mise sur un large panier plat. Il y avait des poires, des noix, du fromage blanc, des crevettes, des pommes de terre frites et des radis. Le fromage blanc venait d'une fruitière de la rue de la Cossonnerie ; c'était un cadeau. Un friteur de la rue de la Grande-Truanderie avait vendu à crédit les deux sous de pommes de terre frites. Le reste, les poires, les noix, les crevettes, les radis, était volé aux quatre coins des Halles. Ce fut un régal exquis. Léon ne voulut pas rester à court d'amabilité,

il rendit le déjeuner par un souper, à une heure du matin,
dans sa chambre. Il servit du boudin froid, des ronds de
saucisson, un morceau de petit salé, des cornichons et de la
graisse d'oie. La charcuterie des Quenu-Gradelle avait tout
fourni. Et cela ne finit plus, les soupers fins succédèrent aux
déjeuners délicats, les invitations suivirent les invitations.
Trois fois par semaine, il y eut des fêtes intimes dans le
trou aux paniers et dans cette mansarde, où Florent, les
nuits d'insomnie, entendait des bruits étouffés de mâchoires
et des rires de flageolet jusqu'au petit jour.

Alors, les amours de Cadine et de Marjolin s'étalèrent
encore. Ils furent parfaitement heureux. Il faisait le galant,
la menait en cabinet particulier, pour croquer des pommes
crues ou des cœurs de céleri, dans quelque coin noir des
caves. Il vola un jour un hareng saur qu'ils mangèrent
délicieusement, sur le toit du pavillon de la marée, au bord
des gouttières. Les Halles n'avaient pas un trou d'ombre
où ils n'allaient cacher leurs régals tendres d'amoureux.
Le quartier, ces files de boutiques ouvertes, pleines de
fruits, de gâteaux, de conserves, ne fut plus un paradis
fermé, devant lequel rôdait leur faim de gourmands,
avec des envies sourdes. Ils allongeaient la main en passant
le long des étalages, chipant un pruneau, une poignée de
cerises, un bout de morue. Ils s'approvisionnaient également
aux Halles, surveillant les allées des marchés, ramassant
tout ce qui tombait, aidant même souvent à tomber, d'un
coup d'épaule, les paniers de marchandises. Malgré cette
maraude, des notes terribles montaient chez le friteur de la
rue de la Grande-Truanderie. Ce friteur, dont l'échoppe
était appuyée contre une maison branlante, soutenue par
de gros madriers verts de mousse, tenait des moules cuites
nageant dans une eau claire, au fond de grands saladiers de
faïence, des plats de petites limandes jaunes et roidies, sous
leur couche trop épaisse de pâte, des carrés de gras-double

mijotant au cul de la poêle, des harengs grillés, noirs, charbonnés, si durs, qu'ils sonnaient comme du bois. Cadine, certaines semaines, devait jusqu'à vingt sous ; cette dette l'écrasait, il lui fallait vendre un nombre incalculable de bouquets de violettes, car elle n'avait pas à compter du tout sur Marjolin. D'ailleurs, elle était bien forcée de rendre à Léon ses politesses ; elle se sentait même un peu honteuse de ne jamais avoir le moindre plat de viande. Lui, finissait par prendre des jambons entiers. D'habitude, il cachait tout dans sa chemise. Quand il montait de la charcuterie, le soir, il tirait de sa poitrine des bouts de saucisse, des tranches de pâté de foie, des paquets de couennes. Le pain manquait, et l'on ne buvait pas. Marjolin aperçut Léon embrassant Cadine, une nuit, entre deux bouchées. Cela le fit rire. Il aurait assommé le petit d'un coup de poing ; mais il n'était point jaloux de Cadine, il la traitait en bonne amie qu'on a depuis longtemps.

Claude n'assistait pas à ces festins. Ayant surpris la bouquetière volant une betterave, dans un petit panier garni de foin, il lui avait tiré les oreilles, en la traitant de vaurienne. Cela la complétait, disait-il. Et il éprouvait, malgré lui, comme une admiration pour ces bêtes sensuelles, chipeuses et gloutonnes, lâchées dans la jouissance de tout ce qui traînait, ramassant les miettes tombées de la desserte d'un géant.

Marjolin était entré chez Gavard, heureux de n'avoir rien à faire qu'à écouter les histoires sans fin de son patron. Cadine vendait ses bouquets, habituée aux gronderies de la mère Chantemesse. Ils continuaient leur enfance, sans honte, allant à leurs appétits, avec des vices tout naïfs. Ils étaient les végétations de ce pavé gras du quartier des Halles, où même par les beaux temps, la boue reste noire et poissante. La fille à seize ans, le garçon à dix-huit, gardaient la belle impudence des bambins qui se retroussent au coin des bornes. Cependant, il poussait dans Cadine des rêveries inquiètes, lorsqu'elle marchait sur les trottoirs, tournant les queues des violettes comme des fuseaux. Et Marjolin, lui aussi, avait un malaise qu'il ne s'expliquait pas. Il quittait parfois la petite, s'échappait d'une flânerie, manquait un régal, pour aller voir madame Quenu, à travers les glaces de la charcuterie. Elle était si belle, si grosse, si ronde, qu'elle lui faisait du bien. Il éprouvait, devant elle, une plénitude, comme s'il eût mangé ou bu quelque chose de bon. Quand il s'en allait, il emportait une faim et une soif de la revoir. Cela durait depuis des mois. Il avait eu d'abord pour elle les regards respectueux qu'il donnait aux étalages des épiciers et des marchands de salaisons. Puis, lorsque vinrent les jours de grande maraude, il rêva, en la voyant, d'allonger les mains sur sa forte taille, sur ses gros bras, ainsi qu'il les enfonçait dans les barils d'olives et dans les caisses de pommes tapées.

Depuis quelque temps, Marjolin voyait la belle Lisa chaque jour, le matin. Elle passait devant la boutique de Gavard, s'arrêtait un instant, causait avec le marchand de volailles. Elle faisait son marché elle-même, disait-elle, pour qu'on la volât moins. La vérité était qu'elle tâchait de provoquer les confidences de Gavard ; à la charcuterie, il se méfiait ; dans sa boutique, il pérorait, racontait tout ce qu'on voulait. Elle s'était dit qu'elle saurait par lui ce qui ce passait au juste chez monsieur Lebigre ; car elle tenait mademoiselle Saget, sa police secrète, en médiocre confiance. Elle apprit ainsi du terrible bavard des choses confuses qui l'effrayèrent beaucoup. Deux jours après l'explication qu'elle avait eue avec Quenu, elle rentra du marché, très-pâle. Elle fit signe à son mari de la suivre dans la salle à manger. Là, après avoir fermé les portes :

— Ton frère veut donc nous envoyer à l'échafaud !... Pourquoi m'as-tu caché ce que tu sais ?

Quenu jura qu'il ne savait rien. Il fit un grand serment, affirmant qu'il n'était plus retourné chez monsieur Lebigre et qu'il n'y retournerait jamais. Elle haussa les épaules, en reprenant :

— Tu feras bien, à moins que tu ne désires y laisser ta peau... Florent est de quelque mauvais coup, je le sens. Je viens d'en apprendre assez pour deviner où il va... Il retourne au bagne, entends-tu ?

Puis, au bout d'un silence, elle continua d'une voix plus calme :

— Ah ! le malheureux !... Il était ici comme un coq en pâte, il pouvait redevenir honnête, il n'avait que de bons exemples. Non, c'est dans le sang ; il se cassera le cou, avec sa politique... Je veux que ça finisse, tu entends, Quenu ? Je t'avais averti.

Elle appuya nettement sur ces derniers mots. Quenu baissait la tête, attendant son arrêt.

— D'abord, dit-elle, il ne mangera plus ici. C'est assez qu'il y couche. Il gagne de l'argent, qu'il se nourrisse.

Il fit mine de protester, mais elle lui ferma la bouche, en ajoutant avec force :

— Alors, choisis entre lui et nous. Je te jure que je m'en vais avec ma fille, s'il reste davantage. Veux-tu que je te le dise, à la fin : c'est un homme capable de tout, qui est venu troubler notre ménage. Mais j'y mettrai bon ordre, je t'assure... Tu as bien entendu : ou lui ou moi.

Elle laissa son mari muet, elle rentra dans la charcuterie, où elle servit une demi-livre de pâté de foie, avec son sourire affable de belle charcutière. Gavard, dans une discussion politique qu'elle avait amenée habilement, s'était échauffé jusqu'à lui dire qu'elle verrait bien, qu'on allait tout flanquer par terre, et qu'il suffirait de deux hommes déterminés comme son beau-frère et lui, pour mettre le feu à la boutique. C'était le mauvais coup dont elle parlait, quelque conspiration à laquelle le marchand de volailles faisait des allusions continuelles, d'un air discret, avec des ricanements qui

voulaient en laisser deviner long. Elle voyait une bande de
sergents de ville envahir la charcuterie, les bâillonner, elle,
Quenu et Pauline, et les jeter tous trois dans une basse-fosse.

Le soir, au dîner, elle fut glaciale ; elle ne servit pas
Florent, elle dit à plusieurs reprises :

— C'est drôle comme nous mangeons du pain, depuis
quelque temps.

Florent comprit enfin. Il se sentit traiter en parent qu'on
jette à la porte. Lisa, dans les deux derniers mois, l'habillait
avec les vieux pantalons et les vieilles redingotes de Quenu ;
et comme il était aussi sec que son frère était rond, ces vêtements en loques lui allaient le plus étrangement du monde.
Elle lui passait aussi son vieux linge, des mouchoirs vingt
fois reprisés, des serviettes effiloquées, des draps bon à
faire des torchons, des chemises usées, élargies par le ventre
de son frère, et si courtes, qu'elles auraient pu lui servir de
vestes. D'ailleurs, il ne retrouvait plus autour de lui les
bienveillances molles des premiers temps. Toute la maison
haussait les épaules, comme on voyait faire à la belle Lisa ;
Auguste et Augustine affectaient de lui tourner le dos, tandis
que la petite Pauline avait des mots cruels d'enfant terrible,
sur les taches de ses habits et les trous de son linge. Les
derniers jours, il souffrit surtout à table. Il n'osait plus manger, en voyant l'enfant et la mère le regarder, lorsqu'il se
coupait du pain. Quenu restait le nez dans son assiette,
évitant de lever les yeux, afin de ne pas se mêler de ce qui
se passait. Alors, ce qui le tortura, ce fut de ne pas savoir
comment quitter la place. Il retourna dans sa tête, pendant
près d'une semaine, sans oser la prononcer, une phrase
pour dire qu'il prendrait désormais ses repas dehors.

Cet esprit tendre vivait dans de telles illusions, qu'il craignait de blesser son frère et sa belle-sœur en ne mangeant
plus chez eux. Il avait mis plus de deux mois à s'apercevoir
de l'hostilité sourde de Lisa ; parfois encore, il craignait de

se tromper, il la trouvait très-bonne à son égard. Le désintéressement, chez lui, était poussé jusqu'à l'oubli de ses
besoins ; ce n'était plus une vertu, mais une indifférence
suprême, un manque absolu de personnalité. Jamais il ne
songea, même lorsqu'il se vit chassé peu à peu, à l'héritage
du vieux Gradelle, aux comptes que sa belle-sœur voulait
lui rendre. Il avait, d'ailleurs, arrêté à l'avance tout un
projet de budget : avec l'argent que madame Verlaque lui
laissait sur ses appointements, et les trente francs d'une
leçon que la belle Normande lui avait procurée, il calculait
qu'il aurait à dépenser dix-huit sous à son déjeuner et vingt-
six sous à son dîner. C'était très-suffisant. Enfin, un matin,
il se risqua, il profita de la nouvelle leçon qu'il donnait,
pour prétendre qu'il lui était impossible de se trouver à la
charcuterie aux heures des repas. Ce mensonge laborieux le
fit rougir. Et il s'excusait :

— Il ne faut pas m'en vouloir, l'enfant n'est libre qu'à
ces heures-là... Ça ne fait rien, je mangerai un morceau
dehors, je viendrai vous dire bonsoir dans la soirée.

La belle Lisa restait toute froide, ce qui le troublait
davantage. Elle n'avait pas voulu le congédier, pour ne
mettre aucun tort de son côté, préférant attendre qu'il se
lassât. Il partait, c'était un bon débarras, elle évitait toute
démonstration d'amitié qui aurait pu le retenir. Mais Quenu
s'écria, un peu ému :

— Ne te gêne pas, mange dehors, si cela te convient
mieux... Tu sais que nous ne te renvoyons pas, que diable !
Tu viendras manger la soupe avec nous, quelquefois, le
dimanche.

Florent se hâta de sortir. Il avait le cœur gros. Quand il
ne fut plus là, la belle Lisa n'osa pas reprocher à son mari
sa faiblesse, cette invitation pour le dimanche. Elle demeurait victorieuse, elle respirait à l'aise dans la salle à manger de chêne clair, avec des envies de brûler du sucre, pour

en chasser l'odeur de maigreur perverse qu'elle y sentait.
D'ailleurs, elle garda la défensive. Même, au bout d'une
semaine, elle eut des inquiétudes plus vives. Elle ne voyait
Florent que rarement, le soir, elle s'imaginait des choses
terribles, une machine infernale fabriquée en haut, dans la
chambre d'Augustine, ou bien des signaux transmis de la
terrasse, pour couvrir le quartier de barricades. Gavard
prenait des allures assombries ; il ne répondait que par des
branlements de tête, laissait sa boutique à la garde de
Marjolin pendant des journées entières. La belle Lisa résolut
d'en avoir le cœur net. Elle sut que Florent avait un congé,
et qu'il allait le passer avec Claude Lantier chez madame
François, à Nanterre. Comme il devait partir dès le jour, pour
ne revenir que dans la soirée, elle songea à inviter Gavard
à dîner ; il parlerait à coup sûr, le ventre à table. Mais,
de toute la matinée, elle ne put rencontrer le marchand de
volailles. L'après-midi, elle retourna aux Halles.

Marjolin était seul à la boutique. Il y sommeillait pendant des heures, se reposant de ses longues flâneries.
D'habitude, il s'asseyait, allongeait les jambes sur l'autre
chaise, la tête appuyée contre le petit buffet, au fond. L'hiver, les étalages de gibier le ravissaient : les chevreuils pendus
la tête en bas, les pattes de devant cassées et nouées par-
dessus le cou ; les colliers d'allouettes en guirlande autour
de la boutique, comme des parures de sauvages ; les grands
lièvres roux, les perdrix mouchetées, les bêtes d'eau d'un
gris de bronze, les gélinottes de Russie qui arrivent dans un
mélange de paille d'avoine et de charbon, et les faisans, les
faisans magnifiques, avec leur chaperon écarlate, leur gorge-
rin de satin vert, leur manteau d'or niellé, leur queue de
flamme traînant comme une robe de cour. Toutes ces plumes lui rappelaient Cadine, les nuits passées en bas, dans
la mollesse des paniers.

Ce jour-là, la belle Lisa trouva Marjolin au milieu de la

volaille. L'après-midi était tiède, des souffles passaient
dans les rues étroites du pavillon. Elle dut se baisser pour
l'apercevoir, vautré au fond de la boutique, sous les chairs
crues de l'étalage. En haut, accrochées à la barre à dents
de loup, des oies grasses pendaient, le croc enfoncé dans la
plaie saignante du cou, le cou long et roidi, avec la masse
énorme du ventre, rougeâtre sous le fin duvet, se ballonnant
ainsi qu'une nudité, au milieu des blancheurs de linge de
la queue et des ailes. Il y avait aussi, tombant de la barre,
les pattes écartées comme pour quelque saut formidable,
les oreilles rabattues, des lapins à l'échine grise, tâchée par
le bouquet de poils blancs de la queue retroussée, et dont la
tête, aux dents aiguës, aux yeux troubles, riait d'un rire de
bête morte. Sur la table d'étalage, des poulets plumés montraient leur poitrine charnue, tendue par l'arête du brochet ; des pigeons, serrés sur des claies d'osier, avaient des
peaux nues et tendres d'innocents ; des canards, de peaux
plus rudes, étalaient les palmes de leurs pattes ; trois dindes superbes, piquées de bleu comme un menton fraîche-
ment rasé, dormaient sur le dos, la gorge recousue, dans
l'éventail noir de leur queue élargie. A côté, sur des assiettes,
étaient posés des abatis, le foie, le gésier, le cou, les pattes
les ailerons ; tandis que, dans un plat ovale, un lapin
écorché et vidé était couché, les quatre membres écartés, la
tête sanguinolente, la peau du ventre fendue, montrant les
deux rognons ; un filet de sang avait coulé tout le long du
râble jusqu'à la queue, d'où il avait taché, goutte à goutte,
la pâleur de la porcelaine. Marjolin n'avait pas même
essuyé la planche à découper, près de laquelle les pattes du
lapin traînaient encore. Il fermait les yeux à demi, ayant
autour de lui, sur les trois étagères qui garnissaient inté-
rieurement la boutique, d'autres entassements de volailles
mortes, des volailles dans des cornets de papier comme des
bouquets, des cordons continus de cuisses repliées et de poi-

tines bombées, entrevues confusément. Au fond de toute
ce te nourriture, son grand corps blond, ses joues, ses
mains, son cou puissant, au poil roussâtre, avaient la chair
fine des dindes superbes et la rondeur de ventre des oies
grasses.

Quand il aperçut la belle Lisa, il se leva brusquement,
rougissant d'avoir été surpris, vautré de la sorte. Il était
toujours très-timide, très-gêné devant elle. Et lorsqu'elle lui
demanda si monsieur Gavard était là :

— Non, je ne sais pas, balbutia-t-il ; il était là tout à
l'heure, mais il est reparti.

Elle souriait en le regardant, elle avait une grande amitié pour lui. Comme elle laissait pendre une main, elle
sentit un frôlement tiède, elle poussa un petit cri. Sous la
table d'étalage, dans une caisse, des lapins vivants allongeaient le cou, flairaient ses jupes.

— Ah ! dit-elle en riant, ce sont tes lapins qui me cha-
touillent.

Elle se baissa, voulut caresser un lapin blanc qui se réfu-
gia dans un coin de la caisse. Puis, se relevant :

— Et rentrera-t-il bientôt, monsieur Gavard ?

Marjolin répondit de nouveau qu'il ne savait pas.
Ses mains tremblaient un peu. Il reprit d'une voix hési-
tante :

— Peut-être qu'il est à la resserre... Il m'a dit, je crois,
qu'il descendait.

— J'ai envie de l'attendre, alors, reprit Lisa. On pourrait
lui faire savoir que je suis là... A moins que je ne descende.
Tiens ! c'est une idée. Il y cinq ans que je me promets de
voir les resserres... Tu vas me conduire, n'est-ce pas ? tu
m'expliqueras.

Il était devenu très-rouge. Il sortit précipitamment de la
boutique, marchant devant elle, abandonnant l'étalage, répétant :

— Certainement... Tout ce que vous voudrez, madame Lisa.

Mais, en bas, l'air noir de la cave suffoqua la belle charcutière. Elle restait sur la dernière marche, levant les yeux, regardant la voûte, à bandes de briques blanches et rouges, faite d'arceaux écrasés, pris dans des nervures de fonte et soutenus par des colonnettes. Ce qui l'arrêtait là, plus encore que l'obscurité, c'était une odeur chaude, pénétrante, une exhalaison de bêtes vivantes, dont les alcalis la piquaient au nez et à la gorge.

— Ça sent très-mauvais, murmura-t-elle. Ce ne serait pas sain, de vivre ici.

— Moi, je me porte bien, répondit Marjolin étonné. L'odeur n'est pas mauvaise, quand on y est habitué. Puis, on a chaud l'hiver ; on est très à son aise.

Elle le suivit, disant que ce fumet violent de volaille la répugnait, qu'elle ne mangerait certainement pas de poulet de deux mois. Cependant, les resserres, les étroites cabines, où les marchands gardent les bêtes vivantes, allongeaient leurs ruelles régulières, coupées à angles droits. Les becs de gaz étaient rares, les ruelles dormaient, silencieuses, pareilles à un coin de village, quand la province est au lit. Marjolin fit toucher à Lisa le grillage à mailles serrées, tendu sur des cadres de fonte. Et, tout en longeant une rue, elle lisait les noms des locataires, écrits sur des plaques bleues.

— Monsieur Gavard est tout au fond, dit le jeune homme, qui marchait toujours.

Ils tournèrent à gauche, ils arrivèrent dans une impasse, dans un trou d'ombre, où pas un filet de lumière ne glissait. Gavard n'y était pas.

— Ça ne fait rien, reprit Marjolin. Je vais tout de même vous montrer nos bêtes. J'ai une clef de la resserre.

La belle Lisa entra derrière lui dans cette nuit épaisse. Là, elle le trouva tout à coup au milieu de ses jupes ; elle crut qu'elle s'était trop avancée contre lui, elle se recula ; et elle riait, elle disait :

— Si tu t'imagines que je vais les voir, tes bêtes, dans ce four-là.

Il ne répondit pas tout de suite ; puis, il balbutia qu'il y avait toujours une bougie dans la resserre. Mais il n'en finissait plus, il ne pouvait trouver le trou de la serrure. Comme elle l'aidait, elle sentit une haleine chaude sur son cou. Quand il eut ouvert enfin la porte et allumé la bougie, elle le vit si frissonnant, qu'elle s'écria :

— Grand bêta ! peut-on se mettre dans un état pareil, parce qu'une porte ne veut pas s'ouvrir ! Tu es une demoiselle, avec tes gros poings.

Elle entra dans la resserre. Gavard avait loué deux compartiments, dont il avait fait un seul poulailler, en enlevant la cloison. Par terre, dans le fumier, les grosses bêtes, les oies, les dindons, les canards, pataugeaient ; en haut, sur les trois rangs des étagères, des boîtes plates à claire-voie contenaient des poules et des lapins. Le grillage de la resserre était tout poussiéreux, tendu de toiles d'araignée, à ce point qu'il semblait garni de stores gris ; l'urine des lapins rongeait les panneaux du bas ; la fiente de la volaille tachait les planches d'éclaboussures blanchâtres. Mais Lisa ne voulut pas désobliger Marjolin, en montrant davantage son dégoût. Elle fourra les doigts entre les barreaux des boîtes, pleurant sur le sort de ces malheureuses poules entassées qui ne pouvaient pas même se tenir debout. Elle caressa un canard accroupi dans un coin, la patte cassée, tandis que le jeune homme lui disait qu'on le tuerait le soir même, de peur qu'il ne mourût pendant la nuit.

— Mais, demanda-t-elle, comment font-ils pour manger?

Alors il lui expliqua que la volaille ne veut pas manger sans lumière. Les marchands sont obligés d'allumer une bougie et d'attendre là, jusqu'à ce que les bêtes aient fini.

— Ça m'amuse, continua-t-il ; je les éclaire pendant des heures. Il faut voir les coups de bec qu'ils donnent. Puis, lorsque je cache la bougie avec la main, ils restent tous le cou en l'air, comme si le soleil s'était couché... C'est qu'il est bien défendu de leur laisser la bougie et de s'en aller. Une marchande, la mère Palette, que vous connaissez, a failli tout brûler, l'autre jour ; une poule avait dû faire tomber la lumière dans la paille.

— Eh bien, dit Lisa, elle n'est pas gênée, la volaille, s'il faut lui allumer les lustres à chaque repas !

Cela le fit rire. Elle était sortie de la resserre, s'essuyant les pieds, remontant un peu sa robe, pour la garer des ordures. Lui, souffla la bougie, referma la porte. Elle eut peur de rentrer ainsi dans la nuit, à côté de ce grand garçon ; elle s'en alla en avant, pour ne pas le sentir de nouveau dans ses jupes. Quand il l'eut rejointe :

— Je suis contente tout de même d'avoir vu ça. Il y a, sous ces Halles, des choses qu'on ne soupçonnerait jamais. Je te remercie... Je vais remonter bien vite ; on ne doit plus savoir où je suis passée, à la boutique. Si monsieur Gavard revient, dis-lui que j'ai à lui parler tout de suite.

— Mais, dit Marjolin, il est sans doute aux pierres d'abatage... Nous pouvons voir, si vous voulez.

Elle ne répondit pas, oppressée par cet air tiède qui lui chauffait le visage. Elle était toute rose, et son corsage tendu, si mort d'ordinaire, prenait un frisson. Cela l'inquiéta, lui donna un malaise, d'entendre derrière elle le pas pressé de Marjolin, qui lui semblait comme haletant. Elle s'effaça, le laissa passer le premier. Le village, les ruelles noires dormaient toujours. Lisa s'aperçut que son compagnon allongeait le chemin. Quand ils débouchèrent en face de la voie ferrée, il lui dit qu'il avait voulu lui montrer le chemin de fer; et ils restèrent là un instant, regardant à travers les gros madriers de la palissade. Il offrit de lui faire visiter la voie. Elle refusa, en disant que ce n'était pas la peine, qu'elle voyait bien ce que c'était. Comme ils revenaient, ils trouvèrent la mère Palette devant sa resserre, ôtant les cordes d'un large panier carré, dans lequel on entendait un bruit furieux d'ailes et de pattes. Lorsqu'elle eut défait le dernier nœud, brusquement, de grands cous d'oie parurent, faisant ressort, soulevant le couvercle. Les oies s'échappèrent, effarouchées, la tête lancée en avant, avec des sifflements, des claquements de bec qui emplirent l'ombre de la cave d'une effroyable musique. Lisa ne put s'empêcher de rire, malgré les lamentations de la marchande de volailles, désespérée, jurant comme un charretier, ramenant par le cou deux oies qu'elle avait réussi à rattraper. Marjolin s'était mis à la poursuite d'une troisième oie. On l'entendit courir le long des rues, dépisté, s'amusant à cette chasse; puis il y eut un bruit de bataille, tout au fond, et il revint, portant la bête. La mère Palette, une vieille femme jaune, la prit entre ses bras, la garda un moment sur son ventre, dans la pose de la Léda antique.

— Ah! bien, dit-elle, si tu n'avais pas été là!... L'autre jour! je me suis battue avec une; j'avais mon couteau, je lui ai coupé le cou.

Marjolin était tout essoufflé. Lorsqu'ils arrivèrent aux pierres d'abatage, dans la clarté plus vive du gaz, Lisa le vit en sueur, les yeux luisant d'une flamme qu'elle ne leur connaissait pas. D'ordinaire, il baissait les paupières devant elle, ainsi qu'une fille. Elle le trouva très-bel homme comme ça, avec ses larges épaules, sa grande figure rose, dans les boucles de ses cheveux blonds. Elle le regardait si complaisamment, de cet air d'admiration sans danger qu'on peut témoigner aux garçons trop jeunes, qu'une fois encore il redevint timide.

— Tu vois bien que monsieur Gavard n'est pas là, dit-elle. Tu me fais perdre mon temps.

Alors, d'une voix rapide, il lui expliqua l'abatage, les cinq énormes bancs de pierre, s'allongeant du côté de la rue Rambuteau, sous la clarté jaune des soupiraux et des becs de gaz. Une femme saignait des poulets, à un bout ; ce qui l'amena à lui faire remarquer que la femme plumait la volaille presque vivante, parce que c'est plus facile. Puis, il voulut qu'elle prît des poignées de plumes sur les bancs de pierre, dans les tas énormes qui traînaient ; il lui disait qu'on les triait et qu'on les vendait, jusqu'à neuf sous la livre, selon la finesse. Elle dut aussi enfoncer la main au fond des grands paniers pleins de duvet. Il tourna ensuite les robinets des fontaines, placées à chaque pilier. Il ne tarissait pas en détails : le sang coulait le long des bancs, faisait des mares sur les dalles ; des cantonniers, toutes les deux heures, lavaient à grande eau, enlevaient avec des brosses rudes les taches rouges. Quand Lisa se pencha au-dessus de la bouche d'égout qui sert à l'écoulement, ce fut encore toute une histoire ; il raconta que, les jours d'orage, l'eau envahissait la cave par cette bouche ; une fois même, elle s'était élevée à trente centimètres, il avait fallu faire réfugier la volaille à l'autre extrémité de la cave, qui va en pente. Il riait encore du vacarme de ces bêtes effarouchées. Cependant, il avait fini, il ne trouvait plus rien, lorsqu'il se rappela le ventilateur. Il la mena tout au fond, lui fit lever les yeux, et elle aperçut l'intérieur d'une des tourelles d'angle, une sorte de large tuyau de dégagement, où l'air nauséabond des resserres montait.

Marjolin se tut, dans ce coin empesté par l'afflux des odeurs. C'était une rudesse alcaline de guano. Mais lui, semblait éveillé et fouetté. Ses narines battirent, il respira fortement, comme retrouvant des hardiesses d'appétit. Depuis un quart d'heure qu'il était dans le sous-sol avec la belle Lisa, ce fumet, cette chaleur de bêtes vivantes le grisait. Maintenant,

il n'avait plus de timidité, il était plein du rut qui chauffait le fumier des poulaillers, sous la voûte écrasée, noire
d'ombre.

— Allons, dit la belle Lisa, tu es un brave enfant, de m'a-
voir montré tout ça... Quand tu viendras à la charcuterie, je
te donnerai quelque chose.

Elle lui avait pris le menton, comme elle faisait souvent,
sans voir qu'il avait grandi. Elle était un peu émue, à la vérité ; émue par cette promenade sous terre, d'une émotion
très-douce, qu'elle aimait à goûter, en chose permise et ne tirant pas à conséquence. Elle oublia peut-être sa main un
peu plus longtemps que de coutume, sous ce menton d'ado-
lescent, si délicat à toucher. Alors, à cette caresse, lui, cédant
à une poussée de l'instinct, s'assurant d'un regard oblique
que personne n'était là, se ramassa, se jeta sur la belle Lisa,
avec une force de taureau. Il l'avait prise par les épaules. Il
la culbuta dans un grand panier de plumes, où elle tomba
comme une masse, les jupes aux genoux. Et il allait la prendre à la taille, ainsi qu'il prenait Cadine, d'une brutalité
d'animal qui vole et qui s'emplit, lorsque, sans crier, toute
pâle de cette attaque brusque, elle sortit du panier d'un bond.
Elle leva le bras, comme elle avait vu faire aux abattoirs,
serra son poing de belle femme, assomma Marjolin d'un
seul coup, entre les deux yeux. Il s'affaissa, sa tête se fendit
contre l'angle d'une pierre d'abatage. A ce moment, un
chant de coq, rauque et prolongé, monta des ténèbres.

La belle Lisa resta toute froide. Ses lèvres s'étaient pincées, sa gorge avait repris ces rondeurs muettes qui la faisaient rassembler à un ventre. Sur sa tête, elle entendait le
sourd roulement des Halles. Par les soupiraux de la rue
Rambuteau, dans le grand silence étouffé de la cave, tombaient les bruits du trottoir. Et elle pensait que ces gros bras
seuls l'avaient sauvée. Elle secoua les quelques plumes collées à ses jupes. Puis, craignant d'être surprise, sans regar-

der Marjolin, elle s'en alla. Dans l'escalier, quand elle eut passé la grille, la clarté du plein jour lui fut un grand soulagement.

Elle rentra à la charcuterie, très-calme, un peu pâle.

— Tu as été bien longtemps, dit Quenu.

— Je n'ai pas trouvé Gavard, je l'ai cherché partout, répondit-elle tranquillement. Nous mangerons notre gigot sans lui.

Elle fit emplir le pot de saindoux qu'elle trouva vide, coupa des côtelettes pour son amie madame Taboureau, qui lui avait envoyé sa petite bonne. Les coups de couperet qu'elle donna sur l'étau lui rappelèrent Marjolin, en bas, dans la cave. Mais elle ne se reprochait rien. Elle avait agi en femme honnête. Ce n'était pas pour ce gamin qu'elle irait compromettre sa paix; elle était trop à l'aise, entre son mari et sa fille. Cependant, elle regarda Quenu; il avait à la nuque une peau rude, une couenne rougeâtre, et son menton rasé était d'une rugosité de bois noueux; tandis que la nuque et le menton de l'autre semblaient du velours rose. Il n'y fallait plus penser, elle ne le toucherait plus là, puisqu'il songeait à des choses impossibles. C'était un petit plaisir permis qu'elle regrettait, en se disant que les enfants grandissent vraiment trop vite.

Comme de légères flammes remontaient à ses joues, Quenu la trouva « diablement portante. » Il s'était assis un instant auprès d'elle dans le comptoir, il répétait :

— Tu devrais sortir plus souvent. Ça te fait du bien... Si tu veux, nous irons au théâtre, un de ces soirs, à la Gaieté, où madame Taboureau a vu cette pièce qui est si bien...

Lisa sourit, dit qu'on verrait ça. Puis, elle disparut de nouveau. Quenu pensa qu'elle était trop bonne de courir ainsi après cet animal de Gavard. Il ne l'avait pas vue prendre l'escalier. Elle venait de monter à la chambre de Florent, dont la clef restait accrochée à un clou de la cuisine.

Elle espérait savoir quelque chose dans cette chambre, puisqu'elle ne comptait plus sur le marchand de volailles. Elle fit lentement le tour, examina le lit, la cheminée, les quatre coins. La fenêtre de la petite terrasse était ouverte, le grenadier en boutons baignait dans la poussière d'or du soleil couchant. Alors, il lui sembla que sa fille de boutique n'avait pas quitté cette pièce, qu'elle y avait encore couché la nuit précédente; elle n'y sentait pas l'homme. Ce fut un étonnement, car elle s'attendait à trouver des caisses suspectes, des meubles à grosses serrures. Elle alla tâter la robe d'été d'Augustine, toujours pendue à la muraille. Puis, elle s'assit enfin devant la table, lisant une page commencée où le mot « révolution » revenait deux fois. Elle fut effrayée, ouvrit le tiroir, qu'elle vit plein de papiers. Mais son honnêteté se réveilla, en face de ce secret, si mal gardé par cette méchante table de bois blanc. Elle restait penchée au-dessus des papiers, essayant de comprendre sans toucher, très-émue, lorsque le chant aigu du pinson, dont un rayon oblique frappait la cage, la fit tressaillir. Elle repoussa le tiroir. C'était très-mal ce qu'elle allait faire là.

Comme elle s'oubliait, près de la fenêtre, à se dire qu'elle devait prendre conseil de l'abbé Roustan, un homme sage, elle aperçut, en bas, sur le carreau des Halles, un rassemblement autour d'une civière. La nuit tombait; mais elle reconnut parfaitement Cadine qui pleurait, au milieu du groupe; tandis que Florent et Claude, les pieds blancs de poussière, causaient vivement, au bord du trottoir. Elle se hâta de descendre, surprise de leur retour. Elle était à peine au comptoir, que mademoiselle Saget entra, en disant :

— C'est ce garnement de Marjolin qu'on vient de trouver dans la cave, avec la tête fendue... Vous ne venez pas voir, madame Quenu?

Elle traversa la chaussée pour voir Marjolin. Le jeune homme était étendu, très-pâle, les yeux fermés, avec une

mèche de ses cheveux blonds roidie et souillée de sang. Dans
le groupe, on disait que ce ne serait rien, que c'était sa
faute aussi, à ce gamin, qu'il faisait les cent coups dans les
caves ; on supposait qu'il avait voulu sauter par-dessus une
des tables d'abatage, un de ses jeux favoris, et qu'il était
tombé le front contre la pierre. Mademoiselle Saget murmurait en montrant Cadine qui pleurait :

— Ça doit être cette gueuse qui l'a poussé. Ils sont toujours ensemble dans les coins.

Marjolin, ranimé par la fraîcheur de la rue, ouvrit de
grands yeux étonnés. Il examina tout le monde ; puis, ayant
rencontré le visage de Lisa penché sur lui, il lui sourit doucement, d'un air humble, avec une caresse de soumission.
Il semblait ne plus se souvenir. Lisa, tranquillisée, dit qu'il
fallait le transporter tout de suite à l'hospice ; elle irait le
voir, elle lui porterait des oranges et des biscuits. La tête de
Marjolin était retombée. Quand on emporta la civière, Cadine la suivit, ayant au cou son éventaire, ses bouquets de
violettes piqués dans une pelouse de mousse, et sur lesquels
roulaient ses larmes chaudes, sans qu'elle songeât le moins du
monde aux fleurs qu'elle brûlait ainsi de son gros chagrin.

Comme Lisa rentrait à la charcuterie, elle entendit Claude
qui serrait la main à Florent et le quittait, en murmurant :

— Ah ! le sacré gamin ! il me gâte ma journée... Nous
nous étions crânement amusés, tout de même !

Claude et Florent, en effet, revenaient harassés et heureux. Ils rapportaient une bonne senteur de plein air. Ce
matin-là, avant le jour, madame François avait déjà vendu
ses légumes. Ils allèrent tous trois chercher la voiture, rue
Montorgueil, au *Compas d'or*. Ce fut comme un avant
goût de la campagne, en plein Paris. Derrière le restaurant
Philippe, dont les boiseries dorées montent jusqu'au premier
étage, se trouve une cour de ferme, noire et vivante, grasse
de l'odeur de la paille fraîche et du crottin chaud ; des

bandes de poules fouillent du bec la terre molle ; des
constructions en bois verdi, des escaliers, des galeries, des
toitures crevées, s'adossent aux vieilles maison voisines ; et,
au fond, sous un hangar à grosse charpente, Balthazar attendait, tout attelé, mangeant son avoine dans un sac attaché
au licou. Il descendit la rue Montorgueil au petit trot, l'air
satisfait de retourner si vite à Nanterre. Mais il ne repartait
pas à vide. La maraîchère avait un marché passé avec la
compagnie chargée du nettoyage des Halles ; elle emportait,
deux fois par semaine, une charretée de feuilles, prises à la
fourche dans les tas d'ordures qui encombrent le carreau.
C'était un excellent fumier. En quelques minutes, la voiture
déborda. Claude et Florent s'allongèrent sur ce lit épais de
verdure ; madame François prit les guides, et Balthazar s'en
alla de son allure lente, la tête un peu basse d'avoir tant de
monde à traîner.

   La partie était projetée depuis longtemps. La maraîchère
riait d'aise ; elle aimait les deux hommes, elle leur promettait une omelette au lard comme on n'en mange pas dans
« ce gredin de Paris. » Eux, goûtaient la jouissance de cette
journée de paresse et de flânerie dont le soleil se levait à
peine. Au loin, Nanterre était une joie pure dans laquelle
ils allaient entrer.

   — Vous êtes bien, au moins ? demanda madame François
en prenant la rue du Pont-Neuf.

   Claude jura que « c'était doux comme un matelas de
mariée. » Couchés tous les deux sur le dos, les mains croisées sous la tête, ils regardaient le ciel pâle, où les étoiles
s'éteignaient. Tout le long de la rue de Rivoli, ils gardèrent
le silence, attendant de ne plus voir de maisons, écoutant
la digne femme qui causait avec Balthazar, en lui disant
doucement :

   — Prends-le à ton aise, va, mon vieux... Nous ne sommes
pas pressés, nous arriverons toujours...

Aux Champs-Élysées, comme le peintre n'apercevait plus
des deux côtés que des têtes d'arbres, avec la grande masse
verte du jardin des Tuileries, au fond, il eut un réveil, il se mit
à parler, tout seul. En passant devant la rue du Roule, il avait
regardé ce portail latéral de Saint-Eustache, qu'on voit de
loin, par-dessous le hangar géant d'une rue couverte des
Halles. Il y revenait sans cesse, voulait y trouver un sym-
bole.

— C'est une curieuse rencontre, disait-il, ce bout d'église
encadré sous cette avenue de fonte... Ceci tuera cela, le fer
tuera la pierre, et les temps sont proches... Est-ce que vous
croyez au hasard, vous, Florent? Je m'imagine que le besoin de l'alignement n'a pas seul mis de cette façon une
rosace de Saint-Eustache au beau milieu des Halles centrales. Voyez-vous, il y a là tout un manifeste : c'est l'art moderne, le réalisme, le naturalisme, comme vous voudrez
l'appeler, qui a grandi en face de l'art ancien... Vous n'êtes
pas de cet avis ?

Florent gardant le silence, il continua :

— Cette église est d'une architecture bâtarde, d'ailleurs;
le moyen âge y agonise, et la renaissance y balbutie... Avez-
vous remarqué quelles églises on nous bâtit aujourd'hui ?
Ça ressemble à tout ce qu'on veut, à des Bibliothèques, à
des Observatoires, à des Pigeonniers, à des Casernes; mais,
sûrement, personne n'est convaincu que le bon Dieu demeure
là-dedans. Les maçons du bon Dieu sont morts, la grande
sagesse serait de ne plus construire ces laides carcasses de
pierre, où nous n'avons personne à loger... Depuis le commencement du siècle, on n'a bâti qu'un seul monument
original, un monument qui ne soit copié nulle part, qui ait
poussé naturellement dans le sol de l'époque; et ce sont
les Halles centrales, entendez-vous, Florent, une œuvre
crâne, allez, et qui n'est encore qu'une révélation timide du
vingtième siècle... C'est pourquoi Saint-Eustache est enfoncé,

parbleu! Saint-Eustache est là-bas avec sa rosace, vide de
son peuple dévot, tandis que les Halles s'élargissent à côté,
toutes bourdonnantes de vie... Voilà ce que je vois, mon
brave !

— Ah bien! dit en riant madame François, savez-vous,
monsieur Claude, que la femme qui vous a coupé le filet
n'a pas volé ses cinq sous? Balthazar tend les oreilles pour
vous écouter... Hue donc, Balthazar !

La voiture montait lentement. A cette heure matinale,
l'avenue était déserte, avec ses chaises de fonte alignées sur
les deux trottoirs, et ses pelouses, coupées de massifs, qui
s'enfonçaient sous le bleuissement des arbres. Au rond-point,
un cavalier et une amazone passèrent au petit trot. Florent,
qui s'était fait un oreiller d'un paquet de feuilles de choux,
regardait toujours le ciel, où s'allumait une grande lueur
rose. Par moments, il fermait les yeux pour mieux sentir la
fraîcheur du matin lui couler sur la face, si heureux de
s'éloigner des Halles, d'aller dans l'air pur, qu'il restait sans
voix, n'écoutant même pas ce qu'on disait autour de lui.

— Ils sont encore bons ceux qui mettent l'art dans une
boîte à joujoux ! reprit Claude au bout d'un silence. C'est
leur grand mot : on ne fait pas de l'art avec de la science,
l'industrie tue la poésie ; et tous les imbéciles se mettent à
pleurer sur les fleurs, comme si quelqu'un songeait à se
mal conduire à l'égard des fleurs... Je suis agacé, à la fin,
positivement. J'ai des envies de répondre à ces pleurniche-
ries par des œuvres de défi. Ça m'amuserait de révolter un
peu ces braves gens... Voulez-vous que je vous dise quelle a
été ma plus belle œuvre, depuis que je travaille, celle dont
le souvenir me satisfait le plus? C'est toute une histoire...
L'année dernière, la veille de la Noël, comme je me trouvais
chez ma tante Lisa, le garçon de la charcutière, Auguste,
cet idiot, vous savez, était en train de faire l'étalage. Ah !
le misérable! il me poussa à bout par la façon molle dont il

composait son ensemble. Je le priai de s'ôter de là, en lui
disant que j'allais lui peindre ça, un peu proprement. Vous
comprenez, j'avais tous les tons vigoureux, le rouge des
langues fourrées, le jaune des jambonneaux, le bleu des
rognures de papier, le rose des pièces entamées, le vert des
feuilles de bruyère, surtout le noir des boudins, un noir
superbe que je n'ai jamais pu retrouver sur ma palette.
Naturellement, la crépine, les saucisses, les andouilles, les
pieds de cochon panés, me donnait des gris d'une grande
finesse. Alors je fis une véritable œuvre d'art. Je pris les
plats, les assiettes, les terrines, les bocaux ; je posai les tons,
je dressai une nature morte étonnante, où éclataient des
pétards de couleur, soutenus par des gammes savantes. Les
langues rouges s'allongeaient avec des gourmandises de
flamme, et les boudins noirs, dans le chant clair des saucisses, mettaient les ténèbres d'une indigestion formidable.
J'avais peint, n'est-ce pas? la gloutonnerie du réveillon,
l'heure de minuit donnée à la mangeaille, la goinfrerie des
estomacs vidés par les cantiques. En haut, une grande dinde
montrait sa poitrine blanche, marbrée, sous la peau, des
taches noires des truffes. C'était barbare et superbe, quelque chose comme un ventre aperçu dans une gloire, mais
avec une cruauté de touche, un emportement de raillerie
tels, que la foule s'attroupa devant la vitrine, inquiétée par
cet étalage qui flambait si rudement... Quand ma tante Lisa
revint de la cuisine, elle eut peur, s'imaginant que j'avais
mis le feu aux graisses de la boutique. La dinde, surtout, lui
parut si indécente, qu'elle me flanqua à la porte, pendant
qu'Auguste rétablissait les choses, étalant sa bêtise. Jamais
ces brutes ne comprendront le langage d'une tache rouge
mise à côté d'une tache grise... N'importe, c'est mon chef-
d'œuvre. Je n'ai jamais rien fait de mieux.

Il se tut, souriant, recueilli dans ce souvenir. La voiture
était arrivée à l'arc de triomphe. De grands souffles, sur ce

sommet, venaient des avenues ouvertes autour de l'immense place. Florent se mit sur son séant, aspira fortement ces premières odeurs d'herbe qui montaient des fortifications. Il se tourna, ne regarda plus Paris, voulut voir la campagne, au loin. A la hauteur de la rue de Longchamp, madame François lui montra l'endroit où elle l'avait ramassé. Cela le rendit tout songeur. Et il la contemplait, si saine et si calme, les bras un peu tendus, tenant les guides. Elle était plus belle que Lisa, avec son mouchoir au front, son teint rude, son air de bonté brusque. Quand elle jetait un léger claquement de langue, Balthazar, dressant les oreilles, allongeait le pas sur le pavé.

En arrivant à Nanterre, la voiture prit à gauche, entra dans une ruelle étroite, longea des murailles et vint s'arrêter tout au fond d'une impasse. C'était au bout du monde, comme disait la maraîchère. Il fallut décharger les feuilles de choux. Claude et Florent ne voulurent pas que le garçon jardinier, occupé à planter des salades, se dérangeât. Ils s'armèrent chacun d'une fourche pour jeter le tas dans le trou au fumier. Cela les amusa. Claude avait une amitié pour le fumier. Les épluchures des légumes, les boues des Halles, les ordures tombées de cette table gigantesque, restaient vivantes, revenaient où les légumes avaient poussé, pour tenir chaud à d'autres générations de choux, de navets, de carottes. Elles repoussaient en fruits superbes, elles retournaient s'étaler sur le carreau. Paris pourrissait tout, rendait tout à la terre qui, sans jamais se lasser, réparait la mort.

— Tenez, dit Claude en donnant son dernier coup de fourche, voilà un trognon de choux que je reconnais. C'est au moins la dixième fois qu'il pousse dans ce coin, là-bas, près de l'abricotier.

Ce mot fit rire Florent. Mais il devint grave, il se promena lentement dans le potager, pendant que Claude faisait une esquisse de l'écurie, et que madame François préparait le dé-

jeuner. Le potager formait une longue bande de terrain, sé-
parée au milieu par une allée étroite. Il montait un peu ; et,
tout en haut, en levant la tête, on apercevait les casernes
basses du Mont-Valérien. Des haies vives le séparaient d'autres pièces de terre ; ces murs d'aubépines, très-élevés, bor-
naient l'horizon d'un rideau vert ; si bien que, de tout le
pays environnant, on aurait dit que le Mont-Valérien seul se
dressât curieusement pour regarder dans le clos de madame
François. Une grande paix venait de cette campagne qu'on
ne voyait pas. Entre les quatre haies, le long du potager, le
soleil de mai avait comme une pâmoison de tiédeur, un silence plein d'un bourdonnement d'insectes, une somnolence
d'enfantement heureux. A certains craquements, à certains
soupirs légers, il semblait qu'on entendît naître et pousser les légumes. Les carrés d'épinards et d'oseille, les bandes de radis, de navets, de carottes, les grands plants de
pommes de terre et de choux, étalaient leurs nappes régulières, leur terreau noir, verdi par les panaches des feuilles.
Plus loin, les rigoles de salades, les oignons, les poireaux,
les céleris, alignés, plantés au cordeau, semblaient des soldats de plomb à la parade ; tandis que les petits pois et les
haricots commençaient à enrouler leur mince tige dans la
forêt d'échalas, qu'ils devaient, en juin, changer en bois
touffu. Pas une mauvaise herbe ne traînait. On aurait pris
le potager pour deux tapis parallèles aux dessins réguliers,
vert sur fond rougeâtre, qu'on brossait soigneusement chaque matin. Des bordures de thym mettaient des franges
grises aux deux côtés de l'allée.

Florent allait et venait, dans l'odeur du thym que le soleil chauffait. Il était profondément heureux de la paix et de
la propreté de la terre. Depuis près d'un an, il ne connaissait les légumes que meurtris par les cahots des tombereaux,
arrachés de la veille, saignants encore. Il se réjouissait, à
les trouver là chez eux, tranquilles dans le terreau, bien

portants de tous leurs membres. Les choux avaient une large
figure de prospérité, les carottes étaient gaies, les salades
s'en allaient à la file avec des nonchalances de fainéantes.
Alors, les Halles qu'il avait laissées le matin, lui parurent
un vaste ossuaire, un lieu de mort où ne traînait que le cadavre des êtres, un charnier de puanteur et de décomposition.
Et il ralentissait le pas, et il se reposait dans le potager de
madame François, comme d'une longue marche au milieu
de bruits assourdissant et de senteurs infectes. Le tapage,
l'humidité nauséabonde du pavillon de la marée s'en allaient de lui ; il renaissait à l'air pur. Claude avait raison,
tout agonisait aux Halles. La terre était la vie, l'éternel berceau, la santé du monde.

— L'omelette est prête ! cria la maraîchère.

Lorsqu'ils furent attablés tous trois dans la cuisine, la
porte ouverte au soleil, ils mangèrent si gaiement, que madame François émerveillée regardait Florent, en répétant à
chaque bouchée :

— Vous n'êtes plus le même, vous avez dix ans de moins.
C'est ce gueux de Paris qui vous noircit la mine comme ça.
Il me semble que vous avez un coup de soleil dans les yeux,
maintenant... Voyez-vous, ça ne vaut rien les grandes villes ;
vous devriez venir demeurer ici.

Claude riait, disait que Paris était superbe. Il en défendait
jusqu'aux ruisseaux, tout en gardant une bonne tendresse
pour la campagne. L'après-midi, madame François et Florent se trouvèrent seuls au bout du potager, dans un coin du
terrain planté de quelques arbres fruitiers. Ils s'étaient assis par terre, ils causaient raisonnablement. Elle le conseil-
lait avec une grande amitié, à la fois maternelle et tendre.
Elle lui fit mille questions sur sa vie, sur ce qu'il comptait
devenir plus tard, s'offrant à lui simplement, s'il avait un
jour besoin d'elle pour son bonheur. Lui, se sentait très-tou-
ché. Jamais une femme ne lui avait parlé de la sorte. Elle

lui faisait l'effet d'une plante saine et robuste, grandie ainsi que les légumes dans le terreau du potager ; tandis qu'il se souvenait des Lisa, des Normandes, des belles filles des Halles, comme de chairs suspectes, parées à l'étalage. Il respira là quelques heures de bien-être absolu, délivré des odeurs de nourriture au milieu desquelles il s'affolait, renaissant dans la séve de la campagne, pareil à ce chou que Claude prétendait avoir vu pousser plus de dix fois.

Vers cinq heures, ils prirent congé de madame François. Ils voulaient revenir à pied. La maraîchère les accompagna jusqu'au bout de la ruelle, et gardant un instant la main de Florent dans la sienne :

— Venez, si vous avez jamais quelque chagrin, dit-elle doucement.

Pendant un quart d'heure, Florent marcha sans parler, assombri déjà, se disant qu'il laissait sa santé derrière lui. La route de Courbevoie était blanche de poussière. Ils aimaient tous deux les grandes courses, les gros souliers sonnant sur la terre dure. De petites fumées montaient derrière leurs talons, à chaque pas. Le soleil oblique prenait l'avenue en écharpe, allongeait leurs deux ombres en travers de la chaussée, si démesurément, que leurs têtes allaient jusqu'à l'autre bord, filant sur le trottoir opposé.

Claude, les bras ballants, faisant de grandes enjambées régulières, regardait complaisamment les deux ombres, heureux et perdu dans le cadencement de la marche, qu'il exagérait encore en le marquant des épaules. Puis, comme sortant d'une songerie :

— Est-ce que vous connaissez la bataille des Gras et des Maigres ? demanda-t-il.

Florent, surpris, dit que non. Alors Claude s'enthousiasma, parla de cette série d'estampes avec beaucoup d'éloges. Il cita certains épisodes : les Gras, énormes à crever, préparant la goinfrerie du soir, tandis que les Maigres, pliés par le

jeûne, regardent de la rue avec la mine d'échalas envieux ;
et encore les Gras, à table, les joues débordantes, chassant
un Maigre qui a eu l'audace de s'introduire humblement, et
qui ressemble à une quille au milieu d'un peuple de boules.
Il voyait là tout le drame humain ; il finit par classer les
hommes en Maigres et en Gras, en deux groupes hostiles
dont l'un dévore l'autre, s'arrondit le ventre et jouit.

— Pour sûr, dit-il, Caïn était un Gras et Abel un Maigre.
Depuis le premier meurtre, ce sont toujours les grosses faims
qui ont sucé le sang des petits mangeurs... C'est une continuelle ripaille, du plus faible au plus fort, chacun avalant
son voisin et se trouvant avalé à son tour... Voyez-vous, mon
brave, défiez-vous des Gras.

Il se tut un instant, suivant toujours des yeux leurs deux
ombres que le soleil couchant allongeait davantage. Et il murmura :

— Nous sommes des Maigres, nous autres, vous comprenez... Dites-moi si, avec des ventres plats comme les nôtres,
on tient beaucoup de place au soleil.

Florent regarda les deux ombres en souriant. Mais Claude
se fâchait. Il criait :

— Vous avez tort de trouver ça drôle. Moi, je souffre d'ê-
tre un Maigre. Si j'étais un Gras, je peindrais tranquillement,
j'aurais un bel atelier, je vendrais mes tableaux au poids de
l'or. Au lieu de ça, je suis un Maigre, je veux dire que je
m'extermine le tempérament à vouloir trouver des machi-
nes qui font hausser les épaules des Gras. J'en mourrai, c'est
sûr, la peau collée aux os, si plat qu'on pourra me mettre
entre deux feuillets d'un livre pour m'enterrer... Et vous
donc ! vous êtes un Maigre surprenant, le roi des Maigres,
ma parole d'honneur. Vous vous rappelez votre querelle avec
les poissonnières ; c'était superbe, ces gorges géantes lâchées
contre votre poitrine étroite ; et elles agissaient d'instinct,
elles chassaient au Maigre, comme les chattes chassent aux

souris... En principe, vous entendez, un Gras a l'horreur
d'un Maigre, si bien qu'il éprouve le besoin de l'ôter de sa
vue, à coups de dents, ou à coups de pieds. C'est pourquoi, à
votre place, je prendrais mes précautions. Les Quenu sont
des Gras, les Méhudins sont des Gras, enfin vous n'avez que
des Gras autour de vous. Moi, ça m'inquiéterait.

— Et Gavard, et mademoiselle Saget, et votre ami Marjolin? demanda Florent, qui continuait à sourire.

— Oh ! si vous voulez, répondit Claude, je vais vous classer toutes nos connaissances. Il y a longtemps que j'ai leurs
têtes dans un carton, à mon atelier, avec l'indication de l'ordre auquel elles appartiennent. C'est tout un chapitre d'histoire naturelle... Gavard est un Gras, mais un Gras qui pose
pour le Maigre. La variété est assez commune... Mademoiselle Saget et madame Lecœur sont des Maigres ; d'ailleurs,
variétés très à craindre, Maigres désespérés, capables de
tout pour engraisser... Mon ami Marjolin, la petite Cadine,
la Sarriette, trois Gras, innocents encore, n'ayant que
les faims aimables de la jeunesse. Il est à remarquer que le
Gras, tant qu'il n'a pas vieilli, est un être charmant... Monsieur Lebigre, un Gras, n'est-ce pas? Quant à vos amis politiques, ce sont généralement des Maigres, Charvet, Clémence,
Logre, Lacaille. Je ne fais une exception que pour cette grosse
bête d'Alexandre et pour le prodigieux Robine. Celui-ci m'a
donné bien du mal, il m'échappe encore souvent.

Le peintre continua sur ce ton, du pont de Neuilly à l'arc
de triomphe. Il revenait, achevait certains portraits d'un
trait caractéristique : Logre était un Maigre qui avait son
ventre entre les deux épaules ; la belle Lisa était tout en ventre, et la belle Normande, tout en poitrine ; mademoiselle Saget avait certainement laissé échapper dans sa vie une occasion d'engraisser, car elle détestait les Gras, tout en gardant
un dédain pour les Maigres ; Gavard compromettait sa
graisse, il finirait plat comme une punaise.

— Eh madame François! dit Florent.

Claude fut très-embarrassé par cette question. Il chercha, babutia :

— Madame François, madame François... Non, je ne sais pas, je n'ai jamais songé à la classer... C'est une brave femme, madame François, voilà tout. Elle n'est ni dans les Gras ni dans les Maigres, parbleu !

Ils rirent tous les deux. Ils se trouvaient en face de l'arc de triomphe. Le soleil, au ras des coteaux de Suresnes, était si bas sur l'horizon, que leurs ombres colossales tachaient la blancheur du monument, très-haut, plus haut que les statues énormes des groupes, de deux barres noires, pareilles à deux traits faits au fusain. Claude s'égaya davantage, fit aller les bras, se plia ; puis, en s'en allant :

— Avez-vous vu? quand le soleil s'est couché, nos deux têtes sont allées toucher le ciel.

Mais Florent ne riait plus. Paris le reprenait, Paris qui l'effrayait maintenant, après lui avoir coûté tant de larmes, à Cayenne. Lorsqu'il arriva aux Halles, la nuit tombait, les odeurs étaient suffocantes. Il baissa la tête, en rentrant dans son cauchemar de nourritures gigantesques, avec le souvenir doux et triste de cette journée de santé claire, toute parfumée de thym.

V

Le lendemain, vers quatre heures, Lisa se rendit à Saint-Eustache. Elle avait fait, pour traverser la place, une toilette sérieuse, toute en soie noire, avec son châle tapis. La belle Normande, qui, de la poissonnerie, la suivit des yeux jusque sous la porte de l'église, en resta suffoquée.

— Ah bien ! merci ! dit-elle méchamment, la grosse donne dans les curés, maintenant... Ça la calmera, cette femme, de se tremper le derrière dans l'eau bénite.

Elle se trompait, Lisa n'était point dévote. Elle ne pratiquait pas, disait d'ordinaire qu'elle tâchait de rester honnête en toutes choses, et que cela suffisait. Mais elle n'aimait pas qu'on parlât mal de la religion devant elle ; souvent elle faisait taire Gavard, qui adorait les histoires de prêtres et de religieuses, les polissonneries de sacristie. Cela lui semblait tout à fait inconvenant. Il fallait laisser à chacun sa croyance, respecter les scrupules de tout le monde. Puis, d'ailleurs, les prêtres étaient généralement de braves gens. Elle connaissait l'abbé Roustan, de Saint-Eustache, un homme distingué, de bon conseil, dont l'amitié lui parais-

ait très-sûre. Et elle finissait, en expliquant la nécessité
absolue de la religion, pour le plus grand nombre; elle la
regardait comme une police qui aidait à maintenir l'ordre,
et sans laquelle il n'y avait pas de gouvernement possible.
Quand Gavard poussait les choses un peu trop loin sur ce
chapitre, disant qu'on devrait flanquer les curés dehors et
fermer leurs boutiques, elle haussait les épaules, elle répondait :

— Vous seriez bien avancé !... On se massacrerait dans
les rues, au bout d'un mois, et l'on se trouverait forcé d'inventer un autre bon Dieu. En 93, ça c'est passé comme
cela... Vous savez, n'est-ce pas? que moi je ne vis pas avec
les curés; mais je dis qu'il en faut, parce qu'il en faut.

Aussi, lorsque Lisa allait dans une église, elle se montrait recueillie. Elle avait acheté un beau paroissien, qu'elle
n'ouvrait jamais, pour assister aux enterrements et aux
mariages. Elle se levait, s'agenouillait, aux bons endroits,
s'appliquant à garder l'attitude décente qu'il convenait
d'avoir. C'était, pour elle, une sorte de tenue officielle que
les gens honnêtes, les commerçants et les propriétaires, devaient garder devant la religion.

Ce jour-là, la belle charcutière, en entrant à Saint-Eustache, laissa doucement retomber la double porte en drap
vert déteint, usé par la main des dévotes. Elle trempa les
doigts dans le bénitier, se signa correctement. Puis, à pas
étouffés, elle alla jusqu'à la chapelle de Sainte-Agnès, où
deux femmes agenouillées, la face dans les mains, attendaient, pendant que la robe bleue d'une troisième débordait
du confessionnal. Elle parut contrariée; et, s'adressant à
un bedeau qui passait, avec sa calotte noire, en traînant les
pieds :

— C'est donc le jour de confession de monsieur l'abbé
Roustan ? demanda-t-elle.

Il répondit que monsieur l'abbé n'avait plus que deux

pénitentes, que ce ne serait pas long, et que, si elle vou'ait prendre une chaise, son tour arriverait tout de suite. Elle remercia, sans dire qu'elle ne venait pas pour se confesser. Elle résolut d'attendre, marchant à petits pas sur les dalles, allant jusqu'à la grande porte, d'où elle regarda la nef toute nue, haute et sévère, entre les bas-côtés peints de couleurs vives ; elle levait un peu le menton, trouvant le maître-autel trop simple, ne goûtant pas cette grandeur froide de la pierre, préférant les dorures et les bariolages des chapelles latérales. Du côté de la rue du Jour, ces chapelles restaient grises, éclairées par des fenêtres poussiéreuses ; tandis que, du côté des Halles, le coucher du soleil allumait les vitraux des verrières, égayées de teintes très-tendres, des verts et des jaunes surtout, si limp'des, qu'ils lui rappelèrent les bouteilles de liqueur, devant la glace de monsieur Lebigre. Elle revint de ce côté, qui semblait comme attiédi par cette lumière de braise, s'intéressa un instant aux châsses, aux garnitures des autels, aux peintures vues dans des reflets de prisme. L'église était vide, toute frissonnante du silence de ses voûtes. Quelques jupes de femmes faisaient des taches sombres dans l'effacement jaunâtre des chaises ; et, des confessionnaux fermés, un chuchotement sortait. En repassant devant la chapelle de sainte Agnès, elle vit que la robe bleue était toujours aux pieds de l'abbé Roustan.

— Moi, j'aurais fini en dix secondes, si je voulais, pensat-elle avec l'orgueil de son honnêteté.

Elle alla au fond. Derrière le maître-autel, dans l'ombre de la double rangée des piliers, la chapelle de la Vierge est toute moite de silence et d'obscurité. Les vitraux, très-sombres, ne détachent que des robes de saints, à larges pans rouges et violets, brûlant comme des flammes d'amour mystique dans le recueillement, l'adoration muette des ténèbres. C'est un coin de mystère, un enfoncement crépusculaire du paradis, où brillent les étoiles de deux cierges, où quatre lustres à lampes de métal, tombant de la voûte, à peine entrevus, font songer aux grands encensoirs d'or que les anges balancent au coucher de Marie. Entre les piliers, des femmes sont toujours là, pâmées sur des chaises retournées, abîmées dans cette volupté noire.

Lisa, debout, regardait, très-tranquillement. Elle n'était point nerveuse. Elle trouvait qu'on avait tort de ne pas allumer les lustres, que cela serait plus gai avec des lumières. Même il y avait une indécence dans cette ombre, un jour et un souffle d'alcôve, qui lui semblaient peu convenables. A côté d'elle, des cierges brûlant sur une herse lui chauffaient la figure, tandis qu'une vieille femme grattait avec un gros couteau la cire tombée, figée en larmes pâles. Et, dans le frisson religieux de la chapelle, dans cette pâmoison muette d'amour, elle entendait très-bien le roulement des fiacres qui débouchaient de la rue Montmartre, derrière les saints rouges et violets des vitraux. Au loin, les Halles grondaient, d'une voix continue.

Comme elle allait quitter la chapelle, elle vit entrer la cadette des Méhudin, Claire, la marchande de poissons d'eau douce. Elle fit allumer un cierge à la herse. Puis, elle vint s'agenouiller derrière un pilier, les genoux cassés sur la pierre, si pâle dans ses cheveux blonds mal attachés, qu'elle semblait une morte. Là, se croyant cachée, elle agonisa, elle pleura à chaudes larmes, avec des ardeurs de prières qui la pliaient comme sous un grand vent, avec tout un emportement de femme qui se livre. La belle charcutière resta fort surprise, car les Méhudin n'étaient guère dévotes ; Claire surtout parlait de la religion et des prêtres, d'ordinaire, d'une façon à faire dresser les cheveux sur la tête.

— Qu'est-ce qu'il lui prend donc? se dit-elle en revenant de nouveau à la chapelle de Sainte-Agnès. Elle aura empoisonné quelque homme, cette gueuse.

22

L'abbé Roustan sortait enfin de son confessionnal. C'était un bel homme, d'une quarantaine d'années, l'air souriant et bon. Quand il reconnut madame Quenu, il lui serra les mains, l'appela « chère dame, » l'emmena à la sacristie, où il ôta son surplis, en lui disant qu'il allait être tout à elle. Ils revinrent, lui en soutane, tête nue, elle se carrant dans son châle tapis, et ils se promenèrent le long des chapelles latérales, du côté de la rue du Jour. Ils parlaient à voix basse. Le soleil se mourait dans les vitraux, l'église devenait noire, les pas des dernières dévotes avaient un frôlement doux sur les dalles.

Cependant, Lisa expliqua ses scrupules à l'abbé Roustan. Jamais il n'était question entre eux de religion. Elle ne se confessait pas, elle le consultait simplement dans les cas difficiles, à titre d'homme discret et sage, qu'elle préférait, disait-elle parfois, à ces hommes d'affaires louches qui sentent le bagne. Lui, se montrait d'une complaisance inépuisable ; il feuilletait le code pour elle, lui indiquait les bons placements d'argent, résolvait avec tact les difficultés morales, lui recommandait des fournisseurs, avait une réponse prête à toutes les demandes, si diverses et si compliquées qu'elles fussent, le tout naturellement, sans mettre Dieu de l'affaire, sans chercher à en tirer un bénéfice quelconque à son profit ou au profit de la religion. Un remerciement et un sourire lui suffisaient. Il semblait bien aise d'obliger cette belle madame Quenu, dont sa femme de ménage lui parlait souvent avec respect, comme d'une personne très-estimée dans le quartier. Ce jour-là, la consultation fut particulièrement délicate. Il s'agissait de savoir quelle conduite l'honnêteté l'autorisait à tenir vis-à-vis de son beau-frère ; si elle avait le droit de le surveiller, de l'empêcher de les compromettre, son mari, sa fille et elle ; et encore jusqu'où elle pourrait aller dans un danger pressant. Elle ne demanda pas brutalement ces choses, elle posa les questions avec des mé-

nagements si bien choisis, que l'abbé put disserter sur la
matière sans entrer dans les personnalités. Il fut plein d'arguments contradictoires. En somme, il jugea qu'une âme
juste avait le droit, le devoir même d'empêcher le mal,
quitte à employer les moyens nécessaires au triomphe du
bien.

— Voilà mon opinion, chère dame, dit-il en finissant. La
discussion des moyens est toujours grave. Les moyens sont
le grand piége où se prennent les vertus ordinaires... Mais je
connais votre belle conscience. Pesez chacun de vos actes, et si
rien ne proteste en vous, allez hardiment... Les natures honnêtes ont cette grâce merveilleuse de mettre de leur honnêteté
dans tout ce qu'elles touchent.

Et changeant de voix, il continua :

— Dites bien à monsieur Quenu que je lui souhaite le
bonjour. Quand je passerai, j'entrerai pour embrasser ma
bonne petite Pauline... Au revoir, chère dame, et tout à votre
disposition.

Il rentra dans la sacristie. Lisa, en s'en allant, eut la curiosité de voir si Claire priait toujours ; mais Claire était
retournée à ses carpes et à ses anguilles ; il n'y avait plus,
devant la chapelle de la Vierge, où la nuit s'était faite, qu'une
débandade de chaises renversées, culbutées, sous la chaleur
dévote des femmes qui s'étaient agenouillées là.

Quand la belle charcutière traversa de nouveau la place,
la Normande, qui guettait sa sortie, la reconnut dans le crépuscule à la rondeur de ses jupes.

— Merci ! s'écria-t-elle, elle est restée plus d'une heure.
Quand les curés la vident de ses péchés, celle-là, les enfants
de chœur font la chaîne pour jeter les seaux d'ordures à la
rue.

Le lendemain matin, Lisa monta droit à la chambre de
Florent. Elle s'y installa en toute tranquillité, certaine de
n'être pas dérangée, décidée d'ailleurs à mentir, à dire

qu'elle venait s'assurer de la propreté du linge, si Florent
remontait. Elle l'avait vu, en bas, très-occupé, au milieu de
la marée. S'installant devant la petite table, elle enleva le
tiroir, le mit sur ses genoux, le vida avec de grandes précautions, en ayant grand soin de replacer les paquets de
papiers dans le même ordre. Elle trouva d'abord les premiers chapitres de l'ouvrage sur Cayenne, puis les projets,
les plans de toutes sortes, la transformation des octrois en
taxes sur les transactions, la réforme du système administratif des Halles, et les autres. Ces pages de fine écriture
qu'elle s'appliquait à lire, l'ennuyèrent beaucoup ; elle allait
remettre le tiroir, convaincue que Florent cachait ailleurs
la preuve de ses mauvais desseins, rêvant déjà de fouiller la
laine des matelas, lorsqu'elle découvrit, dans une enveloppe
à lettre, le portrait de la Normande. La photographie était
un peu noire. La Normande posait debout, le bras droit
appuyée sur une colonne tronquée ; et elle avait tous ses
bijoux, une robe de soie neuve qui bouffait, un rire insolent.
Lisa oublia son beau-frère, ses terreurs, ce qu'elle était venue
faire là. Elle s'absorba dans une de ces contemplations de
femme dévisageant une autre femme, tout à l'aise, sans
crainte d'être vue. Jamais elle n'avait eu le loisir d'étudier
sa rivale de si près. Elle examina les cheveux, le nez, la
bouche, éloigna la photographie, la rapprocha. Puis, les
lèvres pincées, elle lut sur le revers, écrit en grosses vilaines lettres : « Louise à son ami Florent. » Cela la scandalisa,
c'était un aveu. L'envie lui vint de prendre cette carte, de
la garder comme une arme contre son ennemie. Elle la remit lentement dans l'enveloppe, en songeant que ce serait mal, et qu'elle la retrouverait toujours, d'ailleurs.

Alors, feuilletant de nouveau les pages volantes, les ran-
geant une à une, elle eut l'idée de regarder au fond, à
l'endroit où Florent avait repoussé le fil et les aiguilles
d'Augustine ; et là, entre le paroissien et *la Clef des songes*,

elle découvrit ce qu'elle cherchait, des notes très-compro-
mettantes, simplement défendues par une chemise de papier
gris. L'idée d'une insurrection, du renversement de l'empire,
à l'aide d'un coup de force, avancée un soir par Logre chez
monsieur Lebigre, avait lentement mûri dans l'esprit ardent
de Florent. Il y vit bientôt un devoir, une mission. Ce fut le
but enfin trouvé de son évasion de Cayenne et de son retour
à Paris. Croyant avoir à venger sa maigreur contre cette
ville engraissée, pendant que les défenseurs du droit cre-
vaient la faim en exil, il se fit justicier, il rêva de se dresser,
des Halles mêmes, pour écraser ce règne de mangeailles et de
soûleries. Dans ce tempérament tendre, l'idée fixe plantait
aisément son clou. Tout prenait des grossissements formidables, les histoires les plus étranges se bâtissaient, il
s'imaginait que les Halles s'étaient emparées de lui, à son
arrivée, pour l'amollir, l'empoisonner de leurs odeurs. Puis,
c'était Lisa qui voulait l'abêtir; il l'évitait pendant des deux
et trois jours, comme un dissolvant qui aurait fondu ses volontés, s'il l'avait approchée. Ces crises de terreurs puériles,
ces emportements d'homme révolté, aboutissaient toujours
à de grandes douceurs, à des besoins d'aimer, qu'il cachait
avec une honte d'enfant. Le soir surtout, le cerveau de Florent s'embarrassait de fumées mauvaises. Malheureux de sa
journée, les nerfs tendus, refusant le sommeil par une peur
sourde de ce néant, il s'attardait davantage chez monsieur
Lebigre ou chez les Méhudin; et, quand il rentrait, il ne se
couchait encore pas, il écrivait, il préparait la fameuse insurrection. Lentement, il trouva tout un plan d'organisation.
Il partagea Paris en vingt sections, une par arrondissement,
ayant chacune un chef, une sorte de général, qui avait sous
ses ordres vingt lieutenants commandant à vingt compagnies
d'affiliés. Toutes les semaines, il y aurait un conseil tenu par
les chefs, chaque fois dans un local différent; pour plus de
discrétion, d'ailleurs, les affiliés ne connaîtraient que le lieu-

tenant, qui lui-même s'aboucherait uniquement avec le
chef de sa section ; il serait utile aussi que ces compagnies
se crussent toutes chargées de missions imaginaires, ce qui
acheverait de dépister la police. Quant à la mise en œuvre
de ces forces, elle était des plus simples. On attendrait la
formation complète des cadres; puis on profiterait de la première émotion politique. Comme on n'aurait sans doute que
quelques fusils de chasse, on s'emparerait d'abord des postes,
on désarmerait les pompiers, les gardes de Paris, les soldats
de la ligne, sans livrer bataille autant que possible, en les
invitant à faire cause commune avec le peuple. Ensuite, on
marcherait droit au Corps législatif, pour aller de là à l'Hôtel
de Ville. Ce plan, auquel Florent revenait chaque soir, comme
à un scénario de drame qui soulageait sa surexcitation nerveuse, n'était encore qu'écrit sur des bouts de papier,
raturés, montrant les tâtonnements de l'auteur, permettant
de suivre les phases de cette conception à la fois enfantine et
scientifique. Lorsque Lisa eut parcouru les notes, sans toutes
les comprendre, elle resta tremblante, n'osant plus toucher
à ces papiers, avec la peur de les voir éclater entre ses mains
comme des armes chargées.

Une dernière note l'épouvanta plus encore que les autres.
C'était une demi-feuille, sur laquelle Florent avait dessiné la
forme des insignes qui distingueraient les chefs et les lieutenants ; à côté, se trouvaient également les guidons des compagnies. Même des légendes au crayon disaient la couleur
des guidons pour les vingt arrondissements. Les insignes
des chefs étaient des écharpes rouges ; ceux des lieutenants,
des brassards, également rouges. Ce fut, pour Lisa, la réalisation immédiate de l'émeute ; elle vit ces hommes, avec
toutes ces étoffes rouges, passer devant sa charcuterie, envoyer des balles dans les glaces et dans les marbres, voler les
saucisses et les andouilles de l'étalage. Les infâmes projets
de son beau-frère étaient un attentat contre elle-même, contre

son bonheur. Elle referma le tiroir, regardant la chambre, se disant que c'était elle pourtant qui logeait cet homme, qu'il couchait dans ses draps, qu'il usait ses meubles. Et elle était particulièrement exaspérée par la pensée qu'il cachait l'abominable machine infernale dans cette petite table de bois blanc, qui lui avait servi autrefois chez l'oncle Gradelle, avant son mariage, une table innocente, toute déclouée.

Elle resta debout, songeant à ce qu'elle allait faire. D'abord, il était inutile d'instruire Quenu. Elle eut l'idée d'avoir une explication avec Florent, mais elle craignit qu'il ne s'en allât commettre son crime plus loin, tout en les compromettant, par méchanceté. Elle se calmait un peu, elle préféra le surveiller. Au premier danger, elle verrait. En somme, elle avait à présent de quoi le faire retourner aux galères.

Comme elle rentrait à la boutique, elle vit Augustine tout émotionnée. La petite Pauline avait disparu depuis une grande demi-heure. Aux questions inquiètes de Lisa, elle ne put que répondre :

— Je ne sais pas, madame... Elle était là tout à l'heure, sur le trottoir, avec un petit garçon... Je les regardais ; puis, j'ai entamé un jambon pour un monsieur, et je ne les ai plus vus.

— Je parie que c'est Muche, s'écria la charcutière ; ah ! le gredin d'enfant !

C'était Muche, en effet. Pauline, qui étrennait justement ce jour-là une robe neuve, à raies bleues, avait voulu la montrer. Elle se tenait toute droite, devant la boutique, bien sage, les lèvres pincées par cette moue grave d'une petite femme de six ans qui craint de se salir. Ses jupes, très-courtes, très-empesées, bouffaient comme des jupes de danseuse, montrant ses bas blancs bien tirés, ses bottines vernies, d'un bleu d'azur ; tandis que son grand tablier, qui la

décolletait, avait, aux épaules, un étroit volant brodé, d'où
ses bras, adorables d'enfance, sortaient nus et roses. Elle
portait des boutons de turquoise aux oreilles, une jeannette
au cou, un ruban de velours bleu dans les cheveux, très-
bien peignée, avec l'air gras et tendre de sa mère, la grâce
parisienne d'une poupée neuve.

Muche, des Halles, l'avait aperçue. Il mettait dans le
ruisseau des petits poissons morts que l'eau emportait, et
qu'il suivait le long du trottoir, en disant qu'ils nageaient.
Mais la vue de Pauline, si belle, si propre, lui fit traverser
la chaussée, sans casquette, la blouse déchirée, le pantalon
tombant et montrant la chemise, dans le débraillé d'un galopin de sept ans. Sa mère lui avait bien défendu de jouer
jamais avec « cette grosse bête d'enfant que ses parents
bourraient à la faire crever. » Il rôda un instant, s'approcha, voulut toucher la jolie robe à raies bleues. Pauline,
d'abord flattée, eut une moue de prude, recula, en murmurant d'un ton fâché :

— Laisse-moi... Maman ne veut pas.

Cela fit rire le petit Muche, qui était très-dégourdi et très-
entreprenant.

— Ah bien ! dit-il, tu es joliment godiche !... Ça ne fait
rien que ta maman ne veuille pas... Nous allons jouer à nous
pousser, veux-tu ?

Il devait nourrir l'idée mauvaise de salir Pauline. Celle-ci,
en le voyant s'apprêter à lui donner une poussée dans le dos,
recula davantage, fit mine de rentrer. Alors, il fut très doux ;
il remonta ses culottes, en homme du monde.

— Es-tu bête ! c'est pour rire... Tu es bien gentille
comme ça. Est-ce que c'est à ta maman, ta petite croix ?

Elle se rengorgea, dit que c'était à elle. Lui, doucement,
l'amenait jusqu'au coin de la rue Pirouette ; il lui touchait
les jupes, en s'étonnant, en trouvant ça drôlement roide ; ce
qui causait un plaisir infini à la petite. Depuis qu'elle faisait

la belle sur le trottoir, elle était très-vexée de voir que personne ne la regardait. Mais, malgré les compliments de Muche, elle ne voulut pas descendre du trottoir.

— Quelle grue! s'écria-t-il, en redevenant grossier. Je vas t'asseoir sur ton panier aux crottes, tu sais, madame Belles-fesses !

Elle s'effaroucha. Il l'avait prise par la main ; et comprenant sa faute, se montrant de nouveau câlin, fouillant vivement dans sa poche :

— J'ai un sou, dit-il.

La vue du sou calma Pauline. Il tenait le sou du bout des doigts, devant elle, si bien qu'elle descendit sur la chaussée, sans y prendre garde, pour suivre le sou. Décidément, le petit Muche était en bonne fortune. Il devenait tentateur.

— Qu'est-ce que tu aimes ? demanda-t-il.

Elle ne répondit pas tout de suite ; elle ne savait pas, elle aimait trop de choses. Lui, nomma une foule de friandises : de la réglisse, de la mélasse, des boules de gomme, du sucre en poudre. Le sucre en poudre fit beaucoup réfléchir la petite ; on trempe un doigt, et on le suce ; c'est très bon. Elle restait toute sérieuse. Puis, se décidant :

— Non, j'aime bien les cornets.

Alors, il lui prit le bras, il l'emmena, sans qu'elle résistât. Ils traversèrent la rue Rambuteau, suivirent le large trottoir des Halles, allèrent jusque chez un épicier de la rue de la Cossonnerie, qui avait la renommée des cornets. Les cornets sont de minces cornets de papier, où les épiciers mettent les débris de leur étalage, les dragées cassées, les marrons glacés tombés en morceaux, les fonds suspects des bocaux de bonbons. Muche fit les choses galamment ; il laissa choisir le cornet par Pauline, un cornet de papier bleu, ne le lui reprit pas, donna son sou. Sur le trottoir, elle vida les miettes de toutes sortes dans les deux poches de son tablier ; et ces poches étaient si étroites, qu'elles furent pleines. Elle cro-

quait doucement, miette par miette, ravie, mouillant son
doigt, pour avoir la poussière trop fine ; si bien que cela
fondait les bonbons, et que deux taches brunes marquaient
déjà les deux poches du tablier. Muche avait un rire sournois. Il la tenait par la taille, la chiffonnant à son aise, lui
faisant tourner le coin de la rue Pierre-Lescot, du côté de
la place des Innocents, en lui disant :

— Hein ? tu veux bien jouer, maintenant ?... C'est bon,
ce que tu as dans tes poches. Tu vois que je ne voulais pas
te faire de mal, grande bête.

Et lui-même, il fourrait les doigts au fond des poches.
Ils entrèrent dans le square. C'était là sans doute que le
petit Muche rêvait de conduire sa conquête. Il lui fit les
honneurs du square, comme d'un domaine à lui, très-
agréable, où il galopinait pendant des après-midi entières.
Jamais Pauline n'était allée si loin ; elle aurait sanglotté
comme une demoiselle enlevée, si elle n'avait pas eu du
sucre dans les poches. La fontaine, au milieu de la pelouse
coupée de corbeilles, coulait, avec la déchirure de ses
nappes ; et les nymphes de Jean Goujon, toutes blanches
dans le gris de la pierre, penchant leurs urnes, mettaient
leur grâce nue, au milieu de l'air noir du quartier Saint-
Denis. Les enfants firent le tour, regardant l'eau tomber des
six bassins, intéressés par l'herbe, rêvant certainement de
traverser la pelouse centrale, ou de se glisser sous les
massifs de houx et de rhododendrons, dans la plate-bande
longeant de la grille du square. Cependant le petit Muche,
qui était parvenu à froisser la belle robe, par derrière, dit,
avec son rire en dessous :

— Nous allons jouer à nous jeter du sable, veux-tu ?

Pauline était séduite. Ils se jetèrent du sable, en fermant
les yeux. Le sable entrait par le corsage décolleté de la
petite, coulait tout le long, jusque dans ses bas et ses bottines. Muche s'amusait beaucoup, à voir le tablier blanc

devenir tout jaune. Mais il trouva sans doute que _c'était
encore trop propre.

— Hein? si nous plantions des arbres, demanda-t-il
tout à coup. C'est moi qui sais faire de jolis jardins !

— Vrai, des jardins ! murmura Pauline pleine d'admiration.

Alors, comme le gardien du square n'était pas là, il lui
fit creuser des trous dans une plate bande. Elle était à
genoux, au beau milieu de la terre molle, s'allongeant sur
le ventre, enfonçant jusqu'aux coudes ses adorables bras
nus. Lui, cherchait des bouts de bois, cassait des branches.
C'était les arbres du jardin, qu'il plantait dans les trous de
Pauline. Seulement, il ne trouvait jamais les trous
assez profonds, il la traitait en mauvais ouvrier, avec
des rudesses de patron. Quand elle se releva, elle était
noire des pieds à la tête ; elle avait de la terre dans
les cheveux, toute barbouillée, si drôle avec ses bras de
charbonnier, que Muche tapa dans ses mains, en s'écriant :

— Maintenant, nous allons les arroser... Tu comprends,
ça ne pousserait pas.

Ce fut le comble. Ils sortaient du square, ramassaient de
l'eau au ruisseau, dans le creux de leurs mains, revenaient
en courant arroser les bouts de bois. En route, Pauline,
qui était trop grosse et qui ne savait pas courir, laissait
échapper toute l'eau entre ses doigts, le long de ses jupes ;
si bien qu'au sixième voyage, elle semblait s'être roulée
dans le ruisseau. Muche la trouva très-bien, quand elle
fut très-sale. Il la fit asseoir avec lui sous un rhododendron,
à côté du jardin qu'ils avaient planté. Il lui racontait que
ça poussait déjà. Il lui avait pris la main, en l'appelant sa
petite femme.

— Tu ne regrettes pas d'être venue, n'est-ce pas ? Au
lieu de rester sur le trottoir, où tu as l'air de t'ennuyer
fameusement... Tu verras, je sais tout plein de jeux, dans

les rues. Il faudra revenir, entends-tu. Seulement, on ne
parle pas de ça à sa maman. On ne fait pas la bête... Si tu
dis quelque chose, tu sais, je te tirerai les cheveux, quand
je passerai devant chez toi.

Pauline répondait toujours oui. Lui, par dernière galan-
terie, lui remplissait de terre les deux poches de son tablier.
Il la serrait de près, cherchant maintenant à lui faire du
mal, par une cruauté de gamin. Mais elle n'avait plus de
sucre, elle ne jouait plus, et elle devenait inquiète. Comme
il s'était mis à la pincer, elle pleura en disant qu'elle voulait
s'en aller. Cela égaya beaucoup Muche, qui se montra cavalier ; il la menaça de ne pas la reconduire chez ses parents.
La petite, tout à fait terrifiée, poussait des soupirs étouffés,
comme une belle à la merci d'un séducteur, au fond d'une
auberge inconnue. Il aurait certainement fini par la battre,
pour la faire taire, lorsqu'une voix aigre, la voix de mademoiselle Saget, s'écria à côté d'eux :

— Mais, Dieu me pardonne !. c'est Pauline... Veux-tu
bien la laisser tranquille, méchant vaurien !

La vieille fille prit Pauline par la main, en poussant des
exclamations sur l'état pitoyable de sa toilette. Muche ne s'effraya guère ; il les suivit, riant sournoisement de son œuvre,
répétant que c'était elle qui avait voulu venir, et qu'elle
s'était laissée tomber par terre. Mademoiselle Saget était une
habituée du square des Innocents. Chaque après-midi, elle
y passait une bonne heure, pour se tenir au courant des
bavardages du menu peuple. Là, aux deux côtés, il y a une
longue file demi-circulaire de bancs mis bout à bout. Les
pauvres gens qui étouffent dans les taudis des étroites rues
voisines s'y entassent : les vieilles, desséchées, l'air frileux,
en bonnet fripé ; les jeunes en camisole, les jupes mal atta-
chées, les cheveux nus, éreintées, fanées déjà de misère ;
quelques hommes aussi, des vieillards proprets, des porteurs
aux vestes grasses, des messieurs suspects à chapeau noir ;

tandis que, dans l'allée, la marmaille se roule, traîne des
voitures sans roues, emplit des seaux de sable, pleure et se
mord, une marmaille terrible, déguenillée, mal mouchée,
qui pullule au soleil comme une vermine. Mademoiselle
Saget était si mince, qu'elle trouvait toujours à se glisser
sur un banc. Elle écoutait, elle entamait la conversation avec
une voisine, quelque femme d'ouvrier toute jaune, raccom-
modant du linge, tirant d'un petit panier, réparé avec des
ficelles, des mouchoirs et des bas troués comme des cribles.
D'ailleurs, elle avait des connaissances. Au milieu des piaille-
ments intolérables de la marmaille et du roulement continu
des voitures, derrière, dans la rue Saint-Denis, c'étaient des
cancans sans fin, des histoires sur les fournisseurs, les épiciers, les boulangers, les bouchers, toute une gazette du
quartier, enfiélée par les refus de crédit et l'envie sourde du
pauvre. Elle apprenait, surtout, parmi ces malheureuses, les
choses inavouables, ce qui descendait des garnis louches, ce
qui sortait des loges noires des concierges, les saletés de la
médisance, dont elle relevait, comme d'une pointe de piment,
ses appétits de curiosité. Puis, devant elle, la face tournée
du côté des Halles, elle avait la place, les trois pans de maisons, percées de leurs fenêtres, dans lesquelles elle cherchait à entrer du regard ; elle semblait se hausser, aller
le long des étages, ainsi qu'à des trous de verre, jusqu'aux
œils-de-bœuf des mansardes ; elle dévisageait les rideaux,
reconstruisait un drame sur la simple apparition d'une tête
entre deux persiennes, avait fini par savoir l'histoire des
locataires de toutes ces maisons, rien qu'à en regarder les
façades. Le restaurant Baratte l'intéressait d'une façon particulière, avec sa boutique de marchand de vin, sa marquise
découpée et dorée, formant terrasse, laissant déborder la
verdure de quelques pots de fleurs, ses quatre étages
étroits, ornés et peinturlurés ; elle se plaisait au fond bleu
tendre, aux colonnes jaunes, à la stèle surmontée d'une co-

23

quille, à cette devanture de temple de carton, badigeonnée
sur la face d'une maison décrépite, terminée en haut, au
bord du toit, par une galerie de zinc passée à la couleur.
Derrière les persiennes flexibles, à bandes rouges, elle lisait
les bons petits déjeuners, les soupers fins, les noces à tout
casser. Et elle mentait même ; c'était là que Florent et Gavard venaient faire des bombances avec ces deux salopes de
Méhudin ; au dessert, il se passait des choses abominables.

Cependant, Pauline pleurait plus fort, depuis que la vieille
fille la tenait par la main. Celle-ci se dirigeait vers la porte
du square, lorsqu'elle parut se raviser. Elle s'assit sur le
bout d'un banc, cherchant à faire taire la petite.

— Voyons, ne pleure plus, les sergents de ville te pren-
draient... Je vais te reconduire chez toi. Tu me connais bien,
n'est-ce pas ? Je suis « bonne amie, » tu sais... Allons,
fais une risette.

Mais les larmes la suffoquaient, elle voulait s'en aller.
Alors, mademoiselle Saget, tranquillement, la laissa sangloter, attendant qu'elle eût fini. La pauvre enfant était toute
grelottante, les jupes et les bas mouillés ; les larmes qu'elle
essuyait avec ses poings sales lui mettaient de la terre jusqu'aux oreilles. Quand elle se fut un peu calmée, la vieille
reprit d'un ton doucereux :

— Ta maman n'est pas méchante, n'est-ce pas ? Elle t'aime
bien.

— Oui, oui, répondit Pauline, le cœur encore très-gros.

— Et ton papa, il n'est pas méchant non plus, il ne te
bat pas, il ne se dispute pas avec ta maman ?... Qu'est-ce
qu'ils disent le soir, quand ils vont se coucher ?

— Ah ! je ne sais pas ; moi, j'ai chaud dans mon lit.

— Ils parlent de ton cousin Florent ?

— Je ne sais pas.

Mademoiselle Saget prit un air sévère, en feignant de se
lever et de s'en aller.

— Tiens! tu n'es qu'une menteuse... Tu sais qu'il ne
faut pas mentir... Je vais te laisser là, si tu mens, et Muche
te pincera.

Muche, qui rôdait devant le banc, intervint, disant de son
ton décidé de petit homme :

— Allez, elle est trop dinde pour savoir... Moi, je sais
que mon bon ami Florent a eu l'air joliment cornichon,
hier, quand maman lui a dit comme ça, en riant, qu'il pouvait l'embrasser, si cela lui faisait plaisir.

Mais Pauline, menacée d'être abandonnée, s'était remise
à pleurer.

— Tais-toi donc, tais-toi donc, mauvaise gale! murmura
la vieille en la bousculant. Là, je ne m'en vais pas, je t'a-
chèterai un sucre d'orge, hein! un sucre d'orge!... Alors, tu
ne l'aimes pas, ton cousin Florent?

— Non, maman dit qu'il n'est pas honnête.

— Ah! tu vois bien que ta maman disait quelque chose.

— Un soir, dans mon lit, j'avais Mouton, je dormais avec
Mouton... Elle disait à papa : « Ton frère, il ne s'est sauvé
du bagne que pour nous y ramener tous avec lui. »

Mademoiselle Saget poussa un léger cri. Elle s'était mise
debout, toute frémissante. Un trait de lumière venait de la
frapper en pleine face. Elle reprit la main de Pauline, la fit
trotter jusqu'à la charcuterie, sans parler, les lèvres pincées
par un sourire intérieur, les regards pointus d'une joie aiguë.
Au coin de la rue Pirouette, Muche, qui les accompagnait en
gambadant, jouissant de voir la petite courir avec ses bas
crottés, disparut prudemment. Lisa était dans une inquiétude mortelle. Quand elle aperçut sa fille faite comme un
torchon, elle eut un tel saisissement, qu'elle la tourna de
tous les côtés, sans même songer à la battre. La vieille disait
de sa voix mauvaise :

— C'est le petit Muche... Je vous la ramène, vous comprenez... Je les ai découverts ensemble, sous un arbre du

square. Je ne sais pas ce qu'ils faisaient... A votre place, je
la regarderais. Il est capable de tout, cet enfant de gueuse.

Lisa ne trouvait pas une parole. Elle ne savait par quel
bout prendre sa fille, tant les bottines boueuses, les bas
tachés, les jupes déchirées, les mains et la figure noircies,
la dégoûtaient. Le velours bleu, les boutons d'oreille, la jeannette, disparaissaient sous une couche de crasse. Mais ce qui
acheva de l'exaspérer, ce furent les poches pleines de terre.
Elle se pencha, les vida, sans respect pour le dallage blanc
et rose de la boutique. Puis, elle ne put prononcer qu'un
mot, elle entraîna Pauline, en disant :

— Venez, ordure.

Mademoiselle Saget, qui était toute égayée par cette scène,
au fond de son chapeau noir, traversa vivement la rue Rambuteau. Ses pieds menus touchaient à peine le pavé; une
jouissance la portait, comme un souffle plein de caresses
chatouillantes. Elle savait donc enfin ! Depuis près d'une
année qu'elle brûlait, voilà qu'elle possédait Florent, tout
entier, tout d'un coup. C'était un contentement inespéré,
qui la guérissait de quelque maladie; car elle sentait bien
que cet homme-là l'aurait fait mourir à petit feu, en se refusant plus longtemps à ses ardeurs de curiosité. Maintenant,
le quartier des Halles lui appartenait; il n'y avait plus de
lacune dans sa tête; elle aurait raconté chaque rue, boutique
par boutique. Et elle poussait de petits soupirs pâmés, tout
en entrant dans le pavillon aux fruits.

— Eh ! mademoiselle Saget, cria la Sarriette de son banc,
qu'est-ce que vous avez donc à rire toute seule ?... Est-ce
que vous avez gagné le gros lot à la loterie?

— Non, non... Ah ! ma petite, si vous saviez !...

La Sarriette était adorable, au milieu de ses fruits, avec
son débraillé de belle fille. Ses cheveux frisottants lui tombaient sur le front, comme des pampres. Ses bras nus, son
cou nu, tout ce qu'elle montrait de nu et de rose, avait une

fraîcheur de pêche et de cerise. Elle s'était pendu par gami-
nerie des guignes aux oreilles, des guignes noires qui sautaient sur ses joues, quand elle se penchait, toute sonore de
rires. Ce qui l'amusait si fort, c'était qu'elle mangeait des
groseilles, et qu'elle les mangeait à s'en barbouiller la bouche, jusqu'au menton et jusqu'au nez; elle avait la bouche
rouge, une bouche maquillée, fraîche du jus des groseilles,
comme peinte et parfumée de quelque fard du sérail. Une
odeur de prune montait de ses jupes. Son fichu mal noué
sentait la fraise.

Et, dans l'étroite boutique, autour d'elle, les fruits s'entassaient. Derrière, le long des étagères, il y avait des files
de melons, des cantaloups couturés de verrues, des maraîchers aux guipures grises, des culs de singe avec leurs bosses
nues. A l'étalage, les beaux fruits, délicatement parés dans
des paniers, avaient des rondeurs de joues qui se cachent,
des faces de belles enfants entrevues à demi sous un rideau
de feuilles; les pêches surtout, les Montreuil rougissantes, de
peau fine et claire comme des filles du Nord, et les pêches du
Midi, jaunes et brûlées, ayant le hâle des filles de Provence.
Les abricots prenaient sur la mousse des tons d'ambre, ces
chaleurs de coucher de soleil qui chauffent la nuque des
brunes, à l'endroit où frisent de petits cheveux. Les cerises, rangées une à une, ressemblaient à des lèvres trop
étroites de Chinoise qui souriaient: les Montmorency, lèvres
trapues de femme grasse; les Anglaises, plus allongées et
plus graves; les guignes, chair commune, noire, meurtrie
de baisers; les bigarreaux, tachés de blanc et de rose, au rire
à la fois joyeux et fâché. Les pommes, les poires s'empilaient,
avec des régularités d'architecture, faisant des pyramides,
montrant des rougeurs de seins naissants, des épaules et
des hanches dorées, toute une nudité discrète, au milieu des
brins de fougère; elles étaient de peaux différentes, les pommes d'api au berceau, les rambour avachies, les calville

23.

en robe blanche, les canada sanguines, les châtaignier cou-
perosées, les reinettes blondes, piquées de rousseur ; puis,
les variétés des poires, la blanquette, l'angleterre, les beur-
rés, les messire-jean, les duchesses, trapues, allongées, avec
des cous de cygne ou des épaules apoplectiques, les ventres
jaunes et verts, relevés d'une pointe de carmin. A côté, les
prunes transparentes montraient des douceurs chlorotiques
de vierge ; les reine-Claude, les prunes de monsieur, étaient
pâlies d'une fleur d'innocence ; les mirabelles s'égrenaient
comme les perles d'or d'un rosaire, oublié dans une boîte
avec des bâtons de vanille. Et les fraises, elles aussi, exhalaient un parfum frais, un parfum de jeunesse, les petites
surtout, celle qu'on cueille dans les bois, plus encore que
les grosses fraises de jardin, qui sentent la fadeur des arro-
soirs. Les framboises ajoutaient un bouquet à cette odeur
pure. Les groseilles, les cassis, les noisettes, riaient avec des
mines délurées ; pendant que des corbeilles de raisins, des
grappes lourdes, chargées d'ivresse, se pâmaient au bord de
l'osier, en laissant retomber leurs grains roussis par les voluptés trop chaudes du soleil.

La Sarriette vivait là, comme dans un verger, avec des
griseries d'odeurs. Les fruits à bas prix, les cerises, les prunes, les fraises, entassés devant elle sur des paniers plats,
garnis de papier, se meurtrissaient, tachaient l'étalage de
jus, d'un jus fort qui fumait dans la chaleur. Elle sentait
aussi la tête lui tourner, en juillet, par les après-midi brûlantes, lorsque les melons l'entouraient d'une puissante vapeur de musc. Alors, ivre, montrant plus de chair sous son
fichu, à peine mûre et toute fraîche de printemps, elle tentait la bouche, elle inspirait des envies de maraude. C'était
elle, c'étaient ses bras, c'était son cou, qui donnaient à ses
fruits cette vie amoureuse, cette tiédeur satinée de femme.
Sur le banc de vente, à côté, une vieille marchande, une
ivrognesse affreuse, n'étalait que des pommes ridées, des

poires pendantes comme des seins vides, des abricots cada-
véreux, d'un jaune infâme de sorcière. Mais, elle, faisait de
son étalage une grande volupté nue. Ses lèvres avaient posé
là une à une les cerises, des baisers rouges ; elle laissait
tomber de son corsage les pêches soyeuses ; elle fournissait aux
prunes sa peau la plus tendre, la peau de ses tempes, celle
de son menton, celle des coins de sa bouche ; elle laissait couler un peu de son sang rouge dans les veines des groseilles.
Ses ardeurs de belle fille mettaient en rut ces fruits de la
terre, toutes ces semences, dont les amours s'achevaient sur
un lit de feuilles, au fond des alcôves tendues de mousse des
petits paniers. Derrière sa boutique, l'allée aux fleurs avait
une senteur fade, auprès de l'arome de vie qui sortait de ses
corbeilles entamées et de ses vêtements défaits.

Cependant, la Sarriette, ce jour-là, était toute grise d'un
arrivage de mirabelles, qui encombrait le marché. Elle vit
bien que mademoiselle Saget avait quelque grosse nouvelle,
et elle voulut la faire causer ; mais la vieille, en piétinant
d'impatience :

— Non, non, je n'ai pas le temps... Je cours voir madame
Lecœur. Ah ! j'en sais de belles !... Venez, si vous voulez.

A la vérité, elle ne traversait le pavillon aux fruits que
pour racoler la Sarriette. Celle-ci ne put résister à la tentation. Monsieur Jules était là, se dandinant sur une chaise retournée, rasé et frais comme un chérubin.

— Garde un instant la boutique, n'est-ce pas ? lui dit-
elle. Je reviens tout de suite.

Mais lui, se leva, lui cria de sa voix grasse, comme elle
tournait l'allée :

— Eh ! pas de ça, Lisette ! Tu sais, je file, moi... Je ne
veux pas attendre une heure comme l'autre jour... Avec ça
que tes prunes me donnent mal à la tête.

Il s'en alla tranquillement, les mains dans les poches. La
boutique resta seule. Mademoiselle Saget faisait courir la

Sarriette. Au pavillon du beurre, une voisine leur dit que madame Lecœur était à la cave. La Sarriette descendit la chercher, pendant que la vieille s'installait au milieu des fromages.

En bas, la cave est très-sombre ; le long des ruelles, les resserres sont tendues d'une toile métallique à mailles fines, par crainte des incendies ; les becs de gaz, fort rares, font des taches jaunes sans rayons, dans la buée nauséabonde, qui s'alourdit sous l'écrasement de la voûte. Mais, madame Lecœur travaillait le beurre, sur une des tables placées le long de la rue Berger. Les soupiraux laissent tomber un jour pâle. Les tables, continuellement lavées à grande eau par des robinets, ont des blancheurs de tables neuves. Tournant le dos à la pompe du fond, la marchande pétrissait « la maniotte, » au milieu d'une boîte de chêne. Elle prenait, à côté d'elle, les échantillons des différents beurres, les mêlait, les corrigeait l'un par l'autre, ainsi qu'on procède pour le coupage des vins. Pliée en deux, les épaules pointues, les bras maigres et noueux, comme des échalas, nus jusqu'aux épaules, elle enfonçait furieusement les poings dans cette pâte grasse qui prenait un aspect blanchâtre et crayeux. Elle suait, elle poussait un soupir à chaque effort.

— C'est mademoiselle Saget qui voudrait vous parler, ma tante, dit la Sarriette.

Madame Lecœur s'arrêta, ramena son bonnet sur ses cheveux, de ses doigts pleins de beurre, sans paraître avoir peur des taches.

— J'ai fini, qu'elle attende un instant, répondit-elle.

— Elle a quelque chose de très-intéressant à vous dire.

— Rien qu'une minute, ma petite.

Elle avait replongé les bras. Le beurre lui montait jusqu'aux coudes. Amolli préalablement dans l'eau tiède, il huilait sa chair de parchemin, faisant ressortir les grosses

veines violettes qui lui couturaient la peau, pareilles à des
chapelets de varices éclatées. La Sarriette était toute dégoû-
tée par ces vilains bras, s'acharnant au milieu de cette masse
fondante. Mais elle se rappelait le métier ; autrefois, elle
mettait, elle aussi, ses petites mains adorables dans le beurre,
pendant des après-midi entières ; même c'était là sa pâte
d'amande, un onguent qui lui conservait la peau blanche,
les ongles roses, et dont ses doigts déliés semblaient avoir
garder la souplesse. Aussi, au bout d'un silence, reprit-
elle :

— Elle ne sera pas fameuse, votre maniotte, ma tante...
Vous avez là des beurres trop forts.

— Je le sais bien, dit madame Lecœur entre deux gémis-
sements, mais que veux-tu ? il faut tout faire passer... Il y a
des gens qui veulent payer bon marché ; on leur fait du
bon marché... Va, c'est toujours trop bon pour les clients.

La Sarriette pensait qu'elle n'en mangerait pas volontiers,
du beurre travaillé par les bras de sa tante. Elle regarda
dans un petit pot plein d'une sorte de teinture rouge.

— Il est trop clair, votre raucourt, murmura-t-elle.

Le raucourt sert à rendre à la maniotte une belle couleur
jaune. Les marchandes croient garder religieusement le
secret de cette teinture, qui provient simplement de la
graine du rocouyer ; il est vrai qu'elles en fabriquent avec
des carottes et des fleurs de soucis.

— A la fin, venez-vous ! dit la jeune femme qui s'impatientait et qui n'était plus habituée à l'odeur infecte de la
cave. Mademoiselle Saget est peut-être déjà partie... Elle
doit savoir des choses très-graves sur mon oncle Gavard.

Madame Lecœur, du coup, ne continua pas. Elle laissa la
maniotte et le raucourt. Elle ne s'essuya pas même les bras.
D'une légère tape, elle ramena de nouveau son bonnet, marchant sur les talons de sa nièce, remontant l'escalier, en répétant avec inquiétude :

— Tu crois qu'elle ne nous aura pas attendues ?

Mais elle se rassura, en apercevant mademoiselle Saget, au milieu des fromages. Elle n'avait eu garde de s'en aller. Les trois femmes s'assirent au fond de l'étroite boutique. Elles y étaient les unes sur les autres, se parlant le nez dans la face. Mademoiselle Saget garda le silence pendant deux bonnes minutes ; puis, quand elle vit les deux autres toutes brûlantes de curiosité, d'une voix pointue :

— Vous savez, ce Florent ?... Eh bien, je peux vous dire d'où il vient, maintenant.

Et elle les laissa un instant encore suspendues à ses lèvres.

— Il vient du bagne, dit-elle enfin, en assourdissant terriblement sa voix.

Autour d'elles, les fromages puaient. Sur les deux étagères de la boutique, au fond, s'alignaient des mottes de beurre énormes ; les beurres de Bretagne, dans des paniers, débordaient ; les beurres de Normandie, enveloppés de toile, ressemblaient à des ébauches de ventres, sur lesquelles un sculpteur aurait jeté des linges mouillés ; d'autres mottes, entamées, taillées par les larges couteaux en rochers à pic, pleines de vallons et de cassures, étaient comme des cimes éboulées, dorées par la pâleur d'un soir d'automne. Sous la table d'étalage, de marbre rouge veiné de gris, des paniers d'œufs mettaient une blancheur de craie ; et, dans des caisses, sur des clayons de paille, des bondons posés bout à bout, des gournay rangés à plat comme des médailles, faisaient des nappes plus sombres, tachées de tons verdâtres. Mais c'était surtout sur la table que les fromages s'empilaient. Là, à côté des pains de beurre à la livre, dans des feuilles de poirée, s'élargissait un cantal géant, comme fendu à coups de hache ; puis venaient un chester, couleur d'or, un gruyère, pareil à une roue tombée de quelque char barbare, des hollande, ronds comme des têtes coupées, barbouillées

de sang séché, avec cette dureté de crâne vide qui les fait
nommer têtes-de-mort. Un parmesan, au milieu de cette
lourdeur de pâte cuite, ajoutait sa pointe d'odeur aroma-
tique. Trois brie, sur des planches rondes, avaient des mélancolies de lunes éteintes ; deux, très-secs, étaient dans leur
plein ; le troisième, dans son deuxième quartier, coulait,
se vidait d'une crème blanche, étalée en lac, ravageant les
minces planchettes, à l'aide desquelles on avait vainement
essayé de le contenir. Des port-salut, semblables à des dis-
ques antiques, montraient en exergue le nom imprimé des
fabricants. Un romantour, vêtu de son papier d'argent, donnait le rêve d'une barre de nougat, d'un fromage sucré, égaré
parmi ces fermentations âcres. Les roquefort, eux aussi,
sous des cloches de cristal, prenaient des mines princières,
des faces marbrées et grasses, veinées de bleu et de jaune,
comme attaqués d'une maladie honteuse de gens riches qui
ont trop mangé de truffes ; tandis que, dans un plat, à côté,
des fromages de chèvre, gros comme un poing d'enfant,
durs et grisâtres, rappelaient les cailloux que les boucs, me-
nant leur troupeau, font rouler aux coudes des sentiers pier-
reux. Alors, commençaient les puanteurs : les mont-d'or,
jaune clair, puant une odeur douceâtre ; les troyes, très-épais,
meurtris sur les bords, d'âpreté déjà plus forte, ajoutant
une fétidité de cave humide ; les camembert, d'un fumet
de gibier trop faisandé ; les neufchâtel, les limbourg, les
marolles, les pont-l'évêque, carrés, mettant chacun leur
note aiguë et particulière dans cette phrase rude jusqu'à la
nausée ; les livarot, teintés de rouge, terribles à la gorge
comme une vapeur de soufre ; puis enfin, par-dessus tous
les autres, les olivet, enveloppés de feuilles de noyer, ainsi
que ces charognes que les paysans couvrent de branches,
au bord d'un champ, fumantes au soleil. La chaude après-
midi avait amolli les fromages ; les moisissures des croûtes
fondaient, se vernissaient avec des tons riches de cuivre

rouge et de vert-de-gris, semblables à des blessures mal fermées ; sous les feuilles de chêne, un souffle soulevait la
peau des olivet, qui battait comme une poitrine, d'une haleine lente et grosse d'homme endormi ; un flot de vie avait
troué un livarot, accouchant par cette entaille d'un peuple
de vers. Et, derrière les balances, dans sa boîte mince, un
géromé anisé répandait une infection telle, que des mouches
étaient tombées autour de la boîte, sur le marbre rouge
veiné de gris.

Mademoiselle Saget avait ce géromé presque sous le nez.
Elle se recula, appuya la tête contre les grandes feuilles de
papier jaunes et blanches, accrochées par un coin, au fond
de la boutique.

— Oui, répéta-t-elle avec une grimace de dégoût, il vient
du bagne... Hein ! ils n'ont pas besoin de faire les fiers, les
Quenu-Gradelle !

Mais madame Lecœur et la Sarriette poussaient des exclamations d'étonnement. Ce n'était pas possible. Qu'avait-il
donc commis pour aller au bagne ? aurait-on jamais soup-
çonné cette madame Quenu, cette vertu qui faisait la gloire
du quartier, de choisir un amant au bagne ?

— Eh ! non, vous n'y êtes pas, s'écria la vieille impatien-
tée. Écoutez-moi donc... Je savais bien que j'avais déjà vu ce
grand escogriffe quelque part.

Elle leur conta l'histoire de Florent. Maintenant, elle se
souvenait d'un bruit vague qui avait couru dans le temps,
d'un neveu du vieux Gradelle envoyé à Cayenne, pour avoir
tué six gendarmes sur une barricade ; elle l'avait même
aperçu une fois, rue Pirouette. C'était bien lui, c'était le
faux cousin. Et elle se lamentait, en ajoutant qu'elle perdait la mémoire, qu'elle était finie, que bientôt elle ne saurait plus rien. Elle pleurait cette mort de sa mémoire,
comme un érudit qui verrait s'envoler au vent les notes
amassées par le travail de toute une existence.

— Six gendarmes! murmura la Sarriette avec admiration;
il doit avoir une poigne solide, cet homme-là.

— Et il en a bien fait d'autres, ajouta mademoiselle Saget. Je ne vous conseille pas de le rencontrer à minuit.

— Quel gredin! balbutia madame Lecœur, tout à fait
épouvantée.

Le soleil oblique entrait sous le pavillon, les fromages
puaient plus fort. A ce moment, c'était surtout le marolles
qui dominait; il jetait des bouffées puissantes, une senteur
de vieille litière, dans la fadeur des mottes de beurre. Puis,
le vent parut tourner; brusquement, des râles de limbourg
arrivèrent entre les trois femmes, aigres et amers, comme
soufflés par des gorges de mourants.

— Mais, reprit madame Lecœur, il est le beau-frère de-la
grosse Lisa, alors... il n'a pas couché avec...

Elles se regardèrent, surprises par ce côté du nouveau
cas de Florent. Cela les ennuyait de lâcher leur première
version. La vieille demoiselle hasarda, en haussant les
épaules :

— Ça n'empêcherait pas... quoique, à vrai dire, ça me
paraîtrait vraiment roide... Enfin, je n'en mettrais pas ma
main au feu.

— D'ailleurs, fit remarquer la Sarriette, ce serait ancien,
il n'y coucherait toujours plus, puisque vous l'avez vu avec
les deux Méhudin.

— Certainement, comme je vous vois, ma belle, s'écria
mademoiselle Saget, piquée, croyant qu'on doutait. Il y est
tous les soirs, dans les jupes des Méhudin... Puis, ça nous
est égal. Qu'il ait couché avec qui il voudra, n'est-ce pas?
Nous sommes d'honnêtes femmes, nous... C'est un fier co-
quin!

— Bien sûr, conclurent les deux autres. C'est un scélérat
fini.

En somme, l'histoire tournait au tragique; elles se consolaient d'épargner la belle Lisa, en comptant sur quelque épouvantable catastrophe amenée par Florent. Évidemment, il avait de mauvais desseins ; ces gens-là ne s'échappent que pour mettre le feu partout ; puis, un homme pareil ne pouvait être entré aux Halles sans « manigancer quelque coup. » Alors, ce furent des suppositions prodigieuses. Les deux marchandes déclarèrent qu'elles allaient ajouter un cadenas à leur resserre ; même la Sarriette se rappela que, l'autre semaine, on lui avait volé un panier de pêches. Mais mademoiselle Saget les terrifia, en leur apprenant que les « rouges » ne procédaient pas comme cela ; ils se moquaient bien d'un panier de pêches ; ils se mettaient à deux ou trois cents pour tuer tout le monde, piller à leur aise. Ça, c'était de la politique, disait-elle avec la supériorité d'une personne instruite. Madame Lecœur en fut malade ; elle voyait les Halles flamber, une nuit que Florent et ses complices se seraient cachés au fond des caves, pour s'élancer de là sur Paris.

— Eh ! j'y songe, dit tout à coup la vieille, il y a l'héritage du vieux Gradelle... Tiens ! tiens ! ce sont les Quenu qui ne doivent pas rire.

Elle était toute réjouie. Les commérages tournèrent. On tomba sur les Quenu, quand elle eut raconté l'histoire du trésor dans le saloir, qu'elle savait jusqu'aux plus minces détails. Elle disait même le chiffre de quatre-vingt-cinq mille francs, sans que Lisa ni son mari se rappelassent l'avoir confié à âme qui vive. N'importe, les Quenu n'avaient pas donné sa part « au grand maigre. » Il était trop mal habillé pour ça. Peut-être qu'il ne connaissait seulement pas l'histoire du saloir. Tous voleurs, ces gens-là. Puis, elles rapprochèrent leur tête, baissant la voix, décidant qu'il serait peut-être dangereux de s'attaquer à la belle Lisa, mais qu'il fallait « faire son affaire au rouge, » pour qu'il ne mangeât plus l'argent de ce pauvre monsieur Gavard.

Au nom de Gavard, il se fit un silence. Elles se regardèrent toutes trois, d'un air prudent. Et, comme elles soufflaient un peu, ce fut le camembert qu'elles sentirent surtout. Le camembert, de son fumet de venaison, avait vaincu
les odeurs plus sourdes du marolles et du limbourg ; il élargissait ses exhalaisons, étouffait les autres senteurs sous une
abondance surprenante d'haleines gâtées. Cependant, au
milieu de cette phrase vigoureuse, le parmesan jetait par
moments un filet mince de flûte champêtre ; tandis que les
bric y mettaient des douceurs fades de tambourins humides. Il y eut une reprise suffoquante du livarot. Et cette
symphonie se tint un moment sur une note aiguë du géromé
anisé, prolongée en point d'orgue.

— J'ai vu madame Léonce, reprit mademoiselle Saget,
avec un coup d'œil significatif.

Alors, les deux autres furent très-attentives. Madame
Léonce était la concierge de Gavard, rue de la Cossonnerie.
Il habitait là une vieille maison, un peu en retrait, occupée
au rez-de-chaussée par un entrepositaire de citrons et d'oranges, qui avait fait badigeonner la façade en bleu, jusqu'au
deuxième étage. Madame Léonce faisait son ménage, gardait
les clefs des armoires, lui montait de la tisane lorsqu'il
était enrhumé. C'était une femme sévère, de cinquante et
quelques années, parlant lentement, d'une façon intermina-
ble ; elle s'était fâchée un jour, parce que Gavard lui avait
pincé la taille ; ce qui ne l'empêcha pas de lui poser des
sangsues, à un endroit délicat, à la suite d'une chute qu'il
avait faite. Mademoiselle Saget qui, tous les mercredis soirs,
allait prendre le café dans sa loge, lia avec elle une amitié
encore plus étroite, quand le marchand de volailles vint habiter la maison. Elles causaient ensemble du digne homme
pendant des heures entières ; elles l'aimaient beaucoup ; elles
voulaient son bonheur.

— Oui, j'ai vu madame Léonce, répéta la vieille ; nous

avons pris le café, hier... Je l'ai trouvée très-peinée. Il paraît
que monsieur Gavard ne rentre plus avant une heure. Dimanche, elle lui a monté du bouillon, parce qu'elle lui avait
vu le visage tout à l'envers.

— Elle sait bien ce qu'elle fait, allez, dit madame Lecœur,
que ces soins de la concierge inquiétaient.

Mademoiselle Saget crut devoir défendre son amie.

— Pas du tout, vous vous trompez... Madame Léonce est
au-dessus de sa position. C'est une femme très comme il
faut... Ah bien! si elle voulait s'emplir les mains, chez
monsieur Gavard, il y a longtemps qu'elle n'aurait eu qu'à
se baisser. Il paraît qu'il laisse tout traîner... C'est justement
à propos de cela que je veux vous parler. Mais, silence, n'est-
ce pas? Je vous dis ça sous le sceau du secret.

Elles jurèrent leurs grands dieux qu'elles seraient muettes. Elles avançaient le cou. Alors l'autre, solennellement :

— Vous saurez donc que monsieur Gavard est tout chose
depuis quelque temps... Il a acheté des armes, un grand pistolet qui tourne, vous savez. Madame Léonce dit que c'est
une horreur, que ce pistolet est toujours sur la cheminée
ou sur la table, et qu'elle n'ose plus essuyer... Et ce n'est
rien encore. Son argent...

— Son argent, répéta madame Lecœur, dont les joues
brûlaient.

— Eh bien, il n'a plus d'actions, il a tout vendu, il a
maintenant dans une armoire un tas d'or...

— Un tas d'or, dit la Sarriette ravie.

— Oui, un gros tas d'or. Il y en a plein sur une planche.
Ça éblouit. Madame Léonce m'a raconté qu'il avait ouvert
une armoire un matin devant elle, et que ça lui a fait mal
aux yeux, tant ça brillait.

Il y eut un nouveau silence. Les paupières des trois femmes battaient, comme si elles avaient vu le tas d'or. La Sarriette se mit à rire la première, en murmurant :

— Moi, si mon oncle me donnait ça, je m'amuserais joliment avec Jules... Nous ne nous lèverions plus, nous ferions monter de bonnes choses du restaurant.

Madame Lecœur restait comme écrasée sous cette révélation, sous cet or qu'elle ne pouvait maintenant chasser de sa vue. L'envie l'étreignait aux flancs. Enfin elle leva ses bras maigres, ses mains sèches, dont les ongles débordaient de beurre figé; et elle ne put que balbutier, d'un ton plein d'angoisse :

— Il n'y faut pas penser, ça fait trop de mal.

— Eh! ce serait votre bien, si un accident arrivait, dit mademoiselle Saget. Moi, à votre place, je veillerais à mes intérêts... Vous comprenez, ce pistolet ne dit rien de bon. Monsieur Gavard est mal conseillé. Tout ça finira mal.

Elles en revinrent à Florent. Elles le déchirèrent avec plus de fureur encore. Puis, posément, elles calculèrent où ces mauvaises histoires pouvaient les mener, lui et Gavard. Très-loin, à coup sûr, si l'on avait la langue trop longue. Alors, elles jurèrent, quant à elles, de ne pas ouvrir la bouche, non que cette canaille de Florent méritât le moindre ménagement, mais parce qu'il fallait éviter à tout prix que le digne monsieur Gavard fût compromis. Elles s'étaient levées, et comme mademoiselle Saget s'en allait :

— Pourtant, dans le cas d'un accident, demanda la marchande de beurre, croyez-vous qu'on pourrait se fier à madame Léonce?... C'est elle peut-être qui a la clef de l'armoire?

— Vous m'en demandez trop long, répondit la vieille. Je la crois très-honnête femme; mais, après tout, je ne sais pas; il y a des circonstances... Enfin, je vous ai prévenues toutes les deux; c'est votre affaire.

Elles restaient debout, se saluant, dans le bouquet final des fromages. Tous, à cette heure, donnaient à la fois. C'était une cacophonie de souffles infects, depuis les lourdeurs

molles des pâtes cuites, du gruyère et du hollande, jusqu'aux pointes alcalines de l'olivet. Il y avait des ronflements sourds du cantal, du chester, des fromages de chèvre,
pareils à un chant large de basse, sur lesquels se détachaient, en notes piquées, les petites fumées brusques des
neufchâtel, des troyes et des mont-d'or. Puis les odeurs
s'effaraient, roulaient les unes sur les autres, s'épaississaient
des bouffées du port-salut, du limbourg, du géromé, du
marolles, du livarot, du pont-l'évêque, peu à peu confon-
dues, épanouies en une seule explosion de puanteurs. Cela
s'épandait, se soutenait, au milieu du vibrement général,
n'ayant plus de parfums distincts, d'un vertige continu de
nausée et d'une force terrible d'asphyxie. Cependant, il
semblait que c'étaient les paroles mauvaises de madame Lecœur et de mademoiselle Saget qui puaient si fort.

. — Je vous remercie bien, dit la marchande de beurre.
Allez! si je suis jamais riche, je vous récompenserai.

Mais la vieille ne s'en allait pas. Elle prit un bondon, le
retourna, le remit sur la table de marbre. Puis, elle demanda
combien ça coûtait.

— Pour moi? ajouta-t-elle avec un sourire.

— Pour vous, rien, répondit madame Lecœur. Je vous
le donne.

Et elle répéta :

— Ah! si j'étais riche !

Alors, mademoiselle Saget lui dit que ça viendrait un
jour. Le bondon avait déjà disparu dans le cabas. La marchande de beurre redescendit à la cave, tandis que la vieille
demoiselle reconduisait la Sarriette jusqu'à sa boutique.
Là, elles causèrent un instant de monsieur Jules. Les
fruits, autour d'elles, avaient leur odeur fraîche de printemps.

— Ça sent meilleur chez vous que chez votre tante, dit la
vieille. J'en avais mal au cœur, tout à l'heure. Comment fait-

elle pour vivre là dedans?... Au moins, ici, c'est doux, c'est bon. Cela vous rend toute rose, ma belle.

La Sarriette se mit à rire. Elle aimait les compliments. Puis, elle vendit une livre de mirabelles à une dame, en disant que c'était un sucre.

— J'en achèterais bien, des mirabelles, murmura mademoiselle Saget, quand la dame fut partie; seulement il m'en faut si peu... Une femme seule, vous comprenez...?

— Prenez-en donc une poignée, s'écria la jolie brune. Ce n'est pas ça qui me ruinera... Envoyez-moi Jules, n'est-ce pas? si vous le voyez. Il doit fumer son cigare, sur le premier banc, en sortant de la grande rue, à droite.

Mademoiselle Saget avait élargi les doigts pour prendre la poignée de mirabelles, qui alla rejoindre le bondon dans le cabas. Elle feignit de vouloir sortir de Halles; mais elle fit un détour par une des rues couvertes, marchant lentement, songeant que des mirabelles et un bondon composaient un dîner par trop maigre. D'ordinaire, après sa tournée de l'après-midi, lorsqu'elle n'avait pas réussi à faire emplir son cabas par les marchandes, qu'elle comblait de cajoleries et d'histoires, elle en était réduite aux rogatons. Elle retourna sournoisement au pavillon du beurre. Là, du côté de la rue Berger, derrière les bureaux des facteurs aux huîtres, se trouvent les bancs de viandes cuites. Chaque matin, de petites voitures fermées, en forme de caisses, doublées de zinc et garnies de soupiraux, s'arrêtent aux portes des grandes cuisines, rapportent pêle-mêle la desserte des restaurants, des ambassades, des ministères. Le triage a lieu dans la cave. Dès neuf heures, les assiettes s'étalent, parées, à trois sous et à cinq sous, morceaux de viande, filets de gibier, têtes ou queues de poissons, légumes, charcuterie, jusqu'à du dessert, des gâteaux à peine entamés et des bonbons presque entiers. Les meurt-de-faim, les petits employés, les femmes grelottant la fièvre, font queue; et parfois les gamins huent des ladres blêmes, qui achètent avec des regards sournois, guettant si personne ne les voit. Mademoiselle Saget se glissa devant une boutique, dont la marchande affichait la prétention de ne vendre que des reliefs sortis des Tuileries. Un jour, elle lui avait même fait prendre une tranche de gigot, en lui affirmant qu'elle venait de l'assiette de l'empereur. Cette tranche de gigot, mangée avec quelque fierté, restait comme une consolation pour la vanité de la vieille demoiselle. Si elle se cachait, c'était d'ailleurs pour se ménager l'entrée des magasins du quartier, où elle rôdait sans jamais rien acheter. Sa tactique était de se fâcher avec les fournisseurs, dès qu'elle savait leur histoire; elle allait chez d'autres, les quittait, se raccommodait, faisait le tour des Halles; de façon qu'elle finissait par s'installer dans toutes les boutiques. On aurait cru à des provisions formidables, lorsqu'en réalité elle vivait de cadeaux et de rogatons payés de son argent, en désespoir de cause.

Ce soir-là, il n'y avait qu'un grand vieillard devant la boutique. Il flairait une assiette, poisson et viande mêlés. Mademoiselle Saget flaira de son côté un lot de friture froide. C'était à trois sous. Elle marchanda, l'obtint à deux sous. La friture froide s'engouffra dans le cabas. Mais d'autres acheteurs arrivaient, les nez s'approchaient des assiettes, d'un mouvement uniforme. L'odeur de l'étalage était nauséabonde, une odeur de vaisselle grasse et d'évier mal lavé.

— Venez me voir demain, dit la marchande à la vieille. Je vous mettrai de côté quelque chose de bon... Il y a un grand dîner aux Tuileries, ce soir.

Mademoiselle Saget promettait de venir, lorsque, en se retournant, elle aperçut Gavard qui avait entendu et qui la la regardait. Elle devint très-rouge, serra ses épaules maigres, s'en alla sans paraître le reconnaître. Mais il la suivit un instant, haussant les épaules, marmottant que la méchanceté de cette pie-grièche ne l'étonnait plus, « du moment qu'elle s'empoisonnait des saletés sur lesquelles on avait roté aux Tuileries. »

Dès le lendemain, une rumeur sourde courut dans les Halles. Madame Lecœur et la Sarriette tenaient leurs grands serments de discrétion. En cette circonstance, mademoiselle Saget se montra particulièrement habile : elle se tut, laissant aux deux autres le soin de répandre l'histoire de Florent. Ce fut d'abord un récit écourté, de simples mots qui se colportaient tout bas ; puis, les versions diverses se fondirent, les épisodes s'allongèrent, une légende se forma, dans laquelle Florent jouait un rôle de Croquemitaine. Il avait tué dix gendarmes, à la barricade de la rue Grenéta ; il était revenu sur un bateau de pirates qui massacraient tout en mer ; depuis son arrivée, on le voyait rôder la nuit avec des hommes suspects, dont il devait être le chef. Là, l'imagination des marchandes se lançait librement, rêvait les choses les plus dramatiques, une bande de contrebandiers en plein Paris, ou bien une vaste association qui centralisait les vols commis dans les Halles. On plaignit beaucoup les Quenu-Gradelle, tout en parlant méchamment de l'héritage. Cet héritage passionna. L'opinion générale fut que Florent était revenu pour prendre sa part du trésor. Seulement, comme il était peu explicable que le partage ne fût pas encore fait, on inventa qu'il attendait une bonne occasion pour tout empocher. Un jour, on trouverait certainement les Quenu-Gradelle massacrés. On racontait que déjà, chaque soir, il y avait des querelles épouvantables entre les deux frères et la belle Lisa.

Lorsque ces contes arrivèrent aux oreilles de la belle Normande, elle haussa les épaules en riant.

— Allez donc, dit-elle, vous ne le connaissez pas... Il est doux comme un mouton, le cher homme.

Elle venait de refuser nettement la main de monsieur Lebigre, qui avait tenté une démarche officielle. Depuis deux mois, tous les dimanches, il donnait aux Méhudin une bouteille de liqueur. C'était Rose qui apportait la bouteille, de son air soumis. Elle se trouvait toujours chargée d'un compliment pour la Normande, d'une phrase aimable qu'elle répétait fidèlement, sans paraître le moins du monde ennuyée de cette étrange commission. Quand monsieur Lebigre se vit congédié, pour montrer qu'il n'était pas fâché, et qu'il gardait de l'espoir, il envoya Rose, le dimanche suivant, avec deux bouteilles de champagne et un gros bouquet. Ce fut justement à la belle poissonnière qu'elle remit le tout, en récitant d'une haleine ce madrigal de marchand de vin :

— Monsieur Lebigre vous prie de boire ceci à sa santé qui a été beaucoup ébranlée par ce que vous savez. Il espère que vous voudrez bien un jour le guérir, en étant pour lui aussi belle et aussi bonne que ces fleurs.

La Normande s'amusa de la mine ravie de la servante. Elle l'embarrassa en lui parlant de son maître, qui était très-exigeant, disait-on. Elle lui demanda si elle l'aimait beaucoup, s'il portait des bretelles, s'il ronflait la nuit. Puis, elle lui fit remporter le champagne et le bouquet.

— Dites à monsieur Lebigre qu'il ne vous renvoie plus... Vous êtes trop bonne, ma petite. Ça m'irrite de vous voir si douce, avec vos bouteilles sous vos bras. Vous ne pouvez donc pas le griffer, votre monsieur ?

— Dame ! il veut que je vienne, répondit Rose en s'en allant. Vous avez tort de lui faire de la peine, vous... Il est bien bel homme.

La Normande était conquise par le caractère tendre de Florent. Elle continuait à suivre les leçons de Muche, le soir, sous la lampe, rêvant qu'elle épousait ce garçon si bon pour les enfants ; elle gardait son banc de poissonnière, il

arrivait à un poste élevé dans l'administration des Halles. Mais
ce rêve se heurtait au respect que le professeur lui témoignait ;
il la saluait, se tenait à distance, lorsqu'elle aurait voulu rire
avec lui, se laisser chatouiller, aimer enfin comme elle savait aimer. Cette résistance sourde fut justement ce qui lui
fit caresser l'idée de mariage, à toute heure. Elle s'imaginait
de grandes jouissances d'amour-propre. Florent vivait ailleurs, plus haut et plus loin. Il aurait peut-être cédé, s'il
ne s'était pas attaché au petit Muche ; puis, cette pensée
d'avoir une maîtresse, dans cette maison, à côté de la mère
et de la sœur, le répugnait.

La Normande apprit l'histoire de son amoureux avec une
grande surprise. Jamais il n'avait ouvert la bouche de ces
choses. Elle le querella. Ces aventures extraordinaires mirent dans ses tendresses pour lui un piment de plus. Alors,
pendant des soirées, il fallut qu'il racontât tout ce qui lui
était arrivé. Elle tremblait que la police ne finît par le dé-
couvrir ; mais lui, la rassurait, disait que c'était trop vieux,
que la police, maintenant, ne se dérangerait plus. Un soir,
il lui parla de la femme du boulevard Montmartre, de cette
dame en capote rose, dont la poitrine trouée avait saigné sur
ses mains. Il pensait à elle souvent encore ; il avait promené
son souvenir navré dans les nuits claires de la Guyane ; il
était rentré en France, avec la songerie folle de la retrouver
sur un trottoir, par un beau soleil, bien qu'il sentît toujours sa lourdeur de morte en travers de ses jambes. Peut-
être qu'elle s'était relevée, pourtant. Parfois dans les rues,
il avait reçu un coup dans la poitrine, en croyant la reconnaître. Il suivait les capotes roses, les châles tombant sur
les épaules, avec des frissons au cœur. Quand il fermait les
yeux, il la voyait marcher, venir à lui ; mais elle laissait
glisser son châle, elle montrait les deux taches rouges de
sa guimpe, elle lui apparaissait d'une blancheur de cire,
avec des yeux vides, des lèvres douloureuses. Sa grande

souffrance fut longtemps de ne pas savoir son nom, de n'avoir d'elle qu'une ombre, qu'il nommait d'un regret. Lorsque l'idée de femme se levait en lui, c'était elle qui se dressait, qui s'offrait comme la seule bonne, la seule pure. Il se surprit bien des fois à rêver qu'elle le cherchait sur ce boulevard où elle était restée, qu'elle lui aurait donné toute une vie de joie, si elle l'avait rencontré quelques secondes plus tôt. Et il ne voulait plus d'autre femme, il n'en existait plus pour lui. Sa voix tremblait tellement en parlant d'elle, que la Normande comprit, avec son instinct de fille amoureuse, et qu'elle fut jalouse.

— Pardi, murmura-t-elle méchamment, il vaut mieux que vous ne la revoyiez pas. Elle ne doit pas être belle, à cette heure.

Florent resta tout pâle, avec l'horreur de l'image évoquée par la poissonnière. Son souvenir d'amour tombait au charnier. Il ne lui pardonna pas cette brutalité atroce, qui mit, dès lors, dans l'adorable capote de soie, la mâchoire saillante, les yeux béants d'un squelette. Quand la Normande le plaisantait sur cette dame « qui avait couché avec lui, au coin de la rue Vivienne, » il devenait brutal, il la faisait taire d'un mot presque grossier.

Mais ce qui frappa surtout la belle Normande dans ces révélations, ce fut qu'elle s'était trompée en croyant enlever un amoureux à la belle Lisa. Cela diminuait son triomphe, si bien qu'elle en aima moins Florent pendant huit jours. Elle se consola avec l'histoire de l'héritage. La belle Lisa ne fut plus une bégueule, elle fut une voleuse qui gardait le bien de son beau-frère, avec des mines hypocrites pour tromper le monde. Chaque soir, maintenant, pendant que Muche copiait les modèles d'écriture, la conversation tombait sur le trésor du vieux Gradelle.

— A-t-on jamais vu l'idée du vieux! disait la poissonnière en riant. Il voulait donc le saler son argent, qu'il

l'avait mis dans un saloir !... Quatre-vingt-cinq mille francs,
c'est une jolie somme, d'autant plus que les Quenu ont sans
doute menti; il y avait peut-être le double, le triple... Ah
bien, c'est moi qui exigerais ma part, et vite !

— Je n'ai besoin de rien, répétait toujours Florent. Je
ne saurais seulement pas où le mettre, cet argent.

Alors elle s'emportait :

— Tenez, vous n'êtes pas un homme. Ça fait pitié...
Vous ne comprenez donc pas que les Quenu se moquent de
vous. La grosse vous passe le vieux linge et les vieux habits
de son mari. Je ne dis pas cela pour vous blesser, mais enfin
tout le monde s'en aperçoit... Vous avez là un pantalon,
roide de graisse, que le quartier a vu au derrière de votre
frère pendant trois ans... Moi, à votre place, je leur jette-
rais leurs guenilles à la figure, et je ferais mon compte.
C'est quarante-deux mille cinq cents francs, n'est-ce pas?
Je ne sortirais pas sans mes quarante-deux mille cinq cents
francs.

Florent avait beau lui expliquer que sa belle-sœur lui
offrait sa part, qu'elle la tenait à sa disposition, que c'était
lui qui n'en voulait pas. Il entrait dans les plus petits détails,
tâchait de la convaincre de l'honnêteté des Quenu.

— Va-t-en voir s'ils viennent, Jean ! chantait-elle d'une
voix ironique. Je la connais, leur honnêteté. La grosse la
plie tous les matins dans son armoire à glace, pour ne pas
la salir.... Vrai, mon pauvre ami, vous me faites de la
peine. C'est plaisir que de vous dindonner, au moins. Vous n'y
voyez pas plus clair qu'un enfant de cinq ans... Elle vous
le mettra, un jour, dans la poche, votre argent, et elle
vous le reprendra. Le tour n'est pas plus malin à jouer.
Voulez-vous que j'aille réclamer votre dû, pour voir? Ça
serait drôle, je vous en réponds. J'aurais le magot ou je cas-
serais tout chez eux, ma parole d'honneur.

— Non, non, vous ne seriez pas à votre place, se hâtait

de dire Florent effrayé. Je verrai, j'aurai peut-être besoin d'argent bientôt.

Elle doutait, elle haussait les épaules, en murmurant qu'il était bien trop mou. Sa continuelle préoccupation fut ainsi de le jeter sur les Quenu-Gradelle, employant toutes les armes, la colère, la raillerie, la tendresse. Puis, elle nourrit un autre projet. Quand elle aurait épousé Florent, ce serait elle qui irait gifler la belle Lisa, si elle ne rendait pas l'héritage. Le soir, dans son lit, elle en rêvait tout éveillée : elle entrait chez la charcutière, s'asseyait au beau milieu de la boutique, à l'heure de la vente, faisait une scène épouvantable. Elle caressa tellement ce projet, il finit par la séduire à un tel point, qu'elle se serait mariée uniquement pour aller réclamer les quarante-deux mille cinq cents francs du vieux Gradelle.

La mère Méhudin, exaspérée par le congé donné à monsieur Lebigre, criait partout que sa fille était folle, que « le grand maigre » avait dû lui faire manger quelque sale drogue. Quand elle connut l'histoire de Cayenne, elle fut terrible, le traita de galérien, d'assassin, dit que ce n'était pas étonnant, s'il restait si plat de coquinerie. Dans le quartier, c'était elle qui racontait les versions les plus atroces de l'histoire. Mais, au logis, elle se contentait de gronder, affectant de fermer le tiroir à l'argenterie, dès que Florent arrivait. Un jour, à la suite d'une querelle avec sa fille aînée, elle s'écria :

— Ça ne peut pas durer, c'est cette canaille d'homme, n'est-ce pas, qui te détourne de moi ? Ne me pousse pas à bout, car j'irais le dénoncer à la préfecture, aussi vrai qu'il fait jour !

— Vous iriez le dénoncer, répéta la Normande toute tremblante, les poings serrés. Ne faites pas ce malheur... Ah ! si vous n'étiez pas ma mère...

Claire, témoin de la querelle, se mit à rire, d'un rire

nerveux qui lui déchirait la gorge. Depuis quelque temps, elle était plus sombre, plus fantasque, les yeux rougis, la figure toute blanche.

— Eh bien, quoi? demanda-t-elle, tu la battrais... Est-ce que tu me battrais aussi, moi, qui suis ta sœur? Tu sais, ça finira par là. Je débarrasserai la maison, j'irai à la préfecture pour éviter la course à maman.

Et comme la Normande étouffait, balbutiant des menaces, elle ajouta :

— Tu n'auras pas la peine de me battre, moi... Je me jetterai à l'eau, en repassant sur le pont.

De grosses larmes roulaient de ses yeux. Elle s'enfuit dans sa chambre, fermant les portes avec violence. La mère Méhudin ne reparla plus de dénoncer Florent. Seulement, Muche rapporta à sa mère qu'il la rencontrait causant avec monsieur Lebigre, dans tous les coins du quartier.

La rivalité de la belle Normande et de la belle Lisa prit alors un caractère plus muet et plus inquiétant. L'après-midi, quand la tente de la charcuterie, de coutil gris à bandes roses, se trouvait baissée, la poissonnière criait que la grosse avait peur, qu'elle se cachait. Il y avait aussi le store de la vitrine, qui l'exaspérait, lorsqu'il était tiré; il représentait, au milieu d'une clairière, un déjeuner de chasse, avec des messieurs en habit noir et des dames décolletées, qui mangeaient, sur l'herbe jaune, un pâté rouge aussi grand qu'eux. Certes, la belle Lisa n'avait pas peur. Dès que le soleil s'en allait, elle remontait le store; elle regardait tranquillement, de son comptoir, en tricotant, le carreau des Halles planté de platanes, plein d'un grouillement de vauriens qui fouillaient la terre, sous les grilles des arbres; le long des bancs, des porteurs fumaient leur pipe; aux deux bouts du trottoir, deux colonnes d'affichage étaient comme vêtues d'un habit d'arlequin par les carrés verts, jaunes, rouges, bleus, des affiches de théâtre. Elle surveil-

lait parfaitement la belle Normande, tout en ayant l'air de
s'intéresser aux voitures qui passaient. Parfois, elle feignait
de se pencher, de suivre, jusqu'à la station de la pointe
Sainte-Eustache, l'omnibus allant de la Bastille à la place
Wagram; c'était pour mieux voir la poissonnière, qui se
vengeait du store en mettant à son tour de larges feuilles de
papier gris sur sa tête et sur sa marchandise, sous le prétexte de se protéger contre le soleil couchant. Mais l'avantage restait maintenant à la belle Lisa. Elle se montrait
très-calme à l'approche du coup décisif, tandis que l'autre,
malgré ses efforts pour avoir ce grand air distingué, se laissait toujours aller à quelque insolence trop grosse qu'elle
regrettait ensuite. L'ambition de la Normande était de paraître « comme il faut. » Rien ne la touchait davantage que
d'entendre vanter les bonnes manières de sa rivale. La
mère Méhudin avait remarqué ce point faible. Aussi n'atta-
quait-elle plus sa fille que par là.

J'ai vu madame Quenu sur sa porte, disait-elle parfois,
le soir. C'est étonnant comme cette femme-là se conserve.
Et propre avec ça, et l'air d'une vraie dame!... C'est le
comptoir, vois-tu. Le comptoir, ça vous maintient une
femme, ça la rend distinguée.

Il y avait là une allusion détournée aux propositions de
monsieur Lebigre. La belle Normande ne répondait pas,
restait un instant soucieuse. Elle se voyait à l'autre coin de
la rue Pirouette, dans le comptoir du marchand de vin, faisant pendant à la belle Lisa. Ce fut un premier ébranlement
dans ses tendresses pour Florent.

Florent, à la vérité, devenait terriblement difficile à défendre. Le quartier entier se ruait sur lui. Il semblait que
chacun eût un intérêt immédiat à l'exterminer. Aux Halles,
maintenant, les uns juraient qu'il s'était vendu à la police;
les autres affirmaient qu'on l'avait vu dans la cave aux
beurres, cherchant à trouer les toiles métalliques des res-

serres, pour jeter des allumettes enflammées. C'était un grossissement de calomnies, un torrent d'injures, dont la source avait grandi, sans qu'on sût au juste d'où elle sortait. Le pavillon de la marée fut le dernier à se mettre en insurrection. Les poissonnières aimaient Florent pour sa douceur. Elles le défendirent quelque temps; puis, travaillées par des marchandes qui venaient du pavillon aux beurres et du pavillon aux fruits, elles cédèrent. Alors, recommença, contre ce maigre, la lutte des ventres énormes, des gorges prodigieuses. Il fut perdu de nouveau dans les jupes, dans les corsages pleins à crever, qui roulaient furieusement autour de ses épaules pointues. Lui, ne voyait rien, marchait droit à son idée fixe.

Maintenant, à toute heure, dans tous les coins, le chapeau noir de mademoiselle Saget apparaissait, au milieu de ce déchaînement. Sa petite face pâle semblait se multiplier. Elle avait juré une rancune terrible à la société qui se réunissait dans le cabinet vitré de monsieur Lebigre. Elle accusait ces messieurs d'avoir répandu l'histoire des rogatons. La vérité était que Gavard, un soir, raconta que « cette vieille bique, » qui venait les espionner, se nourrissait des saletés dont la clique bonapartiste ne voulait plus. Clémence eut une nausée. Robine avala vite un doigt de bière, comme pour se laver le gosier. Cependant le marchand de volailles répétait son mot :

— Les Tuileries ont roté dessus.

Il disait cela avec une grimace abominable. Ces tranches de viande ramassées sur l'assiette de l'empereur, étaient pour lui des ordures sans nom, une déjection politique, un reste gâté de toutes les cochonneries du règne. Alors, chez monsieur Lebigre, on ne prit plus mademoiselle Saget qu'avec des pincettes; elle devint un fumier vivant, une bête immonde nourrie de pourritures dont les chiens eux-mêmes n'auraient pas voulu. Clémence et Gavard colportèrent l'his-

toire dans les Halles, si bien que la vieille demoiselle en
souffrit beaucoup dans ses bons rapports avec les marchandes. Quand elle chipotait, bavardant sans rien acheter, on
la renvoyait aux rogatons. Cela coupa la source de ses renseignements. Certains jours, elle ne savait même pas ce qui
se passait. Elle en pleurait de rage. Ce fut à cette occasion
qu'elle dit crûment à la Sarriette et à madame Lecœur :

— Vous n'avez plus besoin de me pousser, allez, mes petites… Je lui ferai son affaire, à votre Gavard.

Les deux autres restèrent un peu interdites ; mais elles ne
protestèrent pas. Le lendemain, d'ailleurs, mademoiselle
Saget, plus calme, s'attendrit de nouveau sur ce pauvre monsieur Gavard, qui était si mal conseillé, et qui décidément
courait à sa perte.

Gavard, en effet, se compromettait beaucoup. Depuis que
la conspiration mûrissait, il traînait partout dans sa poche le
revolver qui effrayait tant sa concierge, madame Léonce.
C'était un grand diable de revolver, qu'il avait acheté chez
le meilleur armurier de Paris, avec des allures très-mysté-
rieuses. Le lendemain, il le montrait à toutes les femmes du
pavillon aux volailles, comme un collégien qui cache un ro-
man défendu dans son pupitre. Lui, laissait passer le canon
au bord de sa poche ; il le faisait voir, d'un clignement
d'yeux ; puis, il avait des réticences, des demi-aveux, toute
la comédie d'un homme qui feint délicieusement d'avoir
peur. Ce pistolet lui donnait une importance énorme ; il le
rangeait définitivement parmi les gens dangereux. Parfois,
au fond de sa boutique, il consentait à le sortir tout à fait
de sa poche, pour le montrer à deux ou trois femmes. Il
voulait que les femmes se missent devant lui, afin, disait-il,
de le cacher avec leurs jupes. Alors, il l'armait, le manœu-
vrait, ajustait une oie ou une dinde pendues à l'étalage.
L'effroi des femmes le ravissait ; il finissait par les rassurer,
en leur disant qu'il n'était pas chargé. Mais il avait aussi des

cartouches sur lui, dans une boîte qu'il ouvrait avec des précautions infinies. Quand on avait pesé les cartouches, il se
décidait enfin à rentrer son arsenal. Et, les bras croisés, ju-
bilant, pérorant pendant des heures :

— Un homme est un homme avec ça, disait-il d'un air de
vantardise. Maintenant, je me moque des argousins... Dimanche, je suis allé l'essayer avec un ami, dans la plaine
Saint-Denis. Vous comprenez, on ne dit pas à tout le monde
qu'on a de ces joujoux-là... Ah ! mes pauvres petites, nous
tirions dans un arbre et, chaque fois, paf ! l'arbre était touché... Vous verrez, vous verrez ; dans quelque temps, vous
entendrez parler d'Anatole.

C'était son revolver qu'il avait appelé Anatole. Il fit si bien
que le pavillon, au bout de huit jours, connut le pistolet et
les cartouches. Sa camaraderie avec Florent, d'ailleurs, paraissait louche. Il était trop riche, trop gras, pour qu'on le
confondît dans la même haine. Mais il perdit l'estime des
gens habiles, il réussit même à effrayer les peureux. Dès
lors, il fut enchanté.

— C'est imprudent de porter des armes sur soi, disait
mademoiselle Saget. Ça lui jouera un mauvais tour.

Chez monsieur Lebigre, Gavard triomphait. Depuis qu'il
ne mangeait plus chez les Quenu, Florent vivait-là, dans
le cabinet vitré. Il y déjeunait, y dînait, venait à chaque
heure s'y enfermer. Il en avait fait une sorte de chambre à
lui, un bureau où il laissait traîner de vieilles redingotes,
des livres, des papiers. Monsieur Lebigre tolérait cette prise
de possession ; il avait même enlevé l'une des deux tables,
pour meubler l'étroite pièce d'une banquette rembourrée,
sur laquelle, à l'occasion, Florent aurait pu dormir. Quand
celui-ci éprouvait quelques scrupules, le patron le priait de
ne point se gêner et mettait la maison entière à sa disposition. Logre également lui témoignait une grande amitié. Il
s'était fait son lieutenant. A toute heure, il l'entretenait de

« l'affaire, » pour lui rendre compte de ses démarches et lui
donner les noms des nouveaux affiliés. Dans la besogne, il
avait pris le rôle d'organisateur ; c'était lui qui devait aboucher les gens, créer les sections, préparer chaque maille du
vaste filet où Paris tomberait à un signal donné. Florent restait le chef, l'âme du complot. D'ailleurs, le bossu paraissait
suer sang et eau, sans arriver à des résultats appréciables ;
bien qu'il eût juré connaître dans chaque quartier deux ou
trois groupes d'hommes solides, pareils au groupe qui se
réunissait chez monsieur Lebigre, il n'avait jusque-là fourni
aucuns renseignements précis, jetant des noms en l'air, racontant des courses sans fin, au milieu de l'enthousiasme
du peuple. Ce qu'il rapportait de plus clair, c'était des poignées de main ; un tel, qu'il tutoyait, lui avait serré la main
en lui disant « qu'il en serait ; » au Gros-Caillou, un grand
diable, qui ferait un chef de section superbe, lui avait dé-
manché le bras ; rue Popincourt, tout un groupe d'ouvriers
l'avait embrassé. A l'entendre, du jour au lendemain, on
réunirait cent mille hommes. Quand il arrivait, l'air exténué,
se laissant tomber sur la banquette du cabinet, variant ses
histoires, Florent prenait des notes, s'en remettait à lui
pour la réalisation de ses promesses. Bientôt dans la poche
de ce dernier, le complot vécut ; les notes devinrent des réa-
lités, des données indiscutables, sur lesquelles le plan s'é-
chafauda tout entier ; il n'y avait plus qu'une bonne occasion
à attendre. Logre disait, avec ses gestes passionnés, que tout
irait sur des roulettes.

A cette époque, Florent fut parfaitement heureux. Il ne
marchait plus à terre, comme soulevé par cette idée intense
de se faire le justicier des maux qu'il avait vu souffrir. Il
était d'une crédulité d'enfant et d'une confiance de héros.
Logre lui aurait conté que le génie de la colonne de Juillet
allait descendre pour se mettre à leur tête, sans le surprendre. Chez monsieur Lebigre, le soir, il avait des effu-

sions, il parlait de la prochaine bataille comme d'une fête à laquelle tous les braves gens seraient conviés. Mais si Gavard ravi jouait alors avec son revolver, Charvet devenait plus aigre, ricanait en haussant les épaules. L'attitude de chef de complot prise par son rival, le mettait hors de lui, le dégoûtait de la politique. Un soir que, venu de bonne heure, il se trouvait seul avec Logre et monsieur Lebigre, il se soulagea.

— Un garçon, dit-il, qui n'a pas deux idées en politique, qui aurait mieux fait d'entrer comme professeur d'écriture dans un pensionnat de demoiselles... Ce serait un malheur, s'il réussissait, car il nous mettrait ses sacrés ouvriers sur les bras, avec ses rêvasseries sociales. Voyez-vous, c'est ça qui perd le parti. Il n'en faut plus, des pleurnicheurs, des poëtes humanitaires, des gens qui s'embrassent à la moindre égratignure... Mais il ne réussira pas. Il se fera coffrer, voilà tout.

Logre et le marchand de vin ne bronchèrent pas. Ils laissaient aller Charvet.

— Et il y a longtemps, continua-t-il, qu'il le serait, coffré, s'il était aussi dangereux qu'il veut le faire croire. Vous savez, avec ses airs retour de Cayenne... Ça fait pitié. Je vous dis que la police, dès le premier jour, a su qu'il était à Paris. Si elle l'a laissé tranquille, c'est qu'elle se moque de lui.

Logre eut un léger tressaillement.

— Moi, on me file depuis quinze ans, reprit l'hébertiste avec une pointe d'orgueil. Je ne vais pourtant pas crier cela sur les toits... Seulement, je n'en serai pas de sa bagarre. Je ne veux point me laisser pincer comme un imbécile... Peut-être a-t-il une demi-douzaine de mouchards à ses trousses, qui vous le prendront au collet, le jour où la préfecture aura besoin de lui...

— Oh! non, quelle idée! dit monsieur Lebigre qui ne parlait jamais.

Il était un peu pâle, il regardait Logre dont la bosse roulait doucement contre la cloison vitrée.

— Ce sont des suppositions, murmura le bossu.

— Des suppositions, si vous voulez, répondit le professeur libre. Je sais comment ça se pratique… En tous cas, ce n'est pas encore cette fois que les argousins me prendront. Vous ferez ce que vous voudrez, vous autres ; mais si vous m'écoutiez, vous surtout, monsieur Lebigre, vous ne compromettriez pas votre établissement, qu'on vous fera fermer.

Logre ne put retenir un sourire. Charvet leur parla plusieurs fois dans ce sens ; il devait nourrir le projet de détacher les deux hommes de Florent en les effrayant. Il les trouva toujours d'un calme et d'une confiance qui le surprirent fort. Cependant, il venait encore assez régulièrement le soir, avec Clémence. La grande brune n'était plus tablettière à la poissonnerie. Monsieur Manoury l'avait congédiée.

— Ces facteurs, tous des gueux, grognait Logre.

Clémence, renversée contre la cloison, roulant une cigarette entre ses longs doigts minces, répondait de sa voix nette :

— Eh ! c'est de bonne guerre… Nous n'avions point les mêmes opinions politiques, n'est-ce pas ? Ce Manoury, qui gagne de l'argent gros comme lui, lécherait les bottes de l'empereur. Moi, si j'avais un bureau, je ne le garderais pas vingt-quatre heures pour employé.

La vérité était qu'elle avait la plaisanterie très-lourde, et qu'elle s'était amusée, un jour, à mettre, sur les tablettes de vente, en face des limandes, des raies, des maquereaux adjugés, les noms des dames et des messieurs les plus connus de la cour. Ces surnoms de poissons donnés à de hauts dignitaires, ces adjudications de comtesses et de baronnes, vendues à trente sous pièce, avaient profondément effrayé monsieur Manoury. Gavard en riait encore.

— N'importe, disait-il en tapant sur les bras de Clémence, vous êtes un homme, vous !

Clémence avait trouvé une nouvelle façon de faire le grog. Elle emplissait d'abord le verre d'eau chaude ; puis, après avoir sucré, elle versait, sur la tranche de citron qui nageait, le rhum goutte à goutte, de façon à ne pas le mélanger avec l'eau ; et elle l'allumait, le regardait brûler, très-sérieuse, fumant lentement, le visage verdi par la haute flamme de l'alcool. Mais c'était là une consommation chère qu'elle ne put continuer à prendre, quand elle eut perdu sa place. Charvet lui faisait remarquer avec un rire pincé qu'elle n'était plus riche, maintenant. Elle vivait d'une leçon de français qu'elle donnait, en haut de la rue Miromesnil, de très-bonne heure, à une jeune personne qui perfectionnait son instruction, en cachette même de sa femme de chambre. Alors, elle ne demanda plus qu'une chope, le soir. Elle la buvait, d'ailleurs, en toute philosophie.

Les soirées du cabinet vitré n'étaient plus si bruyantes. Charvet se taisait brusquement, blême d'une rage froide, lorsqu'on le délaissait pour écouter son rival. La pensée qu'il avait régné là, qu'avant l'arrivée de l'autre, il gouvernait le groupe en despote, lui mettait au cœur le cancer d'un roi dépossédé. S'il venait encore, c'était qu'il avait la nostalgie de ce coin étroit, où il se rappelait de si douces heures de tyrannie sur Gavard et sur Robine ; la bosse de Logre lui-même, alors, lui appartenait, ainsi que les gros bras d'Alexandre et la figure sombre de Lacaille ; d'un mot, il les pliait, leur entrait son opinion dans la gorge, leur cassait son sceptre sur les épaules. Mais, aujourd'hui, il souffrait trop, il finissait par ne plus parler, gonflant le dos, sifflant d'un air de dédain, ne daignant pas combattre les sottises débitées devant lui. Ce qui le désespérait surtout, c'était d'avoir été évincé peu à peu, sans qu'il s'en aperçût. Il ne s'expliquait pas la supériorité de Florent. Il disait souvent, après l'avoir

entendu parler de sa voix douce, un peu triste, pendant des
heures :

— Mais c'est un curé, ce garçon-là. Il ne lui manque
qu'une calotte.

Les autres semblaient boire ses paroles. Charvet qui rencontrait des vêtements de Florent à toutes les patères, feignait de ne plus savoir où accrocher son chapeau, de peur
de le salir. Il repoussait les papiers qui traînaient, disait
qu'on n'était plus chez soi, depuis que « ce monsieur » faisait tout dans le cabinet. Il se plaignit même au marchand
de vin, en lui demandant si le cabinet appartenait à un seul
consommateur ou à la société. Cette invasion de ses États fut
le coup de grâce. Les hommes étaient des brutes. Il prenait
l'humanité en grand mépris, lorsqu'il voyait Logre et monsieur Lebigre couver Florent des yeux. Gavard l'exaspérait
avec son revolver. Robine, qui restait silencieux derrière sa
chope, lui parut décidément l'homme le plus fort de la
bande ; celui-là devait juger les gens à leur valeur, il ne se
payait pas de mots. Quant à Lacaille et à Alexandre, ils le
confirmaient dans son idée que le peuple est trop bête, qu'il
a besoin d'une dictature révolutionnaire de dix ans pour
apprendre à se conduire.

Cependant, Logre affirmait que les sections seraient bientôt
complétement organisées. Florent commençait à distribuer
les rôles. Alors, un soir, après une dernière discussion où il
eut le dessous, Charvet se leva, prit son chapeau, en disant :

— Bien le bonsoir, et faites-vous casser la tête, si cela
vous amuse... Moi, je n'en suis pas, vous entendez. Je n'ai
jamais travaillé pour l'ambition de personne.

Clémence qui mettait son châle, ajouta froidement :

— Le plan est inepte.

Et comme Robine les regardait sortir d'un œil très-doux,
Charvet lui demanda s'il ne s'en allait pas avec eux. Robine,

ayant encore trois doigts de bière dans sa chope, se contenta
d'allonger une poignée de main. Le couple ne revint plus.
Lacaille apprit un jour à la société que Charvet et Clémence
fréquentaient maintenant une brasserie de la rue Serpente ;
il les avait vus, par un carreau, gesticulant beaucoup, au
milieu d'un groupe attentif de très-jeunes gens.

Jamais Florent ne put enrégimenter Claude. Il rêva un
instant de lui donner ses idées en politique, d'en faire un
disciple qui l'eût aidé dans sa tâche révolutionnaire. Pour
l'initier, il l'amena un soir chez monsieur Lebigre. Mais
Claude passa la soirée à faire un croquis de Robine, avec le
chapeau et le paletot marron, la barbe appuyée sur la pomme
de la canne. Puis, en sortant avec Florent :

— Non, voyez-vous, dit-il, ça ne m'intéresse pas, tout
ce que vous racontez là-dedans. Ça peut être très-fort, mais
ça m'échappe... Ah ! par exemple, vous avez un monsieur
superbe, ce sacré Robine. Il est profond comme un puits,
cet homme... J'y retournerai, seulement pas pour la politique. J'irai prendre un croquis de Logre et un croquis de
Gavard, afin de les mettre avec Robine dans un tableau
splendide, auquel je songeais, pendant que vous discutiez la
question... comment dites vous ça ? la question des deux
Chambres, n'est-ce pas ?... Hein ! vous imaginez-vous Gavard, Logre et Robine causant politique, embusqués derrière leurs chopes ? Ce serait le succès du Salon, mon
cher, un succès à tout casser, un vrai tableau moderne
celui-là.

Florent fut chagrin de son scepticisme politique. Il le fit
monter chez lui, le retint jusqu'à deux heures du matin sur
l'étroite terrasse, en face du grand bleuissement des Halles.
Il le catéchisait, lui disait qu'il n'était pas un homme, s'il
se montrait si insouciant du bonheur de son pays. Le peintre secouait la tête, en répondant :

— Vous avez peut-être raison. Je suis un égoïste. Je ne

peux pas même dire que je fais de la peinture pour mon
pays, parce que d'abord mes ébauches épouvantent tout le
monde, et qu'ensuite, lorsque je peins, je songe uniquement à mon plaisir personnel. C'est comme si je me cha-
touillais moi-même, quand je peins : ça me fait rire par tout
le corps... Que voulez-vous, on est bâti de cette façon, on
ne peut pourtant pas aller se jeter à l'eau... Puis, la France
n'a pas besoin de moi, ainsi que dit ma tante Lisa... Et me
permettez-vous d'être franc? Eh bien! si je vous aime, vous,
c'est que vous m'avez l'air de faire de la politique absolument comme je fais de la peinture. Vous vous chatouillez,
mon cher.

Et comme l'autre protestait :

— Laissez donc ! vous êtes un artiste dans votre genre,
vous rêvez politique ; je parie que vous passez des soirées
ici, à regarder les étoiles, en les prenant pour les bulletins
de vote de l'infini... Enfin, vous vous chatouillez avec vos
idées de justice et de vérité. Cela est si vrai que vos idées,
de même que mes ébauches, font une peur atroce aux bourgeois... Puis là, entre nous, si vous étiez Robine, croyez-
vous que je m'amuserais à être votre ami... Ah! grand
poëte que vous êtes !

Ensuite, il plaisanta, disant que la politique ne le gênait
pas, qu'il avait fini par s'y accoutumer, dans les brasseries et
dans les ateliers. A ce propos, il parla d'un café de la rue
Vauvilliers, le café qui se trouvait au rez-de-chaussée de la
maison habitée par la Sarriette. Cette salle fumeuse, aux
banquettes de velours éraillé, aux tables de marbre jaunies
par les bavures des glorias, était le lieu de réunion habituel de la belle jeunesse des Halles. Là, monsieur Jules régnait sur une bande de porteurs, de garçons de boutique,
de messieurs à blouses blanches, à casquettes de velours.
Lui, portait, à la naissance des favoris, deux mèches de
poils collées contre les joues en accroche-cœur. Chaque

samedi, il se faisait arrondir les cheveux au rasoir, pour
avoir le cou blanc, chez un coiffeur de la rue des Deux-Écus,
où il était abonné au mois. Aussi, donnait-il le ton à ces
messieurs, lorsqu'il jouait au billard, avec des grâces étu-
diées, développant ses hanches, arrondissant les bras et les
jambes, se couchant à demi sur le tapis, dans une pose
cambrée qui donnait à ses reins toute leur valeur. La
partie finie, on causait. La bande était très-réactionnaire,
très-mondaine. Monsieur Jules lisait les journaux aimables.
Il connaissait le personnel des petits théâtres, tutoyait les
célébrités du jour, savait la chute ou le succès de la pièce
jouée la veille. Mais il avait un faible pour la politique. Son
idéal était Morny, comme il le nommait tout court. Il lisait
les séances du Corps législatif, en riant d'aise aux moindres
mots de Morny. C'était Morny qui se moquait de ces gueux
de républicains ! Et il partait de là pour dire que la crapule
seule détestait l'empereur, parce que l'empereur voulait le
plaisir de tous les gens comme il faut.

— Je suis allé quelquefois dans leur café, dit Claude à
Florent. Ils sont bien drôles aussi, ceux-là, avec leurs pipes,
lorsqu'ils parlent des bals de la cour, comme s'ils y étaient
invités... Le petit qui est avec la Sarriette, vous savez, s'est
joliment moqué de Gavard, l'autre soir. Il l'appelle mon
oncle... Quand la Sarriette est descendue pour le venir chercher, il a fallu qu'elle payât ; et elle en a eu pour six francs.
parce qu'il avait perdu les consommations au billard... Une
jolie fille, hein ! cette Sarriette,

— Vous menez une belle vie, murmura Florent en souriant. Cadine, la Sarriette, et les autres, n'est-ce pas ?

Le peintre haussa les épaules.

— Ah bien ! vous vous trompez, répondit-il. Il ne me
faut pas de femmes à moi, ça me dérangerait trop. Je ne sais
seulement pas à quoi ça sert, une femme ; j'ai toujours eu
peur d'essayer.. Bonsoir, dormez bien. Si vous êtes ministre,

un jour, je vous donnerai des idées pour les embellissements de Paris.

Florent dut renoncer à en faire un disciple docile. Cela le chagrina ; car, malgré son bel aveuglement de fanatique, il finissait par sentir autour de lui l'hostilité qui grandissait à chaque heure. Même chez les Méhudin, il trouvait un accueil plus froid ; la vieille avait des rires en dessous, Muche n'obéissait plus, la belle Normande le regardait avec de brusques impatiences, quand elle approchait sa chaise près de la sienne, sans pouvoir le tirer de sa froideur. Elle lui dit une fois qu'il avait l'air d'être dégoûté d'elle, et il ne trouva qu'un sourire embarrassé, tandis qu'elle allait s'asseoir rudement, de l'autre côté de la table. Il avait également perdu l'amitié d'Auguste. Le garçon charcutier n'entrait plus dans sa chambre, quand il montait se coucher. Il était très-effrayé par les bruits qui couraient sur cet homme, avec lequel il osait auparavant s'enfermer jusqu'à minuit. Augustine lui faisait jurer de ne plus commettre une pareille imprudence. Mais Lisa acheva de les fâcher, en les priant de retarder leur mariage, tant que le cousin n'aurait pas rendu la chambre du haut ; elle ne voulait pas donner à sa nouvelle fille de boutique le cabinet du premier étage. Dès lors, Auguste souhaita qu'on « emballât le galérien. » Il avait trouvé la charcuterie rêvée, pas à Plaisance, un peu plus loin, à Montrouge ; les lards devenaient avantageux, Augustine disait qu'elle était prête, en riant de son rire de grosse fille puérile. Aussi chaque nuit, au moindre bruit qui le réveillait, éprouvait-il une fausse joie, en croyant que la police empoignait Florent.

Chez les Quenu-Gradelle, on ne parlait point de ces choses. Une entente tacite du personnel de la charcuterie avait fait le silence autour de Quenu. Celui-ci, un peu triste de la brouille de son frère et de sa femme, se consolait en ficelant ses saucissons et en salant ses bandes de lard. Il venait par-

fois sur le seuil de la boutique étaler sa couenne rouge, qui
riait dans la blancheur du tablier tendu par son ventre, sans
se douter du redoublement de commérages que son apparition faisait naître au fond des Halles. On le plaignait; on le
trouvait moins gras, bien qu'il fût énorme ; d'autres, au
contraire, l'accusaient de ne pas assez maigrir de la honte
d'avoir un frère comme le sien. Lui, pareil aux maris trom-
pés, qui sont les derniers à connaître leur accident, avait
une belle ignorance, une gaieté attendrie, quand il arrêtait
quelque voisine sur le trottoir, pour lui demander des nouvelles de son fromage d'Italie ou de sa tête de porc à la gelée.
La voisine prenait une figure apitoyée, semblait lui présenter
ses condoléances, comme si tous les cochons de la charcuterie avaient eu la jaunisse.

— Qu'ont-elles donc toutes, à me regarder d'un air
d'enterrement? demanda-t-il un jour à Lisa. Est-ce que tu
me trouves mauvaise mine, toi ?

Elle le rassura, lui dit qu'il était frais comme une rose ;
car il avait une peur atroce des maladies, geignant, mettant
tout en l'air chez lui, lorsqu'il souffrait de la moindre indis-
position. Mais la vérité était que la grande charcuterie des
Quenu-Gradelle devenait sombre : les glaces pâlissaient, les
marbres avaient des blancheurs glacées, les viandes cuites
du comptoir dormaient dans des graisses jaunies, dans des
lacs de gelée trouble. Claude entra même un jour pour dire
à sa tante que son étalage avait l'air « tout embêté. » C'était
vrai. Sur le lit de fines rognures bleues, les langues fourrées
de Strasbourg prenaient des mélancolies blanchâtres de langues malades, tandis que les bonnes figures jaunes des jambonneaux, toutes malingres, étaient surmontées de pompons
verts désolés. D'ailleurs, dans la boutique, les pratiques ne
demandaient plus un bout de boudin, dix sous de lard, une
demi-livre de saindoux, sans baisser leur voix navrée, comme
dans la chambre d'un moribond. Il y avait toujours deux

ou trois jupes pleurardes plantées devant l'étuve refroidie. La belle Lisa menait le deuil de la charcuterie avec une dignité muette. Elle laissait retomber ses tabliers blancs d'une façon plus correcte sur sa robe noire. Ses mains propres, serrées aux poignets par les grandes manches; sa figure, qu'une tristesse de convenance embellissait encore, disaient nettement à tout le quartier, à toutes les curieuses défilant du matin au soir, qu'ils subissaient un malheur immérité, mais qu'elle en connaissait les causes et qu'elle saurait en triompher. Et parfois elle se baissait, elle promettait du regard des jours meilleurs aux deux poissons rouges, inquiets eux aussi, nageant dans l'aquarium de l'étalage, languissamment.

La belle Lisa ne se permettait plus qu'un régal. Elle donnait sans peur des tapes sous le menton satiné de Marjolin. Il venait de sortir de l'hospice, le crâne raccommodé, aussi gras, aussi réjoui qu'auparavant, mais bête, plus bête encore, tout à fait idiot. La fente avait dû aller jusqu'à la cervelle. C'était une brute. Il avait une puérilité d'enfant de cinq ans dans un corps de colosse. Il riait, zézayait, ne pouvait plus prononcer les mots, obéissait avec une douceur de mouton. Cadine le reprit tout entier, étonnée d'abord, puis très-heureuse de cet animal superbe dont elle faisait ce qu'elle voulait; elle le couchait dans les paniers de plumes, l'emmenait galopiner, s'en servait à sa guise, le traitait en chien, en poupée, en amoureux. Il était à elle, comme une friandise, un coin engraissé des Halles, une chair blonde dont elle usait avec des raffinements de rouée. Mais, bien que la petite obtînt tout de lui et le traînît à ses talons en géant soumis, elle ne pouvait l'empêcher de retourner chez madame Quenu. Elle l'avait battu de ses poings nerveux, sans qu'il parût même le sentir. Dès qu'elle avait mis à son cou son éventaire, promenant ses violettes rue du Pont-Neuf ou rue de Turbigo, il allait rôder devant la charcuterie.

— Entre donc! lui criait Lisa.

Elle lui donnait des cornichons, le plus souvent. Il les adorait, les mangeait avec son rire d'innocent, devant le comptoir. La vue de la belle charcutière le ravissait, le faisait taper de joie dans ses mains. Puis, il sautait, poussait de petits cris, comme un gamin mis en face d'une bonne chose. Elle, les premiers jours, avait eu peur qu'il ne se souvînt.

— Est-ce que la tête te fait toujours mal? lui demanda-t-elle.

Il répondit non, par un balancement de tout le corps, éclatant d'une gaieté plus vive. Elle reprit doucement :

— Alors, tu étais tombé?

— Oui, tombé, tombé, tombé, se mit-il à chanter sur un ton de satisfaction parfaite, en se donnant des claques sur le crâne.

Puis, sérieusement, en extase, il répétait, en la regardant, les mots « belle, belle, belle, » sur un air plus ralenti. Cela touchait beaucoup Lisa. Elle avait exigé de Gavard qu'il le gardât. C'était lorsqu'il lui avait chanté son air de tendresse humble, qu'elle le caressait sous le menton, en lui disant qu'il était un brave enfant. Sa main s'oubliait là, tiède d'une joie discrète; cette caresse était redevenue un plaisir permis, une marque d'amitié que le colosse recevait en tout enfantillage. Il gonflait un peu le cou, fermait les yeux de jouissance, comme une bête que l'on flatte. La belle charcutière, pour s'excuser à ses propres yeux du plaisir honnête qu'elle prenait avec lui, se disait qu'elle compensait ainsi le coup de poing dont elle l'avait assommé, dans la cave aux volailles.

Cependant, la charcuterie restait chagrine. Florent s'y hasardait quelquefois encore, serrant la main de son frère, dans le silence glacial de Lisa. Il y venait même dîner de loin en loin, le dimanche. Quenu faisait alors de grands efforts de gaieté, sans pouvoir échauffer le repas. Il mangeait mal, finissait par se fâcher. Un soir, en sortant d'une de ces froides réunions de famille, il dit à sa femme, presque en pleurant :

— Mais qu'est-ce que j'ai donc ! Bien vrai, je ne suis pas malade, tu ne me trouves pas changé?... C'est comme si j'avais un poids quelque part. Et triste avec ça, sans savoir pourquoi, ma parole d'honneur... Tu ne sais pas, toi ?

— Une mauvaise disposition, sans doute, répondit Lisa.

— Non, non, ça dure depuis trop longtemps, ça m'étouffe... Pourtant, nos affaires ne vont pas mal, je n'ai pas de gros chagrin, je vais mon train-train habituel... Et toi aussi, ma bonne, tu n'es pas bien, tu sembles prise de tristesse... Si ça continue, je ferai venir le médecin.

La belle charcutière le regardait gravement.

— Il n'y a pas besoin de médecin, dit-elle. Ça passera... Vois-tu, c'est un mauvais air qui souffle en ce moment. Tout le monde est malade dans le quartier...

Puis, comme cédant à une tendresse maternelle :

— Ne t'inquiète pas, mon gros... Je ne veux pas que tu tombes malade. Ce serait le comble.

Elle le renvoyait d'ordinaire à la cuisine, sachant que le bruit des hachoirs, la chanson des graisses, le tapage des marmites, l'égayaient. D'ailleurs, elle évitait ainsi les indiscrétions de mademoiselle Saget qui, maintenant, passait ses matinées entières à la charcuterie. La vieille avait pris à tâche d'épouvanter Lisa, de la pousser à quelque résolution extrême. D'abord, elle obtint ses confidences.

— Ah ! qu'il y a de méchantes gens ! dit-elle, des gens qui feraient bien mieux de s'occuper de leurs propres affaires... Si vous saviez, ma chère madame Quenu... Non, jamais je n'oserai vous répéter cela.

Comme la charcutière lui affirmait que ça ne pouvait pas la toucher, qu'elle était au-dessus des mauvaises langues, elle lui murmura à l'oreille, par-dessus les viandes du comptoir :

— Eh bien ! on dit que monsieur Florent n'est pas votre cousin...

Et, petit à petit, elle montra qu'elle savait tout. Ce n'était qu'une façon de tenir Lisa à sa merci. Lorsque celle-ci confessa la vérité, par tactique également, pour avoir sous la main une personne qui la tînt au courant des bavardages du quartier, la vieille demoiselle jura qu'elle serait muette comme un poisson, qu'elle nierait la chose le cou sur le billot. Alors, elle jouit profondément de ce drame. Elle grossissait chaque jour les nouvelles inquiétantes.

— Vous devriez prendre vos précautions, murmurait-elle. J'ai encore entendu à la triperie deux femmes qui causaient de ce que vous savez. Je ne puis pas dire aux gens qu'ils en ont menti, vous comprenez. Je semblerais drôle... Ça court, ça court. On ne l'arrêtera plus. Il faudra que ça crève.

Quelques jours plus tard, elle donna enfin le véritable assaut. Elle arriva tout effarée, attendit avec des gestes d'impatience qu'il n'y eût personne dans la boutique, et la voix sifflante :

— Vous savez ce qu'on raconte... Ces hommes qui se réunissent chez monsieur Lebigre, eh bien ! ils ont tous des fusils, et ils attendent pour recommencer comme en 48. Si ce n'est pas malheureux de voir monsieur Gavard, un digne homme, celui-là, riche, bien posé, se mettre avec des gueux !... J'ai voulu vous avertir, à cause de votre beau-frère.

— C'est des bêtises, ce n'est pas sérieux, dit Lisa pour l'aiguillonner.

— Pas sérieux, merci ! Le soir, quand on passe rue Pirouette, on les entend qui poussent des cris affreux. Ils ne se gênent pas, allez. Vous vous rappelez bien qu'ils ont essayé de débaucher votre mari... Et les cartouches que je les

vois fabriquer de ma fenêtre, est-ce des bêtises?... Après
tout, je vous dis ça dans votre intérêt.

— Bien sûr, je vous remercie. Seulement, on invente
tant de choses.

— Ah ! non, ce n'est pas inventé, malheureusement...
Tout le quartier en parle, d'ailleurs. On dit que, si la police
les découvre, il y aura beaucoup de personnes compro-
mises. Ainsi, monsieur Gavard...

Mais la charcutière haussa les épaules, comme pour dire
que monsieur Gavard était un vieux fou, et que ce serait
bien fait.

— Je parle de monsieur Gavard comme je parlerais des
autres, de votre beau-frère, par exemple, reprit sournoisement la vieille. Il est le chef, votre beau-frère, à ce qu'il
paraît... C'est très-fâcheux pour vous. Je vous plains beaucoup; car enfin, si la police descendait ici, elle pourrait
très-bien prendre aussi monsieur Quenu. Deux frères, c'est
comme les deux doigts de la main.

La belle Lisa se récria. Mais elle était toute blanche.
Mademoiselle Saget venait de la toucher au vif de ses inquiétudes. A partir de ce jour, elle n'apporta plus que des histoires de gens innocents jetés en prison pour avoir hébergé
des scélérats. Le soir, en allant prendre son cassis chez
le marchand de vin, elle se composait un petit dossier pour
le lendemain matin. Rose n'était pourtant guère bavarde.
La vieille comptait sur ses oreilles et sur ses yeux. Elle avait
parfaitement remarqué la tendresse de monsieur Lebigre
pour Florent, son soin à le retenir chez lui, ses complaisances si peu payées par la dépense que ce garçon faisait
dans la maison. Cela la surprenait d'autant plus, qu'elle
n'ignorait pas la situation des deux hommes, en face de la
belle Normande.

— On dirait, pensait-elle, qu'il l'élève à la becquée... A
qui peut-il vouloir le vendre?

Un soir, comme elle était dans la boutique, elle vit
Logre se jeter sur la banquette du cabinet, en parlant de
ses courses à travers les faubourgs, en se disant mort de
fatigue. Elle lui regarda vivement les pieds. Les souliers de
Logre n'avaient pas un grain de poussière. Alors, elle eut
un sourire discret, elle emporta son cassis, les lèvres pincées.

C'était ensuite à sa fenêtre qu'elle complétait son dossier.
Cette fenêtre, très-élevée, dominant les maisons voisines, lui
procurait des jouissances sans fin. Elle s'y installait, à chaque heure de la journée, comme à un observatoire, d'où
elle guettait le quartier entier. D'abord, toutes les chambres, en face, à droite, à gauche, lui étaient connues, jusqu'aux meubles les plus minces ; elle aurait raconté, sans
passer un détail, les habitudes des locataires, s'ils étaient
bien ou mal en ménage, comment ils se débarbouillaient, ce
qu'ils mangeaient à leur dîner ; elle connaissait même les
personnes qui venaient les voir. Puis, elle avait une échappée sur les Halles, de façon que pas une femme du quartier
ne pouvait traverser la rue Rambuteau, sans qu'elle l'aperçût ;
elle disait, sans se tromper, d'où la femme venait, où elle
allait, ce qu'elle portait dans son panier, et son histoire, et
son mari, et ses toilettes, ses enfants, sa fortune. Ça, c'est
madame Loret, elle fait donner une belle éducation à son
fils ; ça, c'est madame Hutin, une pauvre petite femme que
son mari néglige ; ça, c'est mademoiselle Cécile, la fille au
boucher, une enfant impossible à marier parce qu'elle a des
humeurs froides. Et elle aurait continué pendant des journées, enfilant les phrases vides, s'amusant extraordinairement à des faits coupés menus, sans aucun intérêt. Mais,
dès huit heures, elle n'avait plus d'yeux que pour la fenêtre,
aux vitres dépolies, où se dessinaient les ombres noires des
consommateurs du cabinet. Elle y constata la scission de
Charvet et de Clémence, en ne retrouvant plus sur le transparent laiteux leurs silhouettes sèches. Pas un événement

ne se passait là, sans qu'elle finît par le deviner, à certaines
révélations brusques de ces bras et de ces têtes qui surgis-
saient silencieusement. Elle devint très-forte, interpréta
les nez allongés, les doigs écartés, les bouches fendues,
les épaules dédaigneuses, suivit de la sorte la conspiration
pas à pas, à ce point qu'elle aurait pu dire chaque jour où
en étaient les choses. Un soir, le dénoûment brutal lui appa-
rut. Elle aperçut l'ombre du pistolet de Gavard, un profil
énorme de revolver, tout noir dans la pâleur des vitres, la
gueule tendue. Le pistolet allait, venait, se multipliait.
C'était les armes dont elle avait parlé à madame Quenu.
Puis, un autre soir, elle ne comprit plus, elle s'imagina
qu'on fabriquait des cartouches, en voyant s'allonger des
bandes d'étoffe interminables. Le lendemain, elle descendit
à onze heures, sous le prétexte de demander à Rose si elle
n'avait pas une bougie à lui céder ; et, du coin de l'œil,
elle entrevit, sur la table du cabinet, un tas de linges rouges qui lui sembla très-effrayant. Son dossier du lendemain
eut une gravité décisive.

— Je ne voudrais pas vous effrayer, madame Quenu, dit-
elle ; mais ça devient trop terrible... J'ai peur, ma parole !
Pour rien au monde, ne répétez ce que je vais vous confier.
Ils me couperaient le cou, s'ils savaient.

Alors, quand la charcutière lui eut juré de ne pas la compromettre, elle lui parla des linges rouges.

— Je ne sais pas ce que ça peut être. Il y en avait un
gros tas. On aurait dit des chiffons trempés dans du sang...
Logre, vous savez, le bossu, s'en était mis un sur les épaules. Il avait l'air du bourreau... Pour sûr, c'est encore
quelque manigance.

Lisa ne répondait pas, semblait réfléchir, les yeux baissés, jouant avec le manche d'une fourchette, arrangeant les
morceaux de petit-salé dans leur plat. Mademoiselle Saget
reprit doucement :

— Moi, si j'étais vous, je ne resterais pas tranquille, je voudrais savoir... Pourquoi ne montez-vous pas regarder dans la chambre de votre beau-frère ?

Alors, Lisa eut un léger tressaillement. Elle lâcha la fourchette, examina la vieille d'un œil inquiet, croyant qu'elle pénétrait ses intentions. Mais celle-ci continua :

— C'est permis, après tout... Votre beau-frère vous mènerait trop loin, si vous le laissiez faire... Hier, on causait de vous, chez madame Taboureau. Vous avez là une amie bien dévouée. Madame Taboureau disait que vous étiez trop bonne, qu'à votre place elle aurait mis ordre à tout ça depuis longtemps.

— Madame Taboureau a dit cela, murmura la charcutière, songeuse.

— Certainement, et madame Taboureau est une femme que l'on peut écouter... Tâchez donc de savoir ce que c'est que les linges rouges. Vous me le direz ensuite, n'est-ce pas ?

Mais Lisa ne l'écoutait plus. Elle regardait vaguement les petits Gervais et les escargots, à travers les guirlandes de saucisses de l'étalage. Elle semblait perdue dans une lutte intérieure, qui creusait de deux minces rides son visage muet. Cependant, la vieille demoiselle avait mis son nez au-dessus des plats du comptoir. Elle murmurait, comme se parlant à elle-même :

— Tiens ! il y a du saucisson coupé... Ça doit sécher, du saucisson coupé à l'avance... Et ce boudin qui est crevé. Il a reçu un coup de fourchette, bien sûr. Il faudrait l'enlever, il salit le plat.

Lisa, toute distraite encore, lui donna le boudin et les ronds de saucisson, en disant :

— C'est pour vous, si ça vous fait plaisir.

Le tout disparut dans le cabas. Mademoiselle Saget était si bien habituée aux cadeaux, qu'elle ne remerciait même

27

plus. Chaque matin, elle emportait toutes les rognures de
la charcuterie. Elle s'en alla, avec l'intention de trouver son
dessert chez la Sarriette et chez madame Lecœur, en leur
parlant de Gavard.

Quand elle fut seule, la charcutière s'assit sur la banquette du comptoir, comme pour prendre une meilleure dé-
cision, en se mettant à l'aise. Depuis huit jours, elle était
très-inquiète. Un soir, Florent avait demandé cinq cents
francs à Quenu, naturellement, en homme qui a un compte
ouvert. Quenu le renvoya à sa femme. Cela l'ennuya, et il
tremblait un peu en s'adressant à la belle Lisa. Mais, celle-
ci, sans prononcer une parole, sans chercher à connaître
la destination de la somme, monta à sa chambre, lui remit
les cinq cents francs. Elle lui dit seulement qu'elle les avait
inscrits sur le compte de l'héritage. Trois jours plus tard,
il prit mille francs.

— Ce n'était pas la peine de faire l'homme désintéressé,
dit Lisa à Quenu, le soir, en se couchant. Tu vois que j'ai
bien fait de garder ce compte... Attends, je n'ai pas pris
note des mille francs d'aujourd'hui.

Elle s'assit devant le secrétaire, relut la page de calculs.
Puis, elle ajouta :

— J'ai eu raison de laisser du blanc. Je marquerai les à-
compte en marge... Maintenant, il va tout gaspiller ainsi
par petits morceaux... Il y a longtemps que j'attends ça.

Quenu ne dit rien, se coucha de très-mauvaise humeur.
Toutes les fois que sa femme ouvrait le secrétaire, le tablier
jetait un cri de tristesse qui lui déchirait l'âme. Il se promit
même de faire des remontrances à son frère, de l'empêcher
de se ruiner avec la Méhudin ; mais il n'osa pas. Florent, en
deux jours, demanda encore quinze cents francs. Logre avait
dit un soir que, si l'on trouvait de l'argent, les choses iraient
bien plus vite. Le lendemain, il fut ravi de voir cette parole
jetée en l'air retomber dans ses mains en un petit rouleau

d'or, qu'il empocha, ricanant, la bosse sautant de joie.
Alors, ce furent de continuels besoins : telle section demandait à louer un local ; telle autre devait soutenir des pa-
triotes malheureux ; et il y avait encore les achats d'armes
et de munitions, les embauchements, les frais de police.
Florent aurait tout donné. Il s'était rappelé l'héritage, les
conseils de la Normande. Il puisait dans le secrétaire de
Lisa, retenu seulement par la peur sourde qu'il avait de son
visage grave. Jamais, selon lui, il ne dépenserait son argent
pour une cause plus sainte. Logre, enthousiasmé, portait
des cravates roses étonnantes et des bottines vernies, dont
la vue assombrissait Lacaille.

— Ça fait trois mille francs en sept jours, raconta Lisa à
Quenu. Qu'en dis-tu ? C'est joli, n'est-ce pas ?... S'il y va de
ce train-là, ses cinquante mille francs lui feront au plus
quatre mois... Et le vieux Gradelle, qui avait mis quarante
ans à amasser son magot !

— Tant pis pour toi ! s'écria Quenu. Tu n'avais pas besoin de lui parler de l'héritage.

Mais elle le regarda sévèrement, en disant :

— C'est son bien, il peut tout prendre... Ce n'est pas de
lui donner cet argent qui me contrarie ; c'est de savoir le
mauvais emploi qu'il doit en faire... Je te le dis depuis assez
longtemps : il faudra que ça finisse.

— Agis comme tu voudras, ce n'est pas moi qui t'en
empêche, finit par déclarer le charcutier, que l'avarice tor-
turait.

Il aimait bien son frère pourtant ; mais l'idée des cinquante mille francs mangés en quatre mois lui était insupportable. Lisa, d'après les bavardages de mademoiselle Saget,
devinait où allait l'argent. La vieille s'étant permis une allusion à l'héritage, elle profita même de l'occasion pour faire
savoir au quartier que Florent prenait sa part et la mangeait
comme bon lui semblait. Ce fut le lendemain que l'histoire

des linges rouges la décida. Elle resta quelques instants, luttant encore, regardant autour d'elle la mine chagrine de la charcuterie ; les cochons pendaient d'un air maussade ; Mouton, assis près d'un pot de graisse, avait le poil ébouriffé, l'œil morne d'un chat qui ne digère plus en paix. Alors, elle appela Augustine pour tenir le comptoir, elle monta à la chambre de Florent.

En haut, elle eut un saisissement, en entrant dans la chambre. La douceur enfantine du lit était toute tachée d'un paquet d'écharpes rouges qui pendaient jusqu'à terre. Sur la cheminée, entre les boîtes dorées et les vieux pots de pommade, des brassards rouges traînaient, avec des paquets de cocardes qui faisaient d'énormes gouttes de sang élargies. Puis, à tous les clous, sur le gris effacé du papier peint, des pans d'étoffe pavoisaient les murs, des drapeaux carrés, jaunes, bleus, verts, noirs, dans lesquels la charcutière reconnut les guidons des vingt sections. La puérilité de la pièce semblait tout effarée de cette décoration révolutionnaire. La grosse bêtise naïve que la fille de boutique avait laissée là, cet air blanc des rideaux et des meubles, prenait un reflet d'incendie ; tandis que la photographie d'Auguste et d'Augustine s'effarait, plus blême et plus ahurie. Lisa fit le tour, examina les guidons, les brassards, les écharpes, sans toucher à rien, comme si elle eût craint que ces affreuses loques ne l'eussent brûlée. Elle songeait qu'elle ne s'était pas trompée, que l'argent passait à ces choses. C'était là, pour elle, une abomination, un fait à peine croyable qui soulevait tout son être. Son argent, cet argent gagné si honnêtement, servant à organiser et à payer l'émeute ! Elle restait debout, voyant les fleurs ouvertes du grenadier de la terrasse, pareilles à d'autres cocardes saignantes, écoutant le chant du pinson, ainsi qu'un écho lointain de la fusillade. Alors, l'idée lui vint que l'insurrection devait éclater le lendemain, le soir peut-être. Les guidons flottaient, les écharpes défilaient, un brusque roulement de tambour éclatait à ses oreilles. Et elle descendit vivement, sans même s'attarder à lire les papiers étalés sur la table. Elle s'arrêta au premier étage, elle s'habilla.

A cette heure grave, la belle Lisa se coiffa soigneusement, d'une main calme. Elle était très-résolue, sans un frisson, avec une sévérité plus grande dans les yeux. Tandis qu'elle agrafait sa robe de soie noire, en tendant l'étoffe de toute la force de ses gros poignets, elle se rappelait les paroles de l'abbé Roustan. Elle s'interrogeait, et sa conscience lui répondait qu'elle allait accomplir un devoir. Quand elle mit sur ses larges épaules son châle tapis, elle sentit qu'elle faisait un acte de haute honnêteté. Elle se ganta de violet sombre, attacha à son chapeau une épaisse voilette. Avant de sortir, elle ferma le secrétaire à double tour, d'un air d'espoir, comme pour lui dire qu'il allait enfin pouvoir dormir tranquille.

Quenu étalait son ventre blanc sur le seuil de la charcuterie. Il fut surpris de la voir sortir en grande toilette, à dix heures du matin.

— Tiens, où vas-tu donc? lui demanda-t-il.

Elle inventa une course avec madame Taboureau. Elle ajouta qu'elle passerait au théâtre de la Gaîté, pour louer des places. Quenu courut, la rappela, lui recommanda de prendre des places de face, pour mieux voir. Puis, comme il rentrait, elle se rendit à la station de voitures, le long de Saint-Eustache, monta dans un fiacre, dont elle baissa les stores, en disant au cocher de la conduire au théâtre de la Gaîté. Elle craignait d'être suivie. Quand elle eut son coupon, elle se fit mener au Palais-de-Justice. Là, devant la grille, elle paya et congédia la voiture. Et, doucement, à travers les salles et les couloirs, elle arriva à la préfecture de police.

Comme elle s'était perdue au milieu d'un tohu-bohu de

27.

sergents de ville et de messieurs en grandes redingotes, elle
donna dix sous à un homme, qui la guida jusqu'au cabinet
du préfet. Mais une lettre d'audience était nécessaire pour
pénétrer auprès du préfet. On l'introduisit dans une pièce
étroite, d'un luxe d'hôtel garni, où un personnage gros et
chauve, tout en noir, la reçut avec une froideur maussade.
Elle pouvait parler. Alors, relevant sa voilette, elle dit son
nom, raconta tout, carrément, d'un seul trait. Le personnage chauve l'écoutait, sans l'interrompre, de son air las.
Quand elle eut fini, il demanda simplement :

— Vous êtes la belle-sœur de cet homme, n'est-ce pas ?

— Oui, répondit nettement Lisa. Nous sommes d'honnêtes gens... Je ne veux pas que mon mari se trouve compromis.

Il haussa les épaules, comme pour dire que tout cela était
bien ennuyeux. Puis, avec une sorte d'impatience :

— Voyez-vous, c'est qu'on m'assomme depuis plus d'un
an avec cette affaire-là. On me fait dénonciation sur dénonciation, on me pousse, on me presse. Vous comprenez que
si je n'agis pas, c'est que je préfère attendre. Nous avons
nos raisons... Tenez, voici le dossier. Je puis vous le montrer.

Il mit devant elle un énorme paquet de papiers, dans une
chemise bleue. Elle feuilleta les pièces. C'était comme les
chapitres détachés de l'histoire qu'elle venait de conter. Les
commissaires de police du Havre, de Rouen, de Vernon,
annonçaient l'arrivée de Florent. Ensuite, venait un rapport
qui constatait son installation chez les Quenu-Gradelle. Puis,
son entrée aux Halles, sa vie, ses soirées chez monsieur Lebigre, pas un détail n'était passé. Lisa, abasourdie, remar-
qua que les rapports étaient doubles, qu'ils avaient dû avoir
deux sources différentes. Enfin, elle trouva un tas de lettres,
des lettres anonymes de tous les formats et de toutes les
écritures. Ce fut le comble. Elle reconnut une écriture de

chat, l'écriture de mademoiselle Saget, dénonçant la société
du cabinet vitré. Elle reconnut une grande feuille de papier
graisseuse, toute tachée des gros bâtons de madame Lecœur,
et une page glacée, ornée d'une pensée jaune, couverte du
griffonnage de la Sarriette et de monsieur Jules ; les deux
lettres avertissaient le gouvernement de prendre garde à Gavard. Elle reconnut encore le style ordurier de la mère
Méhudin, qui répétait, en quatre pages presque indéchif-
frables, les histoires à dormir debout qui couraient dans
les Halles sur le compte de Florent. Mais elle fut surtout
émue par une facture de sa maison, portant en tête les mots :
Charcuterie Quenu-Gradelle, et sur le dos de laquelle Auguste avait vendu l'homme qu'il regardait comme un obstacle à son mariage.

L'agent avait obéi à une pensée secrète en lui plaçant le
dossier sous les yeux.

— Vous ne reconnaissez aucune de ces écritures ? lui demanda-t-il.

Elle balbutia que non. Elle s'était levée. Elle restait toute
suffoquée par ce qu'elle venait d'apprendre, la voilette baissée de nouveau, cachant la vague confusion qu'elle sentait
monter à ses joues. Sa robe de soie craquait ; ses gants sombres disparaissaient sous le grand châle. L'homme chauve
eut un faible sourire, en disant :

— Vous voyez, madame, que vos renseignements viennent un peu tard... Mais on tiendra compte de votre démarche, je vous le promets. Surtout, recommandez à votre mari
de ne point bouger... Certaines circonstances peuvent se
produire...

Il n'acheva pas, salua légèrement, en se levant à demi de
son fauteuil. C'était un congé. Elle s'en alla. Dans l'anti-
chambre, elle aperçut Logre et monsieur Lebigre qui se tournèrent vivement. Mais elle était plus troublée qu'eux. Elle
traversait des salles, enfilait des corridors, était comme prise

par ce monde de la police, où elle se persuadait, à cette heure, qu'on voyait, qu'on savait tout. Enfin, elle sortit par la place Dauphine. Sur le quai de l'Horloge, elle marcha lentement, rafraîchie par les souffles de la Seine.

Ce qu'elle sentait de plus net, c'était l'inutilité de sa démarche. Son mari ne courait aucun danger. Cela la soulageait, tout en lui laissant un remords. Elle était irritée contre cet Auguste et ces femmes qui venaient de la mettre dans une position ridicule. Elle ralentit encore le pas, regardant la Seine couler ; des chalands, noirs d'une poussière de charbon, descendaient sur l'eau verte, tandis que, le long de la berge, des pêcheurs jetaient leurs lignes. En somme, ce n'était pas elle qui avait livré Florent. Cette pensée qui lui vint brusquement, l'étonna. Aurait-elle donc commis une méchante action, si elle l'avait livré ? Elle resta perplexe, surprise d'avoir pu être trompée par sa conscience. Les lettres anonymes lui semblaient à coup sûr une vilaine chose. Elle, au contraire, allait carrément, se nommait, sauvait tout le monde. Comme elle songeait brusquement à l'héritage du vieux Gradelle, elle s'interrogea, se trouva prête à jeter cet argent à la rivière, s'il le fallait, pour guérir la charcuterie de son malaise. Non, elle n'était pas avare, l'argent ne l'avait pas poussée. En traversant le pont au Change, elle se tranquillisa tout à fait, reprit son bel équilibre. Ça valait mieux que les autres l'eussent devancée à la préfecture : elle n'aurait pas à tromper Quenu, elle en dormirait mieux.

— Est-ce que tu as les places ? lui demanda Quenu, lorsqu'elle rentra.

Il voulut les voir, se fit expliquer à quel endroit du balcon elles se trouvaient au juste. Lisa avait cru que la police allait accourir, dès qu'elle l'aurait prévenue, et son projet d'aller au théâtre n'était qu'une façon habile d'éloigner son mari, pendant qu'on arrêterait Florent. Elle comptait, l'après-midi, le pousser à une promenade, à un de ces congés qu'ils prenaient parfois; ils allaient au Bois de Boulogne, en fiacre, mangeaient au restaurant, s'oubliaient dans quelque café concert. Mais elle jugea inutile de sortir. Elle passa la journée comme d'habitude dans son comptoir, la mine rose, plus gaie et plus amicale, comme au sortir d'une convalescence.

— Quand je te dis que l'air te fait du bien! lui répéta Quenu. Tu vois, la course de la matinée t'a toute ragaillardie.

— Eh non! finit-elle par répondre, en reprenant son air sévère. Les rues de Paris ne sont pas si bonnes pour la santé.

Le soir, à la Gaîté, ils virent jouer la *Grâce de Dieu*. Quenu, en redingote, ganté de gris, peigné avec soin, n'était occupé qu'à chercher dans le programme les noms des acteurs. Lisa restait superbe, le corsage nu, appuyant sur le velours rouge du balcon ses poignets que bridaient des gants blancs trop étroits. Ils furent tous les deux très-touchés par les infortunes de Marie; le commandeur était vraiment un vilain homme, et Pierrot les faisait rire, dès qu'il entrait en scène. La charcutière pleura. Le départ de l'enfant, la prière dans la chambre virginale, le retour de la pauvre folle, mouillèrent ses beaux yeux de larmes discrètes, qu'elle essuyait d'une petite tape avec son mouchoir. Mais cette soirée devint un véritable triomphe pour elle, lorsque, en levant la tête, elle aperçut la Normande et sa mère à la deuxième galerie. Alors, elle se gonfla encore, envoya Quenu lui chercher une boîte de caramels au buffet, joua de l'éventail, un éventail de nacre, très-doré. La poissonnière était vaincue; elle baissait la tête, en écoutant sa mère qui lui parlait bas. Quand elles sortirent, la belle Lisa et la belle Normande se rencontrèrent dans le vestibule, avec un vague sourire.

Ce jour-là, Florent avait dîné de bonne heure chez monsieur Lebigre. Il attendait Logre qui devait lui présenter un ancien sergent, homme capable, avec lequel on causerait du plan d'attaque contre le Palais-Bourbon et l'Hôtel-de-Ville. La nuit venait, une pluie fine, qui s'était mise à tomber

dans l'après-midi, noyait de gris les grandes Halles. Elles se
détachaient en noir sur les fumées rousses du ciel, tandis que
des torchons de nuages sales couraient, presque au ras des
toitures, comme accrochés et déchirés à la pointe des para-
tonnerres. Florent était attristé par le gâchis du pavé, par ce
ruissellement d'eau jaune qui semblait charrier et éteindre
le crépuscule dans la boue. Il regardait le monde réfugié sur
les trottoirs des rues couvertes, les parapluies filant sous
l'averse, les fiacres qui passaient plus rapides et plus sonores, au milieu de la chaussée vide. Une éclaircie se fit.
Une lueur rouge monta au couchant. Alors, toute une armée
de balayeurs parut à l'entrée de la rue Montmartre, poussant
à coups de brosse un lac de fange liquide.

Logre n'amena pas le sergent. Gavard était allé dîner chez
des amis, aux Batignolles. Florent en fut réduit à passer la
soirée en tête à tête avec Robine. Il parla tout le temps, finit
par se rendre très-triste ; l'autre hochait doucement la barbe,
n'allongeait le bras, à chaque quart d'heure, que pour avaler une gorgée de bière. Florent, ennuyé, monta se coucher.
Mais Robine, resté seul, ne s'en alla pas, le front pensif sous
le chapeau, regardant sa chope. Rose et le garçon, qui comp-
taient fermer de meilleure heure, puisque la société du
cabinet n'était pas là, attendirent pendant près d'une grande
demi-heure qu'il voulût bien se retirer.

Florent, dans sa chambre, eut peur de se mettre au lit.
Il était pris d'un de ces malaises nerveux qui le traînaient
parfois, durant des nuits entières, au milieu de cauchemars
sans fin. La veille, à Clamart, il avait enterré monsieur Verlaque, qui était mort après une agonie affreuse. Il se sentait
encore tout attristé par cette bière étroite, descendue dans
la terre. Il ne pouvait surtout chasser l'image de madame
Verlaque, la voix larmoyante, sans une larme aux yeux ; elle
le suivait, parlait du cercueil qui n'était pas payé, du convoi qu'elle ne savait de quelle façon commander, n'ayant

plus un sou chez elle, parce que, la veille, le pharmacien avait exigé le montant de sa note, en apprenant la mort du malade. Florent dut avancer l'argent du cercueil et du convoi ; il donna même le pourboire aux croque-mort. Comme il allait partir, madame Verlaque le regarda d'un air si navré, qu'il lui laissa vingt francs.

A cette heure, cette mort le contrariait. Elle remettait en question sa situation d'inspecteur. On le dérangerait, on songerait à le nommer titulaire. C'étaient là des complications fâcheuses qui pouvaient donner l'éveil à la police. Il aurait voulu que le mouvement insurrectionnel éclatât le lendemain, pour jeter à la rue sa casquette galonnée. La tête pleine de ces inquiétudes, il monta sur la terrasse, le front brûlant, demandant un souffle d'air à la nuit chaude. L'averse avait fait tomber le vent. Une chaleur d'orage emplissait encore le ciel, d'un bleu sombre, sans un nuage. Les Halles essuyées étendaient sous lui leur masse énorme, de la couleur du ciel, piqué comme lui d'étoiles jaunes, par les flammes vives du gaz.

Accoudé à la rampe de fer, Florent songeait qu'il serait puni tôt ou tard d'avoir consenti à prendre cette place d'inspecteur. C'était comme une tache dans sa vie. Il avait émargé au budget de la préfecture, se parjurant, servant l'empire, malgré les serments faits tant de fois en exil. Le désir de contenter Lisa, l'emploi charitable des appointements touchés, la façon honnête dont il s'était efforcé de remplir ses fonctions, ne lui semblaient plus des arguments assez forts pour l'excuser de sa lâcheté. S'il souffrait de ce milieu gras et trop nourri, il méritait cette souffrance. Et il revit l'année mauvaise qu'il venait de passer, la persécution des poissonnières, les nausées des journées humides, l'indigestion continue de son estomac de maigre, la sourde hostilité qu'il sentait grandir autour de lui. Toutes ces choses, il les acceptait en châtiment. Ce sourd grondement

de rancune dont la cause lui échappait, annonçait quelque
catastrophe vague, sous laquelle il pliait d'avance les
épaules, avec la honte d'une faute à expier. Puis, il s'emporta contre lui-même, à la pensée du mouvement popu-
laire qu'il préparait; il se dit qu'il n'était plus assez pur
pour le succès.

Que de rêves il avait fait, à cette hauteur, les yeux perdus
sur les toitures élargies des pavillons ! Le plus souvent, il
les voyait comme des mers grises, qui lui parlaient de con-
trées lointaines. Par les nuits sans lune, elles s'assombrissaient, devenaient des lacs morts, des eaux noires, empes-
tées et croupies. Les nuits limpides les changeaient en
fontaines de lumière ; les rayons coulaient sur les deux
étages de toits, mouillant les grandes plaques de zinc, débordant et retombant du bord de ces immenses vasques
superposées. Les temps froids les roidissaient, les gelaient,
ainsi que des baies de Norwége, où glissent des patineurs;
tandis que les chaleurs de juin les endormaient d'un sommeil lourd. Un soir de décembre, en ouvrant sa fenêtre, il
les avait trouvées toutes blanches de neige, d'une blancheur
vierge qui éclairait le ciel couleur de rouille ; elles s'étendaient sans la souillure d'un pas, pareilles à des plaines du
Nord, à des solitudes respectées des traîneaux ; elles avaient
un beau silence, une douceur de colosse innocent. Et lui,
à chaque aspect de cet horizon changeant, s'abandonnait à
des songeries tendres ou cruelles; la neige le calmait, l'immense drap blanc lui semblait un voile de pureté jeté sur
les ordures des Halles ; les nuits limpides, les ruisselle-
ments de lune, l'emportaient dans le pays féerique des
contes. Il ne souffrait que par les nuits noires, les nuits
brûlantes de juin, qui étalaient le marais nauséabond, l'eau
dormante d'une mer maudite. Et toujours le même cauchemar revenait.

Elles étaient sans cesse là. Il ne pouvait ouvrir sa fenêtre, s'accouder à la rampe, sans les avoir devant lui, emplissant l'horizon. Il quittait les pavillons, le soir, pour retrouver à son coucher les toitures sans fin. Elles lui barraient Paris, lui imposaient leur énormité, entraient dans sa vie de chaque heure. Cette nuit-là, son cauchemar s'effara encore, grossi par les inquiétudes sourdes qui l'agitaient. La pluie de l'après-midi avait empli les Halles d'une humidité infecte. Elles lui soufflaient à la face toutes leurs mauvaises haleines, roulées au milieu de la ville comme un ivrogne sous la table, à la dernière bouteille. Il lui semblait que, de chaque pavillon, montait une vapeur épaisse. Au loin, c'étaient la boucherie et la triperie qui fumaient, d'une fumée fade de sang. Puis, les marchés aux légumes et aux fruits exhalaient des odeurs de choux aigres, de pommes pourries, de verdures jetées au fumier. Les beurres empestaient, la poissonnerie avait une fraîcheur poivrée. Et il voyait surtout, à ses pieds, le pavillon aux volailles dégager, par la tourelle de son ventilateur, un air chaud, une puanteur qui roulait comme une suie d'usine. Le nuage de toutes ces haleines s'amassait au-dessus des toitures, gagnait les maisons voisines, s'élargissait en nuée lourde sur Paris entier. C'étaient les Halles crevant dans leur ceinture de fonte trop étroite, et chauffant du trop-plein de leur indigestion du soir le sommeil de la ville gorgée.

En bas, sur le trottoir, il entendit un bruit de voix, un rire de gens heureux. La porte de l'allée fut refermée bruyamment. Quenu et Lisa rentraient du théâtre. Alors, Florent, étourdi, comme ivre de l'air qu'il respirait, quitta la terrasse, avec l'angoisse nerveuse de cet orage qu'il sentait sur sa tête. Son malheur était là, dans ces Halles chaudes de la journée. Il poussa violemment sa fenêtre, les laissa vautrées au fond de l'ombre, toutes nues, en sueur encore, dépoitraillées, montrant leur ventre ballonné et se soulageant sous les étoiles.

28

VI

Huit jours plus tard, Florent crut qu'il allait enfin pouvoir passer à l'action. Une occasion suffisante de mécontentement se présentait pour lancer dans Paris les bandes insurrectionnelles. Le Corps législatif, qu'une loi de dotation avait divisé, discutait maintenant un projet d'impôt très-impopulaire, qui faisait gronder les faubourgs. Le ministère, redoutant un échec, luttait de toute sa puissance. De longtemps peut-être un meilleur prétexte ne s'offrirait.

Un matin, au petit jour, Florent alla rôder autour du Palais-Bourbon. Il y oublia sa besogne d'inspecteur, resta à examiner les lieux jusqu'à huit heures, sans songer seulement que son absence devait révolutionner le pavillon de la marée. Il visita chaque rue, la rue de Lille, la rue de l'Université, la rue de Bourgogne, la rue Saint-Dominique; il poussa jusqu'à l'esplanade des Invalides, s'arrêtant à certains carrefours, mesurant les distances en marchant à grandes enjambées. Puis, de retour sur le quai d'Orsay, assis sur le parapet, il décida que l'attaque serait donnée de tous les côtés à la fois: les bandes du Gros-Caillou arriveraient

par le Champ-de-Mars ; les sections du nord de Paris des-
cendraient par la Madeleine ; celles de l'ouest et du sud sui-
vraient les quais ou s'engageraient par petits groupes dans
les rues du faubourg Saint-Germain. Mais, sur l'autre rive,
les Champs-Elysées l'inquiétaient, avec leurs avenues décou-
vertes ; il prévoyait qu'on mettrait là du canon pour balayer
les quais. Alors, il modifia plusieurs détails du plan, marquant la place de combat des sections, sur un carnet qu'il
tenait à la main. La véritable attaque aurait décidément lieu
par la rue de Bourgogne et la rue de l'Université, tandis
qu'une diversion serait faite du côté de la Seine. Le soleil
de huit heures qui lui chauffait la nuque, avait des gaietés
blondes sur les larges trottoirs et dorait les colonnes du
grand monument, en face de lui. Et il voyait déjà la bataille, des grappes d'hommes pendues à ces colonnes, les
grilles crevées, le péristyle envahi, puis tout en haut, brusquement, des bras maigres qui plantaient un drapeau.

Il revint lentement, la tête basse. Un roucoulement la
lui fit relever. Il s'aperçut qu'il traversait le jardin des Tuileries. Sur une pelouse, une bande de ramiers marchait,
avec des dandinements de gorge. Il s'adossa un instant à la
caisse d'un oranger, regardant l'herbe et les ramiers baignés
de soleil. En face, l'ombre des marronniers était toute noire.
Un silence chaud tombait, coupé par des roulements continus, au loin, derrière la grille de la rue de Rivoli. L'odeur
des verdures l'attendrit beaucoup, en le faisant songer à
madame François. Une petite fille qui passa, courant derrière un cerceau, effraya les ramiers. Ils s'envolèrent, allèrent se poser à la file sur le bras de marbre d'un lutteur antique, au milieu de la pelouse, roucoulant et se rengorgeant
d'une façon plus douce.

Comme Florent rentrait aux Halles par la rue Vauvilliers,
il entendit la voix de Claude Lantier qui l'appelait. Le peintre descendait dans le sous-sol du pavillon de la Vallée.

— Eh ! venez-vous avec moi, cria-t-il. Je cherche cette
brute de Marjolin.

Florent le suivit, pour s'oublier un instant encore, pour
retarder de quelques minutes son retour à la poissonnerie.
Claude disait que, maintenant, son ami Marjolin n'avait plus
rien à désirer ; il était une bête. Il nourrissait le projet de
le faire poser à quatre pattes, avec son rire d'innocent. Quand
il avait crevé de rage une ébauche, il passait des heures en
compagnie de l'idiot, sans parler, tâchant d'avoir son rire.

— Il doit gaver ses pigeons, murmura-t-il. Seulement,
je ne sais pas où est la resserre de monsieur Gavard.

Ils fouillèrent toute la cave. Au centre, dans l'ombre
pâle, deux fontaines coulent. Les resserres sont exclusive-
ment réservées aux pigeons. Le long des treillages, c'est un
éternel gazouillement plaintif, un chant discret d'oiseaux
sous les feuilles, quand tombe le jour. Claude se mit à rire,
en entendant cette musique. Il dit à son compagnon :

— Si l'on ne jurerait pas que tous les amoureux de Paris
s'embrassent là-dedans !

Cependant, pas une resserre n'était ouverte, il commençait à croire que Marjolin ne se trouvait pas dans la cave,
lorsqu'un bruit de baisers, mais de baisers sonores, l'arrêta
net devant une porte entrebâillée. Il l'ouvrit, il aperçut cet
animal de Marjolin que Cadine avait fait agenouiller par
terre, sur la paille, de façon à ce que le visage du garçon
arrivât juste à la hauteur de ses lèvres. Elle l'embrassait
doucement, partout. Elle écartait ses longs cheveux blonds,
allait derrière les oreilles, sous le menton, le long de la nuque, revenait sur les yeux et sur la bouche, sans se presser,
mangeant ce visage à petites caresses, ainsi qu'une bonne
chose à elle, dont elle disposait à son gré. Lui, complaisamment, restait comme elle le posait. Il ne savait plus. Il tendait la chair, sans même craindre les chatouilles.

— Eh bien! c'est ça, dit Claude, ne vous gênez pas!...

Tu n'as pas honte, grande vaurienne, de le tourmenter dans cette saleté. Il a des ordures plein les genoux.

— Tiens! dit Cadine effrontément, ça ne le tourmente pas. Il aime bien qu'on l'embrasse, parce qu'il a peur, maintenant, dans les endroits où il ne fait pas clair... N'est-ce pas, que tu as peur?

Elle l'avait relevé; il passait les mains sur son visage, ayant l'air de chercher les baisers que la petite venait d'y mettre. Il balbutia qu'il avait peur, tandis qu'elle reprenait :

— D'ailleurs, j'étais venue l'aider; je gavais ses pigeons.

Florent regardait les pauvres bêtes. Sur des planches, autour de la resserre, étaient rangés des coffres sans couvercle, dans lesquels les pigeons, serrés les uns contre les autres, les pattes roidies, mettaient la bigarrure blanche et noire de leur plumage. Par moments, un frisson courait sur cette nappe mouvante; puis, les corps se tassaient, on n'entendait plus qu'un caquetage confus. Cadine avait près d'elle une casserole, pleine d'eau et de grains; elle s'emplissait la bouche, prenait les pigeons un à un, leur soufflait une gorgée dans le bec. Et eux, se débattaient, étouffant, retombant au fond des coffres, l'œil blanc, ivres de cette nourriture avalée de force.

— Ces innocents! murmura Claude.

— Tant pis pour eux! dit Cadine, qui avait fini. Ils sont meilleurs, quand on les a bien gavés... Voyez-vous, dans deux heures, on leur fera avaler de l'eau salée, à ceux-là Ça leur donne la chair blanche et délicate. Deux heures après, on les saigne... Mais, si vous voulez voir saigner, il y en a là de tout prêts, auxquels Marjolin va faire leur affaire.

Marjolin emportait un demi-cent de pigeons dans un des coffres. Claude et Florent le suivirent. Il s'établit près d'une fontaine, par terre, posant le coffre à côté de lui, plaçant sur une sorte de caisse en zinc un cadre de bois grillé de traverses minces. Puis, il saigna. Rapidement, le couteau jouant entre les doigts, il saisissait les pigeons par les ailes, leur donnait sur la tête un coup de manche qui les étourdissait, leur entrait la pointe dans la gorge. Les pigeons avaient un court frisson, les plumes chiffonnées, tandis qu'il les rangeait à la file, la tête entre les barreaux du cadre de bois, au-dessus de la caisse de zinc, où le sang tombait goutte à goutte. Et cela d'un mouvement régulier, avec le tic-tac du manche sur les crânes qui se brisaient, le geste balancé de la main prenant, d'un côté, les bêtes vivantes et les couchant mortes, de l'autre côté. Peu à peu, cependant, Marjolin allait plus vite, s'égayait à ce massacre, les yeux luisants, accroupi comme un énorme dogue mis en joie. Il finit par éclater de rire, par chanter : « Tic-tac, tic-tac, tic-tac, » accompagnant la cadence du couteau d'un claquement de langue, faisant un bruit de moulin écrasant des têtes. Les pigeons pendaient comme des linges de soie.

— Hein ! ça t'amuse, grande bête, dit Cadine qui riait aussi. Ils sont drôles, les pigeons, quand ils rentrent la tête, comme ça, entre les épaules, pour qu'on ne leur trouve pas le cou... Allez, ce n'est pas bon, ces animaux-là ; ça vous pincerait, si ça pouvait.

Et, riant plus haut de la hâte de plus en plus fiévreuse de Marjolin, elle ajouta :

— J'ai essayé, mais je ne vais pas si vite que lui... Un jour, il en a saigné cent en dix minutes.

Le cadre de bois s'emplissait ; on entendait les gouttes de sang sourdre dans la caisse. Alors Claude, en se tournant, vit Florent tellement pâle, qu'il se hâta de l'emmener. En haut, il le fit asseoir sur une marche de l'escalier.

— Eh bien, quoi donc! dit-il en lui tapant dans les mains. Voilà que vous vous évanouissez comme une femme.

— C'est l'odeur de la cave, murmura Florent un peu honteux.

Ces pigeons, auxquels on fait avaler du grain et de l'eau
salée, qu'on assomme et qu'on égorge, lui avaient rappelé les
ramiers des Tuilleries, marchant avec leurs robes de satin
changeant dans l'herbe jaune de soleil. Il les voyait roucoulant sur le bras de marbre du lutteur antique, au milieu du
grand silence du jardin, tandis que, sous l'ombre noire des
marronniers, des petites filles jouent au cerceau. Et c'était
alors que cette grosse brute blonde faisant son massacre,
tapant du manche et trouant de la pointe, au fond de cette
cave nauséabonde, lui avait donné froid dans les os; il
s'était senti tomber, les jambes molles, les paupières bat-
tantes.

— Diable ! reprit Claude quand il fut remis, vous ne
feriez pas un bon soldat,.. Ah bien ! ceux qui vous ont envoyé à Cayenne, sont encore de jolis messieurs, d'avoir eu
peur de vous. Mais, mon brave, si vous vous mettez jamais
d'une émeute, vous n'oserez pas tirer un coup de pistolet ;
vous aurez trop peur de tuer quelqu'un.

. Florent se leva, sans répondre. Il était devenu très-sombre, avec des rides désespérées qui lui coupaient la face. Il
s'en alla, laissant Claude redescendre dans la cave ; et, en se
rendant à la poissonnerie, il songeait de nouveau au plan
d'attaque, aux bandes armées qui envahiraient le Palais-
Bourbon. Dans les Champs-Élysées, le canon gronderait ;
les grilles seraient brisées ; il y aurait du sang sur les marches, des éclaboussures de cervelle contre les colonnes. Ce fut
une vision rapide de bataille. Lui, au milieu, très-pâle, ne
pouvait regarder, se cachait la figure entre les mains.

Comme il traversait la rue du Pont-Neuf, il crut apercevoir, au coin du pavillon aux fruits, la face blême d'Au-
gusté qui tendait le cou. Il devait guetter quelqu'un, les
yeux arrondis par une émotion extraordinaire d'imbécile.
Il disparut brusquement, il rentra en courant à la charcuterie.

— Qu'a-t-il donc? pensa Florent. Est-ce que je lui fais peur?

Dans cette matinée, il s'était passé de très-graves événements chez les Quenu-Gradelle. Au point du jour, Auguste accourut tout effaré réveiller la patronne, en lui disant que la police venait prendre monsieur Florent. Puis, balbutiant davantage, il lui conta confusément que celui-ci était sorti, qu'il avait dû se sauver. La belle Lisa, en camisole, sans corset, se moquant du monde, monta vivement à la chambre de son beau-frère, où elle prit la photographie de la Normande, après avoir regardé si rien ne les compromettait. Elle redescendait, lorsqu'elle rencontra les agents de police au second étage. Le commissaire la pria de les accompagner. Il l'entretint un instant à voix basse, s'installant avec ses hommes dans la chambre, lui recommandant d'ouvrir la boutique comme d'habitude, de façon à ne donner l'éveil à personne. Une souricière était tendue.

Le seul souci de la belle Lisa, en cette aventure, était le coup que le pauvre Quenu allait recevoir. Elle craignait, en outre, qu'il fît tout manquer par ses larmes, s'il apprenait que la police se trouvait là. Aussi exigea-t-elle d'Auguste le serment le plus absolu de silence. Elle revint mettre son corset, conta à Quenu endormi une histoire. Une demi-heure plus tard, elle était sur le seuil de la charcuterie, peignée, sanglée, vernie, la face rose. Auguste faisait tranquillement l'étalage. Quenu parut un instant sur le trottoir, bâillant légèrement, achevant de s'éveiller dans l'air frais du matin. Rien n'indiquait le drame qui se nouait en haut.

Mais le commissaire donna lui-même l'éveil au quartier, en allant faire une visite domiciliaire chez les Méhudin, rue Pirouette. Il avait les notes les plus précises. Dans les lettres anonymes reçues à la préfecture, on affirmait que Florent couchait le plus souvent avec la belle Normande.

Peut-être s'était-il réfugié là. Le commissaire, accompagné
de deux hommes vint secouer la porte, au nom de la loi. Les
Méhudin se levaient à peine. La vieille ouvrit, furieuse,
puis subitement calmée et ricanant, lorsqu'elle sut de quoi
il s'agissait. Elle s'était assise, rattachant ses vêtements,
disant à ces messieurs :

— Nous sommes d'honnêtes gens, nous n'avons rien à
craindre, vous pouvez chercher.

Comme la Normande n'ouvrait pas assez vite la porte
de sa chambre, le commissaire la fit enfoncer. Elle s'habillait, la gorge libre, montrant ses épaules superbes, un
jupon entre les dents. Cette entrée brutale, qu'elle ne s'expliquait pas, l'exaspéra ; elle lâcha le jupon, voulut se
jeter sur les hommes, en chemise, plus rouge de colère que
de honte. Le commissaire, en face de cette grande femme
nue, s'avançait, protégeant ses hommes, répétant de sa voix
froide :

— Au nom de la loi ! au nom de la loi !

Alors, elle tomba dans un fauteuil, sanglottante, secouée
par une crise, à se sentir trop faible, à ne pas comprendre
ce qu'on voulait d'elle. Ses cheveux s'étaient dénoués, sa
chemise ne lui venait pas aux genoux, les agents avaient
des regards de côté pour la voir. Le commissaire de police
lui jeta un châle qu'il trouva pendu au mur. Elle ne s'en
enveloppa même pas ; elle pleurait plus fort, en regardant
les hommes fouiller brutalement dans son lit, tâter de la
main les oreillers, visiter les draps.

— Mais qu'est-ce que j'ai fait ? finit-elle par bégayer.
Qu'est-ce que vous cherchez donc dans mon lit ?

Le commissaire prononça le nom de Florent, et comme
la vieille Méhudin était restée sur le seuil de la chambre :

— Ah ! la coquine, c'est elle ! s'écria la jeune femme, en
voulant s'élancer sur sa mère.

Elle l'aurait battue. On la retint, on l'enveloppa de force

dans le châle. Elle se débattait, elle disait d'une voix suffoquée :

— Pour qui donc me prend-on !..... Ce Florent n'est
jamais entré ici, entendez-vous. Il n'y a rien eu entre nous.
On cherche à me faire du tort dans le quartier, mais qu'on
vienne me dire quelque chose en face, vous verrez. On me
mettra en prison, après ; ça m'est égal... Ah bien ! Florent,
j'ai mieux que lui ! Je peux épouser qui je veux, je les ferai
crever de rage, celles qui vous envoient.

Ce flot de paroles la calmait. Sa fureur se tournait contre
Florent, qui était la cause de tout. Elle s'adressa au commissaire, se justifiant :

— Je ne savais pas, monsieur. Il avait l'air très-doux, il
nous a trompées. Je n'ai pas voulu écouter ce qu'on disait,
parce qu'on est si méchant... Il venait donner des leçons au
petit, puis il s'en allait. Je le nourrissais, je lui faisais souvent cadeau d'un beau poisson. C'est tout... Ah ! non, par
exemple, on ne me reprendra plus à être bonne comme ça !

— Mais, demanda le commissaire, il a dû vous donner
des papiers à garder ?

— Non, je vous jure que non... Moi, ça me serait égal,
je vous les remettrais, ces papiers. J'en ai assez, n'est-ce
pas ? Ça ne m'amuse guère de vous voir tout fouiller... Allez,
c'est bien inutile.

Les agents, qui avaient visité chaque meuble, voulurent
alors pénétrer dans le cabinet où Muche couchait. Depuis
un instant, on entendait l'enfant, réveillé par le bruit, qui
pleurait à chaudes larmes, en croyant sans doute qu'on allait
venir l'égorger.

— C'est la chambre du petit, dit la Normande en ouvrant
la porte.

Muche, tout nu, courut se pendre à son cou. Elle le consola,
le coucha dans son propre lit. Les agents ressortirent presque aussitôt du cabinet, et le commissaire se décidait à se

retirer, lorsque l'enfant, encore tout éploré, murmura à
l'oreille de sa mère :

— Ils vont prendre mes cahiers... Ne leur donne pas
mes cahiers...

— Ah ! c'est vrai, s'écria la Normande, il y a les cahiers...
Attendez, messieurs, je vais vous remettre ça. Je veux vous
montrer que je m'en moque... Tenez, vous trouverez de son
écriture, là-dedans. On peut bien le pendre, ce n'est pas moi
qui irai le décrocher.

Elle donna les cahiers de Muche et les modèles d'écriture.
Mais le petit, furieux, se leva de nouveau, mordant et égratignant sa mère, qui le recoucha d'une calotte. Alors, il se
mit à hurler. Sur le seuil de la chambre, dans le vacarme,
mademoiselle Saget allongeait le cou ; elle était entrée,
trouvant toutes les portes ouvertes, offrant ses services à la
mère Méhudin. Elle regardait, elle écoutait, en plaignant
beaucoup ces pauvres dames, qui n'avaient personne pour
les défendre. Cependant, le commissaire lisait les modèles
d'écriture, d'un air sérieux. Les « tyranniquement, » les
« liberticide, » les « anticonstitutionnel, » les « révolutionnaire, » lui faisaient froncer les sourcils. Lorsqu'il lut la
phrase : « Quand l'heure sonnera, le coupable tombera, »
il donna de petites tapes sur les papiers, en disant :

— C'est très-grave, très-grave.

Il remit le paquet à un de ses agents, il s'en alla. Claire,
qui n'avait pas encore paru, ouvrit sa porte, regardant ces
hommes descendre. Puis, elle vint dans la chambre de sa
sœur, où elle n'était pas entrée depuis un an. Mademoiselle Saget paraissait au mieux avec la Normande ; elle s'attendrissait sur elle, ramenait les bouts du châle pour la mieux
couvrir, recevait avec des mines apitoyées les premiers
aveux de sa colère.

— Tu es bien lâche, dit Claire en se plantant devant sa
sœur.

Celle-ci se leva, terrible, laissant glisser le châle.

— Tu mouchardes donc! cria-t-elle. Répète donc un peu ce que tu viens de dire.

— Tu es bien lâche, répéta la jeune fille d'une voix plus insultante.

Alors, la Normande, à toute volée, donna un soufflet à Claire, qui pâlit affreusement et qui sauta sur elle, en lui enfonçant les ongles dans le cou. Elles luttèrent un instant, s'arrachant les cheveux, cherchant à s'étrangler. La cadette, avec une force surhumaine, toute frêle qu'elle était, poussa l'aînée si violemment, qu'elles allèrent l'une et l'autre tomber dans l'armoire, dont la glace se fendit. Muche sanglotait, la vieille Méhudin criait à mademoiselle Saget de l'aider à les séparer. Mais Claire se dégagea, en disant :

— Lâche, lâche... Je vais aller le prévenir, ce malheureux que tu as vendu.

Sa mère lui barra la porte. La Normande se jeta sur elle par derrière. Et, mademoiselle Saget aidant, à elles trois, elles la poussèrent dans sa chambre, où elles l'enfermèrent à double tour, malgré sa résistance affolée. Elle donnait des coups de pied dans la porte, cassait tout chez elle. Puis, on n'entendit plus qu'un grattement furieux, un bruit de fer égratignant le plâtre. Elle descellait les gonds avec la pointe de ses ciseaux.

— Elle m'aurait tuée, si elle avait eu un couteau, dit la Normande, en cherchant ses vêtements pour s'habiller. Vous verrez qu'elle finira par faire un mauvais coup, avec sa jalousie... Surtout, qu'on ne lui ouvre pas la porte. Elle ameuterait le quartier contre nous.

Mademoiselle Saget s'était empressée de descendre. Elle arriva au coin de la rue Pirouette juste au moment où le commissaire rentrait dans l'allée des Quenu-Gradelle. Elle comprit, elle arriva à la charcuterie, les yeux si brillants, que Lisa lui recommanda le silence d'un geste, en lui montirant Quenu qui accrochait des bandes de petit-salé. Quand il fut retourné à la cuisine, la vieille conta à demi-voix le drame qui venait de se passer chez les Méhudin. La charcutière, penchée au-dessus du comptoir, la main sur la terrine du veau piqué, écoutait, avec la mine heureuse d'une femme qui triomphe. Puis, comme une cliente demandait deux pieds de cochon, elle les enveloppa d'un air songeur.

— Moi, je n'en veux pas à la Normande, dit-elle enfin à mademoiselle Saget, lorsqu'elles furent seules de nouveau. Je l'aimais beaucoup, j'ai regretté qu'on nous eût fâchées ensemble... Tenez, la preuve que je ne suis pas méchante, c'est que j'ai sauvé ça des mains de la police, et que je suis toute prête à le lui rendre, si elle vient me le demander elle-même.

Elle sortit de sa poche le portrait-carte. Mademoiselle Saget le flaira, ricana en lisant : « Louise à son bon ami Florent; » puis, de sa voix pointue :

— Vous avez peut-être tort. Vous devriez garder ça.

— Non, non, interrompit Lisa, je veux que tous les cancans finissent. Aujourd'hui, c'est le jour de la réconciliation. Il y en a assez, le quartier doit redevenir tranquille.

— Eh bien ! voulez-vous que j'aille dire à la Normande que vous l'attendez? demanda la vieille.

— Oui, vous me ferez plaisir.

Mademoiselle Saget retourna rue Pirouette, effraya beaucoup la poissonnière, en lui disant qu'elle venait de voir son portrait dans la poche de Lisa. Mais elle ne put la décider tout de suite à la démarche que sa rivale exigeait. La Normande fit ses conditions; elle irait, seulement la charcutière s'avancerait pour la recevoir jusqu'au seuil de la boutique. La vieille dut faire encore deux voyages, de l'une à l'autre, pour bien régler les points de l'entrevue. Enfin, elle eut la joie de négocier ce raccommodement qui allait faire tant de bruit. Comme elle repassait une dernière fois devant

29

la porte de Claire, elle entendit toujours le bruit des ciseaux, dans le plâtre.

Puis, après avoir rendu une réponse définitive à la charcutière, elle se hâta d'aller chercher madame Lecœur et la Sarriette. Elles s'établirent toutes trois au coin du pavillon de la marée, sur le trottoir, en face de la charcuterie. Là, elles ne pouvaient rien perdre de l'entrevue. Elles s'impatientaient, feignant de causer entre elles, guettant la rue Pirouette, d'où la Normande devait sortir. Dans les Halles, le bruit de la réconciliation courait déjà; les marchandes, droites à leur banc, se haussant, cherchaient à voir; d'autres, plus curieuses, quittant leur place, vinrent même se planter sous la rue couverte. Tous les yeux des Halles se tournaient vers la charcuterie. Le quartier était dans l'attente.

Ce fut solennel. Quand la Normande déboucha de la rue Pirouette, les respirations restèrent coupées.

— Elle a ses brillants, murmura la Sarriette.

— Voyez donc comme elle marche, ajouta madame Lecœur; elle est trop effrontée.

La belle Normande, à la vérité, marchait en reine qui daignait accepter la paix. Elle avait fait une toilette soignée, coiffée avec ses cheveux frisés, relevant un coin de son tablier pour montrer sa jupe de cachemire; elle étrennait même un nœud de dentelle d'une grande richesse. Comme elle sentait les Halles la dévisager, elle se rengorgea encore en approchant de la charcuterie. Elle s'arrêta devant la porte.

— Maintenant, c'est au tour de la belle Lisa, dit mademoiselle Saget. Regardez bien.

La belle Lisa quitta son comptoir en souriant. Elle traversa la boutique sans se presser, vint tendre la main à la belle Normande. Elle était également très comme il faut, avec son linge éblouissant, son grand air de propreté. Un murmure courut la poissonnerie; toutes les têtes, sur le trottoir, se rapprochèrent, causant vivement. Les deux femmes étaient dans la boutique, et les crépines de l'étalage empêchaient de les bien voir. Elles semblaient causer affectueusement, s'adressaient de petits saluts, se complimentaient sans doute.

— Tiens! reprit mademoiselle Saget, la belle Normande achète quelque chose... Qu'est-ce donc qu'elle achète? C'est une andouille, je crois... Ah! voilà! Vous n'avez pas vu, vous autres? La belle Lisa vient de lui rendre la photographie, en lui mettant l'andouille dans la main.

Puis, il y eut encore des salutations. La belle Lisa, dépassant même les amabilités réglées à l'avance, voulut accompagner la belle Normande jusque sur le trottoir. Là, elles rirent toutes les deux, se montrèrent au quartier en bonnes amies. Ce fut une véritable joie pour les Halles; les marchandes revinrent à leur banc, en déclarant que tout s'était très-bien passé.

Mais mademoiselle Saget retint madame Lecœur et la Sarriette. Le drame se nouait à peine. Elles couvaient toutes trois des yeux la maison d'en face, avec une âpreté de curiosité qui cherchait à voir à travers les pierres. Pour patienter, elles causèrent encore de la belle Normande.

— La voilà sans homme, dit madame Lecœur.

— Elle a monsieur Lebigre, fit remarquer la Sarriette, qui se mit à rire.

— Oh! monsieur Lebigre, il ne voudra plus.

Mademoiselle Saget haussa les épaules, en murmurant:

— Vous ne le connaissez guère. Il se moque pas mal de tout ça. C'est un homme qui sait faire ses affaires, et la Normande est riche. Dans deux mois, ils seront ensemble, vous verrez. Il y a longtemps que la mère Méhudin travaille à ce mariage.

— N'importe, reprit la marchande de beurre, le commissaire ne l'en a pas moins trouvée couchée avec ce Florent.

— Mais non, je ne vous ai pas dit ça... Le grand maigre venait de partir. J'étais là quand on a regardé dans le lit. Le commissaire a tâté avec la main. Il y avait deux places toutes chaudes...

La vieille reprit haleine, et d'une voix indignée :

— Ah ! voyez-vous, ce qui m'a fait le plus de mal, c'est d'entendre toutes les horreurs que ce gueux apprenait au petit Muche. Non, vous ne pouvez pas croire... Il y en avait un gros paquet.

— Quelles horreurs ? demanda la Sarriette alléchée.

— Est-ce qu'on sait ! Des saletés, des cochonneries. Le commissaire a dit que ça suffisait pour le faire pendre... C'est un monstre, cet homme-là. Aller s'attaquer à un enfant, s'il est permis ! Le petit Muche ne vaut pas grand'chose, mais ce n'est pas une raison pour le fourrer avec les rouges, ce marmot, n'est-ce pas ?

— Bien sûr, répondirent les deux autres.

— Enfin, on est en train de mettre bon ordre à tout ce micmac. Je vous le disais, vous vous rappelez : « Il y a un micmac chez les Quenu qui ne sent pas bon. » Vous voyez si j'avais le nez fin... Dieu merci, le quartier va pouvoir respirer un peu. Ça demandait un fier coup de balai ; car, ma parole d'honneur, on finissait par avoir peur d'être assassiné en plein jour. On ne vivait plus. C'étaient des cancans, des fâcheries, des tueries. Et ça pour un seul homme, pour ce Florent... Voilà la belle Lisa et la belle Normande remises ; c'est très-bien de leur part, elles devaient ça à la tranquillité de tous. Maintenant, le reste marchera bon train, vous allez voir... Tiens, ce pauvre monsieur Quenu qui rit là-bas.

Quenu, en effet, était de nouveau sur le trottoir, débordant dans son tablier blanc, plaisantant avec la petite bonne de madame Taboureau. Il était très-gaillard, ce matin-là. Il pressait les mains de la petite bonne, lui cassait les poignets à a faire crier, dans sa belle humeur de charcutier. Lisa avait toutes les peines du monde à le renvoyer à la cuisine. Elle marchait d'impatience dans la boutique, craignant que Florent n'arrivât, appelant son mari pour éviter une rencontre.

— Elle se fait du mauvais sang, dit mademoiselle Saget. Ce pauvre monsieur Quenu ne sait rien. Rit-il comme un innocent !... Vous savez que madame Taboureau disait qu'elle se fâcherait avec les Quenu, s'ils se déconsidéraient davantage en gardant leur Florent chez eux.

— En attendant, ils gardent l'héritage, fit remarquer madame Lecœur.

— Eh ! non, ma bonne... L'autre a eu sa part.

— Vrai... Comment le savez-vous ?

— Pardieu ! ça se voit, reprit la vieille, après une courte hésitation, et sans donner d'autre preuve. Il a même pris plus que sa part. Les Quenu en seront pour plusieurs milliers de francs... Il faut dire qu'avec des vices, ça va vite... Ah ! vous ignorez, peut-être : il avait une autre femme...

— Ça ne m'étonne pas, interrompit la Sarriette ; ces hommes maigres sont de fiers hommes.

— Oui, et pas jeune encore, cette femme. Vous savez, quand un homme en veut, il en veut ; il en ramasserait par terre... Madame Verlaque, la femme de l'ancien inspecteur, vous la connaissez bien, cette dame toute jaune...

Mais les deux autres se récrièrent. Ce n'était pas possible. Madame Verlaque était abominable. Alors mademoiselle Saget s'emporta.

— Quand je vous le dis ! Accusez-moi de mentir, n'est-ce pas ?... On a des preuves, on a trouvé des lettres de cette femme, tout un paquet de lettres, dans lesquelles elle lui demandait de l'argent, des dix et vingt francs à la fois. C'est clair, enfin... A eux deux, ils auront fait mourir le mari.

La Sarriette et madame Lecœur furent convaincues. Mais

elles perdaient patience. Il y avait plus d'une heure qu'elles attendaient sur le trottoir. Elles disaient que, pendant ce temps, on les volait peut-être, à leurs bancs. Alors, mademoiselle Saget les retenait avec une nouvelle histoire. Florent ne pouvait pas s'être sauvé; il allait revenir; ce serait très-intéressant, de le voir arrêter. Et elle donnait des détails minutieux sur la souricière, tandis que la marchande de beurre et la marchande de fruits continuaient à examiner la maison de haut en bas, épiant chaque ouverture, s'attendant à voir des tricornes de sergents de ville à toutes les fentes. La maison, calme et muette, baignait béatement dans le soleil du matin.

— Si l'on dirait que c'est plein de police ! murmura madame Lecœur.

— Ils sont dans la mansarde, là-haut, dit la vieille. Voyez-vous, ils ont laissé la fenêtre comme ils l'ont trouvée... Ah! regardez, il y en a un, je crois, caché derrière le grenadier, sur la terrasse.

Elles tendirent le cou, elles ne virent rien.

— Non, c'est l'ombre, expliqua la Sarriette. Les petits rideaux eux-mêmes ne remuent pas. Ils ont dû s'asseoir tous dans la chambre et ne plus bouger.

A ce moment, elles aperçurent Gavard qui sortait du pavillon de la marée, l'air préoccupé. Elles se regardèrent avec des yeux luisants, sans parler. Elles s'étaient rapprochées, droites dans leurs jupes tombantes. Le marchand de volailles vint à elles.

— Est-ce que vons avez vu passer Florent ? demanda-t-il.

Elles ne répondirent pas.

— J'ai besoin de lui parler tout de suite, continua Gavard. Il n'est pas à la poissonnerie. Il doit être remonté chez lui... Vous l'auriez vu, pourtant.

Les trois femmes étaient un peu pâles. Elles se regardaient toujours, d'un air profond, avec de légers tressaillements aux coins des lèvres. Comme son beau-frère hésitait :

— Il n'y a pas cinq minutes que nous sommes là, dit nettement madame Lecœur. Il aura passé auparavant.

— Alors, je monte, je risque les cinq étages, reprit Gavard en riant.

La Sarriette fit un mouvement, comme pour l'arrêter; mais sa tante lui prit le bras, la ramena, en lui soufflant à l'oreille :

— Laisse donc, grande bête! C'est bien fait pour lui. Ça lui apprendra à nous marcher dessus.

— Il n'ira plus dire que je mange de la viande gâtée, murmura plus bas encore mademoiselle Saget.

Puis, elles n'ajoutèrent rien. La Sarriette était très-rouge ; les deux autres restaient toutes jaunes. Elles tournaient la tête maintenant, gênées par leurs regards, embarrassées de leurs mains, qu'elles cachèrent sous leurs tabliers. Leurs yeux finirent par se lever instinctivement sur la maison, suivant Gavard à travers les pierres, le voyant monter les cinq étages. Quand elles le crurent dans la chambre, elles s'examinèrent de nouveau, avec des coups d'œil de côté. La Sarriette eut un rire nerveux. Il leur sembla un instant que les rideaux de la fenêtre remuaient, ce qui les fit croire à quelque lutte. Mais la façade de la maison gardait sa tranquillité tiède ; un quart d'heure s'écoula, d'une paix absolue, pendant lequel une émotion croissante les prit à la gorge. Elles défaillaient, lorsqu'un homme, sortant de l'allée, courut enfin chercher un fiacre. Cinq minutes plus tard, Gavard descendait, suivi de deux agents. Lisa, qui était venue sur le trottoir, en apercevant le fiacre, se hâta de rentrer dans la charcuterie.

Gavard était blême. En haut, on l'avait fouillé, on avait trouvé sur lui son pistolet et sa boîte de cartouches. A la rudesse du commissaire, au mouvement qu'il venait de faire en entendant son nom, il se jugeait perdu. C'était un dénoû-

ment terrible, auquel il n'avait jamais nettement songé. Les
Tuileries ne lui pardonneraient pas. Ses jambes fléchissaient,
comme si le peloton d'exécution l'eût attendu. Lorsqu'il vit
la rue, pourtant, il trouva assez de force dans sa vantardise
pour marcher droit. Il eut même un dernier sourire, en pen-
sant que les Halles le voyaient et qu'il mourrait brave-
ment.

Cependant, la Sarriette et madame Lecœur étaient accou-
rues. Quand elles eurent demandé une explication, la marchande de beurre se mit à sangloter, tandis que la nièce,
très-émue, embrassait son oncle. Il la tint serrée entre ses
bras, en lui remettant une clef et en lui murmurant à l'o-
reille :

— Prends tout, et brûle les papiers.

Il monta en fiacre, de l'air dont il serait monté sur l'é-
chafaud. Quand la voiture eut disparu au coin de la rue
Pierre-Lescot, madame Lecœur aperçut la Sarriette qui cherchait à cacher la clef dans sa poche.

— C'est inutile, ma petite, lui dit-elle les dents serrées,
j'ai vu qu'il te la mettait dans la main... Aussi vrai qu'il n'y
a qu'un Dieu, j'irai tout lui dire à la prison, si tu n'es pas
gentille avec moi.

— Mais ma tante, je suis gentille, répondit la Sarriette
avec un sourire embarrassé.

— Allons tout de suite chez lui, alors. Ce n'est pas la peine
de laisser aux argousins le temps de mettre leurs pattes dans
ses armoires.

Mademoiselle Saget qui avait écouté, avec des regards
flamboyants, les suivit, courut derrière elles, de toute la
longueur de ses petites jambes. Elle se moquait bien d'attendre Florent, maintenant. De la rue Rambuteau à la rue
de la Cossonnerie, elle se fit très-humble; elle était pleine
d'obligeance, elle offrait de parler la première à la portière,
madame Léonce.

— Nous verrons, nous verrons, répétait brièvement la marchande de beurre.

Il fallut en effet parlementer. Madame Léonce ne voulait pas laisser monter ces dames à l'appartement de son locataire. Elle avait la mine très-austère, choquée par le fichu mal noué de la Sarriette. Mais quand la vieille demoiselle lui eut dit quelques mots tout bas, et qu'on lui eut montré la clef, elle se décida. En haut, elle ne livra les pièces qu'une à une, exaspérée, le cœur saignant comme si elle avait dû indiquer elle-même à des voleurs l'endroit où son argent se trouvait caché.

— Allez, prenez tout, s'écria-t-elle, en se jetant dans un fauteuil.

La Sarriette essayait déjà la clef à toutes les armoires. Madame Lecœur, d'un air soupçonneux, la suivait de si près, était tellement sur elle, qu'elle lui dit :

— Mais, ma tante, vous me gênez. Laissez-moi les bras libres, au moins.

Enfin, une armoire s'ouvrit, en face de la fenêtre, entre la cheminée et le lit. Les quatre femmes poussèrent un soupir. Sur la planche du milieu, il y avait une dizaine de mille francs en pièces d'or, méthodiquement rangées par petites piles. Gavard, dont la fortune était prudemment déposée chez un notaire, gardait cette somme en réserve pour « le coup de chien. » Comme il le disait avec solennité, il tenait prêt son apport dans la révolution. Il avait vendu quelques titres, goûtant une jouissance particulière à regarder les dix mille francs chaque soir, les couvant des yeux, en leur trouvant la mine gaillarde et insurrectionnelle. La nuit, il rêvait qu'on se battait dans son armoire ; il y entendait des coups de fusil, des pavés arrachés et roulant, des voix de vacarme et de triomphe : c'était son argent qui faisait de l'opposition.

La Sarriette avait tendu les mains, avec un cri de joie.

— Bas les griffes ! ma petite, dit madame Lecœur d'une voix rauque.

Elle était plus jaune encore, dans le reflet de l'or, la face marbrée par la bile, les yeux brûlés par la maladie de foie qui la minait sourdement. Derrière elle, mademoiselle Saget se haussait sur la pointe des pieds, en extase, regardant jusqu'au fond de l'armoire. Madame Léonce, elle aussi, s'était levée, mâchant des paroles sourdes.

— Mon oncle m'a dit de tout prendre, reprit nettement la jeune femme.

— Et moi qui l'ai soigné, cet homme, je n'aurai rien, alors, s'écria la portière.

Madame Lecœur étouffait ; elle les repoussa, se cramponna à l'armoire, en bégayant :

— C'est mon bien, je suis sa plus proche parente, vous êtes des voleuses, entendez-vous... J'aimerais mieux tout jeter par la fenêtre.

Il y eut un silence, pendant lequel elles se regardèrent toutes les quatre avec des regards louches. Le foulard de la Sarriette s'était tout à fait dénoué ; elle montrait la gorge, adorable de vie, la bouche humide, les narines roses. Madame Lecœur s'assombrit encore en la voyant si belle de désir.

— Écoute, lui dit-elle d'une voix plus sourde, ne nous battons pas... Tu es sa nièce, je veux bien partager... Nous allons prendre une pile, chacune à notre tour.

Alors, elles écartèrent les deux autres. Ce fut la marchande de beurre qui commença. La pile disparut dans ses jupes. Puis, la Sarriette prit une pile également. Elles se surveillaient, prêtes à se donner des tapes sur les mains. Leurs doigts s'allongeaient régulièrement, des doigts horribles et noueux, des doigts blancs et d'une souplesse de soie. Elles s'emplirent les poches. Lorsqu'il ne resta plus qu'une pile, la jeune femme ne voulut pas que sa tante l'eût, puisque c'était elle qui avait commencé. Elle la partagea brusquement entre mademoiselle Saget et madame Léonce, qui les avaient regardées empocher l'or avec des piétinements de fièvre.

— Merci, gronda la portière, cinquante francs, pour l'avoir dorloté avec de la tisane et du bouillon ! Il disait qu'il n'avait pas de famille, ce vieil enjôleur.

Madame Lecœur, avant de fermer l'armoire, voulut la visiter de haut en bas. Elle contenait tous les livres politiques défendus à la frontière, les pamphlets de Bruxelles, les histoires scandaleuses des Bonaparte, les caricatures étrangères ridiculisant l'empereur. Un des grands régals de Gavard était de s'enfermer parfois avec un ami pour lui montrer ces choses compromettantes.

— Il m'a bien recommandé de brûler les papiers, fit remarquer la Sarriette.

— Bah ! nous n'avons pas de feu, ça serait trop long... Je flaire la police. Il faut déguerpir.

Et elles s'en allèrent toutes quatre. Elles n'étaient pas au bas de l'escalier, que la police se présenta. Madame Léonce dut remonter, pour accompagner ces messieurs. Les trois autres, serrant les épaules, se hâtèrent de gagner la rue. Elles marchaient vite, à la file, la tante et la nièce gênées par le poids de leurs poches pleines. La Sarriette qui allait la première, se retourna, en remontant sur le trottoir de la rue Rambuteau, et dit avec son rire tendre :

— Ça me bat contre les cuisses.

Et madame Lecœur lâcha une obscénité, qui les amusa. Elles goûtaient une jouissance à sentir ce poids qui leur tirait les jupes, qui se pendait à elles comme des mains chaudes de caresses. Mademoiselle Saget avait gardé les cinquante francs dans son poing fermé. Elle restait sérieuse, bâtissait un plan pour tirer encore quelque chose de ces grosses poches qu'elle suivait. Comme elles se retrouvaient au coin de la poissonnerie :

— Tiens! dit la vieille, nous revenons au bon moment, voilà le Florent qui va se faire pincer.

Florent, en effet, rentrait de sa longue course. Il alla changer de paletot dans son bureau, se mit à sa besogne quotidienne, surveillant le lavage des pierres, se promenant lentement le long des allées. Il lui sembla qu'on le regardait singulièrement; les poissonnières chuchottaient sur son passage, baissaient le nez, avec des yeux sournois. Il crut à quelque nouvelle vexation. Depuis quelque temps, ces grosses et terribles femmes ne lui laissaient pas une matinée de repos. Mais comme il passait devant le banc des Méhudin, il fut très-surpris d'entendre la mère lui dire d'une voix doucereuse :

— Monsieur Florent, il y a quelqu'un qui est venu vous demander tout à l'heure. C'est un monsieur d'un certain âge. Il est monté vous attendre dans votre chambre.

La vieille poissonnière, tassée sur une chaise, goûtait, à dire ces choses, un raffinement de vengeance qui agitait d'un tremblement sa masse énorme. Florent, doutant encore, regarda la belle Normande. Celle-ci, remise complétement avec sa mère, ouvrait son robinet, tapait ses poissons, paraissait ne pas entendre.

— Vous êtes bien sûre? demanda-t-il.

— Oh! tout à fait sûre, n'est-ce pas, Louise? reprit la vieille d'une voix plus aiguë.

Il pensa que c'était sans doute pour la grande affaire, et il se décida à monter. Il allait sortir du pavillon, lorsque, en se retournant machinalement, il aperçut la belle Normande qui le suivait des yeux, la face toute grave. Il passa à côté des trois commères.

— Vous avez remarqué, murmura mademoiselle Saget, la charcuterie est vide. La belle Lisa n'est pas une femme à se compromettre.

C'était vrai, la charcuterie était vide. La maison gardait

sa façade ensoleillée, son air béat de bonne maison se chauffant honnêtement le ventre aux premiers rayons. En haut,
sur la terrasse, le grenadier était tout fleuri. Comme Florent
traversait la chausée, il fit un signe de tête amical à Logre
et à monsieur Lebigre, qui paraissaient prendre l'air sur le
seuil de l'établissement de ce dernier. Ces messieurs lui
sourirent. Il allait s'enfoncer dans l'allée, lorsqu'il crut apercevoir, au bout de ce couloir étroit et sombre, le visage pâle
d'Auguste qui s'évanouit brusquement. Alors, il revint, jeta
un coup d'œil dans la charcuterie, pour s'assurer que le
monsieur d'un certain âge ne s'était pas arrêté là. Mais il ne
vit que Mouton, assis sur un billot, le contemplant de ses
deux gros yeux jaunes, avec son double menton et ses grandes moustaches hérissées de chat défiant. Quand il se fut
décidé à entrer dans l'allée, le visage de la belle Lisa se
montra au fond, derrière le petit rideau d'une porte vitrée.

Il y eut comme un silence dans la poissonnerie. Les ventres et les gorges énormes retenaient leur haleine, attendait qu'il eût disparu. Puis tout déborda, les gorges s'étalèrent, les ventres crevèrent d'une joie mauvaise. La farce
avait réussi. Rien n'était plus drôle. La vieille Méhudin riait
avec des secousses sourdes, comme une outre pleine que
l'on vide. Son histoire du monsieur d'un certain âge faisait
le tour du marché, paraissait à ces dames extrêmement
drôle. Enfin, le grand maigre était emballé, on n'aurait plus
toujours là sa fichue mine, ses yeux de forçat. Et toutes lui
souhaitaient bon voyage, en comptant sur un inspecteur qui
fut bel homme. Elles couraient d'un banc à l'autre, elles
auraient dansé autour de leurs pierres comme des filles
échappées. La belle Normande regardait cette joie, toute
droite, n'osant bouger de peur de pleurer, les mains sur une
grande raie pour calmer sa fièvre.

— Voyez-vous ces Méhudin qui le lâchent, quand il n'a
plus le sou, dit madame Lecœur.

— Tiens ! elles ont raison, répondit mademoiselle Saget. Puis, ma chère, c'est la fin, n'est-ce pas ? Il ne faut plus se manger... Vous êtes contente, vous. Laissez les autres arranger leurs affaires.

— Il n'y a que les vieilles qui rient, fit remarquer la Sarriette. La Normande n'a pas l'air gai.

Cependant, dans la chambre, Florent se laissait prendre comme un mouton. Les agents se jetèrent sur lui avec rudesse, croyant sans doute à une résistance désespérée. Il les pria doucement de le lâcher. Puis, il s'assit, pendant que les hommes emballaient les papiers, les écharpes rouges, les brassards et les guidons. Ce dénoûment ne semblait pas le surprendre ; il était un soulagement pour lui, sans qu'il voulût se le confesser nettement. Mais il souffrait, à la pensée de la haine qui venait de le pousser dans cette chambre. Il revoyait la face blême d'Auguste, les nez baissés des poissonnières ; il se rappelait les paroles de la mère Méhudin, le silence de la Normande, la charcuterie vide ; et il se disait que les Halles étaient complices, que c'était le quartier entier qui le livrait. Autour de lui, montait la boue de ces rues grasses.

Lorsque, au milieu de ces faces rondes qui passaient dans un éclair, il évoqua tout d'un coup l'image de Quenu, il fut pris au cœur d'une angoisse mortelle.

— Allons, descendez, dit brutalement un agent.

Il se leva, il descendit. Au troisième étage, il demanda à remonter ; il prétendait avoir oublié quelque chose. Les hommes ne voulurent pas, le poussèrent. Lui, se fit suppliant. Il leur offrit même quelque argent qu'il avait sur lui. Deux consentirent enfin à le reconduire à la chambre, en le menaçant de lui casser la tête, s'il essayait de leur jouer un mauvais tour. Ils sortirent leurs revolvers de leur poche. Dans la chambre, il alla droit à la cage du pinson, prit l'oiseau, le baisa entre les deux ailes, lui donna la volée. Et il le regarda, dans le soleil, se poser sur le toit de la poissonnerie, comme étourdi, puis, d'un autre vol, disparaître par-dessus les Halles, du côté du square des Innocents. Il resta encore un instant en face du ciel, du ciel libre ; il songeait aux ramiers roucoulants des Tuileries, aux pigeons des resserres, la gorge crevée par Marjolin. Alors, tout se brisa en lui, il suivit les agents qui remettaient leurs revolvers dans la poche, en haussant les épaules.

Au bas de l'escalier, Florent s'arrêta devant la porte qui ouvrait sur la cuisine de la charcuterie. Le commissaire, qui l'attendait là, presque touché par sa douceur obéissante, lui demanda :

— Voulez-vous dire adieu à votre frère ?

Il hésita un instant. Il regardait la porte. Un bruit terrible de hachoirs et de marmites venait de la cuisine. Lisa, pour occuper son mari, avait imaginé de lui faire emballer dans la matinée le boudin qu'il ne fabriquait d'ordinaire que le soir. L'ognon chantait sur le feu. Florent entendit la voix joyeuse de Quenu qui dominait le vacarme, disant :

— Ah ! sapristi, le boudin sera bon... Auguste passez-moi les gras !

Et Florent remercia le commissaire, avec la peur de rentrer dans cette cuisine chaude, pleine de l'odeur forte de l'ognon cuit. Il passa devant la porte, heureux de croire que son frère ne savait rien, hâtant le pas pour éviter un dernier chagrin à la charcuterie. Mais, en recevant au visage le grand soleil de la rue, il eut honte, il monta dans le fiacre, l'échine pliée, la face terreuse. Il sentait en face de lui la poissonnerie triomphante, il lui semblait que tout le quartier était là qui jouissait.

— Hein ! la fichue mine, dit Mademoiselle Saget.

— Une vraie mine de forçat pincé la main dans le sac, ajouta madame Lecœur.

— Moi, reprit la Sarriette en montrant ses dents blanches,

j'ai vu guillotiner un homme qui avait tout à fait cette figure-là.

Elles s'étaient approchées, elles allongeaient le cou, pour voir encore, dans le fiacre. Au moment où la voiture s'ébranlait, la vieille demoiselle tira vivement les jupes des deux autres, en leur montrant Claire qui débouchait de la rue Pirouette, affolée, les cheveux dénoués, les ongles saignants. Elle avait descellé sa porte. Quand elle comprit qu'elle arrivait trop tard, qu'on emmenait Florent, elle s'élança derrière le fiacre, s'arrêta presque aussitôt avec un geste de rage impuissante, montra le poing aux roues qui fuyaient. Puis, toute rouge sous la fine poussière de plâtre qui la couvrait, elle rentra en courant rue Pirouette.

— Est-ce qu'il lui avait promis le mariage ! s'écria la Sarriette en riant. Elle est toquée, cette grande bête !

Le quartier se calma. Des groupes, jusqu'à la fermeture des pavillons, causèrent des événements de la matinée. On regardait curieusement dans la charcuterie. Lisa évita de paraître, laissant Augustine au comptoir. L'après-midi, elle crut devoir enfin tout dire à Quenu, de peur que quelque bavarde ne lui portât le coup trop rudement. Elle attendit d'être seule avec lui dans la cuisine, sachant qu'il s'y plaisait, qu'il y pleurerait moins. Elle procéda, d'ailleurs, avec des ménagements maternels. Mais quand il connut la vérité, il tomba sur la planche à hacher, il fondit en larmes comme un veau.

— Voyons, mon pauvre gros, ne te désespère pas comme cela, tu vas te faire du mal, lui dit Lisa en le prenant dans ses bras.

Ses yeux coulaient sur son tablier blanc, sa masse inerte avait des remous de douleur. Il se tassait, se fondait. Quand il put parler :

— Non, balbutia-t-il, tu ne sais pas combien il était bon pour moi, lorsque nous habitions rue Royer-Collard. C'était

lui qui balayait, qui faisait la cuisine... Il m'aimait comme
son enfant, vois-tu; il revenait crotté, las à ne plus remuer;
et moi, je mangeais bien, j'avais chaud, à la maison...
Maintenant, voilà qu'on va le fusiller.

Lisa se récria, dit qu'on ne le fusillerait pas. Mais il secouait la tête. Il continua :

— Ça ne fait rien, je ne l'ai pas assez aimé. Je puis bien
dire ça, à cette heure. J'ai eu mauvais cœur, j'ai hésité à lui
rendre sa part de l'héritage...

— Eh! je la lui ai offerte plus de dix fois, s'écria-t-elle.
Nous n'avons rien à nous reprocher.

— Oh! toi, je sais bien, tu es bonne, tu lui aurais tout
donné... Moi, ça me faisait quelque chose, que veux-tu! Ce
sera le chagrin de toute ma vie. Je penserai toujours que si
j'avais partagé avec lui, il n'aurait pas mal tourné une seconde fois... C'est ma faute, c'est moi qui l'ai livré.

Elle se fit plus douce, lui dit qu'il ne fallait pas se frapper
l'esprit. Elle plaignait même Florent. D'ailleurs, il était très-
coupable. S'il avait eu plus d'argent, peut-être qu'il aurait
fait davantage de bêtises. Peu à peu, elle arrivait à laisser
entendre que ça ne pouvait pas finir autrement, que tout le
monde allait se mieux porter. Quenu pleurait toujours, s'essuyait les joues avec son tablier, étouffant ses sanglots pour
l'écouter, puis éclatant bientôt en larmes plus abondantes.
Il avait machinalement mis les doigts dans un tas de chair
à saucisse qui se trouvait sur la planche à hacher; il y faisait des trous, la pétrissait rudement.

— Tu te rappelles, tu ne te sentais pas bien, continua
Lisa. C'est que nous n'avions plus nos habitudes. J'étais très-
inquiète, sans te le dire; je voyais bien que tu baissais.

— N'est-ce pas? murmura-t-il, en cessant un instant de
sangloter.

— Et la maison, non plus, n'a pas marché cette année.
C'était comme un sort... Va, ne pleure pas, tu verras comme

tout reprendra. Il faut pourtant que tu te conserves pour
moi et pour ta fille. Tu as aussi des devoirs à remplir envers
nous.

Il pétrissait plus doucement la chair à saucisse. L'émotion
le reprenait, mais une émotion attendrie qui mettait déjà
un sourire vague sur sa face navrée. Lisa le sentit convaincu.
Elle appela vite Pauline qui jouait dans la boutique, la lui
mit sur les genoux, en disant :

— Pauline, n'est-ce pas que ton père doit être raisonnable ?
Demande-lui gentiment de ne plus nous faire de la peine.

L'enfant le demanda gentiment. Ils se regardèrent, serrés
dans la même embrassade, énormes, débordants, déjà con-
valescents de ce malaise d'une année dont ils sortaient à
peine ; et ils se sourirent, de leurs larges figures rondes,
tandis que la charcutière répétait :

— Après tout, il n'y a que nous trois, mon gros, il n'y a
que nous trois.

Deux mois plus tard, Florent était de nouveau condamné
à la déportation. L'affaire fit un bruit énorme. Les journaux
s'emparèrent des moindres détails, donnèrent les portraits
des accusés, les dessins des guidons et des écharpes, les plans
des lieux où la bande se réunissait. Pendant quinze jours,
il ne fut question dans Paris que du complot des Halles. La
police lançait des notes de plus en plus inquiétantes ; on finissait par dire que tout le quartier Montmartre était miné.
Au Corps législatif, l'émotion fut si grande, que le centre et
la droite oublièrent cette malencontreuse loi de dotation qui
les avait un instant divisés, et se réconcilièrent, en votant
à une majorité écrasante le projet d'impôt impopulaire,
dont les faubourgs eux-mêmes n'osaient plus se plaindre,
dans la panique qui soufflait sur la ville. Le procès dura
toute une semaine. Florent se trouva profondément surpris
du nombre considérable de complices qu'on lui donna. Il en
connaissait au plus six ou sept sur les vingt et quelques,

assis au banc des prévenus. Après la lecture de l'arrêt, il crut apercevoir le chapeau et le dos innocent de Robine s'en allant doucement au milieu de la foule. Logre était acquitté, ainsi que Lacaille. Alexandre avait deux ans de prison pour s'être compromis en grand enfant. Quant à Gavard, il était, comme Florent, condamné à la déportation. Ce fut un coup de massue qui l'écrasa dans ses dernières jouissances, au bout de ces longs débats qu'il avait réussi à emplir de sa personne. Il payait cher sa verve opposante de boutiquier parisien. Deux grosses larmes coulèrent sur sa face effarée de gamin en cheveux blancs.

Et, un matin d'août, au milieu du réveil des Halles, Claude Lantier, qui promenait sa flânerie dans l'arrivage des légumes, le ventre serré par sa ceinture rouge, vint toucher la main de madame François, à la pointe Saint-Eustache. Elle était là, avec sa grande figure triste, assise sur ses navets et ses carottes. Le peintre restait sombre, malgré le clair soleil qui attendrissait déjà le velours gros vert des montagnes de choux.

— Eh bien! c'est fini, dit-il. Ils le renvoient là-bas... Je crois qu'ils l'ont déjà expédié à Brest.

La maraîchère eut un geste de douleur muette. Elle promena la main lentement autour d'elle, elle murmura d'une voix sourde :

— C'est Paris, c'est ce gueux de Paris.

— Non, je sais qui c'est, ce sont des misérables, reprit Claude dont les poings se serraient. Imaginez-vous, madame François, qu'il n'y a pas de bêtises qu'ils n'aient dites, au tribunal... Est-ce qu'ils ne sont pas allés jusqu'à fouiller les cahiers de devoirs d'un enfant! Ce grand imbécile de procureur a fait là-dessus une tartine, le respect de l'enfance par-ci, l'éducation démagogique par-là... J'en suis malade.

Il fut pris d'un frisson nerveux; il continua, en renfonçant les épaules dans son paletot verdâtre :

— Un garçon doux comme une fille, que j'ai vu se trouver
mal en regardant saigner des pigeons... Ça m'a fait rire de
pitié, quand je l'ai aperçu entre deux gendarmes. Allez, nous
ne le verrons plus, il restera là-bas, cette fois.

— Il aurait dû m'écouter, dit la maraîchère au bout d'un
silence, venir à Nanterre, vivre là, avec mes poules et mes
lapins... Je l'aimais bien, voyez-vous, parce que j'avais compris qu'il était bon. On aurait pu être heureux... C'est un
grand chagrin... Consolez-vous, n'est-ce pas? monsieur
Claude. Je vous attends, pour manger une omelette, un de
ces matins.

Elle avait des larmes dans les yeux. Elle se leva, en femme
vaillante qui porte rudement la peine.

— Tiens! reprit-elle, voilà la mère Chantemesse qui vient
m'acheter des navets. Toujours gaillarde, cette grosse mère
Chantemesse...

Claude s'en alla, rôdant sur le carreau. Le jour, en gerbe
blanche, avait monté du fond de la rue Rambuteau. Le soleil, au ras des toits, mettait des rayons roses, des nappes
tombantes qui touchaient déjà les pavés. Et Claude sentait
un réveil de gaieté dans les grandes Halles sonores, dans
le quartier empli de nourritures entassées. C'était comme
une joie de guérison, un tapage plus haut de gens soulagés
enfin d'un poids qui leur gênait l'estomac. Il vit la Sarriette,
avec une montre d'or, chantant au milieu de ses prunes et
de ses fraises, tirant les petites moustaches de monsieur Jules, vêtu d'un veston de velours. Il aperçut madame Lecœur
et mademoiselle Saget qui passaient sous une rue couverte,
moins jaunes, les joues presques roses, en bonnes amies
amusées par quelque histoire. Dans la poissonnerie, la mère
Méhudin, qui avait repris son banc, tapait ses poissons, en-
gueulait le monde, clouait le bec du nouvel inspecteur, un
jeune homme auquel elle avait juré de donner le fouet; tandis que Claire, plus molle, plus paresseuse, ramenait de ses

mains bleuies par l'eau des viviers, un tas énorme d'escargots que la bave moirait de fils d'argent. A la triperie, Auguste et Augustine venaient acheter des pieds de cochon,
avec leur mine tendre de nouveaux mariés, et repartaient
en carriole pour leur charcuterie de Montrouge. Puis,
comme il était huit heures, qu'il faisait déjà chaud, il trouva,
en revenant rue Rambuteau, Muche et Pauline jouant au
cheval : Muche marchait à quatre pattes, pendant que Pauline, assise sur son dos, se tenait à ses cheveux pour ne pas
tomber. Et, sur les toits des Halles, au bord des gouttières,
une ombre qui passa lui fit lever la tête : c'étaient Cadine
et Marjolin riant et s'embrassant, brûlant dans le soleil, dominant le quartier de leurs amours de bêtes heureuses.

Alors, Claude leur montra le poing. Il était exaspéré par
cette fête du pavé et du ciel. Il injuriait les Gras, il disait
que les Gras avaient vaincu. Autour de lui, il ne voyait plus
que des Gras, s'arrondissant, crevant de santé, saluant un
nouveau jour de belle digestion. Comme il s'arrêtait en face
de la rue Pirouette, le spectacle qu'il eut à sa droite et à sa
gauche, lui porta le dernier coup.

A sa droite, la belle Normande, la belle madame Lebigre,
comme on la nommait maintenant, était debout sur le seuil
de sa boutique. Son mari avait enfin obtenu de joindre à son
commerce de vin un bureau de tabac, rêve depuis longtemps
caressé, et qui s'était enfin réalisé, grâce à de grands services rendus. La belle madame Lebigre lui parut superbe, en
robe de soie, les cheveux frisés, prête à s'asseoir dans son
comptoir, où tous les messieurs du quartier venaient lui
acheter leurs cigares et leurs paquets de tabac. Elle était devenue distinguée, tout à fait dame. Derrière elle, la salle,
repeinte, avait des pampres fraîches, sur un fond tendre ; le
zinc du comptoir luisait ; tandis que les fioles de liqueur
allumaient dans la glace des feux plus vifs. Elle riait à la
claire matinée.

A sa gauche, la belle Lisa, au seuil de la charcuterie, tenait toute la largeur de la porte. Jamais son linge n'avait eu une telle blancheur ; jamais sa chair reposée, sa face rose, ne s'était encadrée dans des bandeaux mieux lissés. Elle montrait un grand calme repu, une tranquillité énorme, que rien ne troublait, pas même un sourire. C'était l'apaisement absolu, une félicité complète, sans secousse, sans vie, baignant dans l'air chaud. Son corsage tendu digérait encore le bonheur de la veille ; ses mains potelées, perdues dans le tablier, ne se tendaient même pas pour prendre le bonheur de la journée, certaines qu'il viendrait à elles. Et, à côté, l'étalage avait une félicité pareille ; il était guéri, les langues fourrées s'allongeaient plus rouges et plus saines, les jambonneaux reprenaient leurs bonnes figures jaunes, les guirlandes de saucisses n'avaient plus cet air désespéré qui navrait Quenu. Un gros rire sonnait au fond, dans la cuisine, accompagné d'un tintamarre réjouissant de casseroles. La charcuterie suait de nouveau la santé, une santé grasse. Les bandes de lard entrevues, les moitiés de cochon pendues contre les marbres, mettaient là des rondeurs de ventre, tout un triomphe du ventre, tandis que Lisa, immobile, avec sa carrure digne, donnait aux Halles le bonjour matinal, de ses grands yeux de forte mangeuse.

Puis, toutes deux se penchèrent. La belle madame Lebigre et la belle madame Quenu échangèrent un salut d'amitié.

Et Claude, qui avait certainement oublié de dîner la veille, pris de colère à les voir si bien portantes, si comme il faut, avec leurs grosses gorges, serra sa ceinture, en grondant d'une voix fâchée :

— Quels gredins que les honnêtes gens !

FIN

PARIS. — IMP. SIMON RAÇON ET COMP., RUE D'ERFURTH, 1.

BIBLIOTHEQUE NATIONALE DE FRANCE

3 7531 001835777 7

www.ingramcontent.com/pod-product-compliance
Lightning Source LLC
Chambersburg PA
CBHW060929030726
47503CB00003B/534